金柄珉 著

朝韩现代文学史

山东教育出版社

图书在版编目（CIP）数据

朝韩现代文学史／金柄珉著 . — 济南：山东教育出版
社，2021.7
ISBN 978-7-5701-1747-5

Ⅰ. ①朝… Ⅱ. ①金… Ⅲ. ①现代文学史－文学史
研究－朝鲜、韩国 Ⅳ. ①I312.095 ②I312.609.5

中国版本图书馆CIP数据核字（2021）第127610号

责任编辑 郭清杨 孙光兴
责任校对 赵一玮
装帧设计 闫 姝

CHAO HAN XIANDAI WENXUE SHI

朝韩现代文学史

金柄珉 著

主管单位：山东出版传媒股份有限公司
出版发行：山东教育出版社
　　　　　地址：济南市市中区二环南路2066号4区1号　　邮编：250003
　　　　　电话：（0531）82092660　　网址：www.sjs.com.cn
印　　刷：山东临沂新华印刷物流集团有限责任公司
版　　次：2021年7月第1版
印　　次：2021年7月第1次印刷
开　　本：787毫米×1092毫米　1/16
印　　张：25.75
字　　数：336千
定　　价：88.00元

（如印装质量有问题，请与印刷厂联系调换）印厂电话：0539-2925659

作者简介

金柄珉（1951.9—），黑龙江省宁安市人，文学博士，延边大学荣誉资深教授，山东大学兼职讲席教授。历任延边大学校长、山东大学特聘人文社科一级教授、南京大学韩国学研究中心首席研究员，第十届、第十一届全国人大代表。

从事朝鲜—韩国文学、中朝（韩）比较文学的教学与研究工作，出版《朝鲜近代小说的历史考察》（1985）、《申采浩文学研究》（1988）、《朝鲜中世纪北学派文学研究》（1990）、《朝鲜文学史》（1994）、《朝鲜·韩国当代文学史》（合著，2001）、《韩国实学派文学与中国之关联研究》（合著，2007）、《韩国近代流亡文学研究》（2020）等20多部学术专著与教材。另外，在国内外重要学术刊物上发表了100多篇学术论文。完成3项国家社科基金项目，目前承担国家社科基金重大项目1项。荣获高等教育国家级教学成果二等奖、吉林省社会科学优秀成果一等奖、韩国"庸斋学术奖"（2007）等20多种奖项。

前 言

〰〰〰〰〰〰

　　19 世纪末到 1945 年，朝鲜文学经历了巨大的变化。这一时期的文学可分为两个历史阶段，即近代文学阶段和现代文学阶段。近代文学阶段一般指 19 世纪末到 1918 年，现代文学阶段一般指 1919 年到 1945 年。近现代以来，朝鲜文学的发展与朝鲜人民的反帝反封建斗争密不可分，这充分体现了朝鲜人民渴望民族自由、国家独立的社会理想和对审美意识的追求。朝鲜近现代文学在继承民族文学传统的基础上，积极吸收了外国文学中的进步要素。在朝鲜近现代文学的发展过程中，不同的思潮和流派交替、并存，涌现出大批优秀的作家和作品，各种各样的近现代文学形式出现并走向成熟。从某种意义上说，朝鲜文学到了近现代，才改变了保守、孤立、封闭的局面，实现了与世界文学的对话，才能被称为世界文学中的朝鲜文学。如今，朝鲜近现代文学的崭新成果正在人类文学的宝库中大放异彩。

　　几十年来，已有一批文学史家对朝鲜近现代文学开展了深入的研究，也出版了数十种相关书籍。然而，因朝韩分裂导致的社会政治现实和理念差异，至今为止，国内外出版的反映朝鲜近现代文学史的相关书籍在客观反映和评价文学发展的真实情况方面还有不少局限性。这实在令人遗憾。立足于历史主义原则，从客观的视角出发重新整理朝鲜近现代文学史，这是现今学界的迫切需要，目前也有不少文学史家对此密切关注。在这样的情况下，笔者通过研读前辈们的文学史研究著作，吸收他们的研究成果，并以多年从事大学朝鲜文学史教学、研究而获得的积累为基础，撰写了《朝韩现代文学史》。在执笔的过程中，笔者力求在反映文学发展史的真实性的同时，给予读者客观、科学的价值判断，并将重点放在阐述近现代文学发展规律与特征、思潮及流派的形成与发展、作家和作品在文学史上的成就与地位，以及文学种类和形式的变化趋势和特征上。与此同时，考虑到本书有可能成为大学教材，所以，笔者在撰写此书时尽量避免过度考证与思辨性论述，努力使叙述深入浅出，通俗易懂。

在撰写和出版此书的过程中，笔者得到了学界同仁和出版社的各方面支持，在此表示深深的感谢。

由于笔者水平有限，本书难免会出现一些缺漏和不足，望学界的专家、同仁，以及广大读者朋友们批评指正。

金柄珉

目
≈ CONTENTS ≈
录

第一章　19 世纪末—20 世纪初的文学 ················· 001

1　文坛概况及文学发展特征 ····························· 001

2　小说创作 ··· 006

3　诗歌创作 ··· 023

4　文学批评 ··· 043

第二章　1910 年代的文学 ····························· 048

1　文坛概况及文学发展特征 ····························· 048

2　小说创作 ··· 051

3　诗歌创作 ··· 069

4　文学批评 ··· 082

第三章　1920 年代前期文学 ························· 091

1　文坛概况及文学发展特征 ····························· 091

2　小说创作 ··· 097

3　诗歌创作 ··· 117

4　戏剧文学 ··· 150

5　文学批评 ··· 155

第四章　1920 年代后期—1930 年代前期文学 ································ 169

1　文坛概况及文学发展特征 ······································· 169

2　小说创作 ··· 177

3　诗歌创作 ··· 210

4　戏剧文学 ··· 237

5　文学批评 ··· 242

第五章　1930 年代后期—1940 年代前期文学 ················ 266

1　文坛概况及文学发展特征 ······································· 266

2　小说创作 ··· 268

3　诗歌创作 ··· 292

4　文学批评 ··· 322

附录　南北文学的选择：从光复到分裂 ······················ 329

1　概况 ·· 329

2　解放初期的小说创作（一） ······························· 339

3　解放初期的小说创作（二） ······························· 352

4　解放初期的诗歌创作（一） ······························· 363

5　解放初期的诗歌创作（二） ······························· 383

6　解放初期的戏剧文学 ·· 397

第一章

19 世纪末—20 世纪初的文学

1 文坛概况及文学发展特征

19 世纪末 20 世纪初的文学被称为启蒙期文学。19 世纪后期，朝鲜进入近代社会。资本主义萌芽的滋长、外国列强的侵略、封建统治阶级的锁国政策，以及事大主义使得朝鲜封建社会面临严峻的危机。1876 年，与日本签订的《江华岛条约》标志着朝鲜从此开始沦为半殖民地半封建社会，成为日本、俄国等外国列强的角逐之地。在激烈的角逐中，日本战胜了对手，分别于 1905 年和 1907 年强迫朝鲜签订《乙巳条约》和《丁未七条约》，从朝鲜手中攫取了政治权、外交权及军事权。1910 年，通过签订《日韩合并条约》，日本完全占领朝鲜，彻底将其变为自己的殖民地。

面对腐败无能的封建统治和帝国主义列强的侵略，朝鲜人民奋起反抗，通过民族资产阶级革命掀起了反帝反封建斗争。1882 年，朝鲜爆发壬午军人暴动；1884 年，以金玉均为首的开化派发动甲申政变；1894 年，全琫准领导了甲午农民战争①，俞吉濬等革新官僚推动了甲午更张运动②。19世纪末 20 世纪初，随着爱国文化启蒙运动的兴起，一大批爱国文化团体涌现出来，如 1896 年成立的独立协会、1905 年成立的宪政研究会、1906年成立的大韩自强会，以及 1907 年成立的西友学会、汉北兴学会和新民会等。他们高举"自主独立""内修外学"的大旗，以民族独立和社会的近代化发展为纲领，以文明开化和自主独立的思想鼓舞人民大众。

与此同时，在柳麟锡、洪范图、安重根等义兵领袖的指挥下，朝鲜人民与日本帝国主义列强展开了不屈不挠的抗争。

资产阶级开化派的改革运动、爱国文化启蒙运动和义兵斗争是这一时期资产阶级民族运动的重要内容，充分反映了时代的要求以及人民的意志。尤其是爱国文化启蒙运动的蓬勃发展，对朝鲜近代文学的萌生和发展产生了直接的影响，给近代文坛的形成和文学的发展赋予了一系列新的特征。

爱国文化启蒙运动的具体内容包括教育运动、出版运动和国文运动等。

爱国文化启蒙运动先驱将学校教育视为恢复国权斗争的重要一环，并为此开展了轰轰烈烈的教育运动。他们认为，应该"为了朝鲜的命运和国民的幸福，在国内大力兴建学校，兴办教育"，呼吁"唯有兴办教育，开启民智才是当务之急"③。他们还指出，"当今世界，文明富强的国民是他们自身奖励教育、拓展知识的结果"④，并且成立了教育组织团体，创办了学校。1907 年成立的西友学会、汉北兴学会，以及湖南⑤教育会、湖南学会、畿湖兴学会等爱国组织在各自旗下建立了许多学校，大力推动了近代教育的发展。1907 年前后的两三年间，朝鲜各地共创建了 3000 多所私立学校。日益高涨的教育运动用反封建民主主义思想和反侵略爱国主

---

① 又称"东学党起义"。
② 又称"甲午改革"。
③ 见1906年1月6日《大韩每日申报》。
④ 朴殷植：《教育不兴，不可生存》，《西友》创刊号，1906年。
⑤ 在当时指朝鲜的全罗道地区。

义思想武装了人民大众，对社会启蒙起到了巨大的作用。

这一时期，作为爱国文化启蒙运动的另一环，出版运动也开展得如火如荼，它有力地推动了文学的近代化。

近代报纸、杂志的创办及图书出版事业的兴起渐渐瓦解了封建社会的封闭性，大大加强了地域间的联系，报刊及图书成为传播爱国主义思想和民主主义思想的主要媒介。

随着《汉城旬报》（1883）和《汉城周报》（1886）的正式创办，报纸业开始进入实质性的发展阶段。甲午更张之后，《独立新闻》（1896）、《帝国新闻》（1898）、《大韩每日申报》（1905）和《万岁报》（1906）等报纸也相继创办。这些报纸是由当时知名的爱国文人朴殷植、张志渊、申采浩和柳瑾等创办的。

就杂志而言，最早创办的是《独立协会会报》（1896），随后创刊的有《朝阳报》（1906）、《夜雷》（1908）、《少年韩半岛》（1908）、《少年》（1908）等综合杂志和《西友》（1906）、《大韩协会月报》（1907）、《太极学报》（1908）、《大韩自强会月报》（1906）等学会的杂志，以及以《家庭杂志》（1908）等为主的启蒙杂志。

此外，各种出版社、印刷所及发行所的相继成立也为爱国启蒙图书的出版和发行提供了有力的保障。

作为爱国文化启蒙运动的主要内容，国文运动也在此时轰轰烈烈地开展起来。爱国文化启蒙运动先驱主张"本国的语言和文字是健全国家精神的基础"，认为民族语言的普及和研究与恢复国权的斗争具有不可分割的联系。爱国学者俞吉濬、李凤云、崔光玉和周时经等人主导了当时的国文运动，他们通过社论、文章和著作确立了朝鲜语的言文一致性及语言使用的新规范，为朝鲜语言和文字的发展做出了巨大贡献。国文运动不仅确立了统一的朝鲜语使用规范，还明确了语法的原理和体系。此外，它还将民族语言的应用领域拓宽到书面语中，使其成为大众化的语言手段。至此，朝鲜一直以来口头语和书面语各成一体、书面语主要使用汉语的局面发生了改变，这种变化唤起了国民对本民族语言的自豪和热情。可以说，国文运动是朝鲜语发展史及朝鲜民族文化史上具有划时代意义的重大事件。

在启蒙期，以教育运动、出版运动和国文运动为主要内容的爱国文化启蒙运动不但对文坛的形成和发展产生了直接的影响，还赋予了其新的时代特征。

第一，爱国文化启蒙运动使新兴资产阶级文人在文坛上大放光彩。在经历了教育运动、出版运动和国文运动的洗礼后，不少文人开始由封建贵族文人转变为资产阶级民族主义者，他们通过自己的作品积极地宣扬文明开化、自主独立等近代意识。申采浩、李海朝、安国善等作家便是其中之典型。他们起初都接受过封建儒家教育，然而在爱国文化启蒙运动的发展下，他们逐渐转变思维，成为民族主义者和启蒙作家。这与以士大夫文人为主的中世纪文坛形成鲜明的对照。

第二，爱国文化启蒙运动使文坛与读者大众的联系更为紧密。爱国文化启蒙运动本身的目的便在于培养大众的爱国主义精神和对全社会的思想启蒙。因此，在教育运动中，大众文化教育得以强化；在国文运动中，民族语言得以推广普及。并且，随着报纸、杂志、图书等成为重要的文学传播媒介，创作主体和接收主体即作家和读者的距离也大幅缩短。在大众社会美学的关注下，文学得到了长足的发展。

第三，爱国文化启蒙运动大大提高了文坛的社会地位，为新人作家的成长提供了平台。随着各报纸、杂志中文学专栏的开设以及文学书籍的大量出版，文学阵地开始受到大众的瞩目。而借此机会，新人作家们也得以崭露头角。

总而言之，爱国文化启蒙运动奠定了近代文学产生、发展的文化基础，积极推动了文坛的发展。

启蒙期文学在形成和发展的过程中，显示出一系列新的特征。

第一，具有鲜明的反封建民主主义和反侵略爱国主义性质。启蒙期出现的唱歌、新小说和歌辞文学作品等极力推崇文明开化、自主独立的思想，这无疑体现了其反封建民主主义的性质，而义兵歌谣、汉诗和时调等则体现了反侵略爱国主义的性质。然而，从总体上来看，虽然朝鲜启蒙期文学有着反封建民主主义性质和反侵略爱国主义性质，且具有一定的近代化色彩，但由于朝鲜资本主义社会自身发展的不成熟，它仍存在着局限性，即反封建民主主义的不彻底性和反侵略爱国主义的保守性。新小说等作品中出现的部分亲日倾向、对义兵运动的错误理解及改良主义思想等明显体现出反封建民主主义意识的不彻底性。而在义兵歌谣和汉诗等文学作品中对启蒙运动的不正确理解，也体现了反侵略爱国主义思想的保守性。

第二，启蒙期文学在继承传统文学的同时，也受到了外国文学思潮的强烈影响。18 世纪后期形成及发展起来的实学派文学和平民文学中的近代因素对启蒙期文学的形成产生了积极的影响。此外，西方近代文学以及中国、日本等国家的近代文学也给朝鲜的启蒙期文学带来了新的刺激，特别是通过日本等国家实现的与西方文学的交流使得朝鲜文学克服了两千年来仅在东亚文化圈内交流与对话的局限。自此，朝鲜的民族文学朝着世界性的方向迈出了新的步伐。

第三，启蒙期文学虽带有一定的近代特征，但在内容和形式上仍具有相当程度的中世纪色彩。这是由朝鲜近代社会的不成熟性决定的。这体现了启蒙期文学的过渡特征，也表明了对中世纪文学的扬弃问题只能暂时搁置起来，等待 1910 年代的文学界来解决。

第四，启蒙期文学完全沿袭了西方启蒙期文学的普遍特征，即理性的呼吁和观念的说教，这使得文学的审美价值被弱化。启蒙期文学虽然有着明显的局限性，但决不可否认其进步性。它不仅广泛地反映了资产阶级民族运动初期的情况，即开化运动和义兵运动达到高潮时的朝鲜社会现状，还成功地完成了时代所赋予文学的近代化使命。此外，启蒙期文学还展现了在摆脱中世纪、迈向近代化的过程中，朝鲜民族在亡国前夕的黑暗现实里是如何实现民族觉醒的精神发展史。

2 小说创作

（1）小说创作倾向的多样性和新小说的产生

启蒙期的小说形式多样，在创作倾向上呈现了多元化的特点。启蒙期的小说主要可分为传记体历史小说、讨论体小说、古代国文体小说、汉文小说及新小说等类型。

传记体历史小说主要以爱国历史人物的英勇斗争为题材，旨在激发民众的爱国热情，为近代历史小说的发展奠定了基础。

从启蒙期的时代背景来看，传记体历史小说的兴起缘于与外来侵略做斗争的时代呼唤和当时被广为翻译的外国英雄传记的影响。当时，被翻译过来的外国英雄传记有张志渊翻译的《爱国夫人传》（1907）、朴殷植翻译的《瑞士建国志》（1907）和申采浩翻译的《意大利建国三杰传》（1908）等。这些作品塑造了在反侵略爱国斗争中展现英雄风采的爱国人物形象。而传记体历史小说由朴殷植、申采浩等英雄传记译者所创作，这一点清楚地揭示了其与外国英雄传记之间的影响与继承关系。

启蒙期传记体历史小说的代表作有申采浩的《乙支文德》（1908）、《李舜臣传》（1908）、《崔道统传》（1909）等，朴殷植的《渊盖苏文传》（1911）、《金庚信传》（1908）和禹基善的《姜邯赞传》（1908）等。这些作品通过刻画爱国英雄们在抵抗外来侵略、维护国家独立和民族尊严的斗争中的英勇形象，向民众宣传了反侵略爱国主义思想。传记体历史小说因强烈倡导爱国主义思想和反侵略思想，最终被日本当局列为禁书。

申采浩（1880—1936）是传记体历史小说的代表作家之一。申采浩于

1905 年成为成均馆博士，但他毅然放弃了官职，转而投身于爱国文化启蒙运动，成为一名活跃于爱国文坛的启蒙思想家。他曾担任《皇城新闻》的评论委员和《大韩每日申报》的主编，也是爱国团体新民会的成员之一。申采浩通过发表数十篇爱国政论和史学论文，揭露了日本帝国主义的侵略行径，表明了自己的爱国立场。

传记体历史小说的创作是他爱国文学活动的重要组成部分。申采浩在《乙支文德》的序文中明确提出了自己创作传记体历史小说的动机："如果一个国家、一个民族对本国的英雄一无所知，那它如何能成为一个真正的国家？""通过对历史英雄的刻画来呼唤未来英雄的出现。"申采浩认为，一个国家和民族能否生存下去，取决于其国民是否了解本国的爱国英雄。而他描写历史英雄的目的便在于期盼救国英雄能够出现，并带领国民建设独立的民族国家。

传记体历史小说《乙支文德》《李舜臣传》和《崔都统传》等作品中贯穿着对本国民族英雄的高度赞美、对侵略者和卖国贼的揭露谴责，以及对民族历史和民族精神的传承与弘扬。

作者在创作过程中从爱国主义的立场出发，大胆批判、分析与纠正了被封建事大主义文人们所歪曲的史实，维护了历史事件的真实性。然而，作者并没有为保证真实性而将创作仅仅停留在一味记录史实的层面上。为了塑造正面人物的性格，他在求真的基础上，大胆地进行了文学虚构和描写，保证了文学作品的艺术性。

申采浩迫切希望通过传记体历史小说的创作，呼唤出一个拯救国家民族于水深火热之中的爱国英雄。

在启蒙期，讨论体小说也十分盛行。其特点是通过小说中的人物或动物（拟人形象）的对话和演说，对现实进行讽刺和批判，进而倡导爱国启蒙思想。

这一时期，讨论体小说的盛行是基于人民大众对社会发展与民族命运展开的广泛讨论。爱国团体的集会、讨论、演说等被用于文学素材之中，促使了讨论体小说的产生。

启蒙期的讨论体小说包括《瞎子和瘸子的问答》（1905）、《车夫误解》（1906）、白致生的《绝缨新话》（1909）、安国善的《禽兽会议录》（1908）、金弼秀的《警世钟》（1908）、洪笑生的《病人恳亲会录》（1909）、李海朝的《自由钟》（1910），以及《天中佳节》（1913）等。其中安国善的《禽兽会议录》和李海朝的《自由钟》是这一时期讨论体小说的代表作。

安国善（1854—1928）是爱国文化启蒙运动时期的主要文学家。他编译了《政治原论》（1907）、《演说方法》（1908）、《菲律宾战事》（1907）等书籍，发表了《政治性质》（1908）、《政府性质》（1908）等具有近代色彩的爱国政论。

小说《禽兽会议录》对社会进行了深刻的批判和尖锐的讽刺，在当时的文坛掀起了轩然大波。小说的广告文案中曾这样写道："本小说是新体文坛的戏剧小说，一众海陆动物在空前绝后的禽兽会议上纷纷上台演讲，向读者们警示现今社会的公德败坏。本小说用一种新颖滑稽的文体表达了对社会的讽刺与批判，是国文小说界的一道亮彩。"

小说共 11 节，分为序言、会议主旨、动物讨论、闭会等内容，通过众多动物审议人性的会议这一独特形式，揭露批判了日本帝国主义险恶的侵略野心和亲日卖国贼背叛民族的丑恶行径。作者将当时的社会定性为"禽兽不如的世界"，并利用参会动物之口具体表现了这一主题。最后作者指出，禽兽不如的人正是极度野蛮的日本帝国主义及屈从巴结他们的封建统治者和奸臣，随后作者又对他们进行了辛辣尖锐的批判、谴责和诅咒。事实上，这篇小说本身亦是一张控诉日本帝国主义及卖国贼万恶罪行的诉状。

李海朝的小说《自由钟》也是讨论体小说。该小说采用了新颖的形式，将生日宴会上齐聚一堂的夫人们的讨论内容有趣地整合在了一起。小说里登场的夫人们都是反对封建思想、积极追求资本主义思想的女性。她们针对女性自由、学问研究的迫切性、近代教育的实施和封建身份制度的废除等当时亟待解决的社会问题展开了热烈的讨论。

此外，古代国文体小说和汉文小说也并存于这一时期。古代国文体小说沿袭了朝鲜王朝时期国文小说的艺术形式，其代表作有《大韩日报》连载的《灌顶醍醐录》和《大韩每日申报》连载的《青楼义女传》（1906）、《报应》（1909）等。汉文小说也在内容和形式上继承了古代汉文小说的固有特征，其代表作有《神断公案》和《大韩每日申报》连载的《龙含玉》（1906）等。

启蒙期的古代国文体小说和汉文小说不仅回避时代的现实，而且在艺术形式上也没有创新，因而它们也只不过是古代小说的余波残影。在启蒙期之所以还存在上述传统小说，是因为这一时期处于新旧时代交替阶段，封建保守的读者阶层依然存在。

在启蒙期，被称为"新小说"的新型小说形式也开始兴起。新小说是启蒙期最主要的小说类型，它对传统小说进行了革新，并注入了鲜明的时代要素。

"新小说"这个词是从日本和中国传过来的。日本于 1889 年创办了名为《新小说》的杂志，中国也于 1902 年由梁启超创办了名为《新小说》的杂志。而朝鲜则于 1906 年 2 月在《大韩每日申报》上刊登了新小说的广告，同年 7 月在《万岁报》上刊载了由李仁植所作的新小说《血之泪》。从此，"新小说"这一词语便被广泛运用，新小说创作也正式开始。虽然在日本和中国，"新小说"一词被用于杂志名称，但它在朝鲜却成了一种小说类型，这也反映了文学文化的传播与变异特征。

顾名思义，新小说是指区别于古典小说的新式小说，同时也指小说发展史上新出现的小说类型。国内外学者认为，在 20 世纪初的启蒙期出现的传记体历史小说和讨论体小说等都应划归新小说。不过，这一观点并不符合小说发展的实际情况，因为新小说具有一系列不同于上述小说种类的革新性特征。

具体来说，新小说的革新性体现在以下五个方面：

第一，主题的现实性。新小说全面体现了文明开化、自主独立的近代化思想。第二，取材的现实性。新小说取材于当时的社会生活，反映的事件、人物等都具有现实意义。第三，文体的言文一致性。不同于以前的汉文体、韵文体小说，新小说在文体上展示了语言与文字的一致性。第四，叙述的客观性。新小说摒弃了旧小说中叙述的传奇性、主观性和抽象性，突出了客观性。第五，创作方法上的启蒙现实主义。新小说以反映现实为原则，在创作方法上体现了启蒙现实主义的诸多特征。

为顺应近代化思潮和新的美学要求，启蒙作家开始尝试以新的方式来反映生活，而新小说便在这一探索过程中应运而生。19世纪末兴起的资本主义开化思想引领了时代的潮流，对社会的政治、经济、文化、道德及风俗等诸多方面产生了深远的影响。而旧的小说形式已经无法反映这种新的社会生活内容和要求，因此小说形式的创新便成了摆在小说家面前的时代任务。在这一时代要求的推动下，小说家们积极借鉴外国小说的创作经验，继承过去小说中的近代要素，这样的探索过程最终催化了新小说的诞生。

此外，新小说的产生也与国文运动、教育运动、出版运动的兴起有着密切联系。在全社会范围内开展的教育运动大大提高了大众的文化水平，而国文运动则为作家在小说创作上实现言文一致提供了可能，进而争取到了更广泛的读者群。与此同时，报纸、杂志的创办和图书出版业的发展不仅激发了作家的创作热情，还为他们提供了充足的创作阵地。新小说作品直接在报纸上连载并作为单行本出版的事实便证明了这一点。

除了在新小说的标签下进行发表外，新小说还会在政治小说、家庭小说、社会小说、艳情小说和伦理小说等不同类别的版块上进行发表。新小说在登场初期就已经在小说文坛上大放异彩。当时的新小说作家都是经过爱国文化启蒙运动洗礼的知识分子，与封建的士大夫文人不同，他们站在时代潮流前沿，渴盼近代社会的到来，并且在社会启蒙美学理想的鼓舞下，对新小说创作抱有极大的热情。

新小说的主要代表作家有李仁植、李海朝，此外还有崔瓒植、金教济、具然学、朴英真、李相协、鲜于日和南宫濬等。总体而言，当时的新小说作家阵营网罗了一大批有名、无名的作家。

新小说在 1910 年前后进入创作的全盛时期，随后便逐步向通俗小说转变。新小说渐渐失去了反映时代现实的特色，这里面虽然有着诸多原因，但主要还是与朝鲜急剧变化的殖民地现实、资本主义社会未能充分发展的时代局限性和改良主义作家们的妥协性有关。李海朝创作方向的转换便是其中的典型例证。

新小说在朝鲜文学史上有着重要的意义。作为最能真实反映启蒙期资产阶级民族运动庞大画卷的文学作品，新小说如实体现了时代和人民的要求。同时，从小说的形式来看，新小说继承发展了古典小说的近代要素，在从古典小说向现代小说过渡的过程中起到了桥梁作用。但新小说自身也存在着一系列的局限性，如资产阶级改良思想的暴露、类型化和概念化的形象塑造、偶然契机的滥用、古代朝鲜语和口语的变种残留等都是新小说的致命弱点。

（2）新小说的主要作家——李仁植、李海朝的小说创作

李仁植是新小说的开拓者，也是取得最高艺术成就的作家。

李仁植（1862—1916），号菊初，出生于京畿道利川市。1900 年，他作为政府的公费留学生前往日本东京政治学校研修了 3 年。1904 年日俄战争时，他作为日本陆军的朝鲜语口译官回到了祖国。在日期间，他在学习政治和法律的同时，还阅读了日本社会广为流传的小说和戏剧文学作品，

树立了自己的文学志向。回国以后，他被当时的启蒙报纸《万岁报》聘为主编，开始了记者生涯，并在报纸、杂志上发表以社会启蒙为主旨的社论。

1907年，《万岁报》在卖国逆贼李完用的掌控下，被更名为《大韩日报》，李仁植被聘为社长。自此，李仁植的社会政治立场开始和人民的利益背道而驰。他错误地认为朝鲜必须依靠日本才能实现近代化。日韩合并后，李仁植曾任朝鲜总督府所属经学院的司成，于1916年结束其一生。

李仁植在自己晚年的政治生涯里留下了不光彩的一页，但他作为启蒙期剧作家、新小说作家所做出的贡献并不能因此而被否定。作为近代戏剧的创始者，李仁植在爱国文化启蒙运动中，不仅对戏剧进行了改编，还直接参演其中，坚持不懈地推动戏剧的发展。1909年，他把《雪中梅》《银世界》《金玉均事件》等作品改编成戏剧，搬上了圆觉社的舞台，开创了近代戏剧的新篇章。

在新小说创作领域，李仁植也取得了较为突出的成果。继1906年在《万岁报》上发表新小说《血之泪》[①]后，他又发表了《雉岳山》（1907）、《银世界》（1908）、《鬼之声》（1908）和《白鹭洲江上村》等作品。

作为朝鲜第一部新小说作品，《血之泪》受到了广泛的关注，但同时也因其内容具有亲日倾向而备受争议。小说女主人公玉莲原先生活在平壤，日清战争[②]时与家人离散，只剩孤单一人。后来玉莲被日本军医收养，东渡日本。在日本时，她遇到朝鲜青年具完瑞，两人一起离日赴美留学。小说以此为故事主线，对封建制度进行了批判，表现出文明开化的倾向。但是作者并没有看清发生在朝鲜土地上的日清战争给朝鲜人民带来的灾难，甚至还表现出对日本的眷恋情结。玉莲本是战争的牺牲品，但她的命运却因日本军医而改变的情节证明了这一点。

---

① 《血之泪（下）》于1910年以《牡丹峰》为题发行。
② 即甲午中日战争。

虽然这部小说有其局限性，但是它在故事展开、事件描写、人物性格塑造等方面都摆脱了旧小说的窠臼。

小说《白鹭洲江上村》是部未完成的作品。除此之外，《雉岳山》《银世界》《鬼之声》等作品也都体现了很高的思想艺术成就。

小说《雉岳山》把封建家庭里的矛盾和社会新旧势力间的斗争联系起来，肯定并拥护了新时代思想——开化思想的胜利。

小说中主要出现了两个人物——洪哲植和李判书。洪哲植瞒着封建守旧的父亲偷赴日本留学，李判书则为了女婿洪哲植的留学事宜而积极周旋。通过刻画这两个人物形象，作者阐述了当时的社会思潮，即开化思想对人们的志向和行为产生的深远影响。曾极力反对儿子去日本留学的洪参议后来竟沦落为一个流浪汉，作者通过这样的戏剧性形象揭示了封建守旧派必然灭亡的命运。

小说里，洪参议前妻和后妻之间的矛盾的设定也体现出不同于传统继母类小说的特征。

小说《银世界》不但全面反映了资本主义开化运动的社会现实，还通过描写开化派和守旧派之间的流血冲突以及年轻人留学海外的过程，表明了开化运动的正当性及其发展过程的曲折性，辛辣地讽刺了封建守旧派不可救药的堕落性和反动性。

小说里的崔秉道早早就结识了金玉均，了解了天下形势后，他对开化思想产生了极大的共鸣。于是，他开始为了送儿女出国留学而攒钱，希望他们学成归来能造福祖国和百姓。可是他却因为攒钱而被江陵监司下令逮捕，在遭受酷刑之后成为狱中孤魂。开化派金致日对此愤慨不已，带领百姓展开了斗争，但未能成事。后来，他遵照崔秉道的遗愿，将其儿女玉顺、玉男送去美国留学。然而玉顺和玉男的留学之路并不平坦，生活费和学费都没有着落。金致日回国筹集资金，但找不到财源，还目睹了自己儿子的堕落。失望之余，金致日以自杀结束了自己的生命。而另一边，玉顺和玉男战胜了逆境，最终学成归国。这部小说情节发展曲折，人物性格具有很明显的时代倾向。

小说通过刻画崔秉道、金致日等开化派人物形象，凸显了与封建守旧派做抗争的开化派阶层的政治理念和斗争精神，并如实再现了开化运动的曲折过程。此外，小说还通过刻画江陵监司的人物形象，揭露了封建守旧派在政治上的反动性和堕落性。

小说描述了崔秉道在收到江陵监司的逮捕令而入狱时，民众受金致日影响欲奋起反抗与江陵监司做斗争的情形。这样的民众形象生动地说明开化运动引发了大众的共鸣，唤起了大众对封建守旧派的斗争意识。

小说中，玉顺和玉男的形象体现了在开化运动中实施新教育和海外留学的迫切性，同时也体现了朝鲜资产阶级知识分子阶层的成长及其社会觉醒。

小说《鬼之声》通过讲述贵族家庭和庶民家庭之间的对立斗争，辛辣地批判了封建社会制度下的诸多黑暗面，如贵族阶级的腐败无能和堕落、纳妾制度的罪恶等，充分地展现了庶民阶层对社会黑暗面的反抗和斗争。

小说中的金承旨在出任春川郡守时，纳庶民姜同知的独生女吉顺为妾。不久以后，金承旨奉旨回首尔，吉顺也跟随前往。金承旨的正室夫人得知丈夫纳妾后便向他撒泼，还指使一个叫崔佳的恶人杀害了吉顺母子。得知女儿被杀害的消息后，庶民姜同知将凶手崔佳杀死，并把复仇之刀挥向了金承旨的正室夫人。之后，姜同知给金承旨留下一封信，希望金承旨与为吉顺祈求冥福的善良老妈子白头偕老，随后便只身前往海参崴。后来金承旨悔过自新，与老妈子结为夫妇。最后，他们把吉顺母子的墓移到了春川的三鹤山上。

小说中的金承旨是一个在封建社会末期丧失了自己的个性、软弱无能的典型贵族人物。他"看到吉顺就觉得吉顺可怜，看到自己的正妻又觉得正妻可怜"，爱恨难以取舍，总是在正室夫人和吉顺之间摇摆不定。作者通过对该人物形象的描写，辛辣地讽刺了在没落的封建制度下，不管是对新事物还是旧事物都持消极冷漠态度的贵族阶层的思想与行为特征。

此外，金承旨在庶民姜同知的建议下和老妈子结婚的情节反映了作者的民主主义伦理观，也暗示了这个阶层的命运并非掌握在自己手里，而是掌握在觉醒的民众手中。金承旨这个人物形象的意义就在于预示了封建阶级的必然灭亡和纳妾制度的破灭。

小说中的姜同知则是一个在封建社会末期从自己的生活悲剧中摆脱出来并投身自发性反抗斗争的平民形象。他一心想从生活的贫困中摆脱出来，并把自己宠爱的女儿嫁给金承旨做妾。他初期的性格是畸形的、变态的，而这正是剥削社会的产物。然而，当看到自己的女儿惨遭杀害的时候，在巨大的悲痛之下，他的心里燃起了复仇之火。他终于意识到，一切不幸均源于矛盾的封建制度和身份等级制度。在这一新觉悟的驱使下，他杀了金承旨的正室夫人，让金承旨和贱民老妈子结为了夫妻。当然，姜同知的报仇行为仅仅是自发性的个人行为，但他这样的行为是以对阶级制度的痛恨为基础的。姜同知前往海参崴的行程遥远而又茫然，不过这也体现了他对于近代社会的共鸣。作家通过姜同知这一人物形象，预示了在封建社会末期，随着开化思想的兴起，就连曾经依附封建两班阶级的人们也不得不为了改变自己悲惨的命运而向封建贵族阶级公开宣战。同时，这也说明纳妾制度必须依靠人民的反抗才能彻底被废除。

李仁植的新小说创作取得的成果是多方面的。

第一，他的小说成功地塑造了尖锐阶级矛盾下的新时代典型人物。如开化派的崔秉道、金致日，封建守旧派的洪参议、金承旨，庶民反抗者姜同知，正在觉醒的平民知识分子玉顺、玉男等。这些人物形象都深刻地反映了近代社会的时代本质。在人物性格塑造上，作者摒弃了概念性的设计，坚持忠实于生活逻辑。从这点来看，李仁植不仅是一个启蒙主义作家，还是一个具有近代文学意识的作家。开化派金致日的自杀、姜同知的报仇行为等所体现出来的人物性格的发展保证了人物的真实性。在人物性格塑造上，作者克服了大部分新小说作家将人物性格视为作者"传声筒"的局限性。

第二，李仁植的小说摆脱了古典小说的束缚。小说《鬼之声》为了突出庶民阶层的反抗，有意设定了正室对于妾室的嫉妒和猜忌，这一设定脱离了中世纪文学中常见的妾室嫉妒正室的情节处理。此外，在故事开头和结尾的处理上，李仁植的小说也有自己的特色。《鬼之声》的开头部分便描述姜同知夫妻关系的不和，结尾也并不是常见的大团圆结局，而是交代了人物各自的生活出路。而在《银世界》中，引入民谣亦是开创之举，这样的结构在其他新小说作家的作品中也是极少见的。

第三，李仁植在小说的语言文体上也取得了同时代任何一个作家都无可匹敌的成果。他不仅熟练掌握了言文一致的文体写作方法，而且在环境描写和人物心理描写上也进行了深刻的探索，有意识地将描写和人物性格塑造紧密地联系起来。

李仁植不仅开创了新小说的新时代，还用其极高的艺术成果影响了之后的作家，实现了小说创作的近代化。继李仁植之后，很多新小说作家相继涌出，但他们也只是沿着李仁植开创的路前行，无人能超越他的成就。

但是，李仁植的小说创作也具有一定的局限性。小说《血之泪》表现出亲日倾向，《银世界》歪曲了义兵反日斗争，它们都具有致命的弱点。这不仅反映了时代的局限性，同时也反映了作家的阶级局限性和世界观局限性。

李海朝（1869—1927），又名悦齐，号东浓，笔名有善饮子、牛山居士等。他起初投身于爱国文化启蒙运动，后转型成为作家。他于1907年借助杂志《少年韩半岛》的平台正式步入小说家的行列。同年，他成为《帝国报纸》的记者，活跃在大韩协会、畿湖兴学会等爱国团体的活动中。他在《少年韩半岛》上发表了汉文小说《岑上苔》，随后便投入新小说的创作中，先后发表了《鬓上雪》（1908）、《驱魔剑》（1908）、《鸳鸯图》（1909）、《薄情花》（1910）、《花世界》（1910）、《自由钟》（1910）、《月下佳人》（1911）、《牡丹屏》（1911）、《花之血》（1911）、《巢鹤岭》（1912）等数十篇作品，还分别将《春香传》《沈青传》《水宫歌》《兴夫传》等改编成了新小说《狱中花》（1912）、《江上莲》（1912）、《燕之脚》（1912）、《兔之肝》（1912）等。此外，他还创作了历史小说《洪将军传》（1918）、《韩氏报应录》（1918）和《姜明华纪实》（1925）等。

日韩合并后，李海朝在总督府的御用报纸《每日新闻》担任记者，后辞职加入亲日儒生团体——大东斯文会（1919）。1927 年 5 月，李海朝逝世，享年 59 岁。作为一个启蒙运动家，李海朝在启蒙期发挥了先驱者的作用。然而从 1910 年开始，他渐渐丧失了爱国文人应有的立场。这些变化在他的社会经历以及新小说的创作中均有体现。换言之，1910 年以后，他的新小说中强烈的启蒙色彩逐渐消退，慢慢演变成通俗小说。这是由其不彻底的、改良主义的资产阶级文人特性，以及启蒙期朝鲜社会资产阶级革命者自身的妥协性造成的。但不可否认，李海朝是启蒙期的进步小说家之一，也是一个多产的作家。

李海朝的代表作有《驱魔剑》《鬓上雪》《牡丹屏》《月下佳人》《巢鹤岭》等。

小说《驱魔剑》直面破除迷信的问题，描写了富裕的中产阶级咸镇海家里出现的迷信把戏以及由此引发的家破人散的故事，从而揭露了迷信的虚伪性、欺骗性及对社会的严重危害，强调了彻底破除迷信思想的必要性。

小说《牡丹屏》则讲述了善良的庶民之女今善遭遇的各种不幸，尖锐地揭露了封建统治者和社会寄生虫在道德上的堕落和腐败，体现了开化派对于民众的同情。

家徒四壁、三餐不继的庶民韩固植被骗子卞家的甜言蜜语欺骗，把女儿今善卖给了一个叫作崔别监的人。崔别监原想将今善卖给妓院，但遭到了今善的顽强抵抗。此举未遂，他就再次把今善卖给了做情色酒家生意的花开洞罗家。几经患难的今善一心寻死，所幸被张夫人宋氏救起。然而好景不长，今善被张夫人的侄子黄守德欺骗，又一次被卖掉。在度过了新的危机后，今善终于见到了日思夜想的父母，并且和黄守福结为夫妻，踏上了留学的道路。

小说里的人物群体彼此形成了鲜明的对比：一边是卞家、崔家、罗家和黄守德等内心充满贪念和欺瞒的骗子们，一边是张夫人、今善、黄守福等道德高尚的人们。

出生于庶民家庭的今善饱尝了世间的各种辛酸。最初，她想以死守护自身的纯洁，后在开化思想的影响下觉醒，和憧憬开化思想的黄守福结为夫妻，从而将命运牢牢把握在了自己的手里。通过对今善这一形象的塑造，作者从人道主义角度表达了对庶民女性悲惨命运的同情，谴责了把人类当作商品进行买卖的罪恶现实。

黄守福虽出身于贵族家庭，但却是资产阶级开化思想的拥护者。作者通过刻画这一人物形象，以艺术的形式呈现了告别自身所属的腐朽不堪的阶层、毅然投身新生活的青年一代的面貌。黄守福在封建末期的新旧势力斗争中抛弃了旧阶级赋予他的身份，积极寻找新的生活世界。这充分体现了在历史转型中知识分子的初期觉醒，具有深远的意义。

小说中出现的卞家、崔家、罗家和黄守德等反面形象视女性为玩物，甚至将她们当作商品，这些反面人物可以说是封建社会道德败坏的无赖与寄生虫。通过对这些人的批判，作者对殖民地半封建社会的罪恶进行了抨击，揭露了其腐朽的本质。

小说既展现了进步的社会理想，也在一定程度上体现了改良主义的意识。这从崔别监被新任别监处决和没能将今善的觉醒与新教育的作用紧密联系在一起等方面可以看出。

小说《鬓上雪》是一部从正面提出彻底废除封建纳妾制度的作品。

　　小说的主人公徐正吉由拉皮条的花顺做媒，娶了戏弄男人、见钱眼开的"平壤大婶"做妾。但是，平壤大婶刚嫁进去就对正室夫人李氏心生怨恨，并将她赶出家门。不仅如此，她还虐待李氏的侍女福丹，致使其最终跳井自杀，甚至还谋划将李氏卖给不良之徒黄恩律。福丹的父亲得知后，把此事告诉了李氏夫人的弟弟李胜学，最终使得平壤大婶的阴谋被识破。来到首尔的李胜学让姐姐女扮男装回到济州岛老家，而自己则男扮女装假冒李氏。最终，李胜学毫不留情地揭露了平壤大婶的真面目，使其受到了应有的惩治。在那之后，徐正吉和被救的李氏又重新生活在了一起。

　　小说登场人物众多，情节发展曲折，揭露、谴责了纳妾制度导致的社会罪恶，进而主张将其彻底废除。

　　主人公徐正吉既是封建纳妾制度的牺牲品，也是因民主主义思想而得以重生的人物。他出生于豪华贵族之门，早年是沉迷于女色的无知之徒。在接连遭遇生活的磨难之后，他开始从自己悲惨、羞耻的命运中觉醒过来。作者将主人公性格的转变归功于新教育。徐正吉在经历了新教育，即海外留学生活的洗礼后，渐渐摆脱了无知愚昧的状态。他不再是原来那个"纳妾制度"的"主人公"，而成为新式夫妻生活中的担当者。这一点可以从他在海外留学时给夫人李氏写信承认错误，并再次将其迎回这一情节上得到证明。徐正吉这一人物形象的意义就在于使人认识到纳妾制度的不合理性及废除该制度的正当性。

　　小说中，作者通过刻画平壤大婶等反面形象，揭露了纳妾制度导致的社会罪恶。此外，小说还通过李胜学和玉熙自由恋爱的情节提出了新的婚姻观。

　　古典小说《谢氏南征记》也试图对封建纳妾制度进行批判。但是，由于社会历史条件的限制，《谢氏南征记》虽对纳妾制度的不合理性进行了抨击，却没有主张将其废除。而小说《鬓上雪》则与此不同，它强烈要求废除纳妾制度，并提出了新的伦理观。这也说明了这部小说所具有的时代价值。

除此之外，李海朝的小说《月下佳人》叙述了朝鲜移民在墨西哥的生活，《巢鹤岭》则描写了朝鲜移民在远东的生活，两部作品均备受关注。在上述作品中，作者为人们展现了朝鲜人民在日渐殖民地化的现实社会中如同奴隶般的悲惨命运，揭示并谴责了殖民地社会的罪恶本质。

总而言之，李海朝在1910年前后创作的新小说无一不体现了文明开化、自主独立的思想。这种思想大多是在道德、伦理方面的素材中表现出来的。

但是，1910年以后，他的不少新小说，如《花之血》《邵阳亭》《琵琶声》《双玉笛》和《雨中行人》等都在社会追求方面表现出严重的退步，艺术形式上也逐渐退回到古典小说或者通俗小说的道路上来。这与其资产阶级改良主义者的政治立场和美学理想有关。

（3）其他新小说作家和作品

除了李仁植、李海朝的新小说外，还有崔瓒植的《秋月色》，槃阿的《梦潮》（1907），金教济的《显微镜》（1911）、《牡丹花》（1911）、《飞行船》（1912），朴永镇的《瑶池镜》（1913），南宫濬的《明月亭》（1912），鲜于日的《杜鹃声》（1913）等作品。上述作品中，槃阿的《梦潮》和金教济的《显微镜》有一定的价值。

1907年，小说《梦潮》连载于《皇城新闻》。该作品鲜明地表露了在日本帝国主义和封建守旧派的双重镇压下，资产阶级开化派的社会改革依然会取得最后胜利的坚定信念。

这样的信念体现在小说情节的设定中：在韩大兴因参与开化运动而被封建守旧派虐杀后，韩大兴夫人将丈夫留下的遗书永久珍藏，并且倾尽心血将儿子镇南抚养长大，使其继承了父亲的遗志。

小说的主人公韩大兴夫人是一个受开化思想影响而觉醒的近代朝鲜女

性的典型形象。韩大兴夫人的家庭在封建守旧派的恐吓和镇压下，历经坎坷。这种悲剧性的遭遇成为主人公性格转变的契机，而小说正是通过这样的故事情节体现了人物形象的典型性和真实性。

主人公韩大兴夫人自幼父母双亡，饱尝人间冷暖。嫁与韩大兴后，她渐渐理解了丈夫全身心投入开化运动的意义，并自觉地将其当作自己的义务，积极协助丈夫参与开化运动。在丈夫被封建保守派势力杀害后，她所受的打击不言而喻。但她毅然化悲痛为力量，将丈夫的遗书珍藏起来，并决心努力抚养年幼的镇南长大，让其继承父亲的遗志。为此，她对儿子进行了有目的的培养：她常拿出丈夫留下的遗书教育儿子；当儿子在校听完朴主事的演说回家后，她语重心长地教育儿子"你父亲正是朴主事所称赞的爱国英雄"；带儿子去给丈夫扫墓，等等。这些故事情节无一不表明了韩大兴夫人的决心和对儿子的期望。

由此可见，韩大兴夫人不仅是传统美德的传承者，还是一名支持开化运动、继承丈夫爱国精神的近代女性。韩大兴夫人这一艺术形象展现了启蒙期朝鲜女性的自我觉醒和高尚的道德风貌，具有特殊的意义。

小说中的朴主事是开化派的典型代表。即使在封建政府的血腥镇压下，他也毫不畏惧地深入群众之中，积极地开展开化运动。他在串联小说事件和人物的过程中起到了重要的作用，是影响主人公韩大兴夫人性格发展的重要人物。

韩大兴被杀害后，朴主事将他的遗书转交给其夫人，并到学校等社会场所进行政治演说，明确宣传了开化派政治立场的正当性。即使是在国政改革失败、民权运动遭受严酷镇压的现实下，他也仍坚信自己的政治理念，不断地深入群众，坚持开展爱国启蒙活动。在他的影响下，开化派的活动才逐渐得以推广。

此外，作者还把朴主事塑造成一个注重同志情谊的人物，这主要体现在他对韩大兴夫人和其儿子镇南无微不至的照顾上。

小说《梦潮》不仅直接反映了近代社会的政治现实，而且还以具体的艺术形象阐明了近代的社会问题，具有深刻的意义。无论是在内容上还是在形式上，《梦潮》都可以算得上是新小说中的佳作。

1908 年，金教济发表了小说《显微镜》。小说以无辜的百姓和贪官污吏的敌对矛盾为主线展开情节，站在开化派的立场上，揭露和谴责了专横贪婪的封建统治阶级反民众的罪恶。

报恩邑里有一个名叫郑承旨的人，他是邑里出了名的贪官污吏，惯于搜刮民脂民膏，掠夺百姓钱财。他想要诡计抢夺富人金坎泳的十万两银子，但遭到金坎泳的反抗。于是，他聚集东学党余党，伪造文书陷害并诛杀了金坎泳一家，将金家财产全部据为己有。但事情并没有就此结束。金坎泳的女儿冰珠有幸逃过此劫，而后她乔装进入郑家为奴，杀死了意图调戏自己的郑承旨，为父亲报了仇。郑承旨的叔叔郑大信在法务部任职，他得知侄子被杀后，立刻以官府之名发出逮捕令，布下天罗地网。而另一方面，开化派的李协判也在法务部任职，为了营救冰珠，他和郑大信展开了激烈的斗争。最终，冰珠被成功救出，而郑大信则受到了开化派的惩治。

从小说里不难看出，郑大信就是封建末期专横贪婪的特权官僚的典型代表。他身处封建社会的最高统治阶层，在法律的庇护下蛮行专横，是维护封建制度的罪恶化身。因此，作者对郑大信的抨击不仅仅是对个别特权阶层人物的批判，更是对封建社会制度造成的社会丑恶现象的批判。换句话说，这种批判是作者基于开化派理念而对封建社会制度本身进行的否定：如果继续对封建的愚昧无知和专横、中世纪式的暴力镇压坐视不理的话，文明的国家与社会便无法建立，人权也无法得到维护。

小说中，李协判早年留学海外，学成归来后在政府机关的法务部任协判一职。他从不顾忌自己的职位和身份，积极地响应开化运动，为了饱经苦难的无辜百姓，毅然和封建特权官僚们展开了正面斗争。李协判这一人物是开化运动中开化派的正面代表，他具有人道主义热情，拥护民权，否定封建社会现实，并且积极支持社会改革。作者通过李协判这一人物形象，肯定了开化派的立场和主张，显示了开化派必胜的信念。

但小说在人物形象的塑造上仍存在不足，一些人物形象的设定反而模糊了小说的主题思想，如从外国留学归来的新女性玉溪向郑大信告发冰珠的情节就暴露了作家对社会追求的不明确性。尽管小说具有一定的局限性，但它把封建守旧派和开化派的政治对决与社会生活的具体细节结合在一起进行描写，具有时代性与生活的真实性。

3　诗歌创作

（1）诗歌的种类及其创作倾向

在爱国文化启蒙运动的热潮及反侵略、反封建斗争的时代背景下，启蒙期诗歌文学的发展呈现出多元化的态势。除时调、汉诗、民谣等传统形式之外，这个时期还孕育出唱歌、新体诗等新的诗歌形式。

这一时期创作的民谣大多以农民起义军和义兵斗争为主题，歌颂农民起义军和义兵们宁死不屈、顽强英勇的革命意志和战斗精神。

在以甲午农民战争为题材的民谣中，《八王鸟之歌》讴歌了以全琫准为首的农民起义军，表达了作者心中的伤感情绪。

> 雀儿，雀儿，绿豆雀儿，上道雀儿，下道雀儿，
> 全州古阜的绿豆雀儿，大瓢小瓢咚咚响。
>
> 雀儿，雀儿，绿豆雀儿，莫在绿豆田停栖，
> 若绿豆花儿落，青包小贩儿会哭泣。

鸟儿，鸟儿，青色①的鸟儿，你为何会出现在这里？

松竹绿意葱葱，以为夏天已至，

门外白雪飘飘，原来是那青松绿竹欺骗了我。

诗中所提及的"绿豆"是全琫准的号，"八王鸟"是全琫准的姓氏——"全"字的拆分。所以，"绿豆雀"其实特指全琫准，而"绿豆雀群"则暗指全琫准领导和指挥的农民起义军。

首联中，上下句表达了民众们希望"绿豆雀群"——全琫准带领的农民起义军能够脱离险境。第二联借绿豆花凋零之况，表达了百姓们对农民战争失败的惋惜之情及"绿豆"将军全琫准壮烈牺牲的哀悼之情。第三联中，松竹绿意葱葱，恍如夏天已至，但出门一看，外面白雪纷飞，寒风刺骨。诗歌借此表明了当前的不利形势，暗示了败北的趋势。

综上，这首民谣表达了对农民起义军的殷切关怀之情和对起义失败的遗憾之意，字里行间表达了鲜明的反封建斗争精神和民众觉醒的意识。

下面这首关于甲午农民战争时期的民谣也广为流传。

走吧，走吧，

乙未时，乙未时，

如若伤残了，就无法离开了。

这首民谣利用甲午、乙未、丙辰②等甲午农民战争前后时期年代（干支纪年）的同音，号召大家积极加入农民起义军的队伍，不要错过时机。

此外，以歌颂甲午农民战争时期农民起义军英勇的战斗气势而闻名的民谣还有《兵丁歌》。它的首联内容如下：

---

① 在韩语中，"青色"与"八王"同音。

② 在韩语中，"甲午"与"去吧"，"丙辰"与"病身"（即"伤残"）同音。

　　反抗吧，响应任钟延的行动吧。

　　厉兵秣马，枕戈待旦，

　　海州城内，重重包围，噼啪噼啪枪声四起，

　　海州监司，赤脚逃窜。

　　哎嗨唷，哎嗨唷，哎嗨唷，

　　海州监司，仓皇逃。时和年丰，迎人来。

　　民谣中，包围、攻击海州城的农民起义军的高大形象与遭受农民军扫射后落荒而逃的海州监司的丑态形成了鲜明的对比。

　　民谣的第二联讲述了视察官被农民起义军处决的事情，第三联则歌颂了剿灭日本侵略者的伟大的农民起义军。

　　由此可见，这一时期绝大多数的民谣都表达了对封建统治者和日本侵略者的愤恨，赞扬了农民起义军的斗争英姿和气势。民谣的整体氛围既带有斗争性，又具有诙谐色彩。

　　1894年农民起义之后，朝鲜的反日义兵斗争进入高潮。1895年，朝鲜的义兵斗争在儒生阶层的领导下掀起了第一次高潮，而第二次高潮则是在《日韩新协约》[①]签订之后。这一时期涌现了许多平民出身的义兵将领，义兵斗争呈现出新的风貌。其中，洪范图、安重根等义兵将领所领导的义兵斗争在亡国之后也仍在海外持续进行，并发展为独立军斗争。

　　这一时期还出现了许多以反日义兵斗争为题材的义兵歌谣，它们也都遵循了民谣应有的曲调。

　　义兵歌谣真实地反映了义兵们与外来侵略者及封建势力做斗争的顽强意志，将他们的生活、志向、情感变化巧妙地融入了歌谣之中。

　　其中的代表作有歌颂洪范图义兵队的《义兵队歌》及称颂义兵们剿灭

---

① 即1904年签订的《第一次日韩协约》。

敌人归来的《行进歌》。

《义兵队歌》以洪范图义兵部队曾经的活动地——咸镜道地区的民谣曲调为基调创作而成，共有6个小节：

> 五连发弹九，整装待发，火绳铳内骨碌转动。哎嗨呀哎嗨呀，哎嗨哎嘿哎嗨唷，倭敌就要溃败。
>
> 怪癖中队长尹成泽，山顶战斗胜利归来。
>
> （副歌）
>
> 洪范图，大队长，道上里，游击战，枪打那倭敌巡队十二徒。
>
> （副歌）
>
> 洪大队长行军路上日月明朗，倭寇敌军行走路上雨雪交加。
>
> （副歌）
>
> 倭敌啃咬木屐，何时才能越过那釜山东莱哟。
>
> （副歌）

民谣《义兵队歌》既反映了义兵们的斗争生活，又歌颂了他们剿灭敌人的斗志和威容，表现了他们战胜日本侵略者的信心和气概，展现了义兵队的斗争精神。

民谣《行进歌》则以生动的艺术形象称颂了义兵队伍匍匐前进的英姿、勇气十足的气概，以及剿灭敌人的斗志。

> 你是兵，我是兵，
>
> 哎嗨，紧紧扛起铳枪托，
>
> 赶跑岛国倭寇日本军，
>
> 哎呼哩咕，呼叭叭。
>
> 锵呼哩咕，呼叭叭。

胜利胜利节节胜利，

打他个敌军措手不及，

呼叭叭呼叭叭，呼叭呼叭呼叭。

你一枪，我一枪，

哎嗨，我们的锦绣江山，

倭寇伸来了魔爪，

哎呼哩咕，呼叭叭。

锵呼哩咕，呼叭叭。

轰隆，轰隆，轰隆，

散乐响起，鼓声奏和，

呼叭叭呼叭叭，呼叭呼叭呼叭。

　　这首民谣体现了义兵队伍配合鼓点前进时的韵律，起兴句和反复句的运用，形象地表现了进行曲的庄重和义兵队伍前进的英勇气势。

　　这一时期创作的民谣多与农民起义及反日义兵斗争有关，是启蒙期爱国主义文学的重要组成部分。它在继承传统民谣的基础上有所发展，回答了当时亟待解决的时代问题。

　　汉诗也是启蒙期爱国义兵将领和文人们创作的诗歌类型之一，但汉诗并非爱国文化启蒙运动的直接产物。启蒙期，汉诗的创作主体是接受过汉文教育的文人，大体上可以分为两类进行考察，即义兵将领的汉诗作品和爱国文人的汉诗作品。

　　进行汉诗创作的义兵将领主要有全海山、崔益铉、柳麟锡（1842—1915）、安重根（1879—1910）、李康年（1858—1908）、沈南一（1871—1910）等。

　　义兵将领的汉诗作品大都直接表现了义兵斗争过程中的体验和激情。

义兵将领在汉诗中塑造了为了国家独立而与外来侵略者及卖国贼英勇斗争的抒情形象，而抒情主人公正是义兵将领本身。

全海山作为一名义兵将领，曾留下悲壮诗篇《狱中吟唱》。1905 年，在日本帝国主义的胁迫下，大韩帝国被迫签订了《乙巳条约》[①]。全海山在全罗南道组织了义兵队伍，奋起反抗。但他不幸被敌人逮捕，这首诗成为他的绝唱。

> 书生误着战征衣，
> 太息空囚素志违。
> 痛哭朝廷臣作孽，
> 忍论海外贼侵围。
> 白日吞声江水逝，
> 青天咽泪雨丝飞。
> 从今别却荣山路，
> 化作啼鹃带血归。

诗中，诗人在临死前也不曾动摇自己的信念，表达了义兵将领刚正不阿的气概及未能与侵略者斗争到底的愤恨之情。此外，诗人表明了至死不忘英山故乡路，死后也要变为杜鹃鸟嘴含鲜血飞回故乡的心志，集中体现了其爱国情怀。

柳麟锡则根据自身的义兵斗争体验，创作了《心忧世界》《致国民》《致义兵们》《拒做亡国奴》《致五贼和七贼们》等众多爱国诗篇。

《致国民》一诗内容如下：

---

① 又称《第二次日韩协约》。

　　忿忿心怀陷漂泊，

　　常常泪眼惜同族。

　　四千年灿烂历史，

　　五百年国土守护。

　　食人野兽已侵至，

　　为国岂能沦为奴。

　　或死或生一瞬间，

　　力显忠诚志不渝。

　　该诗不仅唤醒了民族自尊心和同胞之情，还表达了对敌人的憎恨之情，并呼吁民众积极加入剿灭敌人的队伍中去。

　　安重根在哈尔滨火车站刺杀日本帝国主义侵略者头目伊藤博文前夕，曾在同僚面前吟诵了被后人广为流传的著名诗篇《举事》：

　　丈夫处世兮，其志大矣。

　　时造英雄兮，英雄造时。

　　雄视天下兮，何日成业。

　　东风渐寒兮，壮士义烈。

　　愤慨一去兮，必成目的。

　　鼠窃伊藤兮，岂肯比命。

　　该诗强烈地表达了诗人的远大抱负、爱国气概，以及国家独立的迫切愿望。

　　此外，义兵将领沈南一、义兵李锡庸和李康年的汉诗作品也都生动地描述了爱国人士不惧牺牲的斗争气魄及高涨的革命热情。

　　义兵将领的爱国诗作反映了义兵队伍的崇高精神和英雄气概，字里行间蕴含着斗争的热血，读来让人心潮澎湃。

启蒙期的汉诗作品中，爱国文人金泽荣（1850—1927）、黄玹（1855—1910）的作品也具有重大意义。金泽荣的代表作有《闻义兵将安重根报国仇事》《义气之歌》《闻梅泉为国献身》等。其中，汉诗《闻义兵将安重根报国仇事》内容如下：

> 平安壮士目双张，
>
> 快杀邦仇似杀羊。
>
> 未死得闻消息好，
>
> 狂歌乱舞菊花旁。

该诗中，诗人对安重根在哈尔滨火车站刺杀伊藤博文的爱国之举表达了赞赏之情。

爱国文人黄玹创作了很多爱国诗篇，以此来表达因亡国之痛而产生的愤恨之情，以及悼念在义兵斗争中英勇献身的烈士们。其代表作有《闻变三首》（1905）、《绝命诗》（1910）、《哀茂长义士郑时海》（1906）、《哭勉庵先生》（1906）和《李忠武公龟船歌》（1884）等。

在《哀茂长义士郑时海》中，诗人主要描写了全罗道的反日义兵将领郑时海在封建官僚的镇压下无辜惨烈牺牲这一事件，表达了自己的哀痛之情。

> 藁殡凄凉寄路旁，
>
> 行人驻马为沾裳。
>
> 赤城江水流无尽，
>
> 春草年年祭国殇。

诗中，诗人本着诚挚的爱国热情，对义兵将领郑时海的壮烈牺牲表达了悲痛之情。

义兵将领和爱国文人创作的汉诗作品虽然不能直接反映那个时代的启蒙思潮和文学革命的要求，但作品中所表现出来的爱国热情和民族精神对近代爱国主义文学产生了深远影响。逐渐从文坛消失的汉诗，在其发展的最后阶段奏响了爱国主义的主旋律，因而也不失其积极意义。

这一时期还有许多蕴含爱国启蒙思想的时调，主要作品有《爱国心》（1908）、《学生指南》（1908）、《团结的力量》（1908）、《英雄血泪》（1910）、《寻找英雄》（1910）、《大业》（1910）等。这一时期，时调的创作者主要是爱国启蒙文人。

《爱国心》歌颂了国民的自觉性和为国家的独立而奋斗的精神。

> 国家兴亡，匹夫有责，
> 赴汤蹈火，勿忘爱国，
> 独立之根基，或爱国二字。

《英雄血泪》主要讲述的是英雄流下的鲜血浸透这片土地，激发了国民的爱国主义精神。

> 英雄抛洒的热血不会停止，
> 它将化为黄金山的雨，
> 直至怨恨如数洗尽方作罢。

除此之外，《寻找英雄》还通过描写"戴斗笠"的路人积极寻找英雄的场面，表达了国民渴望拯救民族命运的英雄出现的急切之情。

> 洛东江细雨，戴斗笠路人，

独自摇小船，那是去何方？

正去寻那，商讨世事的英雄。

启蒙期的时调虽然沿用了古代时调的艺术形式，但把作家的思想意图高度凝练在最后一行，并特意省略总结词尾，这样能够克服古代时调普通具有的徐缓的情调，更能给人紧迫感和强烈感。这些微妙的形式变化与近代社会生活节奏的变化不无关系。

在这一时期的诗歌文学中，歌辞的发展也是不容忽视的。这个时期的歌辞通常被称为"开化歌辞"，也称"政论歌辞"或"讽刺歌辞"。但为了便于与这一时期的唱歌进行区分，学界一般将其称为"开化歌辞"。开化歌辞由开化派或爱国知识分子创作而成，主要刊登在当时的报纸和杂志上，如《帝国新闻》的实事短篇栏和《大韩每日申报》的《社会灯》专栏等。歌辞创作在1905年《乙巳条约》签订后进入高潮，1907年《丁未七条约》[1]签订后达到顶峰。1910年，《日韩合并条约》签订后，歌辞创作开始走向衰落。

流传至今的开化歌辞数量众多，仅《大韩每日申报》的《社会灯》专栏刊登的歌辞就有600余首。

开化歌辞虽沿用了前期的歌辞形式，但也出现了新的变化。

以往的歌辞没有分节，而开化歌辞不仅有分节，且歌辞本身也需符合一定的形式：第一节是作者的意图和诗的概况，第二节展开对基本内容的叙述，最后一节则含蓄地表达作者的思想。可以看出，开化歌辞试图改变中世纪歌辞的松缓音调，且篇幅更短。

开化歌辞的主题大体上可分为两类：一是批判日本侵略者及其驻军犯下的罪恶，二是批判封建统治阶级及其残余势力阻挠文明开化的进程。

揭露和控诉日本侵略者及其驻军罪恶的作品主要表达了强烈的民族情

---

① 又称《第三次日韩协约》。

绪和抵抗意识，代表作品有《得意天地》（1908）、《打倒一进会》（1908）、《宋秉畯，你听好！》（1909）、《三年狗尾》（1909）、《笔下短评》（1909）等。

《宋秉畯，你听好！》这一作品控诉了宋秉畯的卖国罪行。

> 劈开南山竹，倾倒东海水。拔出李渊之笔，揭露内务大臣。宋秉畯之罪，激起世人愤怒，今日齐聚共声讨。

> 宋秉畯，你听好！啸聚无赖之辈，组织一进会；抖狂言妄说，聚众多良民，让其陷落魔窟。这是你一大罪行也。

歌辞揭露了卖国贼宋秉畯建立一进会，出卖国家和民族利益的罪行。

《三年狗尾》采用了讽喻的手法，用狗来称呼日本侵略者，控诉他们禽兽不如的恶行。《得意天地》《打倒一进会》和《笔下短评》则辛辣地批判了亲日卖国贼的罪行。

对阻挠文明开化的封建统治阶级及其残余势力进行批判的作品主要有《魔报鬼说》《九恶种子》《打破余习》《韩人恶习》等。

《魔报鬼说》驳斥并讽刺了亲日开化派模棱两可的开化和革新思想；《打破余习》和《韩人恶习》则批评了阻挠文明开化的旧思想残余，即迷信、风水学等恶习。

《九恶种子》共有十联，主要揭露和批判了阻挠文明开化的封建社会末期的九种恶势力。

> 三千余里的江山，一股邪气从何而来？
> 各色种子滋生为这开化时代的障碍，难以拔除。

官场风波不息，危险不计其数，
贪图短暂荣华，耽于利益往来，
惯于买卖官职，至死不愿悔改。
此非仕宦之种乎？

观察使和郡守，终如愿得其一，
花费重金而获，是故为了回本，
抓来无辜良民，先割肉又去皮。
此非贪虐之种乎？

凭借先祖荣光，沿袭旧时宅号，
两班威仪甚惧，冷对庶民施令，
夺民田之陋习，至今无意悔改。
此非土豪之种乎？

除上述主题的歌辞外，还有许多主张文明开化、号召民众团结爱国的作品，如《丈夫歌》（1905）、《伟大而悲伤》（1908）、《再次劝告》（1908）、《游览春城》（1908）、《古今春魂》（1908）、《叹息的世界》和《英雄纪念祭》等。

开化歌辞直接反映了当时的社会现实问题，具有浓厚的政治色彩，对于启蒙民众的反侵略爱国思想和反封建民族主义思想有积极影响。但由于情感表达的抽象化和诗歌形式的固定性等，1910 年后，开化歌辞逐渐在诗坛销声匿迹。

为适应时代美学的要求，启蒙期的诗歌在发展过程中诞生了新的形式——唱歌和新体诗。唱歌和新体诗不仅在内容上具有进步性，而且体现了朝鲜民族诗歌的发展方向，可以说是这一时期诗歌发展的最高成就。

（2）唱歌、新体诗和崔南善

所谓唱歌，即"唱出来的歌曲"。唱歌是 19 世纪末 20 世纪初为顺应近代诗歌文学的发展要求而出现的歌辞文学形式。

唱歌和传统的歌辞，尤其是杂歌有着密切的继承关系。不仅如此，基督教的赞歌对唱歌这一诗歌形式的出现也功不可没，不管是在内容上、形式上还是唱法上，赞歌和唱歌都密切相关。比如，金基范的《庆祝歌》（1898）是基督教的教徒为王祈祷后所唱的歌，它证明了初创期的唱歌和赞歌之间具有联系。但是，唱歌具有倡导文明开化、追求自主独立的主题倾向，这使其在发展过程中必然会摆脱赞歌的影响。

唱歌出现于 1894 年甲午更张后，在 1906 年前后进入创作的高潮期。唱歌主要由爱国文化启蒙运动家创作，并刊登在当时的报纸、杂志上，同时也以口头的形式流传。唱歌以崭新的内容和形式引起了当时朝鲜人民的极大共鸣，引起了全社会的关注，尤其是在爱国文化启蒙运动家设立的私立学校和夜校中广泛流传，还被设置为教学课程。

在诗歌形式方面，与先行时期和同时期的歌辞文学相比，唱歌具有一系列迥然不同的特性。

第一，唱歌在内容上表现出强烈的追求文明开化、自主独立的思想。如果说同时期的开化歌辞主要是对日本侵略者、卖国逆贼、封建守旧派及其残渣余孽的讽刺和批判，那么唱歌则致力于用文明开化、自主独立的思想去启蒙大众。产生这种差异的原因很多，但归根到底还是由唱歌的主要目的——正面启蒙大众决定的。

第二，唱歌没有拘泥于传统的固定韵律，而是显示出自由韵律的倾向。初期的唱歌主要以三·四调或四·四调为基础，后期则由四·五调、五·五调、六·五调和七·五调等组成阴韵律，孕育了自由诗的韵律要素。由此可见，唱歌具有自由诗的初期特征。

第三，唱歌在结构上是分节的，很多都附有副歌部分。这与唱歌属于演唱歌曲有关。

第四，唱歌与近代乐曲结合在了一起。它结合了迎合近代生活情调的快节奏歌曲，而非先行时期的慢歌。

唱歌真实地反映了19世纪末20世纪初朝鲜人民急剧提高的民族觉悟和对近代化的向往，很好地发挥了启蒙大众的作用。

根据唱歌的创作特征，可以将其分为初期唱歌和后期唱歌。

初期唱歌主要指1896年至1900年间创作的歌曲，一般被称为"爱国独立歌"。这个时期创作的爱国歌、独立歌因作家不同而形式多样。例如，爱国歌中既有崔炖性、李弼军、文景虎、金哲永、尹哲圭等人的创作，也有基督教徒的创作。独立歌的创作亦是如此。初期唱歌主要体现了爱国、独立的思想和文明开化的意识。

这一时期以启蒙大众为目的的唱歌有《独立歌》《同心歌》《新闻歌》《圣梦歌》等。

崔炳玄的《独立歌》（1896）在字里行间表达了祈盼国家独立的时代愿望。

> 天地万物，创造之后，
> 五洲大地，实乃天庭。
> 亚细亚洲，东洋之中，
> 大朝鲜国，巍然屹立。
> （副歌）
> 独立大业，长久之计，
> 军民相爱，实乃第一。
> 何谓喜庆，何谓喜庆，
> 大朝鲜国，独立之日。

《独立歌》一共有 5 节，这是第 1 节。它表现了作者对祖国的自豪，以及无惧侵略者的威胁、必定要实现国家独立的爱国情感。

《同心歌》主要宣扬了为实现国家独立和文明开化，必须摒弃空谈、团结一心开办实业的思想。

醒来吧，醒来吧，
沉睡四千年的梦。
万国汇集，
四海一家。

不拘区区小节，
上下同心同德，
空羡他国富强，
岂能自作主张。

照虎画犬，
照凤画鸡，
欲求文明开化，
必先实事求是。

临渊羡鱼，
不如退而结网。
结网何难，
同心必成。

后期唱歌大体上是指 1900 年以后创作的作品，代表作有《相逢有思》

（1906）、《开学歌》（1906）、《学生歌》（1907）、《少年歌》（1910）、《韩半岛》（1910）等。这一时期具有代表性的唱歌作家是崔南善。

后期唱歌形式多样，更加自由奔放地唱出了民众们反侵略、反封建的思想，以及追求文明开化、自主独立的愿望。而前期曾反映忠君爱民思想的唱歌明显销声匿迹。这个时期的唱歌之所以产生这样的变化，与启蒙期的各种学会及学校教育有着密不可分的关系。

作品《相逢有思》用强烈的呼吁、雄壮的抒情方式，高唱了朝鲜人民对实现国家独立的企盼。

《相逢有思》一共有 5 节。

> 我可爱的，青年朋友们，在今天啊，我们喜相逢。
> 在喜悦中，我痛定思痛，对祖国啊，忧虑更深重。
> 什么时候，什么时候，独立宴上，我们再相逢？
>
> ……
>
> 青年们啊，我多么悲伤，亡国的人民，是多么悲伤。
> 我们的国权，要早日恢复，重振国威，是我的愿望。
> 什么时候，什么时候，独立旗帜，高高地飘扬？
> 青年们啊，我们的国家，日益衰败，是我的责任。
> 日渐兴盛，是我的职责，不要灰心，一起奋发吧。
> 我们的愿望，我们的愿望，实现的日子，为期不远。

歌曲以沉重的感情为基调，全篇都在诉说失去国家的悲伤和激愤，表达了作者对恢复国权和弘扬民族威严的迫切希望，同时还指出光复国家是血气方刚的青年们应该承担的责任。作者将四·五调和三·三调结合起来，构成了该歌曲的旋律。

　　唱歌中的劝学歌类作品在当时的青年学生中也广为传唱。如《学生歌》、《劝学歌》（1906）、《平壤爱国女学生的学生歌》（1906）、《女学生爱国歌》（1906）、《运动歌》（1907）和《爱国劝学歌》（1909）等作品，均强调了青年学生们应肩负的新时代使命，表达了对青年学生成为独立国家的栋梁的希望。歌曲《学生歌》内容如下：

　　　　学生们学生们，青年学生们！

　　　　请你们听一听，墙上那挂钟。

　　　　一声啊接一声，声声不复回。

　　　　人生一百年啊，如马飞奔去。

　　该作品积极提倡青年为了国家的独立和社会的文明开化，分秒必争地投入到新学问的研究中。它不但唱出了富有正义感的内容，还以诸多细节保证了其真实性与生动性，同时在情感的抒发上也极具深度和广度。

　　此外，崔南善还创作了《京釜铁路歌》（1908）、《汉阳歌》（1908）、《青年学会行步歌》（1909）和《檀君节》（1909）等数十篇作品，为民众启蒙运动做出了贡献。

　　唱歌在朝鲜民族诗歌发展史上具有重要意义。19 世纪末 20 世纪初的唱歌相对敏感地反映了反侵略、反封建的爱国主义思想和追求文明开化、自主独立的思想，在人民大众，尤其是青少年中广泛传唱。它在鼓舞人民大众团结一心，走向爱国之路的过程中发挥了积极的作用。唱歌还通过对多种韵律，即四·五调、六·五调、七·五调和八·五调等的探索，发挥了由古典诗歌向自由诗过渡的桥梁作用。[①] 再者，唱歌通过与近代音乐的结合，为现代歌谣的发展留下了珍贵的创作经验。由此可见，唱歌的诗文

---

　　① 严格来说，唱歌发挥的是由古典诗歌向新体诗过渡的桥梁作用。

学要素为自由诗所继承，而音乐要素则由现代歌谣继承了下来。

但是，唱歌也具有一定的局限性。它具有潜在的封建思想因素。同时，作为传唱的歌曲，它与音乐相互依存，没能摆脱固定韵律的束缚，带有口头文学的特性。

1908 年，在唱歌发展渐入佳境之时，启蒙期文坛出现了新的诗歌种类——新体诗。新体诗的最早探索者是崔南善，1909 年他在杂志《少年》上发表的"新体诗征文"广告中提出了关于新体诗的要求："可以随意决定诗歌的行数以及节数。"这一要求相当于定义了新体诗的结构形式与韵律构成，使之与传统格律诗的创作体系区分开来。可以说，新体诗是向自由诗过渡的诗歌种类，它最先由崔南善尝试创作。

崔南善、李光洙在 1908 年至 1910 年间创作了许多新体诗。其中，崔南善对此贡献较大。

1929 年，诗人朴八阳在文章《新诗运动概观》中指出："在从没有人用朝鲜文创作自由诗的时候，'六堂'崔南善先生率先进行了这样的尝试。"崔南善的新体诗是否属于自由诗这个问题暂且不谈，但不可否认，他对此的探索正是朝着自由诗的方向进行的。

新体诗保留了联与联之间的固定格式。在每联内部，行和音节数的构成都偏向于自由诗的结构和韵律。从这一意义上来说，崔南善所探索的新体诗虽然尚未成熟，却是朝鲜自由诗的最初形态。

新体诗的出现，很大程度上是受了唱歌的积极影响和日本新体诗的影响。

崔南善（1860—1957），号六堂，笔名有公六、大梦崔等。他在青少年时期，与李光洙、洪命熹等一起赴日本留学。当时，他们就已经显露出过人的聪明才智，在朝鲜留学生中具有相当的威望。不仅如此，他们都对文学有所追求，彼此之间交往甚密。留学归来之后，崔南善亲自创办了杂志《少年》。也就是从这时候开始，他正式登上文坛。他将自己前期翻译的外国传记文学作品和诗歌发表在杂志《少年》上，并且发起了以《少年》为阵地的新体文章运动,并发表了自己创作的唱歌作品及新体诗作品。1910 年,他创办了《晨星》和《青春》等杂志,为文学的发展营造了良好的环境。

作为一个诗人,崔南善对新体诗坛的贡献是独一无二的。他在 1908 年至 1910 年创作了不少新体诗,代表作有《海上致少年》(1908)、《旧作三篇》(1909)、《花赋》(1909)、《太白山诗集》(1910)等。在这个时期,他侧重于诗歌创作,始终宣扬文明开化思想及民族精神。

诗歌《海上致少年》是他的第一部作品,具有非凡的意义。

哗哗,哗哗,雨水弥漫。

敲打,破碎,塌陷。

状如庙宇的岩石高过泰山。

这是什么,是什么?

你知道我的力气有多大,雨在斥责。

敲打,破碎,塌陷。

哗哗,哗哗,雨水狂乱。

……

哗哗,哗哗,雨水弥漫。

这个世界,这里的人都可以抛弃,

只因这世上有一种东西值得你去爱。

胆大而纯真的少年们,

可爱地逗乐着来到我的怀里,让我拥抱。

来吧,少年们,将我亲吻。

哗哗,哗哗,雨水狂乱。

诗中，诗人将文明开化的浪潮比喻成大海的怒涛，强调粉碎旧势力、建设文明开化新世界的希望应落在少年的身上。

在《太白山诗集》中的诗歌《太白山赋》中，诗人通过歌颂民族的圣山——太白山，宣扬了民族精神。

> 地球之山——是山的太白吗？
> 太白之山——是山的地球吗？
>
> 诗人啊，请不要问，
> 那并不是急着赞颂的事物。
>
> 天空浑圆，大地平坦，
> 我们的太白山巍然！

诗中，太白山的雄伟象征着朝鲜民族的灵魂。诗人通过对太白山的赞颂，表露了自己的豪迈之情。全诗表达了作者坚定捍卫民族精神、守卫民族灵魂的志向。

崔南善的新体诗创作在朝鲜的诗歌史上意义重大。首先，他的新体诗表现出民族精神和文明开化思想，起到了启蒙大众的作用。其次，他的诗歌探索、尝试了多种韵律，在诗行构成方面也没有特定的格式。他试图通过扩大或缩小一定的音节群、修辞性的提问或号召、有意的反复等手法来调整韵律，为研究自由诗韵律提供了宝贵经验。最后，他的诗歌作品在朝鲜民族诗歌史上最先摆脱了对音乐的依赖，扩大了诗歌的读者群。

但是，崔南善的新体诗仍存在一些局限性，如韵律单调、感情抽象等。

4 文学批评

启蒙期文学批评的出现和发展与当时的文学思潮有着紧密的联系。启蒙期文学批评不仅引领了启蒙期文学的发展，而且作为一种批评文体，它的产生和发展也呈现出全新的面貌。

在启蒙期文学的主要体裁——新小说和唱歌等文学作品中，中世纪与近代化要素并存，而文学批评也不可避免地存在着这种复合的要素。换言之，这一时期的文学批评作品中既保留有中世纪文学批评的残影，又萌发出近代文学批评的新芽。

启蒙期文学批评有三大特征。

第一，启蒙期文学批评尚未形成独立的评论形态，多以小说或诗歌的序、跋等形式发表，因此具有依附性。此外，启蒙期文学批评很少对作品的结构和表现手法进行美学及技巧性分析，而是以评论作品主题的社会功能和文学的社会作用为主。

这一时期的文学批评还未能摆脱中世纪文学论的桎梏，因此缺乏近代文学的特征。例如，赵镛周在《道德与文学的关系论》（1908）中，依旧坚持儒家传统的"文以载道"论。这种见解与当时卫正斥邪的思想有关。

尽管如此，启蒙期文学批评仍备受瞩目。具有代表性的批评文章有朴殷植的《〈瑞士建国志〉序文及后记》（1907），申采浩的《近今国文小说著者之注意》（1908）、《小说家的趋势》（1908）、《天喜堂诗话》（1909），崔南善的《〈旧作三篇〉后记》（1909），以及李海朝的《〈花之血〉序跋》（1910）、《〈弹琴台〉跋文》（1910）等。

启蒙文学论的主创着重强调文学的社会功能。

朴殷植在《瑞士建国志》的序文中首先强调了小说的社会功能，他认为小说具有启发国性、开启民智，乃至宣扬爱国思想的巨大作用。他在文章中指出：小说家感人最易，入人最难，这与风俗、阶级和教化程度关系甚大。在国外，一部优秀的小说能够给人们敲响警钟，成为独立自由的代表，既培养国性，又开发民智；而在朝鲜，却鲜有优秀的小说，有的只是放浪人性、伤风败俗、对政治教育和世间道义起负面作用的小说。所以，他希望多出现一些对启发和提高民智有帮助的小说，并呼吁国民多读这样的优秀小说。这篇文章体现了朴殷植对古典文学，特别是对小说的片面性的否定意识，但也体现了他作为一名启蒙思想家，意图通过小说启发民众，用爱国思想武装民众的美学理想。

申采浩也大力宣扬小说的社会功能，并在《近今国文小说著者之注意》和《小说家的趋势》等文章中对此进行了大篇幅的讨论："呜呼！不帮助英雄豪杰建天下大业者，多出于下等社会，而小说具有移人心之力，故岂能忽视小说矣。多出萎靡淫荡之小说，其民也受此感化，倡导侠义的小说亦如是。故前人曰'小说为民之魂'。传入韩国的小说多为桑园濮上的淫谈和崇佛乞福的怪话，此为伤风败俗的一大原因，故应创作新小说，一扫颓废风气，此举刻不容缓。"（《近今国文小说著者之注意》）"呜呼！可谓小说为国民之罗盘，因其语言通俗，文笔巧妙，目不识丁的民众亦能够读懂且喜欢阅读。小说能引领人民走向强大，走向衰落，抑或走上奸诈之道。故小说家应当自重。现今小说家们皆喜聚众豪饮，这个社会将来能成何气候。"（《小说家的趋势》）

申采浩批判了当时腐败颓废的小说，并指出小说应在新的环境中迎难而上，这是它的使命，也是亟待解决的现实问题。换言之，他认为作家在面临亡国的悲惨命运时，更应该利用小说唤醒广大民众的爱国启蒙思想。同时，他也期盼小说能真正成为国民之魂、国民之罗盘，完成它本该承担的时代使命。

朴殷植、申采浩的主张将小说的社会功能提到了一个新的高度，使得传统士大夫文人将小说斥为低俗之物的偏见得以纠正，具有一定的积极意义。当然，他们的见解中也不乏对传统小说的错误理解及对小说文学功能的夸大。

朴殷植、申采浩关于小说社会功能的文学论受到中国启蒙思想家、文学家梁启超的巨大影响。梁启超当时对朝鲜文坛的影响甚大，他的《译印政治小说序》《论小说与群治之关系》等文章传入朝鲜后，被朴殷植和申采浩所吸收和借鉴。

第二，启蒙文学论中对于文学民族性的见解也值得关注。启蒙期的文学批评家强调了民族语言作为文学创作手段的主导作用，并积极倡导文学创作中体现民族形式与特色。

申采浩在《国汉文的轻重》一文中指出："只有让国人传阅用本国语言和文字编纂的历史地理知识，才能更好地普及国情，激发爱国之心。"他的语言观与爱国语言学者周时经的观点有着异曲同工之处。他主张把民族语言运用到所有的社会文化活动中，强调用民族语言创作文学作品。他提出"社会趋向是国文小说所定也"（《近今国文小说著者之注意》），认为只有用本民族语言创作出来的文学作品才能最大限度地感化国民。申采浩的主张并非只停留在理论层面上，而是被他付诸行动。他翻译了《意大利建国三杰传》等作品，并创作了新小说《益母草》。

除提倡使用民族语言外，申采浩还积极提倡继承、创造和发展具有民族特色的文学形式。在《天喜堂诗话》（1908）中，他指出："英国的诗有自己的音节，俄罗斯的诗也有自己的音节，其他国家亦如是。若在甲国的诗中加入乙国的音节，就会像在鸟脚上放鹤腿，在水獭身上添狗尾巴一样，且不论优劣与是非，这本身是一个多么可笑的模样啊。"他借此来批判盲目模仿别国艺术形式的文学创作态度，强调朝鲜也有属于自己的独特诗歌形式。他认为，诗是国民语言的精华，只有用朝鲜语、朝鲜字、朝鲜韵律写成的诗才是真正意义上的朝鲜民族诗歌。他的这些主张皆出自对文学民族艺术形式的正确理解。

申采浩观点的可贵之处在于他全面肯定了民谣，并以此为基础倡导诗歌的革新。他在《天喜堂诗话》中说道："我欲成为诗歌界的革命者，重新演绎阿里郎、宁边东台等民族歌谣，去其古板之处，引进新潮思想。"这充分反映了他欲确立民族文学形式的坚定立场。

启蒙文学论中对文学，特别是对小说的虚构性、真实性和文学美学情感特征等方面的见解也值得关注。李海朝不仅是新小说的代表作家之一，而且还提出了一系列关于小说美学的进步见解。在《花之血》的序文中，他写道："……现重新编纂小说《花之血》，此小说同样以当今人们的真实事迹为主线，写作过程中没有一句虚言妄语，不会进行生涩难懂的加工而让文章失去光彩。文章具有真实感，让人仿佛身临其境，足以令读者辨别善恶。"而在《花之血》的跋文中，作者也写道："所谓小说，常常要融入生活，需要作者发挥想象力，写出符合人之常情的情节。只有这种具有真实性的小说才能让读者们更加趣味盎然，才能达到让人们自我忏悔、自我警戒的效果，所以作者在创作小说时就会不断期待这些趣味性及其影响。"如上所述，李海朝强调了小说的真实性和虚构性的统一，认为两者只有相互协调统一，才能形成认知价值和审美价值的融合。这种观点不仅是新小说作家对小说的一种见解，更是他们共同的美学标准。

第三，启蒙期的文学批评家还强调文学的情感表现特征。申采浩在《近今国文小说著者之注意》中写道，小说的美学情感特征包含了熏、陶、凌、染四个方面，这是小说的艺术形象给予读者的审美效果。此外，李光洙在《文学的价值》（1910）一文中指出，文学就是诗歌、小说等包含情感的文章。他强调，东方国家以情为主的文学并不普遍，即东方文学多重视"智"和"意"，而轻视了"情"。他认为，文学"阐明人生与宇宙的真理，探索人生道路，研究人生感情状态（即心理）的变化，是作者用最稳重的态度、细致的观察和深邃的想象来灌注的成果"，文学的真正价值在于解决人生或世界的问题，并强调了情感的第一性。李光洙的观点体现了西方和俄国近代文学批评对他的影响。

启蒙期是新、旧文学批评，即中世纪文学论和近代文学论对立的时期。启蒙期文学批评作为近代文学论的主要内容，为启蒙期文学的产生和发展奠定了理论基础，也为扬弃保守的中世纪文学论起到了积极的作用。换言之，启蒙期文学批评提高了文学的社会地位，提升了其社会功能，但它在文学本质和文学创作原则的解释上仍具有一定的局限性。

第二章

1910 年代的文学

1 文坛概况及文学发展特征

1910 年 8 月 22 日，根据日本内阁决定，日本代表寺内正毅和大韩帝国总理大臣李完用签署《日韩合并条约》。从此，日本全面占领朝鲜，将朝鲜变为其殖民地。日本侵略者在朝鲜设置总督府，实行野蛮的暴力统治。他们打压朝鲜人民的反抗，并四处布网守候，逮捕无辜民众，以维持其殖民地统治。此外，他们强制解散了朝鲜的爱国团体，封锁了全部的舆论出版机关，剥夺了朝鲜人民的所有政治权利。不仅如此，他们还采取各种手段强调日本文化，企图抹杀朝鲜的民族文化，以达到麻痹朝鲜人民民族意识的目的。

日本侵略者构建了中世纪式的暴力镇压体系，并借此实施苛酷的经济掠夺政策。他们通过所谓的《土地调查令》掠夺朝鲜人民的土地，破坏朝鲜的民族产业和手工业，切断了朝鲜的经济命脉。

1910 年代的朝鲜社会处于殖民地初期。这一时期，日本所推行的暴力统治使朝鲜人民陷入了政治极度无权、生活极度贫困、文化极度黑暗的境地。

为了抵抗日本的殖民统治，朝鲜有志之士在国内外掀起了轰轰烈烈的反日运动。其中，启蒙期的反日义兵运动转变为独立军运动，主要在俄罗斯远东地区和中国东北等地展开。在日本的暴力统治下，虽社会环境恶劣，但文化运动依旧在朝鲜国内外蓬勃开展起来。教育运动在此过程中发挥了重要作用，它号召广大青少年加入反日爱国斗争的队伍，提高了他们的反日爱国意识。而出版运动和国文运动也在抵抗日本帝国主义企图抹杀朝鲜民族文化的斗争中展现出顽强的反日力量。进步文人创办的《学界报》（1912）、《新文界》（1914）、《青春》（1914）、《学之光》（1914）、《半岛诗论》（1917）、《泰西文艺新报》（1918）等杂志，以及《海潮新闻》（1910）、《劝业新闻》（1911）、《大韩人正教报》（1912）、《韩人新报》（1917）等报纸先后在国内外发行。在国文运动的影响下，为了保护和发展民族语言，文坛进行了激烈的抗争。在此过程中，文学创作中的言文一致运动也得到了进一步的发展。

相对于启蒙期的文坛状况来说，殖民地初期的文坛出现了一系列新的变化。

第一，与启蒙期不同，这一时期的文化环境不能充分保障文学的发展。发表进步文学作品的文学阵地受到了严格的限制，且图书出版也必须在日本侵略者的森严监视下进行，揭露、批判殖民地残暴统治的时代主题根本无法在文学创作中体现出来。

第二，这一时期的作家阶层变得比较复杂。之前的新小说作家中有一部分资产阶级民族主义文人选择了妥协的道路，而对于新晋的资产阶级民族主义作家来说，这种情况也十分复杂。如启蒙主义的拥护者李光洙只是借批判封建陋习和海外留学等问题追求自身的文学理想；一部分资产阶级作家在批判和苦恼中彷徨，并将这种情感融入文学创作中。当然，其中也不乏像申采浩一样把民族意识融入爱国斗争的作家，但总体来说，这类作家寥寥无几。这一时期作家队伍中最具特征的是年轻一代，特别是从日本留学归来的作家群体。

此外，这一时期的文坛还出现了一个新的现象，即世界近代文学在新的层面上被介绍、传播进来。如果说启蒙期对外国文学的介绍——如对人物传记或文学作品的介绍等——以启蒙文学为主，而且内容相对片面，那么这一时期对外国文学的介绍则涉及了各种各样的文学思潮和作品，且被诸多作家运用到了文学创作中。

以当时的社会文化环境及文坛变化为背景，殖民地初期文学的发展呈现出一系列新的特征。

第一，即便是在艰难的环境下，殖民地初期文学也依然显示出发展的多样性。在日本帝国主义的殖民统治下，新小说抛开了现实，唱歌、歌辞等也无法体现时代主题，日本的新派小说、新派剧大量地涌入。但这一时期的文学没有因此走向堕落之路。小说方面，新晋作家在作品中刻画了知识分子的苦恼，对社会现实矛盾进行了批判。申采浩等爱国文人坚持走爱国主义文学创作之路，李光洙等启蒙主义作家也还没有在其文学创作中完全显现出迎合日本帝国主义的倾向。诗歌领域也是以亡国的民族悲哀为创作主题。从这点不难看出，这一时期的文学作品正确地履行了它的时代任务。

第二，这一时期的文学形式发生了新的变化。小说创作吸取了新小说的经验教训，清除了其中残余的中世纪文学因素；在诗歌创作方面，自由诗已初具雏形。从这一方面来说，这一时期的文学出现了现代文学的萌芽，并且很好地完成了由古典文学向现代文学过渡的第二阶段的历史任务[①]。这一时期的文学形式能够产生新的变化，离不开作家为适应新时代的社会美学要求而做出的积极探索和努力。

---

① 可以说，启蒙期文学完成了由古典文学向现代文学过渡的第一阶段的历史任务。

第三，多种文学思潮的萌芽在文学创作中得以体现。在这一时期，启蒙主义得到了新的发展，批判现实主义和浪漫主义开始萌芽，这都推动了文学的创作。唯美主义、象征主义的传播也对文学观念产生了影响。

当然，这一时期的文学本身还具有一定的局限性，具体表现在文学创作没有充分体现反侵略这一时代主题，数量也大大少于启蒙期文学等方面。这与日本帝国主义的暴力统治有很大关系。

殖民地初期的文学虽具有一定的局限性，但其历史意义却不能因此而被抹杀。殖民地初期文学是殖民地初期社会现实的产物，反映了亡国后朝鲜各方面的社会现实，积极回应了时代的要求，特别是为从 1920 年代开始蓬勃发展的现代文学提供了宝贵的经验。

2 小说创作

（1）小说发展的一般情况和变化样式

新小说反映了近代社会的趋向，解决了启蒙期的时代任务。然而，随着 20 世纪初朝鲜沦为殖民地社会这一现实的变化，新小说逐渐丧失了存在的价值，走上了通俗小说的道路。如李海朝的小说就出现了向现实妥协的倾向。这与新小说作家自身的改良主义立场和革命的不彻底性有关。此外，日本新派小说的传入也阻碍了小说的发展。但殖民地初期的小说家将全部精力投入小说创作中，自觉完成了现实的时代美学任务。这一时期的小说创作具有一系列新特征，即在继承新小说中值得肯定的要素、克服其局限性的基础上，探索了新的小说形式。在这一时期的小说中，既有将启蒙主义理想更加具体化的李光洙等人的启蒙小说，也有批判殖民地现实、描写在此社会环境下知识分子的苦闷与彷徨的短篇小说，以及具有爱国主义倾向的申采浩的小说等。1910 年代出现的小说有一个共同的特点，即以新的角度探索人物的性格塑造和细节描写，在小说结构和言语文体上更接近于现代小说。

这个时期的小说创作之所以出现上述变化，与小说发展的内在规律是分不开的。

第一，这个时期的小说出现了新的形式，有着多样的创作倾向，这与时代现实的变化及其美学要求有关。在殖民地半封建的社会中，体现追求文明开化、自主独立思想的新小说无法得到新的发展。这就要求新小说所具有的启蒙色彩要在新的角度上得到体现，而李光洙的小说正响应了这一时代要求。与此同时，体现民族独立的时代指向及爱国主义倾向的小说也应运而生。

第二，这个时期的小说呈现出的崭新面貌与当时国外批判现实主义、唯美主义的传入及其影响密不可分。尤其是小说家在对启蒙期文学批评和新小说进行反省的同时，也对外国文学思潮和美学理论进行了借鉴，从而使得这个时期小说创作的革新变成了可能。也就是说，新的小说创作吸取了以往的积极经验，在性格塑造、细节描写、小说结构和语言风格等方面与现代小说更为接近。

第三，这个时期的小说出现的变化还与小说家的境遇息息相关。与新小说作家不同，这个时期的小说家大多是留学归国的知识分子，他们在社会美学理想方面有一定的追求，很少体现出对封建社会的妥协，因而在小说创作中没有体现出新小说中潜在的中世纪文学因素。

1910年代的小说大多发表在当时的《新闻界》《青春》《半岛诗论》《大韩兴学报》《大韩每日申报》等新闻杂志上，但申采浩因为流亡海外，只留下了遗稿。

（2）李光洙的小说创作

李光洙（1892—1950）在朝鲜近代文学，尤其是在1910年代的文学发展中具有重要地位。在开始从事文学活动的时候，他曾使用过"长白山人""孤舟""春园"等笔名，年轻时还从事过与东学党组织相关的工作。1905 年，他成为天道教奖学生赴日本留学，就读于东京大成中学。1907 年升学至明治学院中学部。这一时期的李光洙广泛阅读了外国文学书籍。1910 年，李光洙回到朝鲜，在五山中学任教。在此期间，他在《大韩兴学报》《少年》等刊物上发表了诗歌、小说、评论等作品。1915 年就读于日本早稻田大学哲学系。这一时期，他在《青春》《每日申报》等报刊上发表了小说和文学评论，在青年朋友中引起了很大的反响。1919 年前后，李光洙滞留中国上海，担任在上海成立的大韩民国临时政府的机关刊物《独立新闻》报社的主编。1921 年归国以后，他以作家的身份度过了余生。

李光洙的创作生涯相对比较复杂。特别是从 1920 年代开始，他成为一名资产阶级文人，站在与无产阶级文人对立的立场上从事文学活动。1930 年代末到 1940 年代初是日本法西斯统治愈发残酷的时期，李光洙毫不犹豫地选择了亲日叛国，在祖国和民族面前犯下了不可饶恕的罪行。

李光洙在他的创作生涯中留下了 28 篇短篇小说、37 部长篇小说、300 余篇社论，以及随笔、诗歌等其他作品。他这一生都坚持资产阶级启蒙作家的立场和创作倾向。在长达 40 年的创作生涯里，他对文学发展做出的贡献主要体现在 1910 年代的文学创作活动中。这是因为他在那个年代的文学创作始终体现着时代的要求，为现代文学的发展积极探索道路。因此，李光洙仍是一名属于资产阶级民族运动时代的启蒙作家。

1910 年代，李光洙在小说的发展中起到了先驱者的作用。他以《青春》这一杂志为平台步入文坛，为《青春》杂志的小说选稿、写评语，并以自己的创作引领小说文坛。他在《大韩兴学报》上发表了短篇小说《无情》（1910），接着又在《青春》杂志上发表了《金镜》（1915）、《少年的悲哀》（1916）、《致少年朋友》（1917）、《彷徨》（1918）、《尹光浩》（1918）等短篇小说，以及《无情》（1917）、《开拓者》等长篇小说。他的小说始终体现着强烈的宣扬近代启蒙思想、批判封建陋习和道德，以及渴望解放个性的时代特征。

短篇小说《少年的悲哀》《致少年朋友》《彷徨》《尹光浩》等以青少年为主人公，通过描写他们在封建婚姻制度和道德观的束缚下所感受到的悲哀与烦闷，批判了封建社会的不合理性，宣扬了以自由恋爱为中心的个性解放思想。

《少年的悲哀》从一位少年的视角展开，讲述了主人公目睹自己所爱的姐姐陷入不幸婚姻的过程。文浩在众多的亲戚姐妹中喜欢上了具有文学鉴赏力的兰秀，但兰秀却按照父母为她定下的婚约，嫁给了傻瓜新郎，过着不幸的生活。文浩向兰秀表达了私奔的意愿，但兰秀却不敢有那样的念头。文浩除了愤怒，无法采取任何行动。事实上，文浩已经结婚并且有了儿子。该小说表现了封建婚姻给青少年带来的苦恼和悲哀，批判了封建陋习和封建道德，而悲观的色彩正是它的特征。

《致少年朋友》是书信体小说，而《彷徨》则是独白体小说，两者都写出了因"情"而引起的内心世界的苦恼。

小说《尹光浩》描写了曾试图与同性恋爱的少年在感情失败之后选择自杀的故事。通过对这一悲剧人物的刻画，小说批判了封建婚姻，同时也宣扬了人的个性与自由。

长篇小说《无情》是李光洙在1910年代小说创作中的代表作。该小说是作者在日本留学时期创作的作品，于1917年在《每日申报》上连载。小说一经发表就引起了强烈的社会反响。青年一代为了能读到这部连载小说，甚至跑到几十里外去找报纸，而老一辈却向连载这部小说的《每日申报》提出抗议，还去中枢院控诉该小说的荒谬。这充分反映了该小说当时在不同的读者层中所引起的强烈的社会反响。

《无情》描写了男主人公李亨植和女主人公善馨、英采之间的爱情故事，宣扬了人的个性解放和反封建意识。

京城学校的英语老师李亨植成为即将赴美留学的善馨的英语家庭教师。在相处的过程中，他对新女性善馨的爱情开始萌芽。另一边，李亨植曾经的老师——朴进士的女儿英采遵从父亲的意愿，正在培养对亨植的感情。于是，三人之间展开了三角恋爱。后来，朴进士和他的两个儿子因推行开化教育被投进监狱。孤身一人的英采为了寻找亨植而来到首尔，却不幸沦为妓女。英采虽一直坚守着自己的贞操，但遇到亨植却不能表明自己的身份。之后，英采被京城学校的裴学监强暴，亨植目睹了这一场面。在爱情的岔口，备受折磨的亨植受到了良心上的谴责，于是决定去找英采。这时的英采因为自己被强暴，留下了欲投身大东江的遗书而离开。对此感到失望的亨植和善馨坚定地结下了爱情的盟约，准备出国留学。另一边，意图自杀的英采在新女性金炳玉的劝说下开始觉醒，决定赴日留学。凑巧的是，英采和炳玉为了去日本留学，也登上了亨植和善馨所乘坐的火车，四个人分享了各自的内心世界。到达三浪津时，火车遇上洪水无法通行，于是他们就一起去旅馆投宿。在目睹了灾民的悲惨情况后，他们举办了慈善音乐会，募款帮助灾民。在小说的结局中，他们四人在旅馆围坐着，发誓一定要为祖国和民族贡献自己的力量。

小说的男主人公李亨植是在近代思潮中觉醒的新一代青年。他真诚地追求自由恋爱，因为他逐渐领悟到真正的爱情应该从世俗和封建的束缚中解脱出来。所以，即使老师留下了遗言，希望他能够和英采在一起，他仍无法完全接受英采的感情。当然，他觉得英采是个善良的女人，对她有着良心上的同情和怜悯。他偶尔也会因为选择而痛苦，但最终还是没办法爱上至今仍被束缚在旧封建伦理观中的英采。只有在面对新女性善馨的时候，他才能感受到爱情的喜悦。虽然李亨植和善馨订婚是由善馨的父亲金长老及与其共事的牧师共同促成的，似乎带有旧道德的色彩，但这的确是自由恋爱的结果。李亨植的爱情观是在近代思想的影响下形成的。李亨植的觉悟与他对民族命运的思索是分不开的。作为一个新式教师，他向学生们宣传新的社会风潮，毫不犹豫地为他们争取自由。他去海外留学的目的就是向饱受贫穷和苦难折磨的朝鲜人民"传授文明"，用"教育和行动"去影响他们。作者通过李亨植这一形象，把那个时代的青年从封建意识形态中解脱了出来，进而塑造了寻找人的价值、希望用启蒙教育去拯救国家和民族的近代知识分子形象。

小说通过新女性善馨、金炳玉，以及在封建道德束缚下丧失自身存在价值甚至选择死亡、最后重新过上新生活的英采等形象，对封建儒教道德进行了辛辣的批判，展现了近代朝鲜女性个性解放思想形成的过程。

李光洙在1932年《我最初的著作》一文中回顾《无情》的创作过程时，曾说道："我写《无情》，是想对那个时代朝鲜青年的理想、苦恼以及出路有所暗示。可以说，这部小说是在一种民族主义与自由主义的意识形态下完成的。"当然，我们相信作者的告白是真实的。但是问题在于，作者所理解的民族主义到底是什么样的。1910年，朝鲜的知识分子开始分化为彻底的、不妥协的民族主义者和改良主义的、妥协的民族主义者。后者的特征是主张民族改良。李光洙的民族主义属于后者。所以，小说所蕴含的民族主义思想尽管包蕴着对封建陋习、封建道德的挑战和对个性解放的渴望，但同时也体现出民族虚无主义和民族改良等思想。作者这样的民族主义意识发展到后来，导致他在1920年代开始高呼民族改造的口号，甚至沦为日本帝国主义的御用文人。这便是小说《无情》存在的局限性。

尽管小说《无情》带有上述局限性，但是它对朝鲜文学史，特别是对1910年代的文学来说意义非凡。小说《无情》是朝鲜近代文学中启蒙主义文学发展的最高成果。从小说的形式来看，它接近现代小说的形式，在形象塑造、文章结构、文体等方面均取得了较高的成就。然而，小说《无情》所具有的潜在的民族改良意识和妥协性，也体现了启蒙文学不可避免的弱点——以作者的主观意识进行直白的说教。

长篇小说《开拓者》涉及科学精神、女性的觉醒和自由恋爱等问题，是一部宣扬启蒙意识的小说。

金性哉 7 年多来一直在搞化学实验，没有去找工作。把家产临时抵押之后，他陷入了贫困的境地，不仅实验经费被冻结，连吃住问题都没办法解决，甚至还遭受了丧父之痛。性哉为了筹集家族的生活费和实验经费，干了整整一个月的苦工，最后累病在床。这时候，一个叫"卞"的青年出现，自称可以承担性哉的实验经费及家庭经济开支，并提出要和性哉的妹妹性顺结婚。性哉和母亲对此很是感激，在没有和性顺商量的情况下就同意了这门婚事。但是，一直以来诚心诚意帮助哥哥做实验的性顺对这门婚事极为抗拒，因为她爱上了一个叫"闵"的青年美术家。得知此事的性哉对此表示强烈反对，因为闵是个已经结了婚的人。性顺在知道闵有妻子这一事实后惊呆了，但这并没有动摇她的决心。她没有办法躲避婚事，最终选择了服毒自杀。小说的最后，在去世的性顺身边，妈妈和哥哥后悔不已。

小说对现实的不合理之处——有钱有势、贪得无厌的人的得势表现出了不满的情绪，同时还表现出对封建婚姻制度的强烈反抗意识和科学救国的启蒙意识。

与《无情》一样，这部作品所反映出的作家的启蒙意识包蕴着不彻底的、带有妥协性的民族改良思想，这一点从希望通过科学进步来挽救民族命运的主人公性哉的形象中就可以看出来，他的理想世界只不过是空想。

李光洙希望通过自己的小说创作，积极宣扬资产阶级启蒙意识，而这些理念在其对自由恋爱、封建陋习的批判、教育、科学救国等问题的探讨中得到了具体体现。对于殖民地社会这一特殊现实及其赋予的时代课题来说，他的启蒙意识不能说是最恰当的选择，因为其中包含了民族改良、民族虚无主义等消极思想。但即便如此，贯穿小说作品的反封建意识、自由恋爱思想及个性解放思想仍具有一定的启蒙意义。因此，应对小说取得的成果给予肯定的评价。

（3）其他作家的短篇小说创作

1910 年代的小说创作中，短篇小说占据了很大一部分。但和李光洙不同，这些代表着小资产阶级的短篇小说创作者们几乎都是在殖民地现实面前苦恼彷徨的一代，他们虽然深受启蒙主义的影响，但在社会美学理想上却具有摆脱启蒙主义的倾向。因此，在小资产阶级作家创作的小说中，既有试图批判殖民地现实畸形化的作品，也有剖析小资产阶级作家悲剧命运的作品，还有强烈追求个性解放的作品。这些小说的创作倾向与作家的社会地位、命运和其所追求的社会美学有着紧密的关联。

这一时期的短篇小说代表作家有玄相允、梁建植、金明淳、李相春、朱耀翰等。

在这些小说家创作的作品中，冷静地看待殖民地现实和畸形的生活，强烈批判社会矛盾的小说主要有玄相允的《恨的一生》（1914），金明淳的《多疑的少女》（1917），柳钟哲的《一碗冷面》（1917），裴在晃的《白杨树荫》（1917）、《绝交信》（1917），梁建植的《悲伤的矛盾》（1918）等。

在以批判殖民地社会为主题的短篇小说中，《恨的一生》具有重要意义。

小说反映了人们日渐强烈的反抗精神。小说的主人公春元是一位在不合理的社会现实中饱受蔑视和侮辱的青年。憨厚善良的春元在富人尹相浩家中当用人，虽历经了各种苦难，但仍想凭借自己的力量活下去。他开始憧憬爱情，对未婚妻英爱的爱是他生活的希望，也是他骄傲和力量的源泉。但是主人尹相浩以让英爱读书为借口，把英爱带去了京城，并把春元赶出家门。在金钱的诱惑下，英爱最终背叛了春元。于是，春元毅然决然地选择了报复。他把匕首插进了抢走他爱人的尹相浩的胸口，接着又在英爱和自己的胸口上也插上了匕首。春元用行动表示了对戏弄和蹂躏自己命运的畸形社会现实的抵抗。作者通过对春元这一反抗者形象的塑造，反映了当时社会底层人们的辛酸生活及他们日益成长的反抗意识，对不公平的社会现实进行了毫不留情的批判。

小说中的英爱给读者留下了深刻的印象。作者通过对英爱这一人物形象的塑造，展现了人们被"金钱的力量"所吸引，将"人间道义"和"温暖不变的真爱"抛在一边，最终走向精神堕落的过程，辛辣地批判了人们的良心、真诚、美好和爱情都被金钱残酷地践踏于脚下的事实。

小说在批判殖民地社会现实的同时也塑造了底层百姓的反抗者形象，具有特别的现实意义。这部小说中所表现出的批判精神和对底层反抗者形象的塑造在 1920 年代的新倾向派文学中得以继承和发展。

小说《绝交信》以拜倒在金钱力量下的人们的道义和良心的丧失为主线，直接批判了资本主义现实社会中"金钱万能"的罪恶，并呼吁人们要与这样的现实决裂。

小说的主旨是通过主人公永寿的悲剧生活体现的。

主人公永寿生活在一个凄惨破碎的家庭里。妻子留下一个四岁、一个不满百日的孩子而离开了人世，老母亲也卧病在床多年。因此，永寿不管是在生理上还是在心理上都承受着巨大的痛苦。母亲病危时，他将希望寄托于曾经毫不犹豫提供援助之手的朋友身上，期望能够得到朋友的帮助。但出人意料的是，永寿收到了朋友拒绝提供帮助的明信片。虽然受到了这样的侮辱和打击，但他仍不愿成为金钱的奴隶。于是，他给朋友寄去了绝交信。但这不只是给朋友寄去的绝交信而已，这是给用金钱笼络人的道义和良心的社会败类的一封绝交信，也是对用金钱支配一切的殖民地社会现实的否定和批判。小说中的主人公永寿正是反对"金钱万能"的典型人物的代表。在他生活的社会里，金钱不仅支配一切，使人堕落，而且还戏弄着人的命运。作者通过对主人公形象的塑造，表明了自己对殖民地社会现实的彻底否定的立场。通过作品也能够听到对现实强烈不满的知识分子的呐喊。

小说《悲伤的矛盾》批判了畸形社会中不合理的现实，并对其进行了深度剖析。

小说中的主人公——"我"是一个对充满矛盾的社会现实倍感不满的进步知识分子。

"我"想在饱受摧残的人群中寻找真理，看到革命作家高尔基的半身像后，产生了想要做出一番成就的冲动。然而冷酷的现实让"我"感到十分疲倦，被噩梦惊醒后"我"脑袋一片眩晕，遂打开窗户冷静地向外眺望。文中主人公精神的烦闷和痛苦并不是个人原因引起的，而是源于社会现实深刻且复杂的矛盾。

"我"不仅因为现实的矛盾而感到烦闷和痛苦，而且在目睹畸形的社会生活后渐渐产生了反抗意识。主人公走在街上，目睹了社会的堕落，既对沉迷于肉糜之中的富人感到厌恶，又对被沉重的背架压身的小孩感到同情。而在看到靠卖力气挣钱的苦力被巡捕无辜殴打后，"我"更是无法忍受心中的激愤。作者是这么描述这一场景的："……这些巡捕仅仅是因为穿着官服拿着刀，就获得了惩戒苦力的权力和资格。矛盾竟已严峻至此……这样的生活只会让人感到愈发悲伤和肮脏。而我自己独一无二的真实性也被渐渐削减，形成矛盾。这让我由衷地感到伤心。"如上所言，令主人公感到伤心难过的矛盾主要是穷人和富人、压迫者和被压迫者间的社会不平等，以及诚实和真实性被践踏、虚伪和欺瞒横行的现实所造成的。作者以悲惨的生活经历为素材，对阶级矛盾及因其而产生的罪恶进行了批判。

小说中，"我"在目睹了街巷的情况之后回到家里，收到了朋友白桦的来信，信中揭露了金钱对白桦及其妹妹同顺的命运所造成的恶劣影响，借此反映了主人公的愤怒。

作者在小说里塑造了在日本帝国主义残酷统治下烦闷痛苦的进步知识分子的典型形象，从正面揭露了社会的堕落，表达了对上流社会人士的憎恶及对被压迫的人们的同情。这部作品揭露、批判了日本殖民地统治时期社会现实的矛盾，表达了对被压迫、被剥削的劳动群众的同情，充分显示了主题思想的进步性。

这部小说在艺术形式上也展现了一定的特色。作者把主人公置于社会矛盾的中心，通过深入探究人物的内心世界，如实地展现了其性格转变过程，保证了人物性格的典型性和真实性。

《多疑的少女》《一碗冷面》《白杨树荫》也是批判殖民地社会现实的作品，这些作品以崭新的视角，批判了日渐畸形化的殖民地社会现实，表达了对底层百姓悲剧命运的同情。

1910 年代的短篇小说中，描写知识分子悲剧命运的作品也十分突出。代表作品有梦梦的《四叠半》（1910），小星的《再逢春》（1914）、《薄命》（1914），李相春的《两个朋友》（1914）、《歧路》（1914），以及思和生的《送奶员》（1918）等。

《四叠半》《薄命》《两个朋友》以及《送奶员》等小说通过描写工读生的生活，批判了使青年知识分子遭受各种侮辱和蔑视的不合理的日本资本主义社会现实，以肯定的态度描述了他们坚持信念和正义的内心世界。

小说《两个朋友》的主人公是工读生的典型代表。他为了人类的自由和平等，全身心地投入学问研究中，用坚强的意志和信念冲破了所有难关。对他而言，书和灯就是他不可或缺、无比可爱的好友。他坚信书能带给人们希望和信心，可以消除心中的烦恼和苦闷。然而，贫困使他无法在广阔的知识海洋里畅游，也使他无法与书本结为亲密的好友。但即便如此，他也不愿意低头向有钱的人乞求。为了拓展学识，他把外套和毛毯都拿去典当，换取书和灯来坚持搞学问。由此可见，他是一位面对严酷的社会现实也从不屈服、从不妥协的进步青年知识分子。作者揭发和批判了阻挠青年知识分子前途的现实，给他们顽强的斗争精神给予了积极的评价。

小说《送奶员》中的主人公吴基永为了求学，开始勤工俭学。然而，在其宏远的抱负面前摆着的却是一道又一道的难关。他无法缴纳学费，因而只好一边求学，一边做着送奶员的工作。他每天清晨都背着装牛奶的包，冒着纷飞的大雪，手脚冰凉地去送牛奶。这样的生活使他切身感受到现实的不公，磨炼了他坚忍的意志，也使他产生了对"光明社会"的憧憬和对奸诈之辈的憎恶。因此，他断然地拒绝了日本校长的关怀和照顾，坚强地面对日本学生对自己的侮蔑。作家还着重表达了主人公珍藏于心灵深处的民族自尊心、爱国心、乡土情和亲情。

如果说上述短篇小说均是通过对工读生生活的描写来探究青年知识分子的出路问题，那么小说《歧路》则是通过将热衷于学业的正直青年文致明和在畸形社会里因放浪形骸而导致家破人亡的青年文致善、金哲洙做对比，全面展现了青年知识分子的不同的精神面貌和生活理想。

小说主人公文致明在伯父的推荐下到首尔读书。他是一个不被繁华的都市生活所迷惑，只热衷于学业的正直、善良的青年。后来因家庭破产，他最终只能放弃学业回到故乡。小说中，文致明的形象反映了在殖民地半封建社会里学业之路被阻断、无法实现自我理想的青年的精神面貌及痛苦心理。

小说中较为生动的人物形象是反面人物金哲洙和文致善。金哲洙是文致明寄宿的主人家的儿子。他在城市的灯红酒绿中堕落为好色的浪子，后来又因做贼被警察抓捕。文致善是文致明的堂哥，他生活放荡，最后耗尽所有家产，选择了自杀。这两个人物是在殖民地社会下诞生的畸形儿，作者通过对这两个人物形象的刻画，表明了社会的伦理道德已经开始堕落的现实。

以上小说均是反映殖民地半封建社会青年知识分子的悲剧命运的作品。这一系列作品对于认识1910年代青年知识分子的悲剧命运和生活出路、揭露和批判当时社会现实造成的多种罪恶现象具有积极的意义。

在1910年代的短篇小说中，强调个性解放的作品也十分令人瞩目。

这类主题的代表作品有洛阳的《村庄小屋》、金永杰的《有情无情》（1917）和李相春的《白云》（1918）等。这些作品将攻击的矛头指向了各种封建的束缚和旧习，并积极地宣扬个性解放。

洛阳的代表作《村庄小屋》是反映个性解放的短篇小说之一。小说描写了青年知识分子昌浩回到故乡后，因无法忍受那里的生活而再次离开故乡的故事，通过对主人公人物形象的刻画，作者批判了人类个性与自由被肆意践踏的社会现实。

因父母早逝而在祖父母膝下长大的昌浩回到了几年不见的故乡。但村里人只是惊讶于昌浩不知不觉中的成长，对于他们自己的生活依旧没有任何反抗，还是一如既往地默默忍受着痛苦。看到村里人没有任何觉醒，以听天由命的态度毫无反抗地生活的样子，昌浩感到十分失望和苦恼。但他无法只是用同情的眼光看待被压抑在窒息环境里的村民，于是他积极劝告正为婚姻问题而烦恼的朋友英瑞，希望他能够追求自由恋爱。他对英瑞说："新旧思想间的冲突是不可避免的，如若是我，我一定会选择自由恋爱。"作品成功地塑造了昌浩这个追求个性解放、勇于挑战陋习和封建道德的新一代青年的形象。昌浩这一形象里涵盖的是那个时期广大青年知识分子的时代觉悟。

小说还通过英瑞的形象，揭露了封建婚姻和封建陋习的罪恶。英瑞和出身雇工家庭的女孩惠秀偷偷地互诉衷情。但是躺在病床上的英瑞母亲以门第、身份不相当为由，断然地反对他与惠秀订婚，并强硬地要求儿子与门当户对的对象结婚。这使英瑞陷入了莫大的烦恼和苦闷之中。他在听了昌浩的忠告后，更加确定了自己对惠秀的爱情。然而要大胆地行动起来，他仍然有些力不从心，为此他一直犹豫不决，总是不断地苦恼着。

作者通过英瑞的形象，向人们展示了虽然强烈地渴望个性解放和恋爱自由，却没有完全摆脱封建思想的束缚，无法将理想付诸实践的一部分知识分子的精神面貌。英瑞的形象不仅生动地展现了封建伦理道德观念对青年意识的强烈束缚，而且也暗含了对这一现象的批判和否定。

金永杰的小说《有情无情》通过描写一个青年知识分子在爱情生活中的矛盾心理及其从中解脱的过程，批判了早婚制度的弊端。

小说《白云》通过描写围绕婚姻问题展开的父子间的尖锐矛盾，从正面提出了个性解放的要求，并辛辣地批判了陈旧的封建伦理道德。

小说中，作者主要围绕进步知识分子权喆相和信奉封建伦理道德的父亲之间的矛盾分歧展开了叙述。

进步知识分子权喆相从某所大学的文学专业毕业后回到了老家，创办了进步杂志《夜光》，并在杂志上发表了一些宣传新主义、新主张的文章，因此受到了社会的指责和父亲的否定。父亲尤其反对儿子娶在大学时期交往的初恋女友，强硬地要求他遵从封建婚姻。在父亲无理的斥责面前，权喆相虽然很伤心，但也不肯妥协投降。在父亲叱喝其是"大逆不道的不孝子"时，权喆相再也无法忍受内心的愤怒，看着枕着木枕躺下的父亲，他没有上前安慰，而是跑出了家门，找了一个安静的树林，望着蓝天，为自己的爱人吟诵了充满爱意的诗句。

小说塑造了权喆相毅然决然站起来反对封建陋习和封建伦理道德、提倡个性解放的实践者的形象。作者通过刻画权喆相的形象，全面否定了传承数千年的封建陋习和封建伦理道德，表现了他对新一代的个性解放的推崇。

小说把新旧时代的家庭矛盾和分歧上升至深刻的社会矛盾和分歧，进一步提升了作品的社会意义。

反映个性解放的短篇小说虽然未能直接反映当时的时代主题——对殖民地现实的批判和反日独立思想的提倡，只能将这一思想倾向放在个人这一狭小的范围内加以体现，但它们真实地反映了青年知识分子对封建陋习和封建伦理道德进行坚决的批判并与之决裂的态度，因此具有十分重大的意义。

1910 年代的短篇小说创作按照新的时代美学要求对小说内容和形式进行了探索，在小说史上占据着一定的地位。

第一，这个年代的短篇小说全面批判了社会现实，深刻地剖析了在殖民地半封建社会下产生的矛盾。特别是以批判殖民地社会为主题的《悲伤的矛盾》《绝交信》和《恨的一生》等小说，不仅清晰地展现了朝鲜批判现实主义文学的萌芽，还为 1920 年代新倾向派的文学创作提供了宝贵的创作经验。

第二，这个年代的短篇小说在人物形象的塑造上也进行了新的探索。作为小说的创作主体，进步青年知识分子对自身所属阶层的人物的命运有了深入的关注。因此，这一时期的小说中的知识分子形象都具有明显的时代倾向性，而深受排挤和蔑视的社会最底层百姓的形象也反映了殖民地社会的时代动向。这一时期，小说中刻画的都是备受排挤和蔑视的人物形象，这是因为他们的命运与知识分子，特别是小资产阶级知识分子作家的命运有着紧密的关联。因此，这一点显示出这一时期短篇小说创作者们在美学理想上的进步性。此外，这一时期的短篇小说塑造了不同阶级、不同阶层的人物形象，并在人物性格塑造上克服了类型化、脸谱化的缺点，体现了人物性格的典型性、真实性和生动性。

第三，这个年代的短篇小说在形态和形式的发展上有了新的进展。第一人称、第三人称和书信体等的小说形式得到了新的探索。尤其是在小说结构上，这一时期的小说克服了新小说中残留的苦尽甘来式的结局处理方法以及偶然巧合的滥用，按照真实的现实生活面貌来推动小说情节的发展。同时，这一时期的短篇小说还把新小说的言文一致性提高到了一个新的层面上，初步确立了现代语言文体，即在文学语言中，形象性丰富、大大提升口语会话表现能力的文学语言比重增大，表现手法变得丰富多样，描写能力也得到了大幅度提高。

当然，这一时期的短篇小说在主题意识、形象塑造、结构情节、语言描写等方面仍有许多不足。但即便如此，它们仍基本上消除了新小说中残留的中世纪要素，为 1920 年代现代小说的发展提供了宝贵的经验。

（4）申采浩及其小说创作

在 1910 年代的小说创作中，申采浩的小说值得一提。他于 1910 年流亡到中国，之后，他不仅参与了反日独立团体的各种活动，还全力进行小说创作。申采浩在这一时期创作的小说大致可以分为历史小说和浪漫主义小说两类。

历史小说包括《百岁老僧的美人谈》《一目大王的铁锤》《一耳僧》和《柳花传》等。这些小说以遗稿的形式保存下来，是申采浩在 1910 年代后期创作的作品。这些作品展现了作者从单纯的英雄传记小说创作转变为真正的历史小说创作的美学意识的变化过程。作者通过历史小说的创作，歌颂了爱国主义精神，同时对与爱国主义思想相左的行为进行了辛辣的批判和讽刺。小说《百岁老僧的美人谈》借婢女姝丽的形象来赞美民众心中珍藏的爱国心，而《柳花传》则歌颂了朝鲜民族悠久的历史和美德，旨在唤起民众的民族自豪感和自尊心。小说《一目大王的铁锤》和《一耳僧》则通过对背离人民利益的反面人物的讽刺，揭示了深刻的历史教训，宣扬了爱国主义思想，唤起了人们的爱国精神。

在申采浩 1910 年代创作的小说中，中篇小说《梦天》作为浪漫主义小说的代表作，集中体现了他当时的爱国主义思想和社会理想。

《梦天》是申采浩于 1916 年在中国北京创作的浪漫主义幻想小说。作品以作者本人的斗争生活经验为基础，反映了 1910 年代独立运动斗争的曲折与复杂。作者在小说序文中谈到作品的生活反映形式时，称之为"梦中所作之文"，并表示"既然身体不自由，就让文笔自由吧"。正如序文中所表述的"梦中所作之文"，小说描写的世界是一个非现实的幻想世界，作者在幻想世界中展现了在现实中无法表达的、难以实现的社会理想。

小说中，主人公韩人从天而降，又从人间升入神界。这个幻想世界中包含着作者所选取的朝鲜五千年历史中的重大事件，形象地体现了反日独立的爱国思想。韩人寻找祖国之路象征着现实中的反日独立的斗争之路，作者借此宣扬了只要有强烈的爱国主义精神就能实现国家独立和民族自由的思想。

作者在小说中以浪漫主义结构为框架，从多个角度塑造了主人公韩人的爱国形象。

小说序文的内容有助于读者正确地把握主人公韩人的形象特征。作者在序文中写道："写书的人都希望书能够畅销，但我写'韩人'却并非如此，我只希望在某个地方，会有某个人像韩人一样'傻'，怀抱太白山，口吞东海水，在五千年岁月里细数着祖国的高山、矮沟，守候着花开叶落，默默地流泪。我只希望这样的人能够看到这篇文章。"

其实，"韩人"也是作者的笔名。"韩人"一词在作品中既有数字上的意义，也有"韩国人"的意思。由此可见，"韩人"就是包括作者本人在内的所有心怀朝鲜民族之魂的爱国者的艺术形象。

韩人的性格特征在他走向祖国战场的曲折的斗争之路中展现得淋漓尽致。

首先，韩人的性格特征表现为对国家、对民族的真挚的热爱。他受天官之命下凡，附身于一株无穷花中，在听到了无穷花和乙支文德慷慨激昂的和答诗后，他得知了当代朝鲜惨淡的现状，也为悠久的民族历史和灿烂的文化而感到痛心。所以他伏于那支象征着朝鲜社会现实的凋零的无穷花上，哀叹不已。他的形象中蕴含着无数因民族的悲惨命运而悲愤心痛的朝鲜爱国志士的身影，反映了作者深刻的爱国精神。在奔向祖国战场的斗争之路上，韩人总是对悠久的民族历史和美丽的山川感到无比自豪。这更激发了其炽热的爱国之心。

其次，韩人这一形象体现了火热的爱国之心和不屈不挠的斗争精神。

在奔向祖国的战场——反日独立之路上充满了艰难险阻，那里有狂风暴雨、飞沙走砾、荆棘丛生、刀山火海的威胁，还有玉泉的嫉恨和诱惑，他与伙伴们经历了各种磨炼。在这样的磨炼中，与他一起走向战场的同志有的死去，有的因意志薄弱而逃跑，只有韩人无畏地冲向敌营，与象征着敌人的丰臣秀吉进行对决。韩人虽然经历了陷入地狱的曲折，但他最终获得重生，找到了祖国，和同胞们共同高唱决战歌，为了扫清祖国灰蒙蒙的天空而浴血奋斗。作者用幻想性的描写手法描绘了民族独立斗争的艰苦和复杂，赞颂了韩人炽热的爱国心、不屈不挠的斗争精神和崇高的气节。

韩人这一形象的意义在于它真切而生动地体现了 1910 年代民族运动时期的时代历史要求。亡国前后，许多爱国志士怀着民族义愤反对日本帝国主义的侵略，为了实现国家独立，他们挺身而出进行斗争。然而，他们的斗争道路充满了太多的艰难险阻。在日本侵略者的残酷镇压和独立团体内部的纷争中，他们有的死去，有的丧失斗志退出了斗争，但是还有许多不忘民族之魂、胸怀大志的人用各种形式继续进行爱国斗争。作者申采浩也是这些爱国志士中的一员。韩人这一人物形象不仅体现了包括作者在内的爱国志士的斗争道路，还切实地反映了当时的时代要求。

除此之外，小说还通过众多神话形象宣扬了爱国主义思想，并对日本帝国主义及其走狗进行了谴责。

小说中表现的一系列的浪漫主义特征，即自由奔放的情节构成、幻想性的描写手法、浪漫主义诗歌和历史神话的引入等，体现了作者高超的艺术造诣。

小说以浪漫主义手法反映了 1910 年代反日独立斗争的历史现实，塑造了民族运动时期出现的爱国者形象，这在文学史上具有特殊的价值和意义。

3 诗歌创作

（1）诗歌的发展和李光洙、玄相允的诗歌创作

在启蒙期由崔南善最先进行探索的新体诗在 1910 年代进入了新的发展阶段，其自由诗的特征更加明显。这一时期的诗歌发展出现了一系列新的特征。

第一，对诗歌创作的主题进行了多样化的探索。主要表现在对殖民地现实的批判、对祖国和乡土的热爱，以及亡国的悲伤和痛苦等方面。

第二，这一时期的诗歌明显克服了启蒙期的新体诗中所表现的感情的抽象性和韵律的单调性。这一时期的诗歌通过探索更为丰富的情感表达方式、韵律及多样化的诗歌结构，以比较成熟的诗歌创作体系，在文学史上取得了一席之地。

第三，诗坛进一步扩大和强化。如果说前期的新体诗创作主要依靠崔南善等个别诗人，那么这一时期则涌现出了无数投身诗歌创作的新晋诗人。之前的新文学阵地主要是《少年》和《大韩学会会报》，而这一时期的《青春》《学之光》《女子界》和《泰西文艺新报》等都成了诗歌的文学阵地。

活跃在 1910 年代的诗人主要有李光洙、玄相允、崔承九、金舆济、金亿、朱耀翰和申采浩等。

李光洙曾在启蒙期的《少年》杂志上发表过诗歌。1910 年代，他在小说创作和诗歌创作上取得了一定的成果，这些成果主要体现在自由诗的韵律探究和诗歌形象的创造方面。

他于 1910 年 1 月在《大韩兴学报》上发表的诗作《狱中豪杰》描写了被关在狱中的老虎的凄惨形象，哀叹了民族苦难的现实。

曾经自由自在的那只老虎，

被束缚在狭窄的狱中。

从人们的手里讨几口腐肉，

在嘲弄和禁锢中求存。

血肉沸腾，心中满是烦恼苦痛，

回想起悠闲打闹的自由生活，

不禁全身颤抖，

在愤怒中，如猛火般呐喊。

诗中的老虎象征着日本帝国主义统治下的朝鲜民族。老虎被关在铁窗里，吃着腐肉，失去了往日的勇猛。但是，老虎并没有屈从于现实，而是表现出对自由的向往。诗人通过老虎这一形象，展现了在日本殖民统治下朝鲜民族的挣扎和反抗。

诗歌《熊》也展现了民族的悲剧。诗中，熊与威胁自己并抑制自身自由的石头对决后死去。可以说，这首诗中所描写的熊也象征着民族的不幸。这首诗中的熊和前诗中的老虎都与民族的神话有关，诗人通过描写这样的诗歌形象，体现了民族文化的无意识性，进而歌颂了民族精神和民族气概。

此外，诗歌《我们的英雄》（1910）通过对壬辰倭乱时期爱国名将李舜臣形象的刻画，表达了对能将国家和民族的命运从国权丧失的现实中挽救出来的英雄的呼唤。

月明浦的夜，深了。

连日苦战，

劳累的战士们沉沉睡去，呼呼打鼾。

黑暗的夜空中，

繁星静默，发光。

轻飘而来的草味中，

夹杂着爱国志士的鲜血味。

涌向浦口的涛声，

哗啦，哗啦，像是在歌唱，

躺在军营里的，我们的英雄——

前无古人后无来者的，我们的英雄！

脸庞映在摇曳的烛光中，果敢、愤慨、忧愁，

遥望西边，恸哭留下的泪痕，

那是炽热的心，珍贵的泪！

这，是谁？

是我们的英雄——忠武公——李舜臣！

这首诗描写了因连日战争而感到疲惫的忠武公及士兵们熟睡的场景，以情景交融的手法表现了李舜臣将军的爱国衷肠。但该诗歌的缺点在于没有将李舜臣将军这一人物形象真实、生动地刻画出来。

除此之外，李光洙的诗歌作品还有《伊的诞辰》（1915）、《沉默之美》（1915）、《极熊行》（1917）和《母亲的膝盖》（1918）等。上述诗歌表现了对民族苦难的觉悟及对母亲的赞美。

李光洙的诗歌在形式上明显克服了启蒙期新体诗的局限，在弘扬民族精神方面具有很大的意义。但是，作为启蒙主义作家，李光洙的诗歌创作也和小说一样，不能深刻地反映殖民地现实的诸多矛盾。同时，其诗歌大多是抽象的说教，缺少细腻的感情表现。

玄相允（1893—？），生于平安北道定州郡（今定州市），曾留学日本，在早稻田大学攻读历史学专业。在 1910 年代，他不仅创作了《恨的一生》《再逢春》《薄命》等短篇小说，还对诗歌的创作倾注了极大的热情。他的诗作发表在《学之光》《青春》等杂志上。此外，他的遗作——

个人文集《小星漫笔》（1914）也于1990年代初被发掘出来，其中第5卷登载了不少诗歌作品，有17篇诗歌流传于今。玄相允的诗歌侧重于批判殖民地的现实，主要体现知识分子的苦恼和失落。

诗歌《失乐园》（收录于《小星漫笔》）是一部关注殖民地现实中的民族生活和命运、展现现实抵抗意识的作品。

> 为何伊甸园的月光，不在此地照耀？
>
> 为何生命之泉，不在此地流淌？
>
> 同一片天空，同一片土地，
>
> 光明如此地遥远，
>
> 人们如此地渴望，
>
> 难道，这还算平等？
>
> 世界嘲笑时，这里却叹息。
>
> 世人雀跃时，这里仍担忧。
>
> 同样的歌，同样的曲，
>
> 不过是悲伤的嗟叹。
>
> 紧皱的脸庞满是沉痛。

这篇作品一共有七联，作者通过塑造丧失乐园的人物形象，表现了日本殖民地统治所带来的民族苦痛。诗中所述的"遥远的东山""急切的百姓"，充斥着"叹息"与"忧愁"的"这个地方"和"这些人"，都如实反映了殖民地时期的社会现实和人民的处境。诗歌真挚地抒发了诗人与祖国和人民一起经历悲惨命运的情感。但是，该作品还掺杂了向"全知全能之人"求援的宗教色彩。这一点与诗人自身思想的局限性有关。也正因如此，诗人看不到朝鲜现实的未来及出路。

诗歌《蜷缩》（1914）宣扬了对殖民地现实的抵抗意识。

吃不饱穿不暖的人子啊，

从蜷缩中走出来吧！

这里堆积着永生的粮食和华丽的衣服，

在磨难和痛苦中坚持到底，奋斗到底吧！

用你们的鲜血，用你们的肉体。

焦急万分的人子啊，

从蜷缩中走出来吧！

这里正涌着生命之泉，淌着清澈之水，

将绝望和失落忍到最后，撑到最后吧！

用你的力气，用你的诚挚。

在黑暗中迷惑的人子啊，

从蜷缩中走出来吧！

这里正燃起拯救的火把，

与苦恼和懊悔力争到底，战斗到底吧！

用你们的勇气，用你们的努力。

诗歌全篇都在向"吃不饱""穿不暖""急切""焦急"的朝鲜人民发出迫切的号召——"在磨难和痛苦中坚持到底""将绝望和失落忍到最后""与苦恼和懊悔力争到底"。这首诗强调了民族的主体力量在与现实做斗争时所做出的努力，具有重要的意义。但是，作者并没有具体描写这种斗争和努力，只是停留在了主观的号召上。

此外，抒情短诗《随想》表达了对"像哑巴一样僵硬的"殖民地现实的失望和悲痛；散文诗《清晨》抒发了清晨走路时的心情与感受，歌唱了从黑暗中解脱后迎来光明的喜悦。

　　玄相允的诗虽然没能冲破新体诗的局限，但是其中的《随想》《蜷缩》等作品在一定程度上对自由诗的韵律和结构进行了探索，与崔南善的诗歌创作相比有了质的飞跃。

　　崔承九，号素月，曾赴日本东京留学。他因病中途放弃了留学，归国后没多久便去世，享年26岁。他曾在《学之光》上发表诗歌，留有遗稿集。其中共有25首诗流传了下来，这些作品都是1915年左右写的。他后来得以发掘并确认的作品有《熟视》（1916）。

　　崔承九诗歌的主要特征之一是典型地表达了在异国的土地上思念祖国的朝鲜青年的哀愁之情。同时，这些诗歌在艺术表现形式上体现了浓厚的伤感情绪和唯美主义色彩。《杜鹃》《步月》《爱巢》等诗歌就是其中的代表作品。

　　诗歌《杜鹃》用伤感的笔调高歌了主人公在异国他乡对祖国的殷切思念。

　　　　你以何种心境，

　　　　不断哭泣？

　　　　背井离乡，远道而来，

　　　　你是报以何种希望？

　　　　……

　　　　此处长叹，

　　　　山中回响。

　　　　寂寞的夜山里，

　　　　只有你的声音。

　　　　前方村子的老父母，

　　　　捻灯来把烟吸。

　　　　后方村子的年轻姑娘，

放下针线，泪眼哭泣。

诗中，诗人的感情被真切地融入杜鹃的哀切啼哭之中，达到了浑然一体的效果。

诗人的这种情绪在诗歌《步月》中表现得更为明显。诗中，诗人把月亮当作伊人（故乡）的象征，认为月亮——故乡在思念"我"，为了"我"而哭泣。诗人借此吐露了对故乡的思念。

抒情短诗《爱巢》也表露了诗人殷殷的爱国之情。

火车在蒹葭里逃窜，

唯有透过窗户，泪眼遥望古城松林。

古城是我的伊人之乡，

我的伊人，魂牵梦绕的伊人。

身困鸟笼，无法自由飞翔，

愿伊人透过云端送来一个热吻。

诗中，诗人因为思念祖国而不知不觉地流下了热泪，即便是在云里，诗人也渴望伊人（祖国）能够给自己一个热吻。全诗真挚地表达了在异国他乡思念祖国的朝鲜青年们的爱国之情。

崔承九的诗歌作品中，宣传抗日意识的《比利时的勇士》尤为受人瞩目。

大炮的弹丸，

把山地变得粉碎，

你的孩子，

已成尸骨。

德意志的军队，

比起野兽更为残暴，

你的爱妻，

被其羞辱至死。

你心爱的家人，

也已失去，

最后连自己，

也遗失了逃亡的路。

……

比利时的勇士啊，

只能战斗到底。

你的身旁，

还有那折断的长矛。

比利时的勇士啊！

比利时是你的，

是你的，

一定要紧紧守护！

　　全诗愤怒地控诉了德国军队侵略比利时时对其进行的血腥镇压，号召大家勇敢地与侵略军做斗争。可以说，诗人是把德军侵略比利时与日军侵略朝鲜联系起来思考的，由此我们可以看出诗人清醒的现实意识和抵抗精神。

　　崔承九的散文诗《熟视》也颇受瞩目。这首诗体现了他清醒的现实意识和未来意识。

　　在我看来，沙漠不再是那片沙漠，那曾是一片沃土，是光明灿烂的红土地。曾经的沃土已变成现在的沙漠。

……我又再次呐喊：你们啊！挖开吧，把那有毒的沙子挖开吧！扒开吧，把那沙子扒开吧！用你们滚烫的泪水，咸咸的汗水，宝贵的鲜血，浸透那片沙漠吧！挖吧！扒吧！

那么，你们的主人——永恒的沃土将会重现，期盼的新芽将会钻出，清澈的泉水将会涌出。沃土啊，请给予他们力量吧！让他们的心更加坚强吧！

正如诗中所述，沃土被各种沙子覆盖了，诗人借此比喻黯淡的朝鲜社会现实。诗人认为，只要聚集所有的力量、智慧，努力把沙子挖走，就能看见永恒的沃土。同理，朝鲜的未来也只有依靠斗争和努力才能看见光明。诗人期待大家能够奋起反抗，重现光明的朝鲜，这表明了诗人的现实意识和未来意识。当许多文人的诗歌作品着重表现殖民地现实中知识分子的烦恼、苦闷及迷失等情绪时，崔承九的《比利时的勇士》和《熟视》这两部作品所表现出来的意识世界足以使其获得更高的评价，诗人的地位也因此更加突出。

金亿（1896—？），笔名岸曙，出生于平安北道定州郡（今定州市），早年曾留学日本东京。1910 年代，《学之光》《泰西文艺新报》等报刊上刊载了他翻译的外国诗歌以及他自己创作的诗歌。金亿通过自己的诗歌创作，克服了新体诗的诸多局限，在自由诗的探索上取得了相当的成果，故而备受关注。

他在《学之光》上发表的诗作主要有《夜半》《我和夜晚》和《我的敌人是只鸟》（1915）等。这些诗篇不管是在感情表达上还是在韵律探究等方面，都已具备了自由诗的特征。

诗歌《夜半》中，诗人把在黑夜中感受到的孤独情感倾注到精练的韵律中。

受沉默的主宰，

我孤自静处。

夜半钟声响起，

我心震荡。

我的灵魂哟！

你在期望什么？

我的肉体哟！

你在盼望什么？

全诗共有四联，这是其中的前两联。为了协调韵律，作者运用了修辞手法，在探索自由诗韵律的同时，克服了新体诗所追求的各联一致的弊端。

金亿曾在《泰西文艺新报》上发表了 17 首翻译诗歌和 12 首原创诗。原创诗的代表作品有《相信吧》《春》《冬天的黄昏》《坟墓》《春天离开了》等。在上面的诗歌中，诗人通过对自然的描写来表达心中所感，体现了诗人进行韵律探索的努力。特别是在自由诗的韵律探索方面，作者按照呼吸的节奏适当地对民谣的韵律进行改良，运用反复、扩张、缩小等技法丰富了诗歌的韵律。

诗歌《春天离开了》的内容如下：

是夜，

是春，

是夜之戚，

是春之绪。

时光飞逝，

春日离去。

苦绪冥冥，

鸟儿为之悲鸣。

沉郁弥漫，

钟声笼罩。

春之怅然，

无声亦无言。

花儿凋零，

为留伊人叹息。

　　该诗表达了诗人送别春天的遗憾之情。诗歌以民谣曲调为基础，有意地进行了适当的改编，并且为了提高诗歌的音乐效果，在诗歌语言的选择上下了很大功夫。金亿提出"把我们诗歌的传统律格灵活运用于每个作品中，这是近代诗的开拓性研究中值得提倡的方向"，并把这一理念贯彻到对自由诗的探索之中。

　　除了上文中提及的诗人外，当时还有不少诗人通过《学之光》《泰西文艺新报》等报纸杂志发表诗作。如石泉在《学之光》上发表的《离别》《我的心》，金艺济在《学之光》上发表的《山女》《一端》《睡着的时候》，崔承万在《学之光》上发表的《素月》，以及黄锡禹在《泰西文艺新报》上发表的《新人的序曲》《致弟妹》等。这些诗人的作品在内容和表现形式上或多或少地体现出与玄相允、崔承九、金亿等人的诗歌的相似之处。

（2）申采浩的诗作遗稿

　　申采浩的诗作遗稿在 1910 年代的诗文学创作中具有重大意义。虽然说他的诗作遗稿并没有直接推动当时诗歌的发展，但是作为一个满腔热血的爱国文人，他注意到了诗文学发展所带来的诗歌形式变化，并对此进行了积极探索，取得了很大的成果。

这一时期,申采浩的诗作遗稿有《你的》《蝉之歌》《一国之梦》《蝴蝶》《1月28日》和《晨星》等,他将现实的反日独立运动反映到诗歌当中,大力地宣扬了爱国主义思想。

在诗歌《你的》中,诗人这样写道:

> 愿你的双眼变成太阳,
>
> 朝升夕落,
>
> 照亮祖国大地。
>
> 愿你的鲜血变成花蕾,
>
> 花开花落,
>
> 点缀祖国四方。
>
> 愿你的呼吸变成清风,
>
> 吹起吹落,
>
> 洁净祖国大地。
>
> 愿你的话语变成火焰,
>
> 燃起燃落,
>
> 温暖祖国四方。
>
> 愿我的肉身化为尘土,
>
> 愿我的肌骨化为坚石,
>
> 为祖国添砖加瓦。

诗中的主人公就是诗人自己,他用生动的比喻、简洁优美的韵律高歌了自己愿为祖国奉献一切的志向。

诗人渴望把自己最珍贵的东西——眼睛、鲜血、呼吸和话语变成太阳、花朵、清风和火焰,从而使祖国更加光明、更加美丽、更加洁净、更加温暖。不仅生时如此,就算死后,诗人也希望将自己的一切都奉献给祖国,使肉骨化为土石，为祖国的发展增添力量。对诗人来说，为祖国奉献一切是人生意义的价值所在，只有在祖国的土地上才能找到自己存在的真正意义。

《晨星》一诗以 1910 年代艰苦的反日爱国斗争的现实为背景。申采浩站在更高的层面上表达了自己的爱国情感、斗争意志和胜利信念。诗人以黎明前满天繁星渐失光辉这一自然现象为喻，反映了在日本帝国主义的残酷镇压和反日团体的内部纷争下社会现实的曲折与艰辛，抒发了主人公——爱国者为了光明的未来而坚守斗争阵地、与敌抗争的思想感情。

> 月已落下，
> 日光尚远。
> 此时！此刻！
> 我们若不在，
> 宇宙的光明谁来寻，
> 何地何处？

诗中，主人公——爱国者将民族责任感深深铭刻于心，为了民族的解放和光明，即便遇到再大的艰难险阻他都能够坚持下去。诗中出现的日升月落前的黑暗的瞬间正是对 1910 年代社会现实的反映。爱国者正为了"宇宙的光明"——朝鲜的光明，坚持与这黎明前的黑暗做斗争。

在诗的尾联，诗人这种坚定的志向得到了进一步升华。

> 黎明的星光，
> 如大自然的玉珠，
> 全部摘下，
> 一颗颗分放在，
> 孩子们的怀里。

不论云积，

不论雾起，

不论狂风劲疾，

不论雨雪霏霏。

星光依旧闪烁，

黎明永不消逝！

对诗人来说，守护黎明的星星是世界上最神圣、最美丽的存在。所以在诗中他变成了黎明之星，努力为自己所热爱的祖国和民族带来永恒的光明。而对黎明的向往则象征着对朝鲜独立的热切期望，以及对光明的民族未来的热切希望。《晨星》在更高层次上体现了 1910 年代朝鲜人民的时代追求，也包含着诗人申采浩在时代精神和人民情感中寻找美学理想的高尚灵魂和不懈努力。本诗将诗人真挚的爱国热情和高尚志向融入浪漫主义的诗歌结构及其优美的韵律中，不仅成为申采浩的代表作，也成为这一时期自由诗文学发展过程中的优秀作品。

4 文学批评

1910 年日韩合并不仅给朝鲜的社会发展带来了沉重的打击，还使得文学发展面临更严峻的选择。曾以文明开化、自主独立为目的的社会理想变得极度微薄和遥远，以文学为手段进行的民众启蒙也需要探索新的方向、寻求新的出路。这一时期的文学批评就是围绕这些课题展开的。比起启蒙期，这一时期的文学批评更加深化了本体论方面的思考，形式上也发展得更为成熟。这一时期的文学批评大量吸收了西方的文学理论，即现实主义理论、象征主义理论、唯美主义理论等，并且从多方面对启蒙期文学批评进行了反省。这使得启蒙期文学批评得到了新的变化和发展，而且新的批评体系也逐步确立起来。

这个时期的文学批评家主要有李光洙、崔南善、白大镇、安廓、梁建植和金亿等。这些人大致可以分为两派。其中一派以李光洙、崔南善、安廓、梁建植等人为首，他们在启蒙期文学批评的基础上，接受了西方文学批评的要素，并探索新的文学批评之路。而金亿一派则在吸收西方象征主义批评的基础上展开了自己的文学批评。

（1）启蒙期文学批评的反省和文学批评理论的探索

启蒙期文学批评的主要特征在于执着地强调文学的社会功能，认为文学是社会改革和民众启蒙的最有效的手段。它关注的是文学的社会功能，这对提高文学的社会地位有着重大意义，但其未能客观、正确、科学地把握文学本身的多样化特征。

文学固然有助于社会改革和民众启蒙，但不能因此而将其用作政治说教的手段。归根结底，文学的发展不能脱离"文学"这一框架，只有用审美的力量进行社会改革和民众启蒙，文学的发展才会变得更加有意义。

1910 年代，文明开化、自主独立的启蒙思潮退去，时代为文学赋予了新的课题，即继承启蒙期文学的合理性，克服其局限性，创造新的近代文学。完成这一课题是文学批评不可推卸的使命。所以，这一时期的文学批评家在继承启蒙期文学批评的基础上进行了反思，以谋求新的发展。他们采纳了西方文学批评中的合理部分，极力发展启蒙主义文学批评。李光洙、白大镇和安廓等人的文学批评正是这一类型的典型代表。

李光洙既是 1910 年代的代表作家，又是文学批评家。他的文学批评有《什么是文学》（1916）和《悬赏小说考选余言》（1918）。在上述两篇文学批评中，他强调了文学的社会功能。他在《什么是文学》的第七条中论及了文学的多种社会功能：第一，使读者窥探世态人情；第二，激发同情心，而同情心正是制造善举的原动力；第三，使人直接了解堕落的过程和积极向上的心态，并以此为鉴；第四，令人体会各种生活及思想感情；第五，使人不沉溺于不健康的快乐；第六，陶冶读者的情操，开发智力。总的来说，文学是处世和鉴戒所必需的因素，它可以激发同情心，可以成为人生的镜子，可以让人学习到丰富的人生经验，能使人不沉溺于不健康的快乐，并且有利于陶冶情操和开发智力。所以，他得出的结论是："民族的文学是传承民族精神文明最有利的手段。"

李光洙在《悬赏小说考选余言》一文中指出，现代小说应该从理想中脱离出来，回归现实，并需具有新思想。同时，他还强调了文学的教育意义。

在文学的社会功能这一问题上，李光洙的文学批评展现了比启蒙期文学批评更为进步的一面。启蒙期文学批评所强调的文学的社会功能在于进行直接的政治改良，它是民众启蒙的有效手段，但这种观点忽视了中间阶段，即忽视了审美阶段。相反，李光洙在1910年代提出的文学功能论则没有忽略这一阶段。文学具有审美功能、认识功能和教育功能，而认识功能和教育功能都要通过审美功能实现。从这个意义来说，李光洙的文学社会功能论，即对社会功能的批评具有一定的合理性，可以说是对启蒙期文学批评的继承和发展。但是，李光洙把文学的社会功能称作是"附加效果"，有矫枉过正之嫌。尽管如此，李光洙对文学的社会功能的见解仍具有积极的意义。

李光洙不仅从社会功能论这一层面反省了启蒙期文学批评，还对其中未曾提及的文学本质和自主性、现实主义等问题进行了探究。他的这些文学批评明显带有西方文学批评的痕迹。他在《什么是文学》中一改以往对文学的东洋式的传统理解，将之定为 literature（文学），把文学的本质确定为感情的表达。他提出，文学即是在特定的形式下记录人的思想和感情的形式，而文学家则是能唤起人们美感和快感的著作者。文学在知、情、意三者中要满足"情"的要求。他的这种见解以情感为媒介，表现人生及其生活，可以说是对文学本质的积极探究。

同时，他还强调了文学的自律性（或独立性）问题。他指出，朝鲜的传统文学只鼓吹儒教道德，并没有表现出情感的美，而当今的文学应该从宗教和伦理的束缚中摆脱出来，自由、如实地表达和描写人生的思想、情感和生活。（《什么是文学》）他认为"文学绝不是修身之书或者宗教教育之书，更不是这些书的补充物，文学应该有其自身的理想和任务"。传统的"文以载道"论强调文学的道德教化作用，而李光洙对其进行了反省，强调了文学的自律性。

李光洙对文学本质及自律性的批评与西方的唯美主义理论相关，是对其进行吸收的结果。他所提出的关于文学本质和自律性的理论克服了启蒙期文学的局限性。同时，他又从这些理论性的思考中得出了文学的社会功能是"附加效果"这一具有局限性的结论。

李光洙还对现实主义进行了理论性的思考。他指出，文学艺术是描写人生的生活状态及思想感情的。"文学的要义是如实地描写人生"，这可以看作是对启蒙期文学批评进行反思及发展的结果。

此外，在小说的创作层面上，李光洙指出，文体要与时俱进，摆脱因习、训诫的俗套，这体现了文体创新的意识。

如上所述，李光洙在吸收西方文学理论的同时对启蒙文学论进行了反思，并在此基础上有了新的发展。他的理论虽然尚未形成严格的体系，并且在处理与传统的关系上表现出虚无主义的局限性，但为这一时期的文学批评做出了有意义的探索。将文学功能论和自主性进行折中，可谓是其文学批评的特征所在。不过，虽然他试图将文学功能论和自主性折中起来，但是在其创作实践中，功能论文艺观还是占据了主导地位。他的小说《无情》等作品中的大量启蒙性说教正证明了这一点，这与他坚持自己作为启蒙作家的立场有关。

除了李光洙以外，批评家白大镇、安廓及梁建植等人的文学批评也对启蒙文学论进行了反省，并对新理论进行了补充。

白大镇（1894—1967）在 1910 年代不仅发表了多个领域的评论，而且还在《新文界》上发表了不少与文学批评相关的文章，如《在现代朝鲜中提倡自然主义文学》（1915）、《新年伊始，期待人生主义派文学者辈出》（1916）和《关于文学的新研究》（1916）等。

白大镇和李光洙一样，把文学本质看作是情感的满足或表达。因此，他也强调文学的社会功能和独立性。他的理论最大的特征在于把文学的本质乃至使命划分为外在和内在两个方面。

白大镇在《关于文学的新研究》（1916）中提出："我们一般会从内外两个角度观察艺术，内在主要表现艺术的本能，外在主要侧重利用，即实用性。例如，文学是为了实用和快乐而诞生的。在实用性下就是知识的、教化的东西，即道德层面的东西；在快乐论下就是娱乐的、感官上的东西。"他所提出的文学的社会功能论和快乐论是相辅相成的。但他又表示自己更倾向于"功利派艺术"，这表现出他对文学社会功能的肯定。他的这一理论比李光洙的理论更具融通性。

白大镇的自然主义文学论在其文学批评中具有重要意义。他认为，在社会和人生的黑暗面日益扩大的殖民地现实中，需要出现能够克服现实矛盾的文学，而这样的文学就是自然主义文学。他指出："自然主义文学大体上可定义为直白且真挚地反映现实的文学，它是没有虚情假意和空想的文学。在如今的半岛社会中，缺陷是如此之多，人生是如此之黑暗。如今的我们又怎么敢谈'白发三千丈'的梦想？因此，我们的文学需要去反映人生。我们要从根本上使社会的缺陷和人生的黑暗重归于无。这就是新文学的素材，也是新文学学者的责任。"（《在现代朝鲜中提倡自然主义文学》）根据他的观点，自然主义文学就是描写社会的矛盾和负面信息、为人生而存在的文学。这一理论与启蒙主义文学论有着鲜明的对照，同时也显现出批判现实主义的萌芽。

从这点来看，白大镇的自然主义文学理论所提出的"文学为人生而存在"这一观点具有重要的意义。因而，他的文学批评为 1910 年代的批判现实主义文学创作提供了理论基础。然而白大镇的文学批评仍具有一定的局限性。他虽然提出了"文学为人生而存在"的主张，但未能从理论上提出具体的实现方案，对于殖民地现实的把握也过于抽象，而且还出现了否定传统的倾向。白大镇的文学批评的价值主要体现在其有机地统一了文学的社会实用性和独立性（或特殊性）的关系，在自然主义文学的命题下提出了"文学为人生而存在"的主张，并且倾向于对现实进行批判性的描写。他的文学批评从某种角度而言，比李光洙的文学批评更具进步性，更能体现对文学本质的深刻探究。

此外，安廓在《朝鲜的文学》一文中积极地提出了传统文学和西方文学的吸收问题，正确地处理了文学的社会功能和独立性问题。而曾在 1910 年代登场的小说作家梁建植也在《欢迎春园的小说》（1916）中提出自己对于小说的个人见解，谈到了文学的社会功能及美学的特殊性。梁建植的文学批评具有严谨的理论体系，因而在这一时期的文学批评当中备受瞩目。

（2）象征主义诗论和金亿

在 1910 年代的文学批评中，值得关注的还有象征主义的提出。这一时期提出的象征主义给朝鲜近现代诗歌的发展带来了巨大的冲击，也为诗歌创作带来了质的变化，因此具有积极的意义。虽然在象征主义的发展过程中对外国象征论的评价、吸收和采用都还有一定的偏见，但不能因此而否定它。这一时期，推动象征主义发展的批评家有金亿、黄锡禹和朱耀翰等。

金亿是最先致力于外国象征主义诗歌翻译和象征主义诗论介绍的作家，他在象征诗论的基础上发表了对自由诗的观点。其介绍外国象征主义诗论的文章有《要求和悔恨》（1916）、《索洛古勃的人生观》（1918—1919）、《法国诗坛》（1918）等。除此之外，他也发表了自己的诗论，如《诗形的音律和呼吸》（1919）、《英吉利文人奥斯卡·怀德》（1916）、《俄罗斯的著名诗人及十九世纪的代表作品》（1918）和《艺术生活》（1915）等。

首先，他肯定了分别来自法国、俄罗斯的象征诗人波德莱尔（1821—1867）和魏尔伦（1844—1896）的成就，对他们的诗的性质进行了评析，并从正面介绍了《人工享乐》《恶之花》和《超现实的美》等诗歌。

金亿认为波德莱尔和魏尔伦的诗作之所以体现出悔恨和不安，是因为他们"追求美却只寻到丑，追求真却只寻到伪，追求善却只寻到恶——尝到了这些苦涩，因此产生了更大的憧憬"，对此他表示了赞美和支持。他为世间无人理解他们而感到悲哀。他认为，魏尔伦的悔悟是像孩子般纯真的忏悔和痛彻心扉的真实眼泪，而波德莱尔过度地追求享乐则源于其无法寻到善和真的悲痛心情。他在评价波德莱尔的《恶之花》时指出，波德莱尔并不是在寻求恶和丑，而是在追求善和美之神，即绝对者。他认为，"波德莱尔的恶魔赞美是一种反语之美"。如此，金亿充分肯定了法国象征主义诗人的美学。

他还对俄罗斯颓废派的代表诗人索洛古勃的文学成就及世界观做出了如下评价：索洛古勃生活在"无边的黑夜"里，他"是孤独的诗人，在现实的黑暗、丑污、凡俗和不协调下，他意图在像死亡一样疯狂的诗世界里寻找某些东西——不，是找到了某些东西"（《索洛古勃的人生观》）。换句话说，他认为索洛古勃是一个心中怀有巨大悲哀、在无边的黑夜中徘徊的厌世颓废诗人，是一个沉迷于疯狂的诗世界中的象征主义诗人。金亿在文章中深入介绍了索洛古勃的厌世、颓废、神秘，以及他所具有的象征主义色彩、道德性、唯美主义的唯我论人生观乃至文学创作世界。

金亿高度评价了象征主义诗人的地位。他在《法国诗坛》一文中，全面介绍了法国象征主义诗人及各学派，如颓废派、象征派和高踏派等。他在评价《恶之花》的作者波德莱尔时说：他是最后一个浪漫主义者，是近代神秘象征主义派的先驱，是一个具有世界影响力的诗人。金亿在介绍颓废诗人的同时，也积极介绍了他们神经过敏、缺德、悲哀、疲劳、倦怠、苦恼、不安、悔悟、不道德性和恶魔性等方面，这与他认为颓废感性的文学在朝鲜现实中也值得提倡的观点不无关系。

其后，金亿将话锋从对象征主义诗人的介绍转向了探讨象征主义的概念和意义上。

"象征派诗人为我们提供了难以捉摸、超越理想的神秘解答。也许最简单的解答才是最正确的，正如'暗示是技巧'这句话所言。也可以认为象征就是神秘。""诗的内在含义是在抽象中产生的，暗示即是幻想。"(《法国诗坛》)金亿将"暗示"视为象征主义诗歌创作的关键，故而强调象征语言的必要性。这一点是象征主义诗歌的核心问题所在。

金亿不仅介绍和肯定了象征主义，也对自由诗提出了正面的见解。

他在解释什么是自由诗时说道："象征派诗歌跳出了传统的形式和定规，自由自在地追寻思想的微韵。不重视平仄或押韵，摆脱所有的制约和有形的格律，用奇妙的'语言音乐'来表现诗人的内在生命。"(《法国诗坛》)当然，上述说明中，关于自由诗要排除所有格律的观点不一定是正确的，但是对"诗人内在的感动"和"用音乐来表现存在之物的内部震动"的见解是没有错的。他认为，自由诗是因"固定的诗歌形式是对诗人的束缚"这一观点产生的，诗可以说是诗人表现自己内在感动、内部震动的正当行动。金亿通过对象征诗的研究把握了自由诗的本质：自由诗的韵律以呼吸律为基础而产生。这一观点与华兹华斯"诗就是呼吸"的观点如出一辙。换言之，他全面肯定了"诗的音律由呼吸构成"的观点。金亿虽然提出了朝鲜自由诗音律的方向问题，但是最终没能将其具体化。不过对于当时的朝鲜诗坛来说，能够提出自由诗创作要求并指出自由诗音律的方向问题是极为合理且极具价值的。金亿的文学批评为 1920 年代朝鲜象征派诗歌的登台起了先导作用，同时也对自由诗的发展起了积极作用。

此外，黄锡禹的《诗话》(1919)、《朝鲜诗坛的起步和自由诗》(1919)和朱耀翰的《日本近代诗抄·序论》(1919)等也讨论了象征主义诗论和自由诗的问题，为1910年代的诗文学批评做出了贡献。

金亿等人的文学批评不仅对介绍法国、俄罗斯的象征派文学有着重大意义，还对象征诗的自由诗形态进行了积极的吸收和采纳，为创作朝鲜的自由诗做出了努力，也因此推进了朝鲜自由诗的创作进程。但是他们的观点也有一定的局限性，即将朝鲜自由诗的创作与传统诗分离开来，并且过度否定自由诗的内在韵律。

第三章

1920 年代前期文学

1 文坛概况及文学发展特征

1910 年代，日本帝国主义对朝鲜实行疯狂的暴力统治，使得朝鲜人民生活在水深火热当中。但是，朝鲜人民的反日爱国斗争并没有因此而停止。1919 年 3 月 1 日，震惊世界的"三一"运动爆发。"三一"运动起初由赴日留学生发起，经民族主义者的推动，最后发展成为全民族的民众运动。"三一"运动充分显示了朝鲜人民抵抗日本帝国主义残酷侵略的民族精神和民族气概。该运动虽然因日本帝国主义的血腥镇压而失败，但给日本帝国主义侵略者带来了沉重的打击，为朝鲜现代史提供了新的转机。

"三一"运动以后，日本帝国主义对朝鲜的侵略政策从暴力统治转向了文化统治。1919 年 7 月 27 日，日本某舆论媒体发表了关于反省日本殖民地统治、敦促出台新政策的文章："这次的朝鲜民族起义证明了日本对韩政策的失败。现代的殖民政策不同于以往，不能自始至终进行暴力统治，而是要以教化为主要手段，通过推行文化政策来实现。蛮横地镇压是最拙劣的方法。这次民众起义是朝鲜民众在残酷的暴力统治下的必然反抗。这样的抵抗只会令人误解日本对朝鲜的态度。"日本以此为契机，反省了一直以来的对韩政策，认识到及时纠正现有政策才是当下最应解决的问题。

当然，文化政治的实施本质上与暴力统治无异，但至少暂时废除了宪兵警察制度，在总督府内重用大量的朝鲜人，并在一定程度上允许舆论、集会、结社和出版的自由。同时，日本帝国主义调整政策，将重心放在了分裂朝鲜的民族独立运动及镇压民众的反抗上。

"三一"运动失败以后，民族主义运动在日本帝国主义的文化统治下曲折发展。国内外独立团体中真正的爱国主义者为了民族解放和祖国独立，顽强而坚决地与日本帝国主义进行斗争。但是，一部分民族改良主义者打着民族改良的旗号，或是拒绝与日本帝国主义展开斗争，或是选择了妥协的道路。民族运动团体的内部也因此出现了分裂的局面。

同时，"三一"运动前后，朝鲜国内渐渐开始传播、普及马克思主义，工农运动和青年运动也随之酝酿、发展。1920年，朝鲜劳动共济会创立。1924年，朝鲜劳农总同盟结成；同年，朝鲜青年同盟缔结。在这些团体的指导下，工农运动、青年运动纷纷展开。最终，1925年，朝鲜成立了共产党。

"三一"运动后，社会政治和文化背景的急速变化给文学发展的重要阵地——文坛赋予了一系列新的特征。

第一，与文化统治相关的各种报纸、杂志层出不穷，为文学运动提供了阵地。1919年，纯文艺杂志《创造》续刊，《曙光》《首尔》《三光》等月刊综合杂志开始出版；1920年，《东亚日报》《朝鲜日报》等报纸刊行，《开辟》《学生界》等月刊综合杂志和纯文艺杂志《废墟》刊行；1921年，综合杂志《新民公论》和专门诗篇杂志《蔷薇村》刊行；1922年，《朝鲜之光》《东明》等综合杂志和纯文艺杂志《白潮》刊行；《焰群》（1922）、《金星》（1923）、《朝鲜文坛》（1924）、《废墟之后》（1924）、《灵台》（1924）、《生长》（1924）等杂志也接连出现。这些报纸和杂志刊登了各种题材的文学作品，并且组织开展了许多文学批评活动和文学活动，传播和接受了外国的文学思潮。

第二，随着文学杂志的刊行，这一时期文坛的文学团体也如雨后春笋般涌现。上文提及的《创造》《废墟》《白潮》《蔷薇村》《废墟之后》《焰群》《朝鲜文坛》《灵台》和《生长》等就属于纯文艺杂志。纯文艺杂志的出现意味着文艺运动能够发展成为一种独立运动。

这一时期兴起的文学团体有"创造""废墟""白潮""焰群社""巴斯奎拉"等。这些文学团体并不要求团体内部的一致性，但也出现了文学主张和创作倾向一致的情况。例如，"焰群社"和"巴斯奎拉"始终倾向于无产阶级文学，"创造"则倾向于现实主义或者自然主义，"废墟"主张象征主义（颓废主义），而"白潮"则倾向于感伤主义。但这只是它们的主要倾向，并非全部内容都带有这种倾向。像"创造"虽倾向于现实主义或自然主义，但其中的金东仁却是倾向于唯美主义的作家；李光洙虽与"白潮"有关联，但他并不是追求感伤主义的作家。1920 年代前期出现的文学团体虽主张不一，但并没有很大的对立和矛盾，都在各自的文学主张下进行创作。因此，这一时期的文学为现代文学运动的多元化发展提供了条件。

第三，这一时期文坛的作家阶层出现了一系列新的变化。这一时期的作家大致可划分为资产阶级作家、小资产阶级作家和无产阶级作家。但即便是属于同阶级、同阶层的作家，因自身的世界观或美学观的差异，他们在文学创作上也各有特点。例如，资产阶级作家李光洙虽固守着改良主义的民族主义立场，但在创作上却同时体现了启蒙主义文学和自然主义文学的性质，而资产阶级作家金东仁则倾向于自然主义和唯美主义。此外，被认为是小资产阶级作家的李相和、赵明熙等人最初倾向于感伤主义文学，随后逐渐向无产阶级文学转变，而同属"白潮"的玄镇健则既坚持民族主义，又侧重批判现实主义。无产阶级作家虽然倾向于无产阶级文学，但在创作实践中仍无法完全摆脱批判现实主义的倾向。这一时期的作家们之所以出现多元化的创作倾向，主要原因在于"三一"运动后急速变化的社会现实，以及外国文学思潮的流入和影响。

从"三一"运动后到 1920 年代中期的这一段时间，朝鲜现代文学以上述社会文化环境和文坛为背景，在发展中呈现了一系列新的特征。

第一，这一时期的文学对启蒙主义文学进行了积极的扬弃，为现代文学的产生和发展提供了多方面的内容和形式。当然，启蒙主义文学的革新在 1910 年代的文学中就已经出现了萌芽。比如小说《悲伤的矛盾》和《绝交信》就已经出现了殖民地现实批评的萌芽，具备了现代小说的雏形。另外，金亿等人的诗歌吸收了象征主义元素，克服了新体诗的局限性。但是，这些变革都没有脱离启蒙主义文学的范畴。

从某种意义上来说，"三一"运动之后剧变的社会现实给民族主义运动带来了巨大的负面影响，动摇了启蒙主义文学的基础。启蒙主义已不能适应新的现实需求，时代呼唤有新内容、新形式的文学的诞生。在这样的时代要求和外国文学的强烈刺激下，批判现实主义、自然主义、象征主义、感伤主义、唯美主义等多种文学倾向应运而生。且不论这些倾向的价值和优劣，单单对启蒙主义文学进行扬弃这一点就已经具有很大的意义。特别是从内容上来看，它并不是在启蒙主义的基础上面向近代社会的探究，而是基于对殖民地现实认识的社会批评，以及在殖民地现实中感受到的个性破灭、人的烦恼与苦闷的表达。从形式上看，它摒弃了作家的启蒙式说教方式，通过性格形象的创造体现了美学理想，并且在结构、描写、语言等方面也初步具备了现代小说、现代诗（自由诗）的特点。

第二，这一时期的文学发展伴随着对外国文学思潮的多元性吸收。如果说前期对外国文学思潮的接受是在缺乏相互间充分交流的情况下（或是对它的理解只处于表面的情况下）进行的，那么这一时期则是从多个层面实现，并且与创作实践紧密结合在一起的。例如，对法国象征主义文学的吸收推动了象征主义诗论的发展，而象征主义诗歌的创作也成为一个思潮倾向。批判现实主义、自然主义、唯美主义亦是如此。以"白潮"同仁玄镇健为例，他先从理论上接触了西方批判现实主义，后将其融入创作实践，从而丰富了创作成果。但是，这一时期涌入的多元化的外国文学思潮在朝鲜发生了一系列的衍化。在外国纵向产生及发展的文学思潮在短期内大量地被朝鲜横向接受，朝鲜文坛呈现出复合性的接受样态。当然，这种现象的出现是因为朝鲜的社会文化背景具备了相应的条件。也就是说，在资本主义和封建主义双重压迫下的殖民地半封建社会现实中，他们有条件且有必要接受这些思潮。

不过，这种多元化的横向接受使得这些思潮难以结出丰硕的果实。所以，思潮的混流使每个人的创作都呈现出多重的接受倾向。这一时期对外国文学思潮的接受虽然存在局限，但它对推动现代文学的产生及发展的作用是不容怀疑的。

第三，这一时期的文学发展为无产阶级文学的发展创造了条件。在朝鲜现代文学的发展历史中，无产阶级文学是客观存在的，所以不可以也不能低估它的历史意义。这一时期，新倾向派文学的兴起宣告了无产阶级文学的产生。新倾向派文学指的是鲜明地反映出无产阶级倾向的 1920 年代前期（严格来说，应该是到 1927 年为止）的文学。它既包括初期无产阶级文学团体"焰群社"（1922）和"巴斯奎拉"（1923）的作家们的创作，也包括虽然没有加入这类团体但也为无产阶级文学做出贡献的崔曙海、李箕永、韩雪野、赵明熙等作家的初期文学创作。

新倾向派文学的产生与无产阶级作家登上文坛有着密切关联。受社会主义思想的影响，宋影、李赤晓、李浩、金仁波、金斗洙、崔承一、沈熏和金永八等文学青年的阶级意识开始觉醒，于 1922 年 11 月创办了"焰群社"，并且制定了"以无产阶级服务为目的，以无产阶级文化研究和运动为宗旨"的纲领。正如宋影在《朝鲜无产阶级艺术运动小史》（1945）中回忆当时的情景时所提到的："从严格意义上来说，他们并非诗人或小说家，而是希望借助文学的力量开展社会运动的政治家。""焰群社"下设文学部、戏剧部和音乐部，发行了《焰群》杂志。"焰群社"在创办初期就开始抵制当时盛行的各种资产阶级文学思潮，致力于将文学运动和无产阶级解放运动相结合。

"巴斯奎拉"（PASKYULA）是由 1923 年退出"白潮"同仁团体的金基镇、朴英熙、朴钟和、李相和、金复镇、李益相、安硕柱、金石松等人组建的另一个初期无产阶级文学团体。金基镇、朴英熙对该团体的创建起着至关重要的作用。曾是"白潮"成员的金基镇在日本受到社会主义思想的影响，他通过书信感染同化了在朝鲜的朴英熙，两人在无产阶级文学创作倾向上达成了一致，这加速了"白潮"的解体。最终，在两人的努力下，"巴斯奎拉"得以创建。"巴斯奎拉"这一名称由团体内个别成员的姓氏的英文首字母组合而成。如果说"焰群社"是朝鲜国内以广义的文学运动为目的而自发形成的组织，那么"巴斯奎拉"则是深受国外思潮影响、文学志向性极强的组织。他们在组成团体初期就提出了无产阶级文学主张，并致力于无产阶级文学创作，排斥"以艺术为目的的艺术"，主张"追求服务于人生的艺术"。这里所说的"人生"特指广大劳动人民。

这一时期，崔曙海、李箕永和韩雪野等文人亦实现了阶级意识的觉醒，他们进行文学创作的积极性丝毫不亚于"巴斯奎拉"的成员。

新倾向派文学在形成初期就遭到了主张民族主义的资产阶级文人的批判。1925 年，文人们在杂志《开辟》2 月刊上进行了一场题为"阶级文学是非论"的争论。金东仁、金亿、李光洙是极力否定阶级文学的代表人物。金东仁始终坚持唯美主义的美学观，主张"世上无所谓阶级空气。所谓阶级空气，亦不能容忍阶级文学"。金亿和李光洙则分别在《艺术的独立价值》（1926）、《"中庸"和"彻底"》等文章中阐明了自己的阶级文学否定论。然而在如此强烈的否定呼声下，新倾向派文学依然表现出强大的发展潜力和势头，最终于 1925 年成立了"卡普"①。自此，无产阶级文学具备了全面发展的条件。从文学理论建设和创作实践的角度来看，新倾向派文学一直持续到 1927 年"卡普"转变方向为止。

由于作家的个人阅历、素养及文学创作的不同，新倾向派文学也呈现出多样化的特征，但其在思想艺术方面仍有许多共同点。

首先，新倾向派文学从无产阶级的立场出发，披露尖锐的社会阶级矛盾，宣扬抵制社会不合理因素的反抗精神。其次，新倾向派文学在一定程度上塑造了代表工人和农民利益的主人公形象，小说《出走记》中的朴君和《民村》中的昌顺就是其中之典型。再次，新倾向派文学尖锐地提出了敌对矛盾，并将其极度激化，从而鲜明地表达了作者的情感。

新倾向派小说受社会历史条件、作家的世界观等影响，具有一定的局限性，尚无法提出解决社会矛盾的具体方法，经常将工人、农民的反抗斗争描写为自然自发的行为，并在塑造人物形象方面具有概念化说教的倾向。

总而言之，"三一"运动以后到 1920 年代中期，朝鲜文学已经具备了现代文学生根发芽的土壤。它从多方面反映了动荡的社会现实，并回应了时代对文学的要求，从而在朝鲜文学史上占据着重要地位。

2 小说创作

"三一"运动以后，朝鲜文坛的文学思潮风起云涌。这与当时民族运动发展纷繁复杂、外国文学思潮不断涌入的时代特征有密切关联。这一时期，批判现实主义和自然主义互相交叉发展，并无明显区别。同时还出现了唯美主义和象征主义。其中，与小说的发展密切相关的有批判现实主义、自然主义和唯美主义，它们与小说家的关系相对复杂。现实主义小说家有

---

① 朝鲜无产阶级艺术联盟。

玄镇健、罗稻香、朱耀燮，唯美主义的代表人物是金东仁，自然主义作家有廉想涉，启蒙主义的代表作家则是李光洙。但是，文学思潮与小说家的关系并非如上文所列举的那般简单。例如，玄镇健的小说虽然体现了批判现实主义，但同时又受到了自然主义的影响；罗稻香的小说既体现了批判现实主义，又摆脱不了唯美主义和人道主义的影响；金东仁的小说创作集唯美主义、自然主义、人道主义于一体；廉想涉则根据作品的需求分别采用了自然主义和现实主义；李光洙虽然是启蒙主义的代表作家，却不可避免地受到自然主义的影响。一个作家同时受到多种文学思潮的影响正是这一时期的文学特点。之所以出现这种现象，与当时多种文学思潮同时涌入或生成不无关系。它们对促进小说的革新具有积极意义。

这一时期，各种文学思潮对小说创作和革新的积极影响主要体现在它们弥补了 1910 年代小说发展的局限性。例如，受唯美主义的影响，金东仁在追求文学自由的同时又排斥启蒙主义文学理性的说教；廉想涉、玄镇健等人崇尚的自然主义和批判现实主义则使文学的社会批判性、真实性及细节描写得到了肯定。

虽然这一时期的小说创作倾向各不相同，但都是对启蒙主义小说的一种革新。它们有效催化了现代小说的产生，同时从不同侧面真实反映了"三一"运动以来复杂的社会现实。这一时期的小说家主要有李光洙、金东仁、廉想涉、玄镇健、罗稻香等。其中，除李光洙之外，其他人都是在"三一"运动前后登上文坛的新晋作家。作为对启蒙主义文学持反对态度的作家，可以说他们都是促使现代小说产生并发展的先驱者。

因此，在这一时期的小说发展历程中，新倾向派小说占据着特殊的地位，它以文学创作的实践者身份开始登上文坛。

（1）金东仁、廉想涉的小说创作

金东仁（1900—1951）是"创造"的成员之一，他主张唯美主义理论，反对李光洙的启蒙主义文学。1920 年代前期，他的代表作有发表在《创造》杂志上的《弱者的悲哀》（1919）、《船歌》（1921）、《心软的人啊》和发表在《朝鲜文坛》上的《土豆》（1925）等。

在现代小说史上，金东仁的《弱者的悲哀》和《心软的人啊》在打破启蒙主义文学的局限性上具有深远意义。《弱者的悲哀》主要讲述了一名做兼职家庭教师的女学生的矛盾和痛苦。小说中，女学生和男主人有着不正当的关系，后来女学生怀孕，为了减少自己的苦恼，她最终决定堕胎。小说通过这个悲伤的故事披露了社会道德的破绽。《心软的人啊》主要讲述了一位有妻有子的教员与同校的女教师发生了不正当关系，后来女教师接受了父亲为她定下的婚事，与情夫断绝关系的故事。小说主要侧重于描写女主人公对于自己轻率行为的悔恨，同时探究了道德精神之美。上述两篇小说将重点放在了心理描写及性格塑造上，在语言文体上向现代小说迈进了一大步。但两篇小说也存在着主题意识不健全、结构不严谨的缺陷。

小说《船歌》和《土豆》是体现这一时期金东仁创作成果和审美意识的代表作品。小说《船歌》主要讲述了因误会而导致妻子自杀、弟弟出走的主人公为了寻找亲人而离开家乡的故事。小说中，原本夫妻和睦的男主人公误会妻子与自己的弟弟有不正当关系，最终导致妻子不堪忍受冤屈而跳海自尽，弟弟则离家远走，开始了居无定所的生活。在认识到自己误会了妻子和弟弟后，为了接近妻子自尽的大海及打听弟弟的行踪，男主人公做了一名船夫，边唱着离船歌边四处流浪追寻。小说在浪漫主义的氛围中展现了主人公自我意识的反省，表达了对生活之美的真挚追求。小说主人公的良心发现具有超越现实世界的意义，带有自我安慰的性质。作者将此视为美的体现，展现了唯美主义的创作追求。

而小说《土豆》则体现了自然主义的创作倾向。小说主要描写了出生于农家的福女的堕落过程。主人公福女是一个有夫之妇。她早年就已经向仁部监察献出了自己的贞操，后又为了摆脱生活拮据的困境，向中国人老王献了身。最初她的这种行为还可以说是为生活所迫，但随着这一过程的反复，她再也感受不到任何伦理道德的苛责和精神上的苦恼。更令人惊讶的是，她的丈夫在目睹福女和中国人老王的不正当关系后，"似乎觉得这是一件好事，躺在炕头呵呵地笑"。后来老王娶了新媳妇，福女对此心生妒忌，拿着刀冲过去想砍老王，但最终落得个惨死的结局。失去妻子的丈夫从老王手中得到了一笔钱，这件事情便就此作罢。小说中的人物全都属于反面的人物形象。小说通过福女及其丈夫的人物形象，展现了冷酷现实下人类性格的扭曲及因此而引起的道德上的堕落。与其说该小说是在否定和批判殖民地现实下社会矛盾所导致的诸多罪恶，不如说是在摈除社会矛盾的情况下，如实地展现道德及伦理之堕落。这正体现了自然主义的特点。

金东仁在 1920 年代后期以后，仍继续创作了《狂炎奏鸣曲》（1929）、《狂画师》（1930）等唯美主义小说，《相似的脚趾头》（1931）、《金妍实传》（1939）等自然主义小说，以及《红山》（1932）、《云岘宫的春天》（1933）等具有民族主义倾向的小说。

金东仁是朝鲜近代文学史上值得高度评价的作家。他首先创办了文艺杂志《创造》，并通过文学批评、小说创作等方式展开文学运动。他还接受了唯美主义、自然主义等各种文学思潮，并试图对启蒙主义文学进行改革。这些实绩成就了他的文学地位。

廉想涉（1897—1963），号横步，1920 年以"废墟"同仁身份开始文学活动，是一位将自然主义文学论践行于小说创作的作家。1920 年代前期，他的代表作有《标本室里的青蛙》（1921）、《暗夜》（1921）、《除夜》（1922）、《万岁前》（1923）、《金戒指》（1924）等。廉想涉的小说始终坚持自然主义（或现实主义）的创作方向，这与在小说中体现出各种文学思潮和倾向的金东仁有着鲜明的对比。

《标本室里的青蛙》通过对"我"和狂人金昌亿的精神分析，剖析了现实带给人们的苦闷。小说中的"我"只要一闭眼，脑中就自动浮现中学时期老师解剖青蛙的画面。为此，"我"感到很不安，觉得四肢被钉上图钉、在停尸板上四仰八叉的青蛙的样子和自己的状况十分相似。小说的作者运用左拉的实验主义、自然主义的方法剖析了人生。小说还通过"我"和狂人金昌亿的关系，深刻剖析了当时的知识分子怀疑、绝望的心理。"我"认识了金昌亿，但在与之交谈的过程中开始渐渐怀疑他是不是疯子。金昌亿刑满释放回家后，他的妻子就逃跑了，受到了冲击的他变成了狂人。他花 3 元 53 分钱盖了一个两层的喜鹊巢，为了维护世界和平，他又组建了东亚联谊会，并自封为会长。小说中的"我"认为自己的命运和狂人金昌亿并无差别，为此感到十分不安、苦恼和伤心。小说不仅没有明确阐明"我"的身份，而且主人公的不安等心理也没有在具体的事件中得到充分的体现。但小说通过描写"我"和狂人金昌亿的心理，提出了知识分子在那个时代产生的苦恼，批判了知识分子渴望幸福、忠于自我但无法如愿的现实。

在廉想涉 1920 年代的小说作品中，《万岁前》作为反映和批判社会现实的作品而备受瞩目。小说以"三一"运动前的朝鲜社会现实为背景，描写了赴日留学生李仁和从东京来到首尔又再次回到东京的过程中目睹的社会现实及其思想上的变化。在"三一"运动发生的前一年，主人公李仁和收到了妻子病危的电报，随后他回到了国内。妻子的重病并没有带给主人公很大的精神冲击，他决定回国也只是为了履行自己的义务。这可能归咎于他的妻子是一个保守的女性。于是，他在离开东京前一一地拜访了他想见的人。等他回国时，妻子早已离开了人世。小说的重点并不在于描写主人公回国见妻子最后一面的事，而是侧重于刻画主人公回国过程中及回国之后目睹各种事实后内心世界的变化。李仁和登上离开东京的客船后目睹了残酷的现实。他在听说日本人为赚钱而贩卖朝鲜劳工时，产生了强烈的民族愤怒感；随后他在乘船及下船时屡屡遭受刑警的监视、搜身；刚到釜山就看到了朝鲜人民的凄凉生活情境和日本人得势的样子，甚至在前往首尔的路途中也是如此。

主人公再也无法忍受内心的愤慨，叫喊道："这是公共墓地！这是蛆虫成群蠕动的公共墓地！"事实的残酷并未止于此，主人公周围的世界更是一大悲剧。在自己的家族中，哥哥是巡警，父亲则热衷于参加亲日团体同友会的活动。主人公希望尽快逃离这样的社会和家庭环境，因而在办完妻子的葬礼后，怀着出逃的心情再次前往东京。主人公所目睹的现实就是朝鲜在日本帝国主义的侵略和掠夺下的悲剧现实。小说中，作者通过描写残酷的现实以及在此残酷现实下主人公的心理和思想的变化，批判了日本帝国主义殖民地现实的诸多罪恶，表现出某种程度上的抵抗意识。小说中所反映的主体意识在一定程度上反映了当时朝鲜人民的民族情感和民族要求。

作品中的主人公李仁和是一个对朝鲜民族的命运及凄惨现实极其不满的知识分子形象，但他自身并没有任何挽救现实的方法，而且他也没有充分认识到自己是该民族的一员，缺乏相应的责任感及为挽救民族命运而付诸实践的努力。从这一点来看，主人公的性格发展存在问题。作者世界观的局限性导致他未能充分领悟知识分子们的现实使命。

此外，廉想涉的《向日葵》（1924）、《电话》（1925）、《轮转机》（1925）和《金戒指》（1926）等小说通过描述人类的欲望与现实间的矛盾，反映了当时现实社会的各种状况。

1920年代末期至1930年代，廉想涉还创作了《矿夫》（1930）、《无花果》和《不连续线》（1935）等短篇小说，以及《二心》（1927）、《三代》（1931）、《牡丹花开时》（1934）等中长篇小说。这些小说与1920年代初期的自然主义小说不同，它们主要侧重于现实主义的客观描写，倾向于对现实进行某种程度的批判。

在朝鲜现代文学史上，廉想涉的小说创作为自然主义文学和现实主义文学的发展奠定了基础，具有重要的意义。但他的小说具有大众性薄弱的缺陷。

廉想涉是"三一"运动后参加文艺运动的先驱，同时他的自然主义文学批评和创作为现代小说的发展做出了巨大贡献。这两点为他奠定了在文学史上的地位。

（2）玄镇健、罗稻香的小说创作

玄镇健（1900—1943）是 1920 年代批判现实主义文学的代表作家，也是优秀的短篇小说作家。

1920 年 10 月，玄镇健在杂志《开辟》上发表了他的处女作《牺牲花》，从此开始了他的创作生涯。1921 年，他加入"白潮"。1920 年代他发表了《贫妻》（1921）、《劝酒的社会》（1921）、《堕落者》（1922）、《破晓之雾》（1923）、《祖母之死》（1923）、《幸运的一天》（1924）、《B 舍监和情书》（1924）、《私立精神病院长》（1926）、《报纸和铁窗》（1929）等 20 余篇短篇小说。小说创作初期，他在坚持批判现实主义的同时也或多或少地融入了一些感伤主义色彩，并且把重点放在了探索知识分子的命运上。但是从《幸运的一天》开始，他创作中的批判现实主义色彩变得更加浓重，对社会底层人民的命运也更加关心。可以说，这种前后创作的变化是坚持批判现实主义的必然结果。

在进入 1930 年代后，玄镇健经历了 9 年的空白期，终于在 1939 年重新执笔创作了长篇历史小说《无影塔》，之后又创作了小说《赤道》（1940）和《黑齿常之》（1941）等。当然，在这些小说的创作中，他依然坚持着现实主义创作原则。

1920 年代是玄镇健创作生涯中的顶峰时期。在这一时期，他将批判现实主义体现到了小说创作中，完成了文学的时代课题。

在小说《贫妻》中，作者通过描写挣扎在窘迫生活中的善良知识分子的家庭生活，揭露了殖民地社会现实的罪恶。

小说中的"我"是一个有着强烈求知欲的人，为了求学在海外流浪，最终却因为学费问题没能完成学业，回到家后也没有找工作，而是把心思放在了读书和创作上。但是，单靠写作远远不能支撑住自己的家庭，所以他不得不当掉妻子嫁过来时带来的韩服，也因此遭受了亲戚们的嘲笑和责难。他虽然会对自己的生活感到烦恼和动摇，但还是不愿向"金钱主义"妥协。他认为自己有良知的生活是神圣的，所以他不会选择卑劣的金钱生活，而是选择了真正的艺术之路。

作者通过小说主人公"我"的形象，深刻地剖析了殖民地社会中知识分子的悲剧命运，表现了对造成这种命运的社会现实的愤懑和抵抗；也通过小说中"我"的妻子的形象，展现出一个克服贫穷生活的苦楚、积极支持丈夫事业的朝鲜女性的美德。

小说中"我"和"我"的妻子的形象，与眼里只有钱的大姨子夫妇的形象形成了鲜明的对比，更加鲜明地刻画出正面形象。

小说《劝酒的社会》也描写了一个有良知的知识分子的家庭悲剧。与《贫妻》相比，该小说具有更强烈的社会批判性质，在语言表达上也更为尖锐。

小说描写了一个有良知的知识分子和文化程度不高的妻子之间发生的互不理解的故事。但该小说并不仅是描写夫妇间的不和，还借此对造成这种不和现象的现实社会进行了剖析。

小说《私立精神病院长》描写了一个小职员由于生活的穷困最终变成精神病患者的生活悲剧，作者旨在以此对社会现实进行抨击和批判。小说《报纸和铁窗》则描写了一个年逾古稀的老人因为捡了一张报纸而被扣上罪名，继而锒铛入狱的悲惨生活。

小说《幸运的一天》是玄镇健的代表作，在现实批判的深度上和艺术技巧上都取得了较高的成果。

在小说中，作者通过车夫金佥知一家的生活悲剧来批判殖民地社会的罪恶，表达了对劳动者命运的深切同情。

为奴为仆的车夫金佥知是殖民地社会下层劳工的典型形象。他虽然每天拼死拼活地骑着人力车拉活，却还是养不起妻子和孩子。他会因生活的压力而打骂可怜的妻子，但也会为了渴望喝上一碗牛骨先农汤的重病的妻子和因喝不上奶而饥渴的孩子，没日没夜地骑车奔走在泥路上。有一天他的运气特别好，终于买到一碗牛骨先农汤。回到家，却发现妻子已经死了，孩子正趴在死去的妈妈的胸前哀号。他也只能用自己的脸贴着死去的妻子的脸痛哭。作者通过金金知的形象真实地还原了殖民地社会劳工的悲惨处境。

小说中，金金知的妻子渴望的仅仅是喝上一碗牛骨先农汤，却未能如愿而死去。而年幼的孩子伏在死去的母亲的胸前，痛苦地哀号。小说通过这些令人战栗的悲剧形象，痛诉了对现实的愤怒。

小说中金金知一家的悲剧命运就是殖民地社会中劳工家庭的缩影，是对不合理的现实的控诉。作品真实地反映了 1920 年代劳工的悲惨生活，是一部非常值得关注的优秀短篇小说。

因为玄镇健的短篇小说鲜明地体现了批判现实主义的创作倾向，所以他在当时的朝鲜文坛中得到了很高的评价，被称为"现代短篇小说的始祖""现实主义的集大成者"和"文坛第一人"。

首先，玄镇健的短篇小说深深渗透于生活，很好地体现了现代精神。"只有经历了朝鲜文学才懂得要稳稳地踩着朝鲜的土地，只有经历了现代文学才懂得要大力地吸收现代精神。……把握朝鲜魂和现代精神！这才是我们文学的生命和特色。"他将这些话都融进了他的创作实践中。

在《贫妻》《幸运的一天》和《报纸和铁窗》等小说中，作者通过主人公们的悲剧命运，真实地传达了朝鲜人民的悲哀、愤怒和反抗的意识。他之所以能够准确把握朝鲜人民的脉搏，是因为他的创作都来源于生活，同时又以体现时代精神为创作任务。

其次，玄镇健的小说体现了典型的批判现实主义。他指出："虽然金子是在沙子中找到的，但沙子并不能变成金子。在深山谷中的石头里挖出金子也并不是难事。"其实他是深入到了生活中，费尽心思地在生活里找到能揭示时代本质的、具有代表性的人物形象。他总是能在普通人身上找到时代赋予的特性，在平凡的事件中发现不平凡的问题。

无法给重病的妻子买一碗牛骨先农汤的车夫金金知（《幸运的一天》）；为了养活妻子和孩子去看护精神病人，最后自己也成了精神病人的 W 君（《私立精神病院长》）；不得不典当掉唯一一套韩服的艺术家夫妇（《贫妻》）；因为捡了一张报纸而受牢狱之苦的年逾古稀的老人（《报纸和铁窗》）……这些人物都是生活在社会最底层的平凡人，但是他们就如同熟悉的陌生人一样，都是与时代本质相联系的典型人物。作者通过典型环境下的典型事件，塑造了典型的人物性格。他在对典型性格的塑造中充分加入了生活的逻辑，保证了其真实性。金金知对重病的妻子无理地打骂，但在妻子死去时与其贴脸痛哭，这种前后性格的反差没有任何矛盾，很好地表现了粗鲁车夫的双重性格，这种性格本身也符合生活逻辑。作者依照生活的逻辑展现了金金知作为无知车夫粗暴的一面和作为社会下层劳工淳朴勤劳的一面，这不仅体现了其典型性，也很好地表现出人物性格塑造的真实性。

最后，他的小说在结构、情节和表现形式上也体现了批判现实主义特征。小说的结构与情节展现了戏剧性和紧张感，这对人物性格的塑造和主题的阐明有直接作用。例如，《私立精神病院长》中 W 君疯掉的场面、《幸运的一天》中碰上好运的金金知端着一碗牛骨先农汤回到家时的悲剧场面、《B 舍监和情书》中老姑娘 B 舍监因为恋爱的苦恼而形成的喜剧场面等，作者都对其进行了戏剧化的处理，并设置了一个能够塑造典型性格的典型环境。同时，他的小说还有一个特征，就是将人物性格的塑造与语言描写的真实性、生动性和具体性紧密连接起来。例如，小说《贫妻》中对妻子眼睛的详细描写就体现了她的心理活动，《幸运的一天》也是通过对主人公行为的描写及场面描写来反映他的心理活动。玄镇健小说的语言文体特点是在平淡中透着优雅和细腻。

玄镇健是朝鲜现代文学史上第一位批判现实主义作家，同时也是现代短篇小说的主要开拓者。

罗稻香（1902—1926）是 1920 年代批判现实主义文学的代表作家，本名罗庆孙，笔名稻香。

罗稻香于 1902 年 3 月出生在首尔的一个汉医家庭，1917 年进入培材高等普通学校学习。从那时起，他对文学产生了浓厚的兴趣，并开始了文学创作。1919 年，他进入京城医学专门学校。但是由于自己志不在此，便中途退学，远赴日本，进入早稻田大学英文系学习，后来由于无法承担学费而不得不归国。从 1920 年起，罗稻香在报社和杂志社当记者，正式开始了文学创作，1926 年因肺病英年早逝。

罗稻香虽然在文坛活跃的时间不过五六年，但创作了许多优秀的作品，并引起了较大的反响。他的创作活动大致可以分为两个阶段。1921 年到 1922 年作为“白潮”同仁活动的时期是罗稻香的前期创作阶段。这一时期他创作并发表了《年轻人的时代》（1921）、《从前的梦是苍白的》（1921）、《知道星星的话就不要哭》（1921）和长篇小说《欢喜》等。他的这些作品体现出浓厚的感伤主义色彩。1923 年到 1926 年是他的后期创作阶段。这一时期他发表了《佣工之子》（1923）、《在发现自己以前》（1924）、《电车长日记几节》（1924）、《水碓》（1925）、《池亨根》（1926）和《哑巴三龙》（1926）等优秀作品。这些作品充分展现了他作为批判现实主义作家的才能。

小说《佣工之子》是体现作者对现实主义的探究精神的标杆之作。小说通过描写穷人家的儿子镇泰及其全家的生活，批判了不合理的社会现实，表达了对受剥削人民的同情。

还不到 12 岁的佣工之子镇泰在院子里用簸箕扫雪时，不小心把雪撒在了校长的袜子上。镇泰想用手把校长袜子上的雪拍下来，但受到了校长及其夫人的侮辱，因此被母亲责骂，甚至遭到了父亲的毒打。但是小镇泰却始终没有说自己做错了。那天，镇泰在卖掉母亲的银簪买米回家的途中，因为不想被老师看到自己的这副样子，躲避时不慎把米撒在了雪地上，因而又招来母亲的一顿打骂。就这样，小镇泰陷入了悲愤之中。

作者生动地展示了贫困人民被剥削的痛苦和悲哀，强烈地批判了社会中的剥削现象的罪恶。

小说虽取材于日常事件，但详细深入地挖掘了人物的心理，体现了现实主义文学的特性。

小说《在发现自己以前》通过描写主人公秀任的不幸命运，批判了欺骗淳朴人民，将他们推入痛苦与不幸的社会的罪恶。

小说主人公秀任是一个平凡的底层社会妇女的形象。秀任有着颀长的身材和美丽的脸庞。她被碾米厂工头的花言巧语欺骗，为他生了一个儿子，结果工头在贪污了碾米厂的钱之后逃跑了。可是，秀任却还是傻傻地相信工头不会忘记她，会和她结婚，给她一个家庭。所以她对家里和社会上的责难置之不理。为了拯救重病的儿子模世，她宁愿自己饿着也要给他买药，还成了基督教的信徒。但是残酷的现实却一再将她推向不幸：用尽心思养育的儿子模世死去了，工头也背叛了她。秀任在失去一切后，终于发现了独自站在冷酷现实中的自己。

秀任的自我发现体现了一个平凡劳动妇女的自我觉醒，这既是对残酷现实的新认识，也是对自己被剥削被欺骗的处境的反省。

作者通过戏剧性状况的设定及对人物心理活动的锐利分析展现了秀任的性格转变。

在小说《水碓》中，作者刻画了一个背叛雇佣农丈夫、移情于地主的放浪女人的形象，借此来批判金钱万能的社会的堕落本质；在小说《池亨根》中，作者通过塑造主人公池亨根的形象，抨击了日本帝国主义殖民统治下的资本主义现实的罪恶。

小说《哑巴三龙》是罗稻香的代表作。作品体现了作者强烈的批判现实主义精神和人道主义思想。

小说以哑巴三龙与地主吴生员的儿子之间的对立关系为基本矛盾，揭示了真正拥有人性美的不是压迫者和权势人物，而是受压迫的人民这一思想。作者在对不合理现实的抨击与批判中表现了作品的基本主题。

小说的主人公哑巴三龙原本是一个习惯于屈从的奴隶，但渐渐地，他领会了真正的人性美，继而成为一个敢于反抗现实的人。三龙是一个毫不起眼的人，他认为自己生活的全部就是在地主吴生员家勤劳劳动，是一个习惯于屈从、带有奴性的长工。所以，主人的儿子把屎放进他嘴里，把他的手脚绑住，或者把火钳刺进他的指甲缝里，他都不会反抗。人们从来不直呼其名，而总是叫他"哑巴"或是"哑叭"。作者通过刻画完全丧失尊严的三龙的形象，批判了将底层社会人民置于猪狗不如之处境的残酷社会，展现了在这种现实下人性的异化。

但作者并不是仅仅描写主人公习惯于屈从的奴性，而是着力求证这样的人是否具备人性美，是否有反抗性。三龙绝不是个动物，而是具备真正的人性美的人，是可以为了维护其人性美敢于站出来反抗现实的人。

吴生员的儿子横行霸道且愚钝无知，他的新娘每天都在受他的欺负，以泪洗面。哑巴三龙始终对吴生员家的儿媳抱有同情，并从她身上发现了美。所以他为了阻止新娘自杀而冲进她的房间，为了保护她挺身而出。但是他对新娘的同情和保护却成了"罪"，他被主人的儿子打到吐血，像狗一样被赶出了家门。

三龙在遭到这样极度非人的对待后，心中充满了愤怒，燃起了反抗之火。他一把火烧了主人家的房子，随后跳进火场，将正在求救的主人的儿子推进火海，把新娘背了出来。在那之后，他便断了气。他满是火伤的唇边带着一缕平和幸福的笑容，那是他因为行使了自身的正当权利而感到的喜悦。他的反抗是自发的，但这恰恰体现了他的人性从备受蹂躏到解放的过程中的自我觉醒，以及站出来与压迫者、权势者战斗的反抗意识。

作者通过哑巴三龙的形象，表达了对底层社会人民的深切同情，并在他们身上发掘了人性之美。这充分体现了作者高尚的人道主义精神和进步的美学观。

小说运用对照的手法来塑造人物形象，突出了人物的性格特征。通过对遭到非人待遇的三龙的人性和外貌特征的描写，作者更加鲜明地反映了吴生员和他的儿子的动物性，从而生动地区分出美丽高尚和丑恶卑劣的界限。

小说在主人公的性格塑造及命运设定上体现出现实主义的特征，同时也融入了浓重的浪漫主义色彩。这一点可以与雨果的浪漫主义小说《巴黎圣母院》进行比较。

但是在小说《哑巴三龙》中，主人公的反抗并不是阶级觉醒的结果，而仅仅是由于人性遭到蔑视而爆发的怒火，这体现了它的局限性。三龙虽然把主人的儿子推进了火海，但救出了让自己一生为奴为仆的吴生员，这一行为也证明了这种局限性。但是，该小说依然是展现1920年代进步小说文学思想的主要作品之一。

罗稻香的小说具有自己独特的艺术特征。

第一，他的小说自始至终贯穿着对现实的批判和对贫苦、受压迫的人民的深切同情，这种批判精神建立在人道主义思想的基础上。这一点在哑巴三龙、镇泰、秀任等挣扎在社会底层的人物形象身上得到了充分体现。第二，他的小说体现了现实主义创作原则。小说的素材皆取自日常生活。作者通过客观的描写深化了作品的主题思想，避免了主观说教和人物形象脸谱化的问题。尤其通过对人物心理客观详细的描写，作者确保了人物性格形象的真实性。第三，他的小说以生活逻辑为基础结构，作品来源于生活而高于生活，因而展示了其短篇小说创作的艺术构思和艺术手法。

和玄镇健一样，罗稻香作为批判现实主义文学的代表作家和短篇小说名家得到了很高的评价。

（3）李光洙的小说创作

活跃在 1910 年代文坛的李光洙在沉寂了一段时间之后，于"三一"运动前后重返文坛，继续其文学创作。"三一"运动结束后，李光洙远赴中国上海，担任大韩民国临时政府的机关刊物《独立新闻》报社的主编，于1921 年 3 月归国。归国后他发表《民族改造论》，宣扬民族虚无主义，因此受到了谴责。1923 年，他在《东亚日报》上发表了小说《嘉实》。接着，又发表了《神圣之死》（1923）、《先导者》（1923）、《许生传》（1923）、《金十字架》（1923—1924）、《再生》（1925）、《麻衣太子》（1926—1927）、《端宗哀史》（1928—1929）等小说。1930 年代，他发表了《李舜臣》（1931—1932）以及由《革命家的妻子》《爱情的多边形》《三峰一家》三部小说组成的"群像三部曲"（1930—1931）。此外，他还发表了《有情》、《爱欲的彼岸》（1930）、《泥土》（1932—1933）、《爱》（1936）等小说。

1920 年代以后，李光洙始终坚持改良主义美学观。因此，他的小说并不能体现亟待解决的现实问题。他在历史小说创作和通俗小说创作的交替中继续他落后于时代的作家生涯。

1920 年代，李光洙按照自己的想法创作了涉及时代问题的长篇小说《再生》，试图以此在当时的文坛占据一席之地。小说向人们展示了参加过"三一"运动的青年男女在新的社会现实中实现自己生活志向的过程，宣扬了启蒙主义理想。小说中的申奉久与自己的同事顺英原本是恋人关系，但顺英因为虚荣心而嫁给了有钱人白允熙当妾。申奉久一心想着挣钱、报复。在这种念头的驱使下，申奉久成了谷物期货中介人的店员，后来甚至当上了那个人的女婿，挣到了巨额财产。顺英带着她和申奉久的孩子来祈求他的原谅，但申奉久拒绝了。另一边，武装独立团体成员景勋出于虚荣而劫盗了自己的父亲，但结果是申奉久蒙罪入狱。出狱后，申奉久志愿投身农村运动，以求得到心灵上的安慰。作者认为，"三一"运动以后，所谓的志士全都丧失了意志，毫无头绪，因而通过这一小说向人们宣扬最终只有启蒙主义运动才能收拾这样的残局的思想。作品的主人公申奉久这一形象，映射出作者在"三一"运动后回避民众抗日斗争、推崇启蒙改良主义的意识世界。

李光洙的小说创作受到了以无产阶级为首的进步作家的强烈批判。而与此同时，他对无产阶级文学发起了更为强烈的反驳。他的小说《革命家的妻子》对革命家进行了批判；《泥土》则坚持宣扬农村启蒙运动思想，与李箕永的小说《故乡》形成了对比。另外，他的《爱情的多边形》《有情》《爱欲的彼岸》《爱》等作品都是站在启蒙作家的立场上去谈论爱情问题，而《李舜臣》《元晓大师》等均是历史题材的小说。

1920 年代以后，李光洙依然以文坛指导者的身份自居。虽然他是位多产作家，但依旧保持启蒙主义的姿态，与时代产生了隔阂。在这一时期，他并未对文学做出太多贡献，反而成了进步文学发展的阻碍。尤其是他在日本帝国主义殖民统治末期沦落为日本帝国主义的御用文人，在民族面前犯下了不可饶恕的罪行。作为一个作家，李光洙被民族虚无主义所迷惑，抛弃了自己的良心，呼吁民族改良，可以说这是他站在妥协的资产阶级立场上的必然结果。

（4）新倾向派小说和崔曙海的小说创作

新倾向派小说的主要作家和作品有李箕永的《贫穷的人们》（1924）、《民村》（1924），赵明熙的《到地里去》（1925），宋影的《石工组合代表》（1926）、《渐多的人群》（1926），李益相的《狂乱》（1925），朱耀燮的《人力车夫》（1925）、《杀人》（1925），朴英熙的《猎狗》（1925）、《爱的挽歌》（1924）、《二重患者》（1924），韩雪野的《过渡期》（1929）、《清晨》（1929），以及崔曙海的《出走记》（1925）等。

上述新倾向派小说作家中，最具代表性的作家是崔曙海。

崔曙海（1901—1932）是 1920 年代新倾向派文学的代表作家，1901

年 1 月 21 出生于咸镜北道城津郡（今金策市）一个农村汉医家庭。本名崔学松，笔名曙海。由于家境贫寒，崔曙海不得不从小就开始帮忙干农活，只上到小学三年级就辍学在家，他所习得的学问全由自学而来。

1917 年，崔曙海为寻生计离开了祖国，来到中国东北。7 年间他做过苦工、当过餐馆小二、砌过炕、贩卖过豆腐，可谓是走过了一段艰辛的人生路。之后，他还当过教师，在军队里做过记录员，也曾投身民族运动。在经历重重苦难之后，他最终认识到了现实社会的黑暗和矛盾，产生了要推翻这种社会的强烈念头。1923 年，他回到祖国，受到当时开始广泛普及的马克思列宁主义的影响，最终走上了无产阶级文学的道路。他来到首尔，在此发表了《故国》（1924）、《十三元》（1924）等作品。1925 年加入"卡普"，发表了《出走记》、《朴乭的死》（1925）、《饥饿与杀戮》（1925）等 10 余篇短篇小说。1926 年，他发表随笔《血痕》，阐明了自己对于美学的见解。同年，还发表了《红焰》《毯子》等。1927 年到 1930 年间，发表了《钱迓辞》（1927）、《幸福》等短篇作品。这一时期，他在《朝鲜之光》杂志社和报社当过记者。1932 年 7 月 9 日，崔曙海因病在首尔去世。

崔曙海的小说创作以其积极的美学见解为基础。他曾说过："无产文艺是抓住人们对生的渴望、憧憬以及反抗等心理，向其展示璀璨的生活、崭新的世界和坚定的力量。但这些不能像传统小说那样用不科学的手段去实现，而是需要坚持采用科学的方法。"他的小说致力于揭露、谴责社会的诸多矛盾和罪恶，极力宣扬推翻这种社会的反抗意识。

小说《出走记》是他的代表作，也是新倾向派文学的象征性作品，因而备受瞩目。该小说在杂志《朝鲜文坛》上发表之后，引起了文坛的巨大反响。作品所表现出来的鲜明的阶级倾向和热情洋溢的笔触引起了人们的关注。资产阶级作家对《出走记》满怀敌意，斥其为异端分子的狂风，认为它搅乱了他们安静的花园。但是，无产阶级作家却对此予以热烈的赞辞和喝彩。崔曙海以《出走记》为契机，牢固地确立了其无产阶级作家的地位。

小说《出走记》是一部书信体小说，主人公"我"——朴君给朋友金君写了封信，告诉他自己出走的原委和契机。小说通过描写主人公出走的事件及原因，向人们展示了日本统治下朝鲜人民的悲惨生活，以及在这样的生活环境下必然产生的强烈反抗意识和积极的社会变革志向。作品通过朴君的形象阐明了这一主题思想。

小说的主人公朴君是一个积极的反抗者的形象。他通过痛苦的生活经历，认识到了剥削制度的矛盾和自己所处阶级的处境及出路，并为此感到愤然，最终走上了斗争之路。

为饥寒所迫，朴君踏上了异国的土地，尝遍了各种苦头。为了家庭的生计，他除了当砌炕工，偶尔还背着篓子到山村卖货，甚至还卖过豆腐。不仅如此，还有几次他为了伐木跑到山里去，被守林的人打得头破血流。

但是，他的生活并没有因此而得到改善，反而越来越恶劣。作者通过朴君的人生经历，提出了尖锐的质疑：为什么善良、勤劳、诚实的人们不被社会所容纳？为什么他们会背负着饥饿和压迫的枷锁？到底是谁在享受着他们的劳动果实？作者借此对殖民地社会制度的不合理性提出了质疑。

朴君从惨痛的生活中觉醒，认为只有废除这令人无法生存的社会制度，才能拯救他和他的家庭，以及在苦难中挣扎的朝鲜人民。他抛下深爱的妻子和孩子，冲出家庭，走上了斗争的道路。他从个人情感的束缚中摆脱出来，感受到了作为民众的义务。

"以往的我是中了催眠术的死尸，死尸怎能养活家小？因此我要打倒对我施以催眠术的人，打垮造成这个险恶环境的源流……即便没有成功，我也死而无憾。因为我已经履行了对这个时代、对这个民族的义务。"这是主人公对自己过去生活的反省，也是对未来的觉悟。

作家通过朴君的出走，反映了阶级的觉醒，并确定只有这条路才是真正的救国之路。朴君的出走象征着勤劳的人民为了追求自己的命运而展开的斗争，是一种革命性行为。这正是他这次出走所具有的时代意义，也是这一形象能引起读者共鸣的根本原因。相比于作者其他小说中所呈现的个人复仇以及自发的反抗斗争，朴君的出走具有更高的社会美学意义。

小说《出走记》因其深奥的主题思想及积极的形象塑造，成为新倾向派文学的代表作品。它运用第一人称的形式，深刻地描写了人物的内心世界，在生动的故事中融入了生活的情绪，被赋予了强烈的艺术感。

但是，该小说没能提出劳动阶级的革命思想和斗争手段。

此外，崔曙海创作的小说《朴乭的死》《饥饿与杀戮》和《红焰》等都具有重要的意义。

在小说《朴乭的死》中，可怜的少年朴乭因为贫困而屈死，而朴乭的母亲则因为自己孩子的不幸而愤然加入斗争的行列中。小说通过这两个形象，表现了对不人道、不合理的剥削社会的反抗意识。

该小说中，朴乭因吃了别人家丢的烂青花鱼而生病，但他家里连一服药都买不起。金医生因为朴家没钱而拒绝为濒死的孩子看病。最后，朴乭丢了性命，而失去独生子的朴母准备向金医生报仇。

朴母是个善良老实的女性。她独自带着年少的儿子生活，对儿子极其疼爱，希望也能像别的家庭那样将孩子好好抚养长大。一直以来，儿子没法吃饱穿暖，也没能去上学。最终还因为家里的贫困只能无奈地死去。面对儿子的死，她并没有哭泣，而是对那些带来不幸的人和险恶的社会进行了反抗。作者通过描写朴母向金医生报仇的行为，表明了生活在社会底层的妇女向带来诸般苦痛和不幸的社会奋起反抗的意识。

小说《饥饿与杀戮》也表现了类似的主题。善良勤勉的青年知识分子景秀为了母亲和妻儿的生计，卖命地干活，但还是陷入了极度的贫困。妻子备受产后风寒的折磨，他却连一服药都买不起。一开始，景秀咒骂现实，甚至想要自杀。但在目睹母亲为了给生病的儿媳喂上一点米汤而跑到江的南边去买米，最后被狗咬得满身是血的惨状之后，景秀握着复仇的刀冲出了家门。"全都杀了！洗清这个世界吧！洗清这个像炼狱一样的世界吧！全都杀了！"景秀在警察署前砸碎了玻璃，并且刺死了正在执勤的警察。小说中饱含着作者对剥削社会黑暗现实充满血泪的控诉和抗议。

小说《红焰》中，作者在深刻的矛盾中展示了佃农文老头在地主殷哥家放火，重新找回因地租问题而被抢走的独生女的故事。

文老头的妻子因思念独生女，病情愈加严重。为了达成妻子的夙愿，文老头第四次找上地主家门，却依旧无果而返。回到家后，他看见濒死的妻子嘴里念着女儿的名字离开人世。这时的文老头心里极度愤怒。第五次去殷哥家的文老头像换了个人似的，他虽然一直觉得自己气力很小，但这次却彻底爆发，在地主家放了火之后，拿起斧头结束了准备逃跑的地主的性命，找回了被抢的女儿。作者在描述文老头找回女儿的心情时，这样写道：

那种喜悦！那种喜悦不仅仅是抱着女儿的喜悦！一直以来自认为微不足道的力量竟然推倒了钢铁一般的城墙，这一刻的他感受到了无限的喜悦。

火焰——那红红的火焰依旧像要把所有东西都烧成灰烬一样，呼呼地燃烧着。

作者通过文老头这一形象，再现了勤劳的人民大众自身力量的觉醒。

崔曙海的小说具有一系列的艺术特征。

第一，他的小说语言准确、生动，其创作以自身的痛苦经历为基础，真实地反映了劳苦大众生活上的不幸及对造成这种不幸的社会现实进行反抗的心理。小说中的故事犹如一个过来人在经历了惨痛的世俗风波、战胜了不幸和挫折后的经验之谈，深刻而富有激情。小说《出走记》就是个典型的例子。它反映了作者不走弯路、能够坚定地走现实主义创作道路的特点。

第二，他的小说表现了他作为一个热血作家的强烈情感。小说《饥饿与杀戮》中对主人公极致行动的描写，《红焰》中对主人公重新找回女儿时的心理描写等，都是作者的情感与主人公的情感世界融为一体的表现。他曾说："我只是充分地把缭绕在我内心的热烈、孤独的感情倾诉出来罢了。"这无疑体现了他的美学理想。

第三，他的小说显现了情节的突变，因此矛盾也变得更加尖锐化。在他的作品中，主人公的行动也更为果敢，旨在突出其主要的性格特征。此外，小说为了阐明问题的严峻性，刻画了极度尖锐的矛盾与冲突。这从小说《朴乭的死》《饥饿与杀戮》和《红焰》等作品中就可以看出来。作者有意地推动了情节的曲折快速发展，将生死问题等阶级矛盾极端尖锐化。

崔曙海通过自己的小说创作，呈现了阶级对立和斗争的局面，在塑造处于阶级觉醒中的主人公形象上表现出一定的水准。崔曙海是开辟朝鲜无产阶级文学道路的主要人物，他以优秀的小说为现代文学史增添了光辉的一笔。

3 诗歌创作

自"三一"运动到 1920 年代中期，朝鲜的诗歌文学一直处在探索和发展阶段，创作倾向丰富多样。1910 年代开始，金亿等人的作品就已具有自由诗的倾向。1919 年杂志《创造》创刊以后，朝鲜文人更为热衷于自由诗的创作，朱耀翰、金亿、黄锡禹等人的作品充分说明了"三一"运动前后两个时期诗歌创作的变化。这些文人在创作过程中积极探索诗的自由韵律和结构，推动了现代诗歌的新发展。后来"废墟""白潮"等同仁团体成立，其成员在作品中主要追求颓废、感伤的情绪，这也成为 1920 年代初期诗歌创作的主要倾向。与此同时，金素月、韩龙云登上诗坛，他们以强烈的社会现实意识和民族情感谱写了朝鲜现代诗歌史中最璀璨的一页。在他们的推动下，自由诗以其健全的样态在朝鲜现代诗歌史中占据了一席之地，解决了诗歌文学所面临的时代课题。这一时期出现的新倾向派诗文学还以积极进步的内容为诗文学增添了华丽的一笔，李相和等诗人则为自由诗的韵律和结构创新做出了巨大贡献。

（1）早期自由诗诗坛和朱耀翰、金亿、黄锡禹的诗创作

早期自由诗坛的诗人主要有朱耀翰、金亿、黄锡禹等。这些人最早通过《泰西文艺新报》（1918）和《学友》（1919）等杂志尝试自由诗的创作，后来在《创造》上正式开展诗歌创作活动，为自由诗在朝鲜诗坛的发展做出了贡献。

朱耀翰（1900—1979）在《学友》及《创造》等杂志的创刊号上发表了诗歌作品，发挥了先锋作用。他怀着对象征主义诗歌的兴趣开始自由诗的创作。1924 年，他出版诗集《美丽的清晨》，之后几年都致力于诗歌创作。1929 年，他和李光洙、李东焕一起发行了《三人诗歌集》。他的诗歌创作具有多元化的特点。其早期的诗歌既带有象征主义色彩又带有感伤主义色彩。"三一"运动以后，他在上海大韩民国临时政府的《独立新闻》报社工作时，创作了带有强烈民族主义倾向的诗歌作品。在诗歌形式方面，他早期致力于散文诗、自由诗的创作，后来又致力于带有民谣色彩的诗歌的写作。但是，他在诗歌史上的地位还是通过初期的创作建立的。

他的《灯火会》（1919）作为最早的散文诗而备受瞩目。这首诗描写了四月初八在大同江举行灯火晚会的情景。"啊啊——舞动着，舞动着，红通通的火球在舞动着"，这一诗句表达了诗人观看灯火晚会时，希望火花能让自己孤单寂寞的心燃烧起来的情绪。诗歌用象征手法表现了诗人观

看灯火晚会时自身的情绪波动。

　　朱耀翰不仅创作了像《灯火会》一样具有明显象征意义的作品，还创作了基调明朗的诗歌，如《泉水独自流淌》和《雨声》等。

　　　　泉水，独自，

　　　　跳动，流淌，

　　　　从山谷，到石缝。

　　　　泉水，独自，

　　　　欢笑，流淌，

　　　　从险峻的山间，到花田中央。

　　　　那天，是晴朗的，

　　　　那歌，是愉悦的，

　　　　在山野间，奏响。

　　这首《泉水独自流淌》表达了欢快的情绪，充分地表现了民族语言的优美。诗人将祈求安静生活的愿望融入了优美的旋律中。

　　　　下雨了，

　　　　这夜静悄悄地抛下羽毛。

　　　　雨滴在院子里，窃窃私语，

　　　　就像那群趁人不注意时，喋喋不休的鸡雏。

　　　　弯弯的月亮如同丝线，

　　　　星星之间仿佛还流淌着春意，

> 这温暖的风儿吹呀，
>
> 在这漆黑的夜里，下雨了。

这首《雨声》是一首歌颂乡土情怀的诗歌。该诗歌以呼吸律为基础，对自由韵律进行了探究，其特征是情绪表达简洁、明快。

朱耀翰不但创作了自然风物诗，还写了不少反映自身民族意识的诗歌。其中，诗歌《祖国》广为流传。《祖国》是他于1920年在《独立新闻》上以"小牛"为笔名发表的作品。

> 伟大的，我的祖国啊，在痛苦和荣耀中复活的祖国啊，用你的沉勇，你的热血，你那真挚的呼喊，划破了这漫漫的长夜。
>
> 像牛一般强壮的，我的祖国啊，世界为你的奔跑，为你的呐喊惊叹。
>
> 奔跑吧！直到胜利的那一天！把先前嘲笑你步伐缓慢的人从这条路上踢开，用你宽厚的脚掌踏上那无穷无尽的文化之旅。
>
> 伟大的，我的祖国啊。你是我的骄傲，是安稳的怀抱。你是我唯一的希望，唯一的喜悦。听吧，那凄凉的呐喊，将要有力地划向扑亮的天空。

这首诗贯穿着对国家独立和民族解放的渴望，这在当时的诗坛显得难能可贵。

朱耀翰从1920年代后期开始，渐渐转向富有浓重民谣色彩的诗歌创作，还积极响应了时调复兴运动。

1920年代，金亿出版了诗集《水母之歌》（1923）、《春之歌》（1925）等，刊行了象征主义诗的译文诗集《懊恼的舞蹈》，并以"废墟""创造"的同仁身份开展活动。他还曾是五山中学的教师，发掘并指导过金素月。金亿受象征主义诗论的影响，十分重视诗的音乐效果，并专注于探索自由诗的韵律。但他并没有直接创作象征主义诗歌，而是倾向于追求民谣的音数律变形和音乐性。他的这种美学思想在诗歌《乐声》（1921）中得到了充分的体现。

乐声悠悠奏鸣，
悲伤的曲调，
时而舒缓时而短凑。
覆灭的旧梦，
依旧隐隐燃着，
痛我心扉。

乐声满满愁情，
悲伤的曲调，
时而轻快时而缓悠。
杂乱的思绪，
如此静静涌来，
潸然落泪。

从上面的诗中可以看出，他执着地追求诗的音乐性及其效果。前文也早已指出了他的诗歌民谣特色浓厚。诗歌《海棠花》和《刚满二十岁》亦是如此。

诗歌《海棠花》内容如下：

海岸的海棠花，
独自绽放。
倾吐着心事，

低垂着头。

小君清风，

故意挑逗，

花儿连说不是不是，

小脸红羞。

诗歌《刚满二十岁》内容如下：

团团簇簇，

花儿绽放瞬间，

是美丽的十八岁，

夕阳西倾。

黑黑漆漆，

新月沉落升起之间，

是倾诉不断的十九岁，

睡梦初醒。

哼哼唧唧，

樵夫低吟的各种曲调间，

是花儿的二十岁，

风吹凋零。

从上面的诗歌中可以看出，诗人致力于对民谣的音数律进行适当的变形，创作歌颂乡土自然的诗歌。但他的诗歌创作没有运用多种韵律构成技巧，不能体现时代精神的多样性。因此，他在 1910 年代后期和 1920 年代初期取得了一些成就，但之后就再也没能创作出具有开创性意义的诗作。

　　黄锡禹（1895—1959）和金亿、朱耀翰等作家一样，早前在《泰西文艺新报》上发表过诗歌，1920 年代活跃于《废墟》《蔷薇村》《朝鲜诗坛》等杂志。他早期的诗歌除了深受象征主义诗歌的影响外，还表现出强烈的虚无主义倾向。但他在诗论的展开、自由诗的创作等方面仍值得肯定。1929 年，他的诗集《自然颂》刊行，里面收录的有关赞美自然的诗歌在刊行前曾在《朝鲜诗坛》1 号刊和 2 号刊上发表。这些赞美自然的诗歌因立意新颖和修辞手法多样而备受大众瞩目。诗歌《两个送货员》主要是歌颂太阳和月亮，其内容如下：

　　　　太阳是丈夫，月亮是妻子，
　　　　这是一对天各一方的夫妇，
　　　　这是一对职业是邮递员的夫妇。
　　　　太阳投递勇猛的精力，
　　　　月亮投递安详的夜眠。

　　该诗歌以阴阳之理为本，将太阳和月亮想象为天各一方的夫妻，其中太阳投递精力、月亮投递休息，使人思考人之生命与大自然间的关系。诗中还展现了含蓄之美和新颖的比喻。

　　诗歌《落叶》内容如下：

　　　　落叶为，
　　　　分娩后的草儿和树儿，
　　　　沐浴着身体。

落叶为，

愉快劳动的草儿和树儿，

撰写着自传。

用那粗大的字体，记录于地面。

诗人以被广泛使用的落叶为素材，别出心裁地将其与人的生活联系起来，塑造了一个会生育、会劳动的形象。诗中带有的含蓄之美给读者留下了长久回味的余韵。黄锡禹努力克服了创作初期诗歌中的颓废主义倾向，实现了自我的超越，因而备受瞩目。

（2）"废墟""白潮"诗歌文学团体的诗歌创作

在 1920 年代前期的诗坛中，"废墟""白潮"同仁的创作占据着非常重要的位置。他们继承了 1910 年代诗歌创作的经验和"创造"同仁朱耀翰、金亿等人的成果，同时展示了自己鲜明的倾向性，为发展中的初期现代诗坛增添了许多亮色。

《废墟》创刊于 1920 年。根据《废墟》的编辑后记推测，《废墟》的主题思想来源于席勒①的诗句："旧物在消逝，时代在变化，让自己的生命在废墟中重生。"换言之，《废墟》是在"三一"运动后以从黑暗的社会现实中寻找新生为出发点的，所以诗人们的意识世界也较为复杂。他们既带有从"废墟"般的现实中感受到的颓废主义思想，同时也怀揣着想要克服现实的苦恼、找到生命的自由的理想。诗人吴相淳在《废墟》创刊号《时代的痛苦和牺牲》一文中说道："我们的朝鲜是荒凉颓废的朝鲜，我们的时代是悲痛苦闷的时代。……在这样的颓废中，我们从内到外，从心理到物质上的所有不足、缺乏、缺陷、空虚、不平、不满、愤懑、叹息、

---

① 约翰·克里斯托弗·弗里德里希·冯·席勒（Johann Christoph Friedrich von Schiller）（1759—1805），德国18世纪著名诗人、哲学家、历史学家和剧作家，德国启蒙文学的代表人物之一。

忧虑、担忧、悲哀、伤痛、眼泪、灭亡和死亡聚集成了恶。那黑暗和死亡就站在这废墟之上，张开它的血盆大口，好像马上就要把我们吞下。"但是，吴相淳又提道："我们青年不能忘记那永恒的生命。我们的眼睛总要盼望着无限的某个东西。……不论有怎样的误会和压迫，我们都要为自由而生，为真理而死。"在美学意识方面，他们将对现实苦恼的表达和对理想的追求结合在一起，所以他们不能被视为彻头彻尾的颓废派，其创作更接近于感伤浪漫主义。

"废墟"的代表诗人有南宫璧、吴相淳和卞荣鲁等。

南宫璧（1894—1921）虽然很早就在杂志《青春》上发表过诗，但那都是英文诗或日文诗，意义不大。他在《废墟》上发表了 4 首诗歌后就英年早逝，还有 5 篇遗作则发表在《新生活》（1922）上。《草》《星》《马》等诗歌反映出他的生活追求和对生命的礼赞。

吴相淳（1894—1963）在《废墟》上发表了 17 首诗歌，表现出强烈的创作欲望。在那之后他便不再写诗，因而不再受文坛关注。他在《废墟》等杂志上发表的代表性诗歌作品有《亚洲的夜》《虚无魂的宣言》《力之崇拜》和《放浪之心》等。

诗歌《亚洲的夜》体现了极度虚无的概念性构思。

      ……

夜晚是亚洲的美学，是宗教，

夜晚是亚洲唯一的爱恋，是自豪，是宝贝，是光荣，

夜晚是亚洲的灵魂，是宫殿，是个性之基，是性格之架，

夜晚是亚洲无穷无尽的宝库。

夜晚就是亚洲，而亚洲就是夜晚。

夜晚记录了亚洲悠久的生命、个性、性格和历史。

夜晚是神的脚步，是夜晚的调和，是创造生命的发展史——

……

亚洲的沉默和静谧，遗迹和典雅，曲线和余影，玄晦和幽香，光明和媚姿，三昧、圣号美——

是，

亚洲的夜晚神之飨宴上交响曲的乐谱——

哦！崇严而又儒雅，神秘而又不朽的亚洲的夜晚啊——

……

诗中使用了概念性、抽象性的词语，同时也带有玄学的色彩。

诗人借用夜晚这一自然实体来象征亚洲黑暗的现实。但从总体上来看，这首诗给人以混乱空虚的感觉。

卞荣鲁（1898—1961）在《废墟》上对外国文学进行了介绍，之后在《废墟以后》上发表了诗歌作品。他于1924年发行了诗集《朝鲜之心》。

在诗歌《有生之年未能见到的你》中，诗人用充满才智的笔触描绘出一个女人失去爱人的心情，因而备受关注。

生时未能见到的爱人啊，在梦里能相见吗？

梦的边缘是否越过了青青的山头？

连梦也开始动摇了，

思念的你啊，刚要走进却又远离。

啊，在不滑的地方滑倒，

你和我好像相隔万里之遥。

再也见不到了，你美丽的脸庞，

比消失的梦还要朦胧。

诗中没有使用生硬的概念性用语，而是用生活化的语言来歌唱女人失去爱人的悲伤和深情依依的心情，在民族特色的诗歌形式，特别是在韵律的探索上展现出创作的进步。

诗歌《论介》是歌颂爱国妓生论介的作品。

你的愤怒气壮山河，
比那宗教还要深刻。
你的热情像火一样燃烧，
比那爱情还要强大。
啊，在那比芸豆更绿的，
江水上，
比罂粟花还要鲜红的心啊，
流淌吧。

那娇艳的蛾眉，
高高上扬着，
那像石榴一样的嘴唇，
吻上了死亡。
啊，在那比芸豆更绿的，
江水上，
比罂粟花还要鲜红的心啊，
流淌吧。

流淌的江水，
永远绿波幽幽。
你那像花一样的灵魂，
是那么的红艳。

啊，在那比芸豆更绿的，

江水上，

比罂粟花还要鲜红的心啊，

流淌吧。

　　论介因在壬辰倭乱时抱着日军将领跳进晋州南江一事而留名青史。诗人选择的这个历史素材也体现了他的民族意识。诗歌中，绿色的波涛与论介火红的心灵形成了对比，从而更鲜明地体现了论介的爱国心。卞荣鲁的诗中虽然带有伤感的情绪，但从诗的内容和形式上看又体现了民族精神和民族形式。相比于其他"废墟"团体成员，这是其突出的特点。

　　《白潮》于1922年创刊，诗歌创作同仁有洪思容、卢子泳、朴钟和、罗稻香、李相和等。朴钟和在发表在《文艺》杂志上的《"白潮"时代的回顾》（1929）一文中提及了《白潮》诗歌的创作趋势："……以《白潮》为中心的思潮只能是浪漫的。我们要否定古典主义者布瓦洛的'不是真理则不能成为美'这一观点，要坚决、果敢地支持'不美则非真理'的观点……这片土地上的文学主流之所以是浪漫主义、象征主义、感伤主义，是因为我们生活在政治上受到压迫的环境中，而且经过"三一"运动后产生的绝望也自然而然地带领着年轻的文学之士走上这条道路。这一切都是恨，是哀愁，是自暴自弃，以及对唯美主义的探求而已。"如上所述，"白潮"同仁们的文学活动正是受到西方浪漫主义思潮的影响而兴起的。但是，朝鲜现代诗歌史上的浪漫主义却不是对曾经的西方文学思潮——古典主义的反驳，而是"'三一'运动爆发之后产生的绝望"，使"恨""哀愁""自暴自弃"及"唯美探求"等成了文学创作的动机。但是"白潮"的浪漫主义与"废墟"的同仁们所提倡的感伤主义并没有太大的区别，甚至也可以称之为感伤的浪漫主义。可以说，"白潮"丰富和发展了在《蔷薇村》中萌芽的感伤浪漫主义。

　　"白潮"的代表诗人有朴钟和、朴英熙、洪思容、卢子泳等。

　　1924 年，朴钟和发行了诗集《黑房秘曲》（1924），他在加入"白潮"之后明确地表明了自己的创作倾向。他的主要作品有《死的礼赞》《黑房秘曲》《回到密室去》等。上述诗歌表达了因现实的沮丧和绝望所引起的烦恼、苦闷和哀愁。诗歌《死的礼赞》表露了诗人对现实的虚无感和逃往死亡彼岸的想象。《回到密室去》同样也表现了诗人逃离伤感世界的意识。诗人高呼"在黑暗的夜星下死去的尸体，如果说有永远的'真'，那么我会奔向死亡，成为'真'的同伴"，歌颂了想回到与现实生活隔离的"密室"的志向。

　　诗歌《黑房秘曲》表达了对虚伪的现实生活的叹息，以及想逃离这种现实的追求。

> ……
> 所谓的人生时节，是长长的罪恶！
> 未知的那个国度，是圣洁的花园！
> 被圣洁的国家所驱逐的，这个身躯，
> 徘徊在罪恶的人生里，
> 又再次被令人窒息的罪恶驱逐，
> 只好，重新去往另一个未知的国度。
> 带来的，只有热情；
> 寻找的，只是真理；
> 沸腾的热情可以燃烧身躯，
> 但遥远的真理却无从寻找。
> 这疯狂的身躯在异域奔跑，
> 只不过是又将去往未知的地方罢了。

　　在诗中，诗人希望逃离"罪恶的人生"，去往"圣洁的国度"，但是去向却不明朗。诗人察觉到现实的诸多罪恶,然而却没有克服的途径,因而渴望回避现实。全诗自始至终都贯穿着这样的感伤意识。诗人追求的是与黑暗、龌龊、虚伪的现实所对立的"密室""黑房"等,但这些在现实世界中是不可能存在的。这只不过是诗人设计的"精神彼岸",是他在找不到生活突破口的绝望中产生的颓废意识。但是,从客观角度来说,他的诗歌揭露了龌龊的社会现实,向人们述说了苦闷和烦恼,因而具有一定的价值。

朴钟和在 1923 年前后对"白潮"的文学创作进行了反省,主张"力之艺术",后转型为小说作家。他通过历史小说的创作,确立了自身的作家地位。

朴英熙(1901—?)最初是"蔷薇村"的文人,在加入"白潮"之后正式开始诗歌创作。1923 年左右,朴英熙在金基镇的影响下加入"巴斯奎拉"。1925 年,他在"卡普"中担任主要角色,后以"卡普"评论家的身份活跃一时;之后发表《转向宣言》脱离"卡普"组织。在日本帝国主义殖民统治末期,朴英熙沦落为日本的御用文人。

朴英熙在"白潮"时期创作的诗歌带有感伤主义和唯美主义双重色彩。他的代表作有《月光织成的病房》(1923)、《幻影的金字塔》(1923)、《微笑的虚华市》(1923)、《去往幽灵的国度》(1923)等。

诗歌《去往幽灵的国度》的开头如下:

> 在夜晚被无尽的黑暗吞噬,
> 陷入无底深渊的时候,
> 黑暗中吹来一阵羞涩的微风,
> 白白让不知去向的人们的,
> 那颗无辜的心,疯狂地动摇。
>
> 那曾经美丽的月亮,

　　每当这时，总是悄悄地，了然于心。

　　诗歌表达了诗人看着凄凉的月亮时的感受：看着在黑暗中流淌的月光——"病恹恹的脸""忧愁的光"，自己不但"不知去处"，还"生病"了，不如就去"透着月光的病房"寻求姑娘们的安慰。诗歌的主人公是在"悲伤""黑暗""无所事事"的绝望中备受折磨的知识分子形象。他希望从现实中逃离出去，但他追求的世界只不过是"抽象的世界"而已。诗歌揭露了 1920 年代对现实感到失望的知识分子的苦闷和不安。

　　诗歌《幻影的金字塔》《微笑的虚华市》《去往幽灵的国度》等都表现了诗人逃离现实、对永恒的美好世界或梦中世界的憧憬，表露出无法实现自身欲望的悲哀。

　　朴英熙拒绝使用生硬的外来语，在意境刻画方面，尤其是自由诗的表现形式上有所拓展。

　　洪思容（1900—1947）曾为《白潮》的创刊号写过卷头诗，在 2 号刊和 3 号刊上发表了《如果是梦》、《春天走了》、《墓场》（2 篇）、《即使那都是梦》、《我是君主》等作品。他的诗歌并没有从"白潮"的感伤浪漫主义倾向中摆脱出来，但其在诗歌形式的探究上能够与民族诗歌传统紧密相连，因此备受关注。

　　散文诗《我是君主》是对主人公悲伤生活的感叹。

　　踏上黄金栎树茂密的山路，路过那倒塌的烽火台前，慢悠悠地，唱着被驱逐之歌，岩下的石佛伴作不知，只是静坐坎中连。

　　啊啊，每天飘过后东山将军石的云朵啊，你承载了王的许多眼泪吧。

　　我是君主。我是母亲的独生子，我是个像样的君主。

　　但是，但是，眼泪的君主——在这个世界上，任何一个存在伤感的角落都是君主的辖地。

诗人把现实看作"伤感的土地",并感叹生活在这片土地上的自己也沉浸在伤感之中。虽然诗歌在现实的把握方面存在抽象性与自我感觉的局限,但是诗人将民族的沉痛和自身的苦痛结合起来,展现了与"白潮"中其他诗人不同的一面。

洪思容的诗歌继承了民谣的形式,广泛使用了人们常用的生活用语,从这一点来看具有一定的意义。

卢子泳(1899—1940)曾在《白潮》杂志上发表过两首诗歌,1924年出版诗集《处女的花环》,1928年出版诗集《我的灵魂燃烧的时候》。他在《白潮》上发表的诗歌《孤独的夜》描写了想念恋人的苦闷和悲伤,表达了要去往"永远闪着光的未知国度"的想法;诗歌《燃烧吧》则呼吁消除现实带来的悲伤和痛苦。卢子泳早期创作的诗歌也体现了"白潮"同仁们的感伤浪漫主义特征。

尽管"废墟"和"白潮"同仁们的诗歌创作有所差异,但是都体现了感伤浪漫主义的共同特征。

首先,他们的诗歌抒发了知识分子对无奈现实的绝望,通常表现为哀愁和感叹。

其次,他们的诗歌透露出脱离现实的意识。他们所追求的世界只是抽象的概念世界,并不是真正意义上的意图克服现实阻碍的新抱负。所以,他们的作品虽带有浪漫色彩,但并没有脱离感伤主义的范畴。

再次,他们都受到了外国文学的影响,但也只是在此基础上进行改造,而非拓展。例如,"废墟"同仁们虽受到颓废派颓废主义的影响,但绝大多数人并非彻头彻尾的颓废派,而是在伤感的世界中寻求自己的理想。"白潮"的成员们虽受到了以否定古典主义为基础的浪漫主义的影响,但他们并没有否定古典主义本身,而是以对现实的否定、失落及感伤主义为基础,去表现自己的理想。正是由于这些原因,"废墟"和"白潮"的同仁们在美学实践的过程中带有感伤浪漫主义的倾向。

最后，他们在探究诗歌形式时，虽然有盲目跟随外国诗歌形式的倾向，但更多时候，他们为民族诗歌形式的确立倾注了心血，在许多方面都取得了一定的成果。例如，以民谣格律的变形为基础对自由诗的形式进行探究，对口语化诗歌的语言进行斟酌加工，以及对自由诗的韵律和结构进行探究等。

但是，"废墟"和"白潮"两大团体的诗歌作品没能表现出对现实的强烈否定以及对未来世界的追求，而是只停留在个人的感叹、烦恼、悲伤和呼吁层面，带有颓废主义、唯美主义和感伤主义的局限性。这是"三一"运动以后，小资产阶级知识分子在急剧变化的社会现实中的苦恼、彷徨，以及对于前途的迷茫情绪的真实写照，是其思想美学意识的必然反映。

（3）关于民族现实的诗的把握——金素月、韩龙云的诗歌创作

"三一"运动之后，民族解放和独立运动遭受了巨大的挫折。在这样的现实中，资产阶级民族运动经历了许多迂回曲折，民众运动也有了新的萌动，开始摸索新的方向。文学在发展中也出现了不同的倾向，如自然主义、唯美主义、感伤主义等就是不同作家做出的不同选择。在这样的文学语境下出现了许多正视民族命运，凭借着自己的爱国主义精神和民族情绪推动文学实践的诗人，如金素月、韩龙云。他们的诗歌积极地应对着残酷的现实，在时代的要求下追寻着自己的美学理想，为 1920 年代诗歌文学的发展做出了决定性的贡献。

金素月（1903—1935），本名金廷湜。他是一位爱国诗人兼乡土诗人，从创作初期就开始在现实主义的影响下摸索自己的诗歌创作道路。1903 年 10 月 16 日，金素月生于平安北道郭山郡。他曾在五山中学读书，18 岁从首尔培材高等普通学校毕业后，便回到了故乡的私立学校教书，同时正式开始诗歌创作。早在五山中学时期，他就在诗人兼老师金亿的指导下开始诗歌创作，并受到其不少影响。后来，他去往日本东京商科大学留学，但因学费拮据，且认为所学东西与自己的诗歌创作观念不符，便中途退学回国。回国后，他在首尔的各个报社和杂志社担任记者，同时继续诗歌创作。后因厌恶城市生活，他回到家乡的《东亚日报》支局工作，不久便失业。于是，他便边从事农业，边进行诗歌创作，1934 年不幸去世。

金素月在其短暂的一生中创作了许多优秀的诗篇。他的现存作品中，有 260 多首抒情诗。他的创作始于 1920 年，其作品大部分都发表在《开辟》《朝鲜文坛》等刊物上。他遗留的诗集有《金达莱花》（1925）、《素月诗抄》（1939）等。此外，也有短篇小说《鹅毛大雪》和其他评论及随笔。

在金素月的诗歌中，爱国抒情诗占据着主要地位，其最大的特征就在于他把对祖国的热爱之情与对祖国被糟践的悲哀和叹惋结合在了一起。诗歌《招魂》《心中的眼泪》《水枯》《无题》《正在到来的春天》《忍从》《旧事》《父母亲》和《南勿里之歌》等都是优秀的爱国抒情诗。

诗歌《招魂》（1925）是其将爱国体验真实生动地反映在诗歌形象中的优秀作品。

支离破碎的名字哟！
随风飘散的名字哟！
呼唤不应的名字哟！
我一生呼唤的名字哟！

镌刻在我心中的一句话，
终于来不及相告。
我的爱人！
我的爱人！

红日西悬山巅，

群鹿呦呦悲鸣，

在诀别的山坡上，

我把你的芳名呼唤。

我呼唤你，直到悲怆哽我胸膛，

我呼唤你，直到忧伤呛我肺腑，

而呼唤你的声音，盘旋回荡，

在无边无际，苍茫的天地间。

有一日，纵然我伫立化身为石，

我仍不断呼唤你，

我的爱人！

我的爱人！

　　诗中的主人公意图通过招魂来排解愁绪，但无法如愿。诗中的主人公与爱人之间隔着无法逾越的生死距离，因而其痛彻心扉的叹惋也尤为打动人心。诗人——抒情主人公面对着"诀别的山坡"，即满身疮痍的祖国，无法忍住悲伤，留下了爱国的热泪。他把祖国称作是"我的爱人"，而且名字是"我一生呼唤的名字"，是"在无边无际，苍茫的天地间""纵然我伫立化身为石"也念念不忘的名字。诗中既沉痛哀叹了祖国被霸占的命运，又把饱含民族灵魂的 1920 年代朝鲜人民的爱国之情融入了诗歌当中。

　　诗歌《南勿里之歌》（1928）也是表达离乡背井的人们的思乡之情的优秀作品，并充分地体现了时代的本质。黄海南道载宁郡的南勿里是一个非常有名的粮仓，但由于日本帝国主义的残酷掠夺，居住在南勿里的农民被迫转移到了奉天（中国沈阳），不过最终他们还是没有活路。诗歌中的主人公是一个无比思念祖国和故乡的移民形象。通过这一形象，作者表现了殖民地农民的生活悲剧和精神痛苦。

此外，金素月还写了不少歌颂生活理想的诗篇。他通过自己的诗歌创作，热情高歌了他对幸福美丽且安定和平的生活的向往。这与因不愿正视现实、企图脱离现实的悲哀而追求"密室""病房""黑房"的"废墟"和"白潮"的诗人有着明显的区别。这一主题的诗歌有《爽快的早晨》《垄沟上》《焚烧痕迹》《生命的感激》《夏天的月夜》《愿我们有可以耕耘的土地》等。这些诗歌不但没有现实失落感，而且还充满了对新生活的向往。

诗歌《爽快的早晨》（1934）中，诗人这样高歌了他自己向往的世界。

……

只是一片随意生长而渺茫的田野。

但，我想我无法抛弃这片凄凉的土地。

当凉爽的注雨再一次掠过脸庞时，

当这里的未来迎来众多的转变以后，

这片大地，会在我们的双手中，

变得更加美丽！

变得更加美丽！

金素月绝不是一味沉浸在哀愁、悲叹中的诗人，他渴求生活在明日的希望之中。现如今的这片土地虽然很凄凉，但他却无法割舍，那是因为他相信未来会迎来美丽的新生活。他的诗歌将乐观的生活态度、诚挚的人间大爱，以及对幸福安恬生活的向往融入了殷切的爱国之情中，并对此进行了真挚的歌颂。

在金素月的诗歌创作中占据重要地位的还有歌颂乡土自然的抒情诗。《朔州龟城》《金草地》《第一件裙子》《山有花》和《长别离》等诗歌以优美的韵律抒发了人民热爱乡土自然的真实情感。他在诗歌中将乡土之爱、自然之爱与人类之爱相结合，保障了其思想美学的深度。

诗歌《朔州龟城》（1923）内容如下：

三天水路，三天行船，

航行过三千里，

再徒步三千里。

朔州龟城，远在，

六千里的关山外。

飞燕半途折回，

雨打风吹。

黄昏，山势更陡峭，

高耸入云霄。

······

走得愈远，怀念愈浓，

我怀念，怀念我爱人的所在，

君不见，飞鸟朝夕恋慕老巢。

当它在天空盘旋，

漂泊在远方原野上，

流云，夜晚将栖息何方？

朔州龟城，更遥远，

远在，六千里的关山外。

诗人通过现实主义和浪漫主义相结合的景色描写，完美地表达了他对深爱的故乡、对深爱之人的思念之情。

金素月的作品中也不乏以爱情为主题的抒情诗。《金达莱花》《伊人之歌》《即使太阳从山顶消失》《坐立不安》《心中的人儿》《我的家》《燃着烛光的夜晚》和《爱慕》等诗歌就从不同角度歌颂了人们美妙的爱情。其中《金达莱花》（1922）是广受读者喜爱的抒情诗代表作品。

> 假如是厌倦了我，
> 行将离去，
> 我要默默为你送行。
>
> 宁边的药山上，
> 采一怀金达莱花，
> 遍洒你离去的小径。
>
> 离去的一步一履下，
> 那满径的花瓣，
> 请你轻轻踩踏着离去。
>
> 假如是厌倦了我，
> 行将离去，
> 至死我也不会落泪。

诗歌中的抒情主人公是一位怀有诚恳爱情的女人。她在面临与爱人的离别时无可奈何，因而诗人以反语的手法表现了她与爱人离别的痛苦心境。

金素月的诗歌深深地扎根于民族诗歌的沃土，因而出色地体现了民族特性。

他通过对民族感情的独特把握，使诗中的抒情主人公成为民族性格的体现者。《招魂》《金达莱花》等诗歌作品中的抒情主人公的感情就是最好的例证。他的诗歌继承了民谣的优秀传统，并适当地运用了民间传说和俗语等加以表现，因而民族色彩十分浓厚。他的诗歌与当时那些被动接受西方文艺思潮、忽视民族传统的宣扬颓废主义和伤感主义的诗人们的诗歌形成了鲜明的对比。此外，他对民族诗歌的韵律进行了成功的探索。虽然他的抒情诗中也有三·四调、四·四调等民谣调的诗歌，但更多的还是以民谣调为基础的七·五调及其变调的诗歌。尤其是七·五调的变调诗歌为探索自由诗的音律做出了重大贡献。诗歌《往路》就是七·五调变调的代表性作品。

> 想念，是否应道出，我的想念，
> 是否就此离去，纵然如是，不由再次回望。
> 山那头的乌鸦，田野里的乌鸦，
> 叽叽喳喳，话说夕阳，已落西山。
> 前江后浪，流逝的江水，
> 催促着赶紧跟上，赶紧前往，
> 滔滔不绝，奔涌向前。

如诗歌所示，该诗以七·五调为基础。诗人根据诗的氛围和呼吸律大胆地变化曲调，进而探索了丰富多样的韵律。此外，诗歌还熟练地运用了修辞的手法作为音律构成的辅助手段，并严格地筛选了符合朝鲜语音色和音调的用词。

金素月的诗歌为现代诗歌的发展奠定了基础，取得了较高的思想艺术成果，在现代文学史中具有重要地位。金素月的诗歌创作不仅对当时，而且对后世诗人的创作也产生了重大的影响。

韩龙云（1879—1944），本名韩裕天，法名龙云，法号万海，生于忠清南道洪城郡，从小接受儒家教育。他在 1894 年参加了甲午农民战争，此后成了佛教信徒，1919 年"三一"运动前夕，他作为代表在独立宣言上签字，也因此饱受牢狱之苦。"三一"运动以后，他致力于将佛教活动和民族运动结合起来。可以说，他既是一个佛教领袖人物，也是一名民族运动家。1918 年 9 月，他在《惟心》第 1 号上发表了诗歌《心》，1922 年 9 月 1 日在杂志《开辟》上发表了诗歌《种下无穷花》，1926 年 5 月发行了诗集《伊人的沉默》。

诗集《伊人的沉默》中收录了《多余的话》《伊人的沉默》《合一》等 90 余篇诗歌。而诗集《死亡》虽然已经完稿，但没能发行，其中收录了 50 余篇诗歌遗作。此外，他还创作发表了《苦学生》（1918）、《前家的梧桐》（1918）、《穿过西伯利亚去首尔》（1933）等随笔，以及《黑风》（1932—1936）等小说。

韩龙云是佛教信徒、独立运动家，同时也是爱国文人。他的诗歌作品反映出他独特的世界观和美学追求。

诗集《伊人的沉默》是他的代表作品。诗集的序诗《多余的话》中这样写道：

> "你"不仅是伊人，而是培育的所有事物。如果说芸芸众生是释迦的情人，那么哲学就是康德[①]的情人；如果说玫瑰花的情人是春雨，那么马西尼的情人就是意大利。伊人不仅是我爱的人，也是爱我的人。
>
> 如果说恋爱是自由的，那么伊人也是自由的。但你是否被所谓的自由捆住了手脚呢？你是否有伊人呢？如果有，那也只是你的影子而已。

---

① 伊曼努尔·康德（Immanuel Kant），德国哲学家、德国古典哲学创始人。他被认为是对现代欧洲最具影响力的思想家之一，也是启蒙运动最后一位主要哲学家。

　　我为了迷途在夕阳下草原上的小羊而作此诗。

　　从这里可以看出，作者所说的伊人就是爱和思念的化身，在当时也可以说包括了祖国和民族。诗中所写的"迷途在夕阳下草原上的小羊"指的就是失去国家的民族，诗人为了民族而创作了诗集《伊人的沉默》。诗人的美学意识带有浓厚的佛教色彩，同时其作品又体现了强烈的民族意识。跋文诗《致读者》中暗示其写诗是为了直面现实，攻克难关。"我等待着黎明的钟声，奋笔疾书。"他借此表达了对民族解放的热切期望。

　　诗集《伊人的沉默》虽由独立的诗文组成，但"思念这伊人，并期待与之相逢"的主题始终贯穿整个诗集。诗人以伊人来象征被侵占的祖国，表达了自己热烈的爱国精神和民族精神。

　　诗歌《我看到了你》艺术性地反映了整个民族在殖民地现实中的体验，对民族的觉醒有很大影响，为人民带来了希望。诗人用"我没有可以耕种的田地，也没有秋收""我没有家，由于其他原因，我也没有民籍"来哀叹丧失国家的民族的悲惨处境。他谴责现实的罪恶"就像为刀枪和金钱祭祀的烟雾"。但诗人并不认为这是和"伊人"——祖国永远的离别，而是充满希望的相逢。所以在诗歌《快来吧》中，诗人写道，"死亡是虚无和万能的结合体""死去的爱是无限而又无穷的""在死亡面前强者和弱者会成为朋友"，并呼吁"快来吧，该是你现身的时候了，快来吧"。诗中体现了诗人就算以死为代价也要迎来祖国独立和民族解放的伟大志向。

　　《伊人的沉默》不仅是该诗集中最优秀的作品，同时也是诗人的代表作。从诗的结构来看，该诗可分为吐露与伊人分别的悲伤、约定与伊人再次相逢两个部分。

　　你走了，啊，亲爱的！
　　在穿破青山色、朝向枫树林的小路上，你忍痛走了。

黄金般牢固而又闪烁的誓言，化为冰冷的尘埃，乘着叹息的轻风飞走了。

诗人借此真挚地倾诉了失去祖国的深切哀伤和悲痛，同时又期待着与伊人的再次相逢。

离别不是徒然的泪泉，因为，是自己使爱破碎，不如把无法控制的悲伤，化作新希望的力量。

如同我们相逢已预料会离别，相信别后会再相逢。

啊！你走了，我并没有让你离开。

只有这首不成曲调的情歌，缠绕你的沉默。

诗人认为人们会在失去祖国的痛苦中觉醒，从而在绝望中找到新的希望。诗中很好地融合了对失去的祖国无法割舍的感情和对重回祖国怀抱的信心和希望。

诗集《伊人的沉默》具有独特的思想艺术特征。诗人融入了佛教"前世今生，因果循环"的思想，用辩证的眼光来看待民族的绝望和希望，表达了其深切的爱国志向和民族情感。首先，虽然韩龙云是佛教信徒和佛教界的领袖人物，但他的诗没有执着于佛教式的说教，因而使得其爱国诗人、民族诗人的地位更加凸显。其次，他的诗虽带有散文诗的特征，但诗歌塑造了生动的形象，巧妙运用了民族语言，因而读来完全没有生硬烦琐之感。他的诗歌既华丽优美，又不失分量及深度。

韩龙云通过自己的诗歌创作巧妙地反映了民族的现实，积极体现了时代要求和民族情感。与此同时，他还从多个层面探究了散文诗的形式，在诗歌史上留下了重要的一笔。

（4）新倾向派诗文学和李相和的诗歌创作

新倾向派诗文学的代表作家及其作品有金昌述的《长夜漫漫》（1925），柳完熙的《女职工》（1926），金石松的《无产者的悲鸣》（1921）、《见不到阳光的人们》（1922），金基镇的《分岔路》（1923）、《一束火光》（1923）、《无业游民的叹息》（1924），李相和的《等待暴风雨的心情》（1925）、《被掠走的田野里也会有春天吗？》（1926）等。

金昌述和柳完熙的作品将在"卡普"诗文学部分进行论述，在此我们首先对金石松和金起林的诗歌进行简单的论述，并对李相和的作品进行具体的分析。

金石松（1900—？），本名金炯元，自 1919 年发表《男子汉》以来，陆续发表了众多批判现实、提倡民众斗争的作品。他加入了"巴斯奎拉"并发表了《民主文艺小论》（1925），为新倾向派诗论的形成做出了贡献。此外，他还批判了文坛上的颓废主义和感伤主义思潮。金石松在其代表作《见不到光明的人们》中抨击了不平等的社会现实，体现出社会变革思想。诗中将朝鲜人民比喻为"见不到光明的脸庞"，体现了作家的社会变革意识。

噢！朋友！见不到光明，

世间被诅咒的朋友啊！

我们该何去何从！

摧毁日月，

还是创造全新的天地？

诗中的变革意识极其抽象和缥缈，但这是对社会现实的愤慨和抗议，表达了作者追求平等社会的强烈渴望，也体现了其希望世人能够平等地享受光明的思想。1920 年代中期以后，金石松主要进行评论活动，基本不从事诗歌创作，但是由于他的诗作体现了解放民众的倾向，因而仍具有深远意义。

金基镇（1903—1985），号八峰，曾是"白潮"的同仁之一，后来经历了自我否定的阶段，最终成为"巴斯奎拉"的主要创始人。他为初期无产阶级文学的理论建设做出了不可磨灭的贡献。金基镇在接受新倾向派文学之后发表的主要作品有《分岔路》《一束火光》《花岗石》《无业游民的叹息》等。这些作品都具有显著的特征，即体现了知识分子对殖民地残酷现实的觉醒及对新社会的渴望和歌颂。

其中，《一束火光》直接阐明了诗人的这种诉求。作品将殖民地现实喻为"荷塘"，描绘了"荷塘"的真实面貌。

> 静卧这片土地，
> 荷塘啊！漫漫岁月里，
> 你究竟沉默了多久？
> 啊啊，漫漫岁月里，
> 你始终默默地深掘于此！
> ——紧拥着爱人殉情的青年，
> ——某个暴风雪寒夜溺死的不幸乞丐！
> ——被主人赶出家门的年轻人，
> 以及那些因罢工而无家可归的人们的热泪，
> ——勇士反抗统治阶级的呐喊，
> ——还有如我这般的乞食者，
> 回忆古今而发出的一声长叹……

即便如此，诗人依旧真切地渴望"荷塘"燃出火光并"一鸣惊人"。

荷塘啊！你始终保持沉默！

啊啊！但是如今，

你可否"一鸣惊人"？

对面闪烁的一束火光，

会赐予你钥匙。

啊啊！你在发出多惊人的呐喊？

现如今，

我会认真倾听你的心声，

啊啊！倾听吧，这巨大的呐喊！

诗中的"火光"是给黑暗提供光明的象征性存在，可以理解为新的思想、理念或理想。受到"火光"照耀的"荷塘"意味着社会正迎来新的变化，尤其是诗人对"火光"及抒情主体"荷塘"发出的呐喊给予了认真的倾听。实际上，"三一"运动以后，受新的社会主义思想的影响，人民运动不断兴起，这首诗正是反映这一社会现实的优秀作品。金基镇的诗歌创作对初期无产阶级文学的发展做出了不可磨灭的贡献，因此应该受到世人的高度评价。

新倾向派的代表诗人是李相和。李相和（1901—1943）是初期无产阶级文学——新倾向派文学的优秀诗人之一。他于 1901 年出生于庆尚北道大邱郡（今大邱广域市）的一个地主之家，是家中的次子。他因参加"三一"运动而被首尔培材高等普通学校退学，1920 年前往日本东京求学，毕业于外国语学校法语系。毕业回国后在矫南学校执教，同时开始了诗歌创作。经过 10 年的诗歌创作生涯后，他停下笔头返回农村，于 1943 年离世，最终未能看到朝鲜的解放。

李相和的创作是在资产阶级诗歌文学的影响下开始的，他在加入"巴斯奎拉"后转型为新倾向派诗人。

他的创作始于"白潮"成员时期,当时先后创作了《到我的卧室去》《末世的叹息》《梦幻病》《单调》《秋日的风景》等诗歌作品。他这一时期的诗歌主要是以虚无主义和感伤主义的情绪为主,但也体现了人的责任感和自由奔放的热情,因而受到了文坛的关注。在新倾向派文学发轫时,他就退出了"白潮",成为"巴斯奎拉"同仁,后又加入"卡普",在1927年"卡普"重新组编时被选为大邱的地区委员。

他作为新倾向派诗人的创作是从"巴斯奎拉"转入"卡普"之后开始的,他曾在《献给诗人》中如此表达自己对诗的美学见解:

> 用一首诗,
> 打开一个新的世界。
> 那个时候,
> 诗人啊你会知道你的存在。
> 是宇宙中不能没有的,
> 就像在旱涝的田畦一定会有青蛙的叫声。

李相和是为了创造新的世界而进行诗歌创作的。他的诗歌创作大致可以分为两个方面。

一方面,他的诗歌充满了对人民的深切的同情,并强烈地批判了殖民地社会现实及其社会制度。

诗歌《最悲痛的祈欲》(1925)、《街相》(1925)、《恸哭》(1925)、《极端》(1925)和《被掠走的田野里也会有春天吗?》(1926)等都体现了上述倾向。

诗歌《最悲痛的祈欲》内容如下:

> 啊,走吧。走吧,离开吧,

紧紧守着饥饿的躯体，离开吧，

以烂泥土为饭，以臭水沟为汤，

连马厩之地都不再拥有，睡觉俨然成为困扰。

创造人类的神啊，不如

早点把那饥饿的生命结束。

诗人表达了对被迫离开家乡的勤劳人民的深切同情，以及对造成这种不幸的社会现实的愤怒和抗争。诗中反映了苦苦挣扎在亡国奴命运中的朝鲜人民的生活，在诗中适当地使用了反语手法，更加鲜明地表现了诗人对劳动人民的同情及愿意与他们同甘共苦的心愿。

另一方面，他的诗歌充满着对革命到来的期待和信念，以及对新世界的憧憬。体现这一倾向的作品有《大海之歌》（1925）、《今日之歌》（1925）和《等待暴风雨的心情》（1925）。

在《等待暴风雨的心情》中，诗人自由奔放地歌颂了暴风雨般的革命的来临。

明知道是没有心也没有嘴的泥土，

辛勤的劳动是指望有多大的回报。

他们的内心，

依旧留有受诅咒的宿命给予的自足，

依旧留有自足促使的屈服。

天空中，懒惰的白云在涌动，

大地里，疲乏的沉默在衰弱。

噢——在这样的日子，这样的时刻里，

就让那东海的暴风雨汹涌前来，

刷洗这片土地和我内心的忧郁吧——我渴望着。

朝鲜人民长久以来无法摆脱剥削社会的枷锁，又再次遭受日本帝国主义侵略者及其走狗的压迫和剥削，自始至终都没有自主的社会意识，只是期盼着生活上的收获。诗人热切地号召他们从自我满足和屈从的思想中摆脱出来，从根本上推翻令百姓深陷不幸的日本帝国主义殖民统治下的社会制度，迫切希望革命斗争这场"暴风雨"——革命斗争的到来。

抒情诗《被掠走的田野里也会有春天吗？》不仅是诗人李相和诗歌作品中的最高艺术结晶，也是新倾向派诗歌文学极具代表性的作品。

诗人用生动的诗歌表现手法，富有激情地歌颂了对祖国的无限热爱。在作品中，诗人的这种感情与失去祖国的悲痛心情、再次找回祖国的迫切愿望和决心等密切相关。

诗人在诗的开头就开门见山地提出这么一个问题："如今是他人的土地——这被掠走的田野也会有春天吗？"他又在诗的末尾写道"可只因为被侵占了这片土地，我们美丽的春天也被夺走了"，强调无论四季循环与否，失去祖国的朝鲜人民都已经失去了春天。

在诗中，诗人首先表达了失去祖国的悲痛心情。

> 我沐浴着春日明媚的阳光，
> 仿佛踏入一场虚幻的梦境。
> 沿着分头缝似的细长田埂，
> 走向蓝天绿野相接的地平线。
> 我独自一人可心里没有一丝寂凉，
> 默默无语的天空和原野啊，
> 请你们告诉我，
> 是谁召唤是谁引我来到此地。

　　这里生动地表现了抒情主人公的内心感情。他怀着亡国悲痛，恍惚地走在发缝一样细长的田埂上。诗句"我独自一人可心里没有一丝寂凉，默默无语的天空和原野啊"更加强调了悲痛的心情。

　　抒情主人公——诗人因为对祖国怀抱有无限的热爱，所以悲痛之心更甚。

　　　　风儿不停地翻动着我的衣襟，

　　　　细声嘱咐不要停下脚步。

　　　　钟声穿过篱笆墙，

　　　　像一位佳丽。

　　　　躲在云彩背后笑脸相迎，

　　　　昨夜的一场喜人春雨，

　　　　早已将旺盛的麦苗梳洗成光亮的发丝，

　　　　令我倍感欣慰。

　　这一段诗在字里行间透露着对生长、生活在祖国大地上的所有事物深深的爱和热情，这就是真正的爱国之情。

　　抒情主人公不仅怀抱着对祖国的热爱，而且也对祖国的光复充满着信念和希望。

　　　　嬉戏飞舞的花蝴蝶小燕子呀，

　　　　请不要烦扰我心，

　　　　我要向茼麻花和鸡冠花问候一声。

　　　　我是多么地怀念，

　　　　往日里头上抹蓖麻油辛勤务农的乡亲们。

　　　　我多想手握一把铁镐，

耕耘这片酥胸般丰美的土地，

直到脚踝酸痛，

尽情流出自由劳动的汗水。

诗中，诗人以自己对自然性质的独到见解，生动地歌颂了对祖国的热爱之情。本诗绝不仅仅是单纯对自然的赞颂之歌，更是爱国之歌、抗争之歌。

本诗为我们呈现了其独特的艺术特色。首先，首联与尾联、二联与十联、三联与九联都相互呼应。这样的首尾呼应使诗前半部与后半部的抒情也形成了对应，构成诗的高潮，让诗更具均衡美和完整感。其次，自然的前后呼应、丰富多样的韵律和乐感也让诗歌的意境得到了升华。同时，诗歌的语言鲜明而又生动，有着很强的绘画性，还具有柔和的节奏和丰富的音乐性。

诗人李相和的诗歌创作带有自由奔放的战斗号召性、韵律结构的多样性和修辞手法的丰富性等特点。他的创作为初期无产阶级诗歌文学的发展和"废墟""白潮"之后自由诗的发展做出了重要贡献。到了这一时期，他在"白潮"时的感伤主义转变为民族精神，他的追求也从厌世的"病房""酒家"转变为对新社会的憧憬。这种转变是时代要求，也是社会和历史发展的必然要求，这与诗人在历史变革中追求美学理想的努力是分不开的。

4 戏剧文学

朝鲜现代文学史上，戏剧文学也和其他文学体裁一样经历了重大的变革。特别是在经历了"三一"运动后，与从前的唱剧、新派剧性质不同的戏剧文学开始萌芽。"三一"运动以后，各种戏剧艺术团体的活动推动了戏剧文学的发展，而杂志、报纸等则为戏剧文学提供了创作阵地。不过，在这一时期，虽然在李基世主导的朝鲜文艺团（1919）和尹白南主导的民众剧团（1922）等戏剧团体的努力下，新派剧开始盛行，但并没能引起较大的反响。因此，由这些团体推动的戏剧文学最终没能满足时代的要求。

这一时期，积极摸索戏剧文学新的发展方向的主要有由赵明熙、金祐镇等人创建的戏剧艺术协会（1920）、艺术学院（1920）、松京学友会（1921）和土月会（1922）等。这些团体克服了新派剧的局限性，推进了现代戏剧文学的发生与发展。这一时期也涌现出许多戏剧作家和作品，主要戏剧文学作家有赵明熙、金祐镇、金井镇和金永八等。

赵明熙（1892—1942）的主要代表作品有《金英一之死》（1923）和《婆娑》（1923）等。《金英一之死》是反映赴日留学生悲剧命运的作品。主人公金英一出生于贫困家庭，做了一段时间佃农后，离开了生病的母亲和妹妹独自前往日本，边打工边读书。后来，他得知母亲病危的消息，却因无法解决归国费用而十分焦心。同时，他和富家子弟留学生田锡元发生了冲突被关进了牢房。苦恼烦郁之下，金英一疯了，最终死去。作者通过主人公的悲剧命运，展现了殖民地时代工读生的不幸命运。但作品中主人公变疯的过程缺乏说服力，且剧情发展也缺乏妥当性。1921 年，这部作品在国内巡回演出，在获得观众欢迎的同时，也遭到了日本警察的制止。

赵明熙的第二部戏剧作品《婆娑》只发表在了 1923 年的《开辟》杂志上，并没有进行演出。该作品使用中国历史题材，借中国历史故事批判日本殖民地现实。中国古代殷朝的暴君纣王被妲己所诱惑，不分是非曲直，大肆杀戮。比干和微子对纣王的暴行进行规劝，却惨遭处死。最终民众起义，处死了纣王和妲己。剧本中，纣王大肆杀戮的现实实际上暗指日本殖民地现实，而民众起义杀死暴君纣王则反映了作家对黑暗现实的否定与反抗精神。由于该作品具有进步思想倾向，其内容在日本帝国主义的审阅下被删除了许多。

剧本《婆娑》还存在较多不足，比如剧本塑造了"道化"这一非现实的人物，让人忧虑杀戮的现实，并且台词也不够生动、真实。虽然存在着这些局限性，但是作品在批判殖民地现实的层面上依然具有重要意义。

　　金祐镇（1897—1926）致力于现代戏剧的创作，使其臻于完善。他于1913 年创作了小说《空想文学》，但没有对外发表；1915 年后留下了 48 篇诗作遗稿。他在日本留学期间与赵明熙、金永八等人组成了一个戏剧艺术协会，回国后致力于戏剧的创作与演出，为初期戏剧文学的发展做出了贡献。1921 年 6 月，他发表了批评文章《所谓近代戏剧》，推动了戏剧文学继续向前发展；1925 年和 1926 年分别发表了批评文章《阶级文学和批评家之我观》和《将李光洙等的文学埋葬吧》，呼吁大力发展阶级文学，同时批判了资产阶级文学。

　　金祐镇先后创作了《正午》（1925）、《李永女》（1925）、《麻子诗人的幻灭》（1926）、《难破》（1926）、《野猪》（1926）等戏剧作品。

　　剧本《李永女》描写的是一个下层女性的悲惨命运。早前，女主人公的丈夫在一个亲日派富豪的工厂当工人，结果因为和工厂的监工打架被赶了出来，关进了警察署。为了生存，女主人公改嫁给另一个男人，可这个男人又病倒了。走投无路的女主人公自此开始了她的卖淫生活。为了生存，她只能将孩子寄养在拉皮条的女人那里。由于卖淫，她还曾被警察抓走，人生十分曲折。女主人公是一个在殖民地现实中失去自尊、自重的女性形象，作者通过这一形象抨击了殖民地社会的罪恶性。

　　《野猪》创作于 1926 年 7 月，并于同年 11 月发表在《朝鲜之光》上。主人公崔元奉是东学党的后代。父亲被处刑后，他成了在早年参加过东学党的崔主事的养子，像"家猪"一样被养大。随着年纪的增长，他了解到了自己的身世，想要改变自己，像"野猪"一样生活。养父隐瞒了主人公的身世，在离世时留下遗言，让崔元奉和自己的女儿成婚，养母却以他们是亲兄妹为由反对他们结婚。主人公崔元奉因此与养母的矛盾日渐尖锐，并挺身反抗，但最终未能摆脱自我丧失感。

　　作品的主人公崔元奉被描写为在世俗生活的条条框框中挣扎的知识

分子，他在社会、家庭和个人生活中都迫切地渴望着自由，但不敢大胆地跳出这些条条框框的限制，只是在自己的苦恼中挣扎。作品对展现当时知识分子的苦恼和彷徨有一定的意义，但是未能体现出更为进步的社会指向性。

虽然该作品有着这样的局限性，但在当时的戏剧作品中，其在社会批判性、形象真实性和矛盾戏剧性等方面的刻画都具有较高的水平。

金井镇（1886—1936）在早期留学日本时就对戏剧抱有极大兴趣，回国后他还曾参与了尹白南的民众剧团，但并非剧团的内部人员，而是作为评论家致力于戏剧文学创作。金井镇的代表作有《四人的心理》（1920）、《奇迹发生时》（1924）、《十五分钟》（1924）、《转变》（1925）、《那些人》（1927）和《泉水风景》（1927）等。

剧本《奇迹发生时》真实反映了1920年代初期劳苦大众的悲惨命运，因而广受关注。剧本讲述的是一个三代同堂的家庭的悲惨命运。爷爷是工厂工人，因积劳成疾而卧床不起。虽然儿子、媳妇、孙子都努力工作，但是家里依然一贫如洗。实际上"堆积如山的物品不知流向何处"，人们根本买不到，这就是劳动人民的现状。为了给爷爷治病，年幼的孙子辍学到工厂工作，结果却被工厂机械所伤，回到家时已奄奄一息。爷爷因此悲愤不已，最终选择自我了断。作品在极其紧张的氛围中描述了年幼的孙子受伤、爷爷自尽等悲剧，强烈抨击了殖民地社会现实，体现了作者的反抗意识。

剧本《十五分钟》针对实业家石四磷和批评家金彦镇之间的争论、约定及约定的结果等进行了富有深度的描写。石四磷虚伪的生活受到了金彦镇的批判，两人在一番争论之后达成约定：如果金彦镇所言属实，石四磷就放弃自己的全部财产；反之，金彦镇要取消自己之前的一切批判。后来，十五分钟之内虚伪就被揭穿了。虽然一开始石四磷似乎占了上风，但是随后女人和债主纷纷找上门来，石四磷的虚伪本质暴露无遗。故事最终以石四磷的惨败结束。作家在作品中辛辣讽刺了资产阶级虚伪的本质，笔锋直指社会现实。如果说《奇迹发生时》是一部悲剧，那么《十五分钟》就是一部喜剧。

金井镇的戏剧文学创作不仅敢于批判现实，而且在悲剧和喜剧的探索上也取得了一定成果，因此他的作品在初期戏剧文学发展史上受到较高的评价。

金永八（1902—1950）早期和赵明熙、金祐镇等一起组织了戏剧艺术协会，为早期戏剧文学的发展做出了很大的贡献。后来，他还加入"焰群社"，成为一名职业作家。一开始，他作为一个戏剧演员活跃在舞台上。1924年10月发表《越来越疯的姑娘》，并以此为契机，开始了戏剧创作生涯。他先后发表了《越来越疯的姑娘》（1924）、《女性》（1927）、《打架》（1926）、《讣音》（1927）、《一位舞台导演的故事》（1927）和《折迭刀》（1929）等10余部戏剧作品。

他的戏剧文学创作大致可分为两个主题：一是对封建伦理的批判（如《越来越疯的姑娘》），二是反映殖民地社会的阶级矛盾和底层人民的反抗意识（如《打架》等）。前者在一定程度上能看到新派剧的影子，而后者则充分显示了新倾向派戏剧文学的特质。金永八为新倾向派戏剧文学开辟了道路，奠定了其在戏剧文学史上的地位。

戏剧《打架》向人们展现了新倾向派戏剧的创作特征和成果，是金永八的代表作之一。作品描写了职工学秀和他的高中毕业生妻子京爱之间的矛盾和冲突，塑造了觉醒劳动者的形象。学秀有着劳动者固有的淳朴和对不合理现实的反抗意识。他觉得自己无法跟虚伪、向往荣华富贵的妻子一起走完人生的道路。最终，他断然和妻子诀别，冲出家门。作者通过学秀这一人物塑造了一个阶级觉醒的劳动者形象，表现出对勾结日本帝国主义的资本家的反抗意识。当然，学秀的出走没能和明确的社会理想结合起来，这是该作品的局限性。但是，这的确是阶级觉醒的第一步。也正因为人物的这些特质，才使得这部戏剧被认为是新倾向派的戏剧文学作品。

金永八作品的局限性在《一位舞台导演的故事》和《折迭刀》等作品中有了显著改变。《折迭刀》就是最直接的例证。

《折迭刀》反映了社会最底层人民的斗争意识的形成过程。戏剧的基本矛盾表现在两班阶级和平民间的冲突。作品中的春山和赤铁是为了百姓的身份解放及阶级解放而斗争的先觉者。两班阶级企图凌辱百姓丁山的女儿，失败之后竟荒唐地将丁山打死。对此感到愤怒的春山和两班阶级的人发生了打斗，不幸牺牲。春山临死之前给赤铁留下遗言，告诫他要从这次毫无准备的斗争中吸取教训，从而让赤铁等平民得到了新的觉醒。作品在呈现两班阶级和平民间严峻矛盾的同时，还反映了底层人民的觉醒。作品反映了作者对殖民地现实的强烈反抗意识、民众的阶级觉醒意识，以及民众对改变社会地位与身份的愿望，这无疑体现了作者的社会美学理想。

5 文学批评

1919 年"三一"运动前后，文学批评经历了重要转型。"三一"运动前夕，文学批评主要是对唯美主义文学论、象征主义文学论的介绍。"三一"运动之后，在上述文学论获得进一步发展的同时，自然主义文学论、新倾向派文学论等也应运而生，而且功利主义文学论也在新的社会背景中呈现出全新的面貌。

早在 1910 年代，金亿、梁建植等人就开始探索唯美主义文学论；"三一"运动以后，金东仁、玄哲、金维邦等人对其进行了丰富，唯美主义文学论更加体系化。唯美主义文学论之所以能够在这一时期正式形成，一是批评家在前期对启蒙主义文学的抽象性、说教性的批判为其奠定了基础，二是民族运动的失败带来的绝望催生了它的发展。

自然主义文学论由廉想涉等文人提出，它实际上是对 1910 年代白大镇等人自然主义文学论的继承和发展。这种自然主义文学论立足于文学反映生活的原则，同时强调了这种反映的特殊性。

新倾向派文学论由"焰群社"和"巴斯奎拉"的成员提出，其中金基镇、朴英熙的作用尤为突出。它强调的是文学的阶级性和大众性。从这点来看，可以说它是一种全新的文学理论。

这一时期，功利主义文学论也有了一定程度的发展。李光洙提出的文学功利论强调文学的社会作用，但是未能满足时代的需求，因此从实践的角度来说具有妥协性。但是与李光洙不同，申采浩、韩龙云等文人提出的功利论文学批评呼吁文学要朝着履行社会历史使命这一方向发展，具有极强的战斗性。

这一时期文学批评的出现顺应了时代文学发展的要求，它对启蒙主义文学进行了扬弃，积极促进了现代文学的产生和发展。当然，不同的文学批评都具有各自的局限性，如唯美主义文学论逃避现实，自然主义文学论否定阶级性，初期无产阶级文学论忽视文学自律性等。因此，我们需要正确认识上述文学批评的虚与实。

（1）唯美主义文学论

1910年代，金亿提出象征主义诗论的同时也曾提出了唯美主义文学论。他在《艺术的生活》（1915）这篇文章中，表达了对于"人生的艺术化"的向往。

> 让个人的生活变得更加艺术化吧，那么社会的生活也将更加艺术化。首先，聚集个性生命的短篇，将其变为艺术吧。那么艺术就会成为人生的艺术。
>
> 啊，让我体验一下艺术的生活吧。在爱情生活的艺术陶醉中，让生命得到尽情的享乐吧。

谁不期望艺术的生活呢？啊，但要实现它，仍为时尚早。

但我希望歌颂这样的艺术人生。

金亿认为艺术比现实更有价值，而且人生的艺术化及体验艺术的生活是至高无上的。这样的理论实际上就是唯美主义文学论的开端。

金东仁也十分赞同金亿的唯美主义文学论，并在此基础上进行了具体化和体系化。这一时期金东仁主要的文学评论文章有发表在《创造》上的《〈创造〉编辑后记》（1920）、《自己的创作世界》（1920）、《霁月氏的评者的价值》（1920）和《关于批评》（1921）等。

金东仁也和金亿一样，认为艺术是至高无上的。他曾提出："艺术是什么？……艺术是应何要求而诞生？一言以蔽之，那就是因为人类伟大的创造性。人们对于上帝所创造的世界并不满意，只有运用自己的精力和力量创造一个哪怕不尽完美的世界，才能使其感觉满足。艺术的真谛就在这里，艺术的宝贵之处亦在这里。尽管自然本身已经足够优秀和美丽，但人最后仍是不满足，要运用自己的头脑创造一个'能够自我支配的世界'。人真正的价值就在于此，而人们疯狂执着于艺术的原因也在于此。"（《自己创造的世界》）根据他的见解，艺术就是为了满足人类想要创造一个"能够自我支配的世界"的欲望而诞生的，也只有在这样的创作世界里，人类才能够享受艺术的生活。因而，他在同一篇文章中指出，艺术家是"创造一个世界或是人生，并能将其控制于股掌之间的人物"，他把艺术家视为一个艺术化生活的神秘创造者。把艺术当作是生活的反映，或是将艺术看作是超越现实生活的存在，这是现实主义美学和唯美主义美学的本质区别。

以金东仁的艺术至上主义为特征的唯美主义文学论与亚里士多德在《诗学》中提及的存在论有很大的关联，即艺术本身就有存在的意义，所以即便艺术与决定其存在的外部条件没有直接联系也无关紧要。

金东仁以唯美主义文学论为出发点，针对文学的自律性（或者纯粹性）

发表了他个人的见解。他批判了文学的功利性："我们不能拿着宝贵的艺术特长来当一个总是皱眉的'道德先生'的代言者。但我也绝不认同人们把我们的努力当成是无所事事的消遣。我们只是如实地记录下我们的思考、苦恼和疑惑，并呈现给大家。"（《〈创造〉编辑后记》）由此可见，他否定了文学的道德性乃至功利性，并强调了艺术的自律性。

他的这一见解在提及文学作品的批评标准时也有所体现。他在作品评价中还主张不要考虑作品的外在因素，即作家的思想、人格等，而是对作品本身进行评价。他主张"绝对不要批评作家及其人格"，作为一个批评家应该"致力于评价作品里的人物"。（《霁月氏的评者的价值》）这一和文学的自律性相关的作品评价思想与现代的形式主义批评或者新批评的实际批评具有一定的共同点。

此外，金东仁在发表在《朝鲜文坛》上的《小说作法》（1925）一文中介绍了小说的结构论，强调了小说结构中的各要素间紧密的内部协调。这体现了他对文学作品的艺术性和形式美的美学观的高度重视。

金东仁的文学批评虽然是作为对之前文学功利论的反驳而出现的，但它未能充分体现对文学艺术的全面理解，即他拒绝对人类历史和社会生活中的艺术价值进行评价，这可以说是唯美主义文学论自身的局限性。但他强调的文学的自律性和艺术性，不仅有对启蒙主义文学的扬弃，而且对于现代文学的发展也有很大的意义。虽然金东仁提倡艺术至上主义和形式主义批评，但他在后面的文学批评实践中，也曾采用历史批评方法，这一点在他撰写的《朝鲜近代小说稿》中可以得到证明。

除金东仁外，主张唯美主义文学论的文人还有玄哲、金维邦等。

玄哲通过发表在《开辟》上的《小说概要》（1920）、《了解批评再进行批评》（1920）、《文学中表现的感情》（1921）、《无知从美开始》（1921）等文章提出了自己的文学论。他在自己的文学批评中提出了小说结构论的见解，认为小说的价值只有在为形成整体结构而做出贡献时才能得到认同。(《小说概要》)他还认为,阻止人类毁灭的唯一途径在于恢复已经枯竭的美,具体方法就是通过艺术的力量来恢复(《无知从美开始》),借此强调了艺术之美的创造力量。

体现金维邦文学论的文章有发表在《开辟》上的《玉鸳再合奇缘》(1921)和发表在《创造》上的《对于作品的评者的价值》(1921)等。文章提及了批评家的价值,主张批评家须是艺术家,而且批判其实就是感情的告白,因此批判必须是具有艺术价值的一种手段。他认为"感情并不只是理论,而艺术作为感情的表现,不能用理论来理解"。对作品的评价价值,即美的判断只有通过观察美的对象才能够实现。

1920 年代前期,唯美主义文学批评从启蒙期文学批评的功利论中解脱出来,探索了文学的形式美,因而具有一定的意义,但同时也暴露了文学创作具有脱离现实和时代要求的局限性。

(2)自然主义文学论

朝鲜的自然主义文学论最先由 1910 年代的白大镇提出。到了 1920年代,自然主义文学论在廉想涉的推动下更加体系化,因而具有实践意义。

1920 年代初,自然主义文学论受到各方面因素的影响,最主要的有以下几点:第一,这一时期的自然主义文学论和当时提出的艺术至上主义(唯美主义文学论)相对应而诞生;第二,它继承了之前启蒙主义文学中的现实主义传统;第三,它的产生也受到西方自然主义或现实主义文学的影响。这一时期提出的自然主义文学论在克服启蒙主义文学的功利论、纠正唯美主义文学的非现实性等方面具有积极意义。

自然主义文学论由廉想涉等人提出。廉想涉曾在《个性和艺术》(1922)、《读〈精妙的作品〉和〈理想的婚姻〉有感》(1923)等文章中提出自然主义的文学论。他把文学当作现实生活的反映,并认为这些反映应该用作家的个性及其表达来实现。

　　首先，他对个性与文学艺术的关系提出了自己的见解。在《个性和艺术》一文中，他认为近代文明的最大成就是自我觉醒，而自我觉醒又具有两层意义：一是一般意义上的人性的觉醒；二是个人观点上的个性的发现。因此，他认为文学艺术的美在于"作者个性的表现"。所以，他将个性作为反映艺术现实的媒介。

　　他将个性的表现确定为自然主义文学最重要的一环。他认为自然主义文学的诞生起源于近代的自我觉醒、中世纪神秘主义的崩溃和现实主义的发展。他曾这样评论："觉醒的血液首先否定一切权威，打破愚昧，击退一切自然的东西，之后努力把现实世界最真实的面貌展现给我们。……一旦用个人的眼光细致地剖析、检讨，就会顿时醒悟自己所看到的是一个丑恶、平凡、鄙俗的世界。一般将这样的心理状态称为现实暴露的悲哀或幻灭的悲哀。像这样丧失信仰会颠倒美丑的价值，减少现实暴露的悲哀会使理想幻灭，人心丢失，思想的中轴倒塌，最后只能睁大自我觉醒的眼睛在彷徨混沌的灰暗孤独中哭泣。这种现象或许反而是促进自我觉醒的直接原因。总之，这种现象在思想方面经历了理想主义、浪漫主义时代，和自然科学的发达一起保留了自然主义乃至个人主义思想的倾向。"（《个性和艺术》）

　　他将自然主义和性欲至上主义进行了区别，指出"自然主义如实描写了现实的悲哀、幻灭的悲哀、人生的灰暗及丑恶的侧面，如实反映了人生的真相，是对理想主义或浪漫派文学进行反驳的一种手段"。把自由主义文学的诞生和自我觉醒相关联，并将自我觉醒中个性的表现视为自然主义文学的核心是正确的观点。也就是，自我觉醒以及随之产生的个性表现为如实描写现实提供了可能性。廉想涉的上述见解，克服了启蒙主义文学全然无视人类个性的局限性，具有积极的意义。

　　廉想涉文学论中的生活文学论也备受瞩目。如果说他的个性论是从作家论的角度来讨论对现实的反映，那么生活文学论则提出了文学反映生活的必然性。他在《读〈精妙的作品〉和〈理想的婚姻〉有感》一文中指出了文学和生活的关系。他认为文学并不是擅长文笔而形成的美文，而是通过和生活的交流来实现的，只有包含了生活的内容，文学才有可能形成。因此，他指出文学是"描写人生及其衍生的各种现象的"。这体现了他的"文学是以生活的具体性为出发点"的思想。他的这种见解在《文艺和生活》一文中进行了更为详细的展开。他将文学定义为"人生苦、生活苦、现实苦的表白"。他认为，因为文学"从生活中发育成长"，所以"需要深入人生，通过深刻的观察把握现实，如果没有以对生活的深刻理解为根基，就不会产生有生机、有价值的艺术"。廉想涉认为，生活是文学的源泉，有价值的文学需要扎根于生活中，只有将人生和现实结合起来，才能正确把握生活和文学的关系。

廉想涉的个性论和生活文学论在克服启蒙主义文学的功利论和唯美主义文学的思想现实基础上具有积极的意义。虽然他的理论是针对自然主义文学展开的，但也客观推动了现实主义文学道路的探索。事实上，从 1920年代的文坛中不难发现，将批判现实主义和自然主义统一起来理解的现象是十分普遍的。廉想涉提出的个性论和生活文学论与现实主义一般原理并无大矛盾，因而在客观上有利于促进现实主义文学的创作实践。

但廉想涉的文学批评也具有一定的局限性，这在他将文学的个性问题与阶级性问题归为同类这一点上能得到验证。他的这种见解主要体现在《文艺和生活》这篇文章中。对文学阶级性问题的错误理解使他的创作实践丧失了社会批判的性质，从而体现了明显的自然主义或是世态小说的倾向。

（3）功利主义文学论

1920 年代前期，功利主义文学批评就已经出现。这一时期出现的功利主义文学批评大致可以分为三种：一是李光洙的妥协功利主义文学论；二是申采浩、韩龙云等人的战斗功利主义文学论；三是新倾向派文学作家的功利主义文学论。新倾向派功利主义文学论将另作论述，这里主要讨论前两种功利主义文学论。

1920 年代前期，李光洙在埋头进行小说创作的同时，还开展了文学批评活动。反映其文学批评观的文章主要有发表在《创造》上的《文士与修养》（1921）、发表在《开辟》上的《艺术与人生》（1922）和《东光》创刊号上的《艺术评价的标准》（1926）等。上述文章不仅表达了他对文学形式的见解，还系统地论述了他的功利主义文学观。

他在《文士与修养》一文中指出："毋庸置疑，文艺是一国（广义上指全人类的文化）之花。文艺是新文化的先驱、母体，同时还是文化的精髓。不管从哪个意义来看，它都是花。它唤醒了长久的沉睡，为民族（本文中的'民族'指'一国'）新文化的建设注入了活力。或许可以说，文艺是一股巨大的力量，它对民族精神的开发产生了强烈的刺激。"这里指出了文艺所具有的社会作用。同时，该文还从以下几个方面阐明了功利主义文学观：文艺成为新文化运动的先驱和母体；文艺成为新思想、新理想的宣传者；文学的力量类似于宗教的力量；为了民族的发展，文艺家必须要谨慎、有修养，尤其我国的现代文人既要成为思想家和社会的指导者，又要成为社会改良家和青年的模范；文人就像牧师，从小处看可壮大民族，往大处看可引导全人类。为了这个目标，文人们应该抛弃过去颓废的态度，通过道德修养努力完善健全的人格。

李光洙写上述文章的目的在于批判"三一"运动后出现的感伤主义文学。因为他所宣扬的是功利主义文学论，所以必定会排挤感伤主义文学。因此，上述文章均大大肯定了文学的社会功能，同时指出作家的道德修养是充分发挥社会功能的前提条件。李光洙认为，感伤主义文学扰乱了社会，这是作家自身缺乏道德修养所引起的。作为启蒙主义文学家，他极力号召发挥文学的社会作用。但在作家如何履行自身使命的问题上，他强调的并不是作家的时代觉醒及批判精神，而是个人的道德修养。事实上，他的这些见解与当时反映其社会政治立场的《民族改造论》（1921）有关。"……我们民族的性格是恶劣的（无论根底如何，表面上看是如此）。所以，这样的民族，未来只能是一步步衰退直至灭亡，没有一丝希望。在我看来，如果再这样放任 30 年，就会陷入比现在更颓败的境地，那时就真的无法挽回了。……所以，只有走民族改造的道路才能挽救这一切。这就是本文的主张。"该文中，在朝鲜的民族精神与物质衰败的问题上，李光洙并没有从日本殖民统治者身上找原因，而是将责任归咎于民族的劣根性，进而主张民族改造论。他所宣扬的作家个人的道德修养也源于上述提到的民族改造思想。可是，若想在日本帝国主义的殖民统治下切实增强文学的社会功能，就必须对殖民地现实进行揭露、批判，而仅仅将文学的社会功能与作家的道德修养相联系是脱离现实的，所以作家更应该提高时代觉醒，正视现实，增强现实批判的使命意识。基于以上观点，李光洙的道德修养论暴露了懦弱的民族主义者的妥协意识。

李光洙在《艺术与人生》和《艺术评价的标准》等文章中一直强调文学功利论。他在《中庸与彻底》（1926）一文中提出"常"的文学论，强调革命不仅是病态的，而且不是经常性的，是时刻变化的，所以应该被摒弃。"文学也是这样。没必要追求那些热烈的、深刻的、具有刺激性的、让人惊叹的文学，以及奇想天开的鬼神文学，也没有必要为了创作这样的作品而费尽心思。这些文学存在的意义便在于消遣，给具有特殊神经和意义的人们以满足感。单就这一点来看，它是不错的。但这并不是文学的'常'，不是主流。它是异端，是庶子，是畸形儿，是怪物。索隐行怪的大多不是仁者。"这里是说革命文学与社会批评文学是没必要的。事实上，这篇文章使他妥协的立场表露无遗。

李光洙始终强调文学的功利性，主张发展民族文学。但是，他回避了民族文学的现实基础，没有正视文学的历史使命。最终，他的文学论成了懦弱的资产阶级民族主义者失败而妥协的文学论。他的小说也回避了对社会的批判，徘徊在启蒙和爱情的主题之间，这也是他文学观念的体现。

申采浩、韩龙云等资产阶级民族主义者的文学批评都主张战斗功利主义文学论。

申采浩作为一名爱国作家，即使身在国外仍时刻关注朝鲜文坛的发展，并公开发表了一系列积极的见解。他在国内杂志上发表了很多关于文学批评的文章，如发表在《东亚日报》上的《浪客的新年漫笔》（1925）和《朝鲜古代文字和诗歌的变迁》（1924）等，此外还有《致文艺界青年以参考》《大黑虎一夕闲谈》和《失败》等文学遗稿。在上述文章中，他批判了朝鲜文坛的唯美主义文学和自然主义文学，积极主张文学肩负起其时代使命。他的文学论以其彻底的民族主义思想为基础，从诸多方面对功利主义进行了阐明。

首先，他对唯美主义文学（艺术至上主义）和自然主义文学进行了批判，强调文学的时代使命。关于艺术至上主义，他指出："所谓的纯粹艺术主义者，'即使贫困到要把妻子的内裤卖掉也能写出几首优秀的新诗，即使付出全部的疆土也要换几行有趣的新小说'，至于革命运动是否孤独，他们又怎能知道呢？……艺术，要高尚才能称之为艺术。既希望成为贵族肉体的奴隶，又想成为刚烈自杀的烈女，这样的文艺算得上是什么艺术？放着数百万的饿死鬼不管，花一块钱甚至是五块钱去买一本小说或是求一顿温饱，这样的艺术家又算得上是什么艺术家呢？"（《浪客的新年漫笔》）在他看来，脱离了现实要求的艺术并不是真正意义上的艺术，不为现实的朝鲜所需要。所以，他觉得这种艺术的肆虐是文坛的羞耻："艺术对人类来说是祸害。艺术越进步，人们越不幸福。人类憎恶艺术，试图让它灭亡，它哪有存在的余地呢？"（《致文艺界青年以参考》）因此他主张以人为本的艺术。

同时，他还对自然主义文学进行了严厉的批判。"今天的这些恋爱小说……仿佛在讴歌那种销魂噬骨的男女学生嘴对嘴接吻的趣味。无论是哪个时代的何种讴歌，都是滋养权力者的肥料。"（《金钱，铁炮，诅咒》）

他断言：自然主义回避了社会批判的使命，对当前的朝鲜社会没有实质性的帮助，最终只能变成对侵略者的讴歌。

那么，殖民地现实文学的时代使命到底是什么？申采浩对此给出了正确的结论，即揭露、谴责日本殖民统治下的殖民地社会现实，并且否定、改造这种现实。也就是说，通过揭露和谴责日本帝国主义疯狂的掠夺行径以及各种嚣张、残酷的罪恶，引导民众颠覆这种社会现实。具体看来，文学的使命有以下几点：

第一，文学一定要反映"万般危急的现实"，即日本帝国主义的经济掠夺和工人、农民凄惨的现实生活，揭露社会罪恶。文学要成为与现实对立的"描绘诅咒现象"的"隐晦诅咒文字"。（《金钱，铁炮，诅咒》）

第二，文学必须为民众服务，要成为"描画朝鲜的艺术"，应当"引导拯救朝鲜"，应是"饥饿人的粮食、病者的药"。（《浪客的新年漫笔》）

第三，作者为了治"朝鲜的病"，要成为"朝鲜全科名医"，投入革命实践中完成文学的社会使命。革命作家要有"高尚的人生观"，不应当成为"隐士"或"奴隶"，要当"格斗战士"。（《朝鲜需要思想家的努力时期》）

申采浩站在民族主义的立场上强调了文学的功利性，并将其系统化。申采浩的功利主义文学论与李光洙的功利主义文学论在本质上完全不同，是当之无愧的战斗美学。

主张功利主义文学论的文人还有韩龙云。在他的诗集《伊人的沉默》序文中有如下描述："我同情那迷失归途，在日暮的原野上徘徊的羔羊，因此写下了这首诗。"这正说明了他是为了那些在殖民地现实中遭受抛弃、迷失彷徨的人而进行文学创作的。他还在《黑风》的序文中写道："非常抱歉没有写出好的文章，但能借此机会跟大家亲近，实属愉快、无憾之事。"这也表明了他写小说的目的是同大家亲近，向人们传达自己的心意。韩龙云认为，应该为了那个时代的人们及其未来，以及伊人——祖国和民族而进行文学创作。他的功利主义文学论基本上与申采浩的战斗功利主义文学论是一脉相承的。

坚持妥协功利主义文学论的李光洙和坚持战斗功利主义文学论的申采浩、韩龙云虽然同为资产阶级民族主义者，但他们之所以在美学理想方面有着这样的差异，归根结底还是因为社会政治立场和世界观的不同。当时的民族主义分为两派，他们分别站在不同的立场上，持有不同的世界观。其中一派强调带有妥协性的民族改良，而另一派则主张战斗性的民族斗争。如果说申采浩、韩龙云等人是在时代现实和民族利益中寻找自己的美学理想的话，那么李光洙则是通过回避时代现实和民族利益来实现自身不正当的美学理想。申采浩、韩龙云的文学批评纠正了当时唯美主义文学和自然主义文学的个别偏差，为增强文学的战斗性和时代使命意识做出了贡献。相反，李光洙的文学批评除了将文学的时代使命引向歧途外，不具有任何积极意义。

（4）新倾向派文学批评

1919 年"三一"运动后，朝鲜社会发生了巨大的变化。民族主义运动因其局限性而在曲折中发展；同时，随着马克思列宁主义的传播，工农运动得到了很大的发展。这样的时代酝酿了初期无产阶级文学——新倾向派文学的发生。新倾向派文学与以前的资产阶级文学不同，它提出了新的倾向，即新的阶级性，并将其融入创作实践。新倾向派文学批评是为新倾向派文学的发展而开展的，其包括"焰群社"（1922）、"巴斯奎拉"（1923）等初期无产阶级文学团体的文人的创作。新倾向派的主要文学批评家有"巴斯奎拉"的金基镇、朴英熙等。

事实上，在新倾向派文学批评之前就已经出现了初期无产阶级文学批评，它为新倾向派文学的产生与发展积累了经验。

初期无产阶级文学批评的代表作品有金明植的《俄罗斯的散文学》、

郑柏的《劳动俄罗斯的文化设施》、任鼎宰的《给文士诸君的一文》、李星泰的《现代文化的方向》等。金明植在自己的文章中介绍了俄罗斯文学的"民众精神"，着力构造民众文学建设；郑柏的文章同样主张描绘民众的生活和斗争；李星泰则指出，新的文学是建立在阶级对立上的，强调阶级文学产生的重要性。初期无产阶级文学批评的集大成之作是任鼎宰的《给文士诸君的一文》。他批判了资产阶级文学的虚伪，努力构建阶级文学。任鼎宰在文章中这样强调反资本主义民众的阶级文学建设："人性为阶级所支配，故在社会的支配下，没有超越阶级和社会的生活，那么也没有超越阶级的艺术，没有超越阶级的人。……新兴艺术者们应该奋起反抗资本家社会。新兴艺术（阶级艺术）是革命的艺术。"初期无产阶级文学批评属于阶级文学，为新倾向派文学批评打下了理论基础，但初期无产阶级文学批评只停留在提出原则性的层面上，这一点在新倾向派文学批评中得到了进一步的深化。

新倾向派文学批评的代表作品有金基镇的《光明运动的世界化》（1923）、《重提"光明"》（1923）和《今日的文学·明日的文学》（1924），以及朴英熙的《苦恼文学的必然性》（1925）等，这些文章都发表在《开辟》杂志上。

新倾向派文学批评源于初期无产阶级文学批评，是对文学阶级性问题的进一步展开。它坚持以唯物史观为指导，通过文学来追求现实的变革。金基镇指出："文学的革命是自新浪漫主义后产生的又一新的运动。但是文学的革命不能光靠嘴说，思想的革命也不是光能拿起笔杆子就能实现的。若未能改造现代人的生活，那就不能说革命是成功的。这样的思想起始于现代人的生活状态，而非现代人自然而然的产生。这是以文艺史的唯物史观为基础的。"（《近日的文学·明日的文学》）金基镇认为，文学是生活的反映，文学的使命在于变革具有严重阶级对立的社会现实。在文学和生活的关系这点上，他跳出了单纯的机械反映论，从唯物史观出发，重新说明了文学和生活的关系。

另外，他主张新倾向派文学批评是为了现实的变革而对黑暗的现实进行抨击和批判。金基镇提出："无产阶级文学是所有问题中最紧要的。革命的思想产生于时代的变化、生活的悲惨、统治阶级的残暴和现实的悲哀，它就像燃起的火球一样，必须将整个世界围绕起来，形成一体。世俗主义会故意忘记揭露现实的悲哀，回避现实，最终转变为肯定现实，我们要用现实的铁棒粉碎这世俗主义的根源。"（《光明运动的世界化》）他认为，无产阶级革命的重要课题不是向现实妥协，而是否定、破坏黑暗的现实。朴英熙也认为现阶段属于苦恼期，因此苦恼文学有其产生的必然性。他在《苦恼文学的必然性》（1925）一文中指出，苦恼期文学不能向世界妥协，不能对暴君逆来顺受，对所有的事情持怀疑态度和否定态度才是正确的出发点。在破坏、否定现实的文学中，主人公杀人或是自杀都是必然倾向，同时也是过渡期的现象。由此可见，他们认为新倾向派文学——无产阶级文学创作实践的中心问题就是反映阶级斗争和否定现实。

新倾向派文学批评以建设无产阶级文学为基本目标，"新倾向派具有更深刻的觉悟，致力于建设有助于无产阶级的文学"，同时呼吁"无产阶级文士们不要只停留于文学，而要与阶级共存亡，成为屹立于第三线上的斗士"。

新倾向派文学批评是"三一"运动后迅速发展的民众运动的必然产物，为迎接无产阶级文学的新时代提供了理论性准备。

新倾向派文学批评在建设阶级文学、反映民众变革的志向等方面有着积极的意义，但仍具有一定的局限性。它将阶级和民众民族视为一体，认为新浪漫主义的提出是为了克服机械反映论，同时也高估了文学的功利性，忽视了文学的特殊性。这些问题在之后的"卡普"时期或得到解决，或进一步发展，引起"卡普"内外的论战。但此过程也给"卡普"文学的发展带来了新的面貌。

第四章

1920 年代后期—1930 年代前期文学

1 文坛概况及文学发展特征

（1）社会政治文化背景

1920 年代后期，日本帝国主义开始在朝鲜大肆进行资本垄断。为了挽救日本国内的经济危机，日本加快了对朝鲜人民的经济剥削。1930 年代前期，日本谋划了九一八事变，动用了所有手段将朝鲜变为侵略中国大陆的后方基地。他们扩大朝鲜的军用半成品生产基地，实行产业、金融政策，掠夺可充当军需用品原材料的地下资源。同时，他们制定了大米增产计划，把朝鲜变为日本的粮食供给基地，从而使得朝鲜农民愈发没落、贫穷。

为了抵抗日本帝国主义的残酷剥削和压迫，在社会主义运动家的组织和指导下，朝鲜国内纷纷掀起了工农运动与学生运动。

以 1929 年的元山工人大罢工为开端，仅 1929 年到 1930 年两年间，就发生了 200 余次罢工斗争及 1144 次佃农纠纷。1929 年还爆发了声势浩大的反日运动。

　　与此同时，朝鲜共产主义者们在中国东北开展抗日武装斗争。民族主义者领导的反日独立运动虽然在中国内地历经曲折，但仍不断向前发展。这一时期，尤为值得关注的是统一团体——新干会的成立及其活动。新干会是社会主义者和民族主义者的联合统一战线组织，1928 年成立以后，构思了许多有利于民族解放和国家独立的蓝图，并将其付诸实践。他们开展了民族改良运动，宣扬培养经济能力、改造民族文化，重点推进了农村启蒙运动和自治运动。

　　1920 年代后期到 1930 年代前期，为了抵抗日本帝国主义的侵略，朝鲜人民在社会主义者的带领下，发起诸多反日武装斗争和工农运动。这些社会、政治和文化因素，赋予了文学发展以新的特征。仅从文坛构成上就可以看出，"卡普"文学运动主导着文坛的潮流。虽然其他文学也显示了自身的特性，但无法成为主流。从文学发展的角度来看，这一时期可谓是"卡普"文学时代。

（2）"卡普"的文学活动

　　1920 年代后期到 1930 年代前期，朝鲜无产阶级文学进入了新的发展阶段。这一阶段的朝鲜无产阶级文学在"卡普"的主导下展开。此外，姜敬爱等未加入该组织的无产阶级文学作家也通过创作实践活动积极地参与其中。

　　"卡普"组织建于 1925 年 8 月，其发起者包括"焰群社"和"巴斯奎拉"的成员，以及这两个团体外的无产阶级文学作家，如赵明熙、李箕永、韩雪野和崔曙海等。

　　"卡普"的创立对朝鲜现代文学的发展，尤其是无产阶级文学的发展有着重大的历史意义。第一，"卡普"的创立使得朝鲜现代文学成为民族解放运动的重要一翼。第二，"卡普"的创立，不仅强化了对无产阶级作家和进步爱国作家的有组织的领导，而且推动了文学运动向着有目的、有意识的方向发展。第三，"卡普"的创立，阻拦了违背民族利益的文学现象的发生，有利于守护无产阶级文学阵地。

1927 年 9 月 1 日，为了适应工农运动高涨的新环境，更好地履行自己的使命，由韩雪野、李箕永等主持召开了具有历史意义的"卡普"总会，提出对组织体系进行改革，并通过了新的纲领。会后，"卡普"相继在平壤、开城、水原、大邱等地设立了支部，并创办了名为《艺术运动》的机关刊物。

"卡普"总会中通过的新纲领内容如下：

我们同意马克思主义主张的无产阶级运动的历史必然性。所以我们的无产阶级艺术运动应该：（1）彻底排除封建的、资本主义的观念；（2）对专制势力进行抗争；（3）致力于组织有意识阶层的运动。

上述纲领指出了无产阶级解放运动的历史必然性，同时也明确规定了"卡普"的斗争目标和历史使命。

1927 年的"卡普"总会对组织进行了重组，并且提出了新的纲领，这在朝鲜无产阶级文学发展史上具有划时代的意义。

第一，它使文学运动的指导思想、斗争目标和使命更加清晰。也就是说，它进一步坚定了马克思列宁主义这一指导思想，将反帝反封建的民族解放运动的胜利定为斗争目标，把为民族解放运动服务定为文学的历史使命。由此，"卡普"以其总会的建立为契机，实现了方向的转换。[①]

第二，"卡普"的无产阶级文学不但克服了新倾向派文学的局限性，逐渐在文学创作中体现了社会主义现实主义原则，而且在文学作品中提出了工农同盟问题，并塑造了许多具有先进社会理想的正面主人公形象。

---

① 即通过实现布尔什维主义，使文学有目的、有意识地服从无产阶级的斗争。

1930 年，"卡普"再次进行了体制改编，把以前的各部门扩展、改编为文学同盟和戏剧同盟，而艺术同盟为各同盟间的协议机关。此外，还出版了各同盟的机关刊物——《文学创造》《戏剧运动》和《集团》等。

1930 年代，日本帝国主义对"卡普"进行了极为严酷的法西斯式镇压。1931 年 10 月，日本帝国主义以"卡普"成员与社会主义者有直接关联为由，逮捕了 70 名"卡普"作家，包括李箕永、宋影、金南天、林和、尹基鼎、朴英熙、金基镇和权焕等"卡普"组织的主要负责人。1934 年，日本帝国主义又开始了第二轮逮捕活动，李箕永和韩雪野等 80 余人被投进监狱。

"卡普"作家们即使在狱中也不忘自己的使命，出狱后仍继续坚持自己的文学创作活动。1935 年 5 月，在日本帝国主义的强制镇压下，"卡普"被迫解散。

在"卡普"发展的历史过程中，内部和外部的争论一直没有停止过。内部的争论主要是文学理论的探究，包括内容和形式的争论、大众化争论和现实主义争论；外部的争论主要是和民族主义文学间的持续争论。通过这样的争论，无产阶级文学阵营得到了巩固和扩大。但在"卡普"的发展历程中，有新盟友加入的同时也有许多盟友退出了组织。例如，1930 年 10 月，"卡普"的主要活动家兼评论家朴英熙通过发表《得到的是意识形态，丧失的是艺术本身》（1934）宣布退出组织；1930 年代初，金基镇也开始失去对处于停滞状态的"卡普"活动的热情。

虽然"卡普"在十年的发展历程中经历了许多曲折，但在当时，它用最彻底的民族意识和先进思想指导了文学运动和创作活动，使文学融入了民族解放斗争中。同时，它还培养了许多优秀的作家、诗人，用优秀的文学作品丰富了朝鲜现代文学。

（3）其他文学团体和活动形式

"卡普"时代虽以"卡普"的文学运动为主基调，但这并不是全部。

除了"卡普",还兴起了诸如国民文学派、折中主义派、海外文学派、诗文学派和九人会等文学团体,还有一些作家个人开展的文学活动。他们都坚持着各自的主张,在文坛上开展评论和创作活动。

在"卡普"文学迅速发展的同时,无产阶级文学和资产阶级文学也渐渐形成了对立,并由此产生了"阶级文学是非论"。与无产阶级文学的阶级主张不同,一些作家主张文学的国民性。国民文学派就是大力宣扬文学国民性的流派,其主要作家有廉想涉、梁柱东、曹云、金永振和李秉岐等,崔南善和李光洙等人也对此予以支持。

国民文学派大约始于 1926 年,与无产阶级文学主张阶级主义和内容第一主义不同,他们主张的是民族第一主义和文学第一主义。金永振在文章《国民文学的意义》中写道,国民文学以"在思想和形式上抵制外来文化,守护朝鲜本土文学"为宗旨。

国民文学派在其发展初期的文学实践中开展了时调复兴运动,在 1929 年前后渐渐偏向于折中主义。至此,折中主义派正式出现。折中主义派在杂志《文艺公论》上与"卡普"展开了论战,他们的主要观点是"民族与阶级是相互依存不可分割的",认为阶级性的东西和民族性的东西要相互进行折中。这个观点的提出是为了克服初期民族保守主义的缺陷,但引发了与"卡普"文学阵营的论战。朴英熙等人批判了折中主义派的观点,梁柱东对此进行了反驳。折中主义派的文学主张从本质上看是以民族主义为基础,旨在否定"卡普"文学的存在。

1926 年,无产阶级文学和民族主义文学开始形成对立格局。当时在日本的朝鲜留学生在东京成立了海外文学研究会,主要成员有李河润、郑寅燮、金明烨、金晋燮、孙宇声等。

他们于 1927 年创办了杂志《海外文学》,回国后便专注于对海外文学的介绍。李轩求在《海外文学和朝鲜文坛》一文中指出:"海外文学派本身就是知识分子,是能够代表朝鲜的知识阶级,是致力于为朝鲜文坛介绍最现代最进步的文学的友好团体。但是无产阶级对其的看法极端片面，明显带有看低抹杀海外文学派的倾向。……文学应该是国际化的，如果将传进朝鲜的国际化文学都视为小市民文学和资产阶级知识分子文学的话，那么无产阶级文学又介绍了多少国际化、现代化的进步文学呢？"正如上文所述，他们以介绍外国进步文学为目的，并希望以此实现文学的国际化。

当时"卡普"阵营将海外文学派称为"小资产阶级团体"[1]或"右翼文人"，指责其"翻译行为就是小资产阶级的行为"[2]。

海外文学派在介绍外国现代文学的过程中，也为纯粹文学运动的到来奠定了基础。

1930年前后，朴龙喆、金永郎等人创办了《诗文学》，并与海外文学派合并，形成了诗文学派。其主要成员包括朴龙喆、金永郎、郑芝溶、俞镇午、金晋燮、李河润、张起悌和李轩求等。诗文学派在1930年发行了3期《诗文学》杂志，开始了纯粹的诗歌创作。

其中金永郎、郑芝溶、朴龙喆等中坚诗人分别发行了《永郎诗集》（1935）、《郑芝溶诗集》（1935）和《朴龙喆全集》（1939）等作品。诗文学派也站在"卡普"文学的对立面，旨在消除"卡普"诗文学的生硬性。但是纯粹诗歌从深层指向性来看是对现实问题的逃避，所以它无法充分地履行时代使命。当然，其诗歌创作中对深层意识的追求及其对生硬性和煽动性的否定是值得肯定的。

在纯粹文学运动持续发展时，李钟鸣和金幽影于1933年组织发起了"九人会"同仁团体，初始成员有李钟鸣、金幽影、李泰俊、李无影、李孝石、柳致真、金起林、郑芝溶和赵容万。不久李钟鸣、金幽影、李泰俊退出，朴泰远、李箱和朴八阳三人填补了他们的位子；之后柳致真、赵容万退出，金裕真和金换泰加入。九人会始终由9位成员组成，其团体活动

---

① 林和：《卡普的情况》，《中央日报》，1931年11月12日。
② 宋影：《1931年朝鲜文坛概况》，《朝鲜日报》，1931年12月25日。

持续了三四年。

赵容万在文章《九人会的记忆》（1957）中回顾了当年九人会诞生的背景，他写道："当时在日本，正是左翼文艺团体——全日本无产者艺术团体协议会（NAPF）的活跃期，受其影响，在我们国家也形成了'卡普'文学团体，以八峰（金基镇）、怀月（朴英熙）等为中心活跃于文坛中。所以当时不加入那个团体，或是与他们意见相左的话，几乎就没法开展文学活动。对此，日本产生了一个名为'十三人俱乐部'的团体与之对抗，维护着纯粹艺术。……并不是要与'卡普'对抗，只是'卡普'的政治色彩太过浓重，所以出现了这样的呼声，建议一些想要维护纯粹艺术的人聚集在一起，组成一个俱乐部形式的团体。……大家决定不制定纲领和会规，只是一个月交一两次会费，聚在一起或相互评析各自的作品，或发表对文学的见解，或互相鼓励多读多写。当然，虽然没有很明显的色彩和倾向，但会员们隐隐反对'卡普'、拥护纯粹艺术的想法是一致的。"

如上所述，九人会是受到日本文坛的一定影响而形成的，他们抵制"卡普"文学的政治性，维护纯粹文学，但只是一个没有纲领的团体。

九人会的成员构成具有以下特征：第一，他们在维护纯粹文学这一点上达成了统一意见，但各自有着不同的美学指向。例如，郑芝溶倾向于意象主义，而金起林则倾向于理性主义，李箱追求新心理主义，而金换泰则追求艺术至上主义。第二，该团体最初是聚集了诗人、小说家、艺术家的综合性同仁团体，而后渐渐转为诗人和小说家的集合，最后小说家成了团体的中心。这意味着他们从一般的文学艺术同仁团体转为了文学同仁团体。第三，九人会聚集了当时文坛的中坚作家和新晋作家，其中郑芝溶、李泰俊等是中坚作家，李箱、金起林、金裕真属于新晋作家。他们都是极具才能的作家。

九人会曾出版过机关报刊《诗与小说》，主要以同仁们的聚会开展活动，通过他们的创作来实现纯粹文学。

九人会的文学活动为 1930 年代的纯粹文学运动带来了持续性发展，也为现代派文学，即现代主义和新心理主义文学的到来打下了基础。1930年代后期诗人部落和纯粹文学的诸多倾向，以及金起林、李箱的现代主义和新心理主义都与九人会的文学活动有一定的关系。

（4）这一时期的文学发展特征

这一时期的文学特征显著。第一，无产阶级文学持续发展，与资产阶级文学的矛盾日益激化。虽然 1920 年代初期的初期无产阶级文学——新倾向派文学在产生时就受到资产阶级文人的批判，但当时二者并未形成尖锐的矛盾。随着"卡普"团体的建立，无产阶级文学运动开始体现出强烈的政治性和社会性，无产阶级作家和资产阶级作家之间的对立逐渐白热化。

"卡普"成员极力应对资产阶级作家的批判与攻击，资产阶级作家亦纷纷进行反击：李光洙、金东仁等积极发表评论和作品，公开与"卡普"文学抗衡；国民文学派、折中主义派、海外文学派、诗文学派、九人会等团体的作家则采取相对折中的、消极的方法进行应对。"卡普"经历了重重困难，但依然坚守着无产阶级文学阵地，在文学创作上取得显著成绩。作家们也通过彼此间的矛盾发现自己在文学主张上的缺陷。资产阶级作家此起彼伏的批判促使"卡普"文学进行了自我反省。但同时，"卡普"作家的应对对资产阶级文学也带来了积极的影响。

第二，这一时期的文学积极反映了朝鲜人民的民族解放意识。从这一点来看，"卡普"文学、同伴者文学，以及在抗日武装斗争中创作的文学都具有不可磨灭的功绩。"卡普"文学在日本帝国主义的打压下依然蓬勃发展，这从侧面印证了它具有反映抗日思想和民族解放意识的积极意义。因此，我们不能一味强调"卡普"文学的不足而全面否定其价值。资产阶级作家的创作中也不乏批判日本殖民地现实、宣扬民族精神的作品。如金东仁的《赤山》、廉想涉的《三代》，以及具有纯粹文学倾向的郑芝溶等人的诗歌，它们的价值毋庸置疑。但是李光洙的《革命家的妻子》等作品歪曲了民族现实和民族斗争，理应受到世人的唾骂。

第三，这一时期的文学体现了现代文学多元化的特点，在种类、形态上体现了文学的成熟性，开始与外国现代文学接轨。这一时期，长篇小说创作达到顶峰，历史小说、讽刺小说、通俗爱情小说、农村小说和民族主义小说等不断涌现。诗文学实现了与外国文学的交流，表现出深层意识的强烈诉求。话剧文学的创作也十分多样，其社会影响力得到了进一步加强。

2 小说创作

1925 年至 1935 年，"卡普"文学运动在文坛占据着主导地位。这一时期无产阶级小说实现了全面发展，取得了丰硕的成果。尤其是 1927 年"卡普"的创作倾向发生改变之后，其小说创作也克服了新倾向派小说的局限性，以特有的目的意识积极宣扬社会主义思想，不再将对现实的反抗描述为人物自然自发的行为，而是将其描写为阶级觉醒的必然产物。但是，以目的意识论为支撑的小说具有主题概念化、人物类型化等特点。随着"卡普"内部的批判争论，小说创作开始接受社会主义现实主义，并逐渐克服了这一系列的局限性。1930 年代，《故乡》《黄昏》《人间问题》等优秀的现实主义小说层出不穷。

除了无产阶级小说之外，具有民族主义倾向的小说也不断涌现，主要有廉想涉、沈熏、李无影、李孝石、李泰俊等人创作的农村小说、通俗爱情小说、民族主义小说等。他们站在民族主义的立场反映社会现实，并提出了自己的对策。与此同时，这一时期的历史小说创作也呈现出全新的面貌，洪命熹的《林巨正》等作品对现代历史小说创作的发展做出了极大贡献。不过，部分民族主义小说追求改良主义思想，虽然希望通过历史小说的创作给世人以警示，但歪曲了历史现实，李光洙的《麻衣太子》（1927）、

《土地》（1933）等就是其中的典型代表。

（1）无产阶级小说的发展及赵明熙、李箕永、韩雪野的小说创作

"卡普"成立之后，特别是"卡普"实现方向转换之后，无产阶级小说实现了新的跨越和发展。"卡普"方向转换初期的作品克服了新倾向派文学的局限性，但存在政治倾向性过于明显、人物形象过于脸谱化等缺陷，而这些缺陷在介绍唯物辩证创作方法的过程中逐渐得以改进。1930年代，随着社会主义现实主义的引入和争议的深化，无产阶级小说在质与量上都取得了显著的成果。特别是长篇小说的出现，深刻反映了广泛的社会现实，塑造出丰富的艺术典型。虽然无产阶级小说有着一定的局限性，但是它从现实主义的角度反映了朝鲜现实，并表现了广大民众对民族解放的迫切期望。

这一时期无产阶级小说的主要代表作品有赵明熙的《洛东江》（1927），李箕永的《故乡》（1933），韩雪野的《黄昏》（1936），金南天的《厂报》（1931）、《水》（1933），严兴燮的《消逝的村庄》（1929），宋顺镒的《尹别将的使唤》（1927）、《书记员生活》（1930），李北鸣的《氮肥工厂》（1932）、《停工》（1932）、《正反》（1934），尹基鼎的《水泥烟囱》（1930），宋影的《愉快的晚餐》（1928）、《交代时间》（1930）等，以及同伴者作家姜敬爱的《盐》（1934）、《人间问题》（1934）等。

上述作品都描写了工人、农民的悲惨处境及他们深受资本家残酷剥削和掠夺的生活，揭示了深刻的阶级矛盾，同时也从多角度描写了工农阶级的觉醒和人民大众的斗争。

金南天（1911—？）是小说家、批评家，也是"卡普"重要的活动组织者。他于1930年代初开始进行小说创作，先后发表了短篇小说《厂报》（1931）、《水》（1933）、《打妻》（1937）、《俗谣》（1937）和长篇小说《大河》等，此外还有诸多评论文章。

小说《厂报》描写了橡胶厂的工人在罢工失败后，为了开展新的斗争而发行厂报的过程。小说通过描写不让工人喝自来水而是喝井水的公司及站在公司一方的工会干部与工人之间的矛盾，抨击批判了殖民地资本社会的罪恶。作品塑造了积极争取工人利益的工人冠洙、用先进思想开展先锋活动的昌全等人物形象，揭示了只有在先进社会思想的指导下才能取得工人斗争胜利的道理。

出于对目的意识论的追求，该小说的概念化和脸谱化倾向比较明显，这主要体现在"先进思想的体现者——昌全"等人的性格塑造上。作家将这些人物刻画成了一种理念的代言人。

小说《水》描写了酷暑中，在一个仅 2.7 平方米的狭窄房间里，囚犯因为水而备受煎熬的故事。小说真实地刻画了 13 名囚犯在饥渴的折磨下受到的生理上的痛苦。与《厂报》不同，该小说通过复杂的人物心理描写来体现其性格特征。由此可以看出，作者有意识地对性格的脸谱化进行了改整。特别值得注意的是，该小说与大多数以工人、农民的斗争为核心素材的无产阶级小说不同，作者通过塑造在监狱受煎熬的人物展现了自己多样化的创作追求。这是由于他有意摆脱目的意识论的影响，坚持追求辩证的现实主义。但是，该作品同时也有主题意识表达不鲜明的缺陷。

李北鸣（1910—？）为工人出身的作家，因而他的身份备受关注。他1927 年从兴南高等学校毕业后就进入了兴南化肥厂，开始了 3 年的工人生活，后因在工厂里组织联谊会而被拘押；离开工厂后，他于 1932 年发表了处女作《氮肥工厂》（1932），之后又创作了一系列以工人生活为素材的作品，如《停工》（1932）、《女工》（1933）、《正反》（1934）、《工厂街》（1935）等。1935 年，小说《氮肥工厂》因未通过日本帝国主义的审批而无法发行。于是他将小说名改成《初阵》，并在日本文艺杂志上发表，因此再次被日本帝国主义拘捕，饱受折磨。李北鸣的小说的意义在于真实地描写了工人的生活，表达了对工人命运的深切同情，并对工人阶级的觉醒进行了呼唤。

小说《氮肥工厂》描写的是在日本财阀野口经营的氮肥工厂里资本家和工人阶级之间的尖锐矛盾，是一部反映工人阶级觉醒和斗争的作品。小说主人公文吉在经历了彻骨的生活苦难后，在哲植、昌浩等具备先进思想的斗士的影响下，渐渐开始了其阶级觉醒。文吉的命运生动地体现了当时工人阶级的遭遇。虽然小说主人公的命运是悲剧的，但是他的形象给读者带来了丰富的艺术感受，留下了思考的余韵。作者通过主人公的形象，以细腻的描写揭示了工人命运的悲剧性，指出了使他们觉醒的主客观因素和其正当性。因此该小说可谓是"卡普"现实主义小说中的优秀短篇代表作。小说《氮肥工厂》因其真实的描写和形象塑造，与金南天的《厂报》形成了鲜明的对比。

小说《停工》描写了收到停工通知后工人们进行有组织的斗争的事件。该作品揭露了在日本帝国主义罪恶的产业合理化政策之下，工人被解雇这一殖民地社会矛盾，得到了广泛的关注。

小说《正反》通过描写工人家庭父子间的矛盾，来体现当时工人们的觉醒及其社会活动。小说主人公吴石的哥哥在参加劳动运动时被警察逮捕入狱，他的父亲退休后把得到的钱拿去放高利贷，计划用儿子的工资过活。但是主人公吴石想要跟随哥哥，经常从自己的工资里拿钱出来给在监狱的哥哥买内衣。于是，父子间出现了对立和冲突，最终吴石没有屈服于父亲，断然地投身于工人运动中。

小说中，吴石是一个觉醒的工人形象，他的父亲则是冥顽不化的守旧派人物形象。小说通过觉醒的儿子和守旧的父亲之间的矛盾，展现了工人革命者所经历的曲折和他们坚定的意志。该小说的特征是在家庭问题中涵盖了重大的社会问题。

李北鸣的小说用不同的题材展现了工人的生活和觉醒过程。他通过现实主义的创作手法，突出了生活细节的真实性和人物性格的典型性。

姜敬爱（1906—1944）是一位女性作家。她虽然没有加入"卡普"，但却以同伴者的身份开展活动，是一位热心又有才能的无产阶级小说作家。她生于黄海南道松禾郡一贫农家庭，曾就读于平壤崇义女子学校，但因参加进步学生运动被学校开除了学籍。事后，她决心要探索出一条"令人愉快，充满希望的道路"。

1929 年，她来到中国东北龙井①，1931 年回国待了一段时间后，再次来到龙井并在此定居。1938 年，她回到了故乡，1943 年因病去世。

1931 年，姜敬爱在《朝鲜日报》上发表了小说《破琴》，接着又发表了小说《母亲和女儿》（1932）、《那个女人》（1932）、《菜田》（1933）、《足球战》（1933）、《盐》（1934）、《人间问题》（1934）、《200 元稿酬》（1935）、《帽子》（1935）、《烦恼》（1935）和《黑暗》（1937）等作品。姜敬爱的小说大都创作于龙井，它们以崭新的视角反映了移居中国的朝鲜民众的生活状况，体现了作者对抗日革命斗争的关注，以及作为移居国外的进步作家期望并呼唤祖国能够进行社会变革的愿望。

小说《破琴》主要描写了一个大学生对时代现实和自身处境进行了一番苦恼思索后下定决心参与革命运动的故事。长篇小说《母亲和女儿》把深受封建陋习禁锢和经济剥削的女性同胞的解放和工人阶级的解放相结合，指出了人类解放和阶级解放问题的有机统一性。

中篇小说《盐》描写了在日本帝国主义殖民统治下饱受亡国之苦的朝鲜人民的悲惨生活，并暗示为了推翻这种不合理的现实而出现的抗日游击队必定会获得民众信任的思想。

小说中，奉艳一家为了生计而来到了中国东北，不过却只能依靠租种地主方东的土地来勉强维持生活。村子里的共产党武装力量赶走了保卫团，而日本殖民者为了阻止事态蔓延又组建了自卫团。被地主方东叫去的奉植

① 今龙井市，吉林省延边朝鲜族自治州下辖市。

父亲突然死亡，方东和自卫团坚持指证是共产党所为。随后奉植离家出走，而方东则以奉植加入了共产党并被共产党杀害为由，将奉艳的母亲赶出了家门。后来奉艳的母亲相继痛失奉艳、奉熙两个女儿，为了维持生计，她开始走私贩盐，当时的盐价已经涨到了米价的 3 倍。在走私的路上，奉艳的母亲偶然遇上了共产党。但令她意外的是，共产党不但没有抢夺她的盐，还对她十分友好。但她回到家都还来不及卖出一撮盐，就被管制私盐的巡使发现，并将盐全部收缴。她回想起前一天晚上共产党的言论及某天从学校老师那里听来的话，心中涌起了对日本帝国主义的憎恶和对在山脊遇见的共产党的信任。

小说通过描写抗日武装斗争，真实地反映了普通劳动妇女的觉醒过程，因而在小说历史上具有特殊的意义。

长篇小说《人间问题》是朝鲜无产阶级小说的代表作品之一。小说以 1930 年代初的农村和城市生活为背景，反映了日本帝国主义殖民统治下工人和农民的悲惨生活处境、阶级意识的成长过程及他们的斗争世界。

作者认为，人类生活的根本问题是争论了数千年的阶级对立和斗争的问题，以及劳动人民的悲惨生活和命运的问题，而这只有依靠劳动阶级及其团结、有组织的斗争才能解决。

作者通过刻画小说主人公阿大和善妃的形象，展示了贫穷的、被剥削的劳动人民阶级意识的成长及其开展反对剥削者斗争的过程。

小说中，阿大是一个生活在极度贫困中的善良又朴实的青年。他从小唯一的愿望就是拥有一块长满杂草的田，这样他便可以靠自己的双手干农活养活自己。但不合理的现实总是让不幸降临到他身上，最终迫使他奋起反抗。阿大看到二狗家一年辛勤种植的粮食在打谷场被抢后，便和村里的年轻小伙子一起试图夺回被抢的粮食，但他这种自发的反抗遭遇了失败。

后来，阿大成了仁川码头的劳动工人并逐渐具备了阶级意识，随后他加入了码头自由工人组织，成为罢工斗争的组织者。

"……过去手无缚鸡之力、行尸走肉般的人们，在今天这一瞬间似乎拥有了支配宇宙的所有权利。"这是阿大在目睹因工人们团结一心的罢工斗争而陷入瘫痪的码头时的内心独白，小说以此清晰地表现了他的阶级意识和斗争意识。作者通过塑造阿大的形象，展现了平凡的农村青年经历阶级觉醒，最终走向革命道路的过程。

小说中的女主人公善妃是一个命运多舛的悲剧形象。因为地主郑德浩，她失去了父母，成了孤儿。但她却不得不在杀父仇人家中做厨娘，以此来维持生计。在此期间，她受到了各种羞辱和蔑视，甚至遭到了令人气愤的蹂躏。后来，善妃为了生计，来到了仁川当纺织工。纺织工的生活渐渐唤醒了她的阶级觉悟，并促使她加入了斗争。她想要成长为一个为自己和自己所属阶级的利益献身的革命斗士，但她加入斗争没多久就因残酷的劳动重荷而终结了一生。

作者通过善妃的人物形象，阐明了在殖民地剥削制度下，女性的解放只有和劳动阶级的解放斗争相结合才有可能实现的思想。

此外，作者还通过小资产阶级知识分子俞信哲这一人物形象，强调了能够解决人类问题的不是小资产阶级知识分子，而是工人阶级；通过地主郑德浩的恶劣形象，揭露和控诉了剥削阶级反人民的亲日卖国行为。

小说中严谨的内容结构、细腻生动的细节描写、细致的心理刻画、凝练的语言等无不体现了作者高超的艺术技巧。

赵明熙是在朝鲜无产阶级文学的产生和发展过程中发挥了重要作用的作家代表，也是杰出的诗人、小说家。他1892年7月出生于忠清北道镇川郡一个清廉的汉学者家庭。他的父亲和大哥虽经济拮据，但具有不向日本帝国主义妥协的气节，同时还具有强烈的爱国情操。赵明熙在这种家庭氛围的影响下，阅读了许多描写爱国名将的传奇小说。青少年时期的赵明熙受"英雄崇拜热"的影响，中途退学，在前往北京士官学校时，途经平壤，被二哥逮回了家。于是，他放弃自己那浪漫的"英雄"情怀，为成为一名作家而积极阅读了许多诗歌和小说。

1919 年"三一"运动爆发，他在家乡实施暴动计划时被捕，入狱数月后被释放。同年，他立志从文，赴日本东京大学学习，学习东洋哲学。由于生活拮据，他曾出卖劳动力以赚取学费。在此过程中，赵明熙接触了马克思主义，认真阅读了高尔基、海涅、歌德、拜伦、泰戈尔等人的作品。他对"有产阶级青年舔着蜜糖的生活"持怀疑和厌恶的态度，对资产阶级社会有着极大的反感。这一时期，他开展了戏剧活动，在《废墟以后》等杂志上发表了《孤独者》《生的狂舞》《永远的哀诉》等 30 余篇诗作。之后，他还发行了诗集《在春天的草坪上》（1924）。虽然他的很多诗作都带有感伤主义和虚无主义的色彩，但《在春天的草坪上》《同僚》等都是表达对现实不满、具有民族精神的优秀诗篇。

1923 年，赵明熙回到朝鲜。他目睹了当时在马克思主义革命思想的影响下爆发的工农运动的场面。在此过程中，他的人生观开始发生变化。他这样描述当时的精神觉醒：

是泰戈尔之辈的新浪漫主义？

如果不是的话，那么是高尔基的现实主义？

是现实主义！高尔基的现实主义！面对现实吧！

冲吧！

1923 年，他创作了戏剧《婆娑》，1924 年写下第一部短篇小说《走向地心》。这期间，他发表了许多带有新倾向派文学特质的小说和评论。

此后，赵明熙的文学创作进入了一个新的阶段。1926 年至 1928 年间，他发表了《农村的人们》（1926）、《新乞丐》（1926）、《致 R 君》（1926）、《洛东江》（1927）、《春仙》（1927）、《阿美与阿龙》（1928）、《儿子的心》（1928）等小说，为无产阶级小说的发展探明了方向。

1928 年，赵明熙前往苏联。在远东地区，他一边当教员，从事报纸编辑等工作，一边怀着内心的激动，专心开展创作活动。1936 年，他出任苏联作家同盟远东地区的常务委员，之后无辜背上政治污名，于 1942 年在西伯利亚不幸去世。

赵明熙在苏期间，发表了散文诗《被蹂躏的高丽》（1929），抒情诗《十月之歌》《布尔什维克的春天》《女子突击队》《立下誓言，挺身而出》等，还创作并发表了随笔、政论等。此外，未发表的长篇小说有《红旗下》《满洲游击队》等。

小说《走向地心》在赵明熙的创作中具有转折性意义。

小说通过"我"的生活经历，揭露了日本帝国主义统治下的社会矛盾及劳苦大众贫困的生活处境。主人公——"我"曾在日本东京求学，回国初期虽对不合理的社会现实感到厌恶，但并没有站起来反抗，而是在"精神修养"方面寻求出路。作者在小说中揭示了主人公如何在极度贫穷的状况下还能感受到无产阶级民众的痛苦，并深入其中的精神体验过程。

《致 R 君》是书信体小说，讲述了一个被日本警察逮捕的革命先驱给朋友 R 君写的 4 封信。第 1 封信介绍了牢房里的环境及自己和几名狱友被捕的原因，第 3 封信写了自己和妻子扭曲的关系及自己入狱前几年的生活；而第 2 封信和第 4 封信中则表明了自己在日本警察的压迫下依旧坚持斗争的决心。作者在小说中通过对人物形象的描写充分地表现了社会主义先驱崇高的精神世界。

小说《洛东江》是赵明熙的代表作，也是朝鲜无产阶级小说，尤其是"卡普"重组后的优秀代表作品之一。

作品描述了日本帝国主义的侵略使朝鲜人民陷入悲惨境地，反映了以工农运动为主的大众斗争所呈现的诸多现实。作者认为，必须以社会主义思想来武装人民大众，在先驱们的领导下，工农大众团结统一奋起斗争，如此方能取得朝鲜人民的民族解放和阶级解放斗争的胜利。

作品的主题思想在主人公朴胜云这一形象上得以集中体现。

主人公朴胜云是早期共产主义运动的先驱。他是农民斗争的先锋，曾被捕入狱，后获得保释出狱但最终牺牲。小说通过令人感动的生活细节，生动地刻画了主人公的性格特征。

朴胜云是一名社会主义先驱，对祖国和人民怀有强烈的爱。这些性格在其强烈的民族精神中得以体现。被保释出狱之后，在将要渡过洛东江时，他把双手浸在江水中，和恋人罗莎唱起了洛东江民谣。他有着殷切的爱国情怀，早年在异国他乡之时曾因想起洛东江而落泪，在回国之后甚至抱有"死也要与这片土地上的人一同死去"的决心。对他而言，祖国、家乡和人民无时无刻不深深地印在他的心中。他不仅是一名社会主义先驱，还是为革命献身的先锋战士。在海外时，他以革命者的姿态不断成长；回到故乡之后，他遵照自己的理想和信念，投身社会运动，开展斗争，即使遭受日本帝国主义的迫害和拷问也绝不丧失自己的斗志。他具有高尚的情操，从革命斗争中找到了生活的意义。同时，他还对同仁有着真挚的情谊。他教育白丁的女儿罗莎，使她走上革命的道路。作品向读者展示了其以阶级觉醒为基础的真挚情谊及崇高的爱情观。

作者通过朴胜云的形象，生动地刻画了1920年代早期朝鲜共产主义者的成长过程及斗争面貌，证实了工农运动的合理性。朴胜云是朝鲜现代文学史上第一个被赋予社会主义先驱这一艺术形象的人物，因而具有特殊意义。

小说《洛东江》也显示出独特的艺术特色。

该小说的特色在于其鲜明的民族色彩及丰富的情感，人物的性格也在民族的情感和气质中得到了充分的体现。作者主观情感的表露、民谣的引入以及激动人心的诗歌语言，都大大提高了作品的抒情水平。此外，小说结构也别具一格。

在形象方面，作者、说书者、"我们"与主人公朴胜云、罗莎一同登场。在结构方面，小说采用倒叙的手法，先抛出事件的高潮，再回想其产生和发展的过程，展现了独特的结构特征。这种手法使得篇幅不长的作品蕴含了丰富的生活内容，具有极好的艺术效果。

李箕永（1895—1984）是朝鲜文学史上最为杰出的作家之一，同时也是社会主义现实主义文学的奠基者。1895 年 5 月 29 日，他出生在忠清南道牙山市排芳邑回龙里一个贫困的农民家庭，并在农村度过了自己的童年。他的笔名"民村"也与他的故乡有着一定的渊源。李箕永从小就对文学感兴趣，喜欢读古代小说、新小说等。1910 年小学毕业后，他因家境困难停止了学业。

为了减轻家庭负担，他只好下地干农活。但在日本帝国主义的掠夺和地主的剥削下，他们一家的生活日益拮据。1914 年，他离家出走，开始了 5 年的流浪生活。1919 年发生的"三一"运动给他带来很大的影响，在新思想的冲击下，他踏上了前往日本东京求学的道路。在日本，他第一次接触了马克思主义，并开始阅读以高尔基为首的苏联进步作家的作品。1923 年，因关东大地震，他被迫中断学业回国，当时的他产生了表现"受压制的贫困人的社会地位以及他们悲惨的人生境遇"的冲动，于是正式开始了文学创作。

1924 年，通过短篇小说《哥哥的秘密信》的发表，李箕永正式开始了他的创作生涯。1925 年，他在"卡普"的创立中扮演了重要角色。他的创作以 1927 年为界限，划分为两个阶段。前一阶段的文学作品集中体现了新倾向派文学的特质。这一时期，以《哥哥的秘密信》为首，他相继发表了《贫穷的人们》（1925）、《民村》（1925）、《农夫郑道龙》（1926）、《推销员与传教夫人》（1926）、《人间商品》（1926）等短篇小说。小说《哥哥的秘密信》主要表达了作者对虚伪的权威的批判。他在小说中将爱情问题与社会要求紧密结合在一起进行探讨，并以此开始在文学界崭露头角。李箕永的《贫穷的人们》《民村》等小说以贫苦农民的生活为焦点，从阶级对立关系的角度描写了社会生活，从而提出了从根本上对社会制度进行革新的思想。

这些作品的主人公，如成浩（《贫穷的人们》的主人公）、昌顺（《民村》的主人公）等都被塑造为体现社会主义理想的正面形象。但这些作品中的社会主义理想仅仅是政治口号，作者始终没能创作出把理想和现实斗争紧密结合在一起的积极斗士的人物形象。在后来的创作实践中，他逐渐克服了这些局限性。

1927年"卡普"重组后，他在"卡普"的文学发展中担任主要角色，其创作也进入了新阶段。为了提高文学的党性原则及作品的思想艺术质量，他一直孜孜不倦地努力着，从而很快地克服了新倾向派文学的局限性，并向社会主义现实主义一步步靠近。1920年代后期，他发表了《元甫》（1928）、《彩虹》（1928）、《摆脱困境》（1928）、《洪水》（1930）、《造纸厂村》（1932）等作品。

小说《元甫》《造纸厂村》等作品展现了他转换方向后的新的创作倾向。小说《元甫》通过介绍参加过煤矿工人罢工斗争后阶级意识觉醒的工人石峰和一生都生活在剥削者的掠夺和蔑视下的农民元甫间的相互关系，表达了只有工人和农民团结起来斗争，才能打倒地主和资本家、创造美好生活的理念。小说《造纸厂村》揭露和控诉了日本垄断资本的侵入及资本家们的残酷剥削和掠夺，同时也真实地反映了在先进思想的指导下，工人开始觉醒并且有组织地开展罢工斗争的过程。作品中被称作"秀才"的黄云是《民村》的主人公——被称为"首尔人"的昌顺形象的延续。小说中，黄云深入劳动阶级队伍，和工人们一起生活，培养他们的阶级意识，并组织、指导他们开展阶级斗争，是一个完完全全的社会主义斗士的形象。

1930年代，李箕永成为"卡普"下属的文学同盟的负责人。虽然他先后两次被逮捕入狱，但仍然保持着无产阶级作家应有的节操，体现了更深层次的社会主义现实主义原则。另一方面，他也拓宽了素材范围，用委婉迂回的方式表达了自己的社会美学理想。1930 年代到 1940 年代初，他发表了长篇小说《故乡》（1934）、《大地的儿子》（1939）、《春》（1940）、《现代风景》（1940）等，中篇小说《鼠火》（1933）、《人间修业》（1936）、《生命线》，短篇小说《赋役》（1932）、《朴承浩》（1933）、《元致西》（1935）、《麦秋》（1937）、《归农》（1939）、《少妇》（1939）、《苍鹭村》（1940）、《美国佬》（1943）等数十篇小说。

在朝鲜解放前的 20 年的创作生涯中，李箕永创作了 10 多部长篇小说和 70 多篇短篇小说。加上解放后期的作品，他总共创作了 20 部左右的中、长篇小说及 80 多篇短篇小说。此外，李箕永在解放前还创作了《他们的兄妹》（1929）、《月姬》（1929）、《人身教主》（1933）等剧本，并发表了关于马克思列宁主义的有价值的评论。

作为一名小说作家，李箕永展现出他独特的创作个性。

第一，他极其关心农民的命运问题，是一位农民生活作家。他的作品大都以他的亲身经历或在生活中的所见所感为基础。尤其是作为一名极其关心农民问题的作家，他的小说内容都取材于农民生活，并把农民命运问题作为主题贯穿全文。他比其他作家都更广泛、更真实、更迫切地反映了农民生活。

第二，他的创作个性还体现在耐人寻味的小说故事情节上。他的小说的故事情节十分曲折，能够吸引读者的兴趣。同时，他的作品结合了许多真实的故事进行描写，涉及的社会层面广泛，辛辣地讽刺了生活的腐臭。这些特征使他具有了长篇小说大家的文学素养。

第三，李箕永还是一位善于运用农民语言，富有乡土色彩，能熟练构思人物的作家。他的小说语言虽不华丽，但具有浓厚的乡土气息。

这些创作个性使得读者在阅读他的小说时，不仅能感受到朴实的亲切感，还能体会到其中的婉转和深邃，同时，也让他获得了广大人民的喜爱，成为最能体现农民生活主题的卓越作家。

长篇小说《故乡》是李箕永解放前的代表作品，在朝鲜无产阶级文学发展史上具有里程碑意义。《故乡》是他 1931 年被日本帝国主义逮捕入狱后，在狱中创作的作品。小说于作家出狱后的 1933 年完成，1934 年 1 月发表。

小说以 1920 年代为背景，以元德村佃农反对地主恶毒榨取的斗争为主线，阐明了该斗争与日本帝国主义财阀经营的缫丝厂内工人的罢工斗争间的密切关联。

小说从现实主义的角度还原了在日本帝国主义殖民统治下，日益荒废的朝鲜农村的样貌、急速的阶级分化，以及反对地主和资本家的斗争，并提出了只有依靠劳动同盟，朝鲜人民才能获得真正解放的思想。

《故乡》首先生动地反映了在日本帝国主义和地主、资本家的残酷剥削和掠夺下，朝鲜农村的悲惨生活状况及阶级分化的过程。小说从现实主义的角度反映了元德村的各种复杂现象，如佃农们和原本拥有土地的人如何因日本帝国主义强占和资本入侵而走向破产没落，贫农们又如何随着工厂的成立而成为工厂工人等。作者结合日本帝国主义殖民地掠夺政策和安承鹤、权相澈等剥削阶级的残酷剥削描写了当时的时代变化。作为地主和二地主的安承鹤、权相澈通过各种手段榨取农民的血汗钱以谋求财富，而日本帝国主义资本家也像他们那样，通过残酷地镇压、剥削缫丝厂的工人以增加自己的财富。

由于各种税款和地主的残酷剥削，不仅金元七一家，其他的农民也常常处于青黄不接的状态。苦苦挣扎于"秋穷"的元德村农民连酒糟也难以得到。即便是丰年也只能靠泪水和叹息度日，这样的生活苦难可谓是 1920 年代朝鲜农村的缩影。

《故乡》通过大篇幅的具体生活画面的描绘，展示了工人、农民的阶级意识成长及革命力量凝聚的过程。1920 年代，朝鲜工人、农民的斗争在马克思主义思想和用马克思主义思想武装自身的革命先驱者的领导下，从自发性的斗争逐渐发展为有目的性的斗争。小说将这些时代特征设定为作品的主要内容，通过先进知识分子金熙俊的形象使其得以具体体现。熙俊最终成功组织动员了元德村的农民参与反抗地主和资本家的斗争。

曾经认为生活中的所有的不幸和苦难都是命运的元德村农民们的阶级意识逐渐觉醒，开始反抗安承鹤的剥削。同时，以此为契机，缫丝厂的工人也开始参与罢工斗争。小说通过金先达、金元七、赵金知等中年农民，以及以仁桐、仁顺、方盖等人为首的年轻一代的人物形象，展现了农民们的阶级意识觉醒和新斗争力量的成长过程，极具说服力。

作品中提出的这些主题（即思想内容）具有揭示时代本质、反映历史发展要求的重要意义。而小说的主人公是阐明作品主题思想的主要人物，他集中体现着作家的美学理想。

金熙俊是一位具有社会主义思想的典型的先进知识分子，他的形象是李箕永的小说《民村》（1925）中被称为"首尔人"的昌顺及小说《造纸厂村》（1930）中被称为"秀才"的黄云等知识分子形象的结合。他具有如下性格特质：

首先，他明确认识到了朝鲜革命的现实任务，并为实现这一目标义无反顾地斗争。他借助在邑里开客栈的祖父的帮助，完成了中学学业，是一位拥有五年海外留学经历和具有社会主义理想的青年。他放弃了个人安逸的生活和工作，回到元德村当起了劳动夜校的老师。为此，他遭到了人们的嘲笑、非难和轻视。但他却只想着唤醒劳苦大众，让他们能够加入阶级解放斗争的队伍中。而且，他还在自己的这份事业中体会到了生命的喜悦和价值。在金熙俊崇高理想的引导和实际努力下，元德村的农民开始凝聚在他周围，阶级意识也逐渐觉醒。他实际上是一位将自身命运与祖国命运紧密联系在一起的革命斗士。

其次，他对于革命事业具有科学计划和远见，对于未来的胜利也持乐观态度。他通过劳动夜校，将村里的年轻人都集结到自己周围，并遵从斗争的要求，把一部分青年安排到缫丝厂内，培养他们的团队精神。他从不错过任何斗争的机会，常组织佃农与其配合，奋力展开工人罢工活动。他总是充满革命热情，积极地扮演斗争先锋角色，并对斗争的胜利充满了信心。他总是清楚地知道自己的斗争需要在先进的思想指导及科学的计划下才可以进行。

最后，金熙俊在革命斗争中不断地清除了自己的小资产阶级思想残余。金熙俊是一位体现作家进步理想的人物形象，但作家却没有将这一人物理想化。由于早婚，主人公金熙俊有一个与之不相配的配偶。妻子无法成为与他拥有共同理想的伴侣，因而他经常感到苦恼。他无法抑制自己内心的激情，所以有时会被他人吸引，而他对于甲淑的爱慕尤为真切。但他毅然压制住了个人的欲望，从狭隘的生活利害关系中摆脱出来，把祖国和人民的命运放在了首位。渐渐地，他对甲淑的爱也转变成了同志间的友爱。

作者通过金熙俊的爱情苦恼，特别是他和甲淑之间的关系，批判了封建婚姻的弊端，也否定了小资产阶级思想的懦弱性和狭隘的生活追求，同时还从细节的真实性中体现了先进知识分子崇高的生活志向。

金熙俊这一形象的典型意义在于其生动地展现了 1920 年代革命先驱怀着社会主义志向投身朝鲜革命，唤醒劳动大众并使其参与到民族解放斗争中的过程，同时也有力地证明了他们所参与的斗争的正当性。

该小说还具有重要的文学史意义。首先，小说用庞大的生活画卷说明了只有高举马克思主义思想的旗帜，依靠工农同盟，才有可能实现朝鲜的解放，这是朝鲜革命斗争的历史必然性。在金熙俊的指导下进行的工人、农民的斗争及他们的胜利就是这一历史必然性的体现。其次，该小说在社会主义现实主义创作方法上取得了重大突破。作家在反映 1920 年代社会现实时，立足于生活的本质和历史发展要求，成功地塑造了以金熙俊为首的正面主人公的典型性格。这些成果无疑表明了无产阶级文学的全面胜利。第三，该小说掀开了现代长篇小说创作的新篇章。在《故乡》发表之前，包括李箕永在内的许多作家也倾注了很多心血在长篇小说创作上，但都在思想艺术上存在一定的缺陷。李箕永的《故乡》在庞大的叙事诗形式的画幅中集中反映了现实，为朝鲜现代长篇小说的发展开辟了新的道路。

小说《故乡》虽然未能直接反映日本帝国主义和朝鲜人民之间的矛盾，但它仍然是解放前朝鲜现代文学发展史上具有划时代意义的作品，并对后来的文学发展产生了巨大的影响。

韩雪野（1900—1976）也是解放前无产阶级文学的代表作家之一。1900 年，韩雪野出生在咸镜南道咸州郡州西面上下九里的一个中农家庭。他曾经由咸兴高等普通学校转学到首尔第一高等普通学校，后来再次转回咸兴高等普通学校，直至毕业。韩雪野在学生时期因参加"三一"运动而被捕入狱，3 个月后才得以释放。后来，他独自前往中国北京学习文学，广泛阅读与社会主义相关的著作。1921 年春远渡日本东京进修社会学专业，苦心研读马克思主义书籍。

1924 年，韩雪野学成回国后任教于北青私立大成中学，期间发表了《是夜》《饥渴》《平凡》《拂晓》等作品。

1925 年，韩雪野参与组建"卡普"，1927 年负责同盟内马克思主义新纲领草案的撰写和实施工作。这一时期，韩雪野作为"卡普"的主要领导人开始了全新的创作活动。他以"卡普"的新纲领为理论依据创作了短篇小说《过渡期》（1927）、《摔跤》（1927）等，将马克思主义思想和人民运动紧密联系在了一起。这一时期他还发表了《拂晓》《电气》《街头》等作品。

1930 年，韩雪野就职于左翼杂志社《朝鲜之光》杂志社。1932 年，他进入《朝鲜日报》社。这一期间他积极为广大进步文人提供发表作品的机会。1934 年，在日本警察的举报下，他和 200 余名"卡普"作家一同被捕并监禁于全州监狱。

出狱后，他依然保持着崇高的节操，拥护并积极创作社会主义现实主义文学。他先后创作了长篇小说《黄昏》（1936）、《青春期》（1937）、《草乡》（1938）、《塔》第一部（1941）、《塔》第二部（1942）等作品。

1943年，韩雪野再次被日本殖民者逮捕，他在狱中构思了《塔》第三部和《向日葵》。1944年出狱后执笔创作《向日葵》，但是作品尚未完成就迎来了朝鲜的解放。

1936年至1940年代初期，除上述长篇小说外，韩雪野还创作并发表了《洪水》（1936）、《厨房》（1936）、《山村》（1938）、《泥潭》（1939）、《报复》（1939）、《种痘》（1940）、《摸索》（1940）、《流传》（1941）等短篇小说。解放后发表了《狼》《大同江》等众多优秀作品。

其中，长篇小说《黄昏》在文学史上占据着重要地位，它不仅是韩雪野解放前的代表作，也是朝鲜无产阶级文学的代表作。

《黄昏》于1936年2月至10月在《朝鲜日报》上连载，是韩雪野在1934年入狱后构思的作品。小说以1930年代前期的社会现实为背景，这一时期日本为全面侵略亚洲做准备，并且强化了对朝鲜的殖民地政策，朝鲜人民的民族解放战争进入全新阶段。

《黄昏》中的人物可大致可划分为两大阵营：一类是以俊植为代表的工人，这是正面阵营；另一类是以安仲书为首的资本家们，是与日本侵略者苟合的反面阵营。两个阵营间的矛盾、冲突、斗争是作品情节发展的基础，而小说中登场的人物的性格也在这样的情节中不断变化和发展。

小说主人公俊植是工人革命家的典型形象，他的性格特征首先表现在对革命勇于献身的斗争精神上。俊植从农村来到首尔求学，初三时由于带头发动要求辞退体罚学生的日本人老师的罢课同盟活动而被迫退学，后来成为纺织厂的工人。在革命家朴尚勋的影响和指导下，俊植逐渐成长为一个革命斗士。俊植是为实现民族解放和社会主义理想而殊死抗争的工人革命家，他不仅是工人运动小组的组织者，也是工人团体的代表。为反对资本家的"产业合理化"政策，他提出具体对策，组织动员全体工人积极参与斗争。他敢于与公司抗衡，反对公司实施"夏季奖励商品制度"和大量裁员，最终发动总罢工。在俊植的领导下，工人们争先恐后地加入了革命队伍。

他的性格特征也表现在对工人阶级革命斗争的绝对忠诚。俊植时刻拥护和争取工人利益，在资本家的种种威胁、恐吓之下也绝不动摇。他具备自我牺牲的精神，以工人代表的身份对"产业合理化"提出了反对意见，还在群众大会上宣布总罢工。他以自身的品质获得了工人的信任和尊敬，依靠工人力量开展了有力的斗争。

俊植还是一名充满革命人道主义热情的斗士。俊植认定汝顺是自己的同仁，给予她最为真诚和人道主义的关怀。汝顺最终成功摆脱庆宰的小市民意识影响和资本家的环境，加入了工人斗争的行列。

通过塑造俊植这一形象，作者再现了工人革命家在马克思主义思想的熏陶下迅速觉醒、参与斗争的精神面貌，肯定了他们在实现社会主义理想的抗争中起到的中坚作用。

作者亦生动地塑造了汝顺在俊植的影响下成长为女性革命家的形象。汝顺原本是一个质朴、清白、理性的贫农出身的女性，她和俊植一起从农村来到首尔，一边在金在堂家中做家庭教师，一边在女校上学。起初汝顺的阶级意识十分模糊，从女校毕业后她没有按照俊植的忠告选择"工厂学习"，而是借助庆宰的势力成为纺织工厂安社长的秘书。此后她与庆宰的关系日益密切，并深受庆宰小市民思想的影响，分辨不清安仲绪、金在堂等资本家的真实面貌。汝顺因为自己深陷资本家的生活而饱受精神上的折磨，在俊植坚持不懈的感化下，她逐渐意识到这是错误的人生道路，看清了庆宰的真实面目和安社长、金在堂的资本家本质。虽然她因为和庆宰断绝关系而受尽煎熬，但是在拥有了全新的阶级意识之后，她果敢地抵抗一切低俗、丑陋的事物。在受到庆宰父亲金在堂的侮辱后，汝顺才意识到俊植当时的忠告是正确的，她最终断绝了与庆宰、安社长、金在堂等人的关系，开始了新生活。汝顺加入俊植的工人运动小组并成为一名革命家。作者通过汝顺这一形象，反映了工人阶级解放斗争中人们获得重生的过程。汝顺这一人物形象使小说的主要人物联系在一起，因而具有重要意义。

小说还成功刻画了职业革命家朴尚勋、在思想变化中不断改正自身缺点的工人运动参与者同弼等正面人物形象。

同时，小说还塑造了买办资本家安仲绪、民族资本家金在堂等反面人物形象，借此披露了剥削阶级反人民的、丑陋虚伪的本质。此外，小说还通过小资产阶级庆宰、玄玉等形象批判了他们的寄生本质和放荡生活，表明他们必然会迎来"命运的黄昏"。

长篇小说《黄昏》在文学史上具有重要意义，它以庞大的叙事篇幅描绘了工人阶级的革命斗争，准确体现了社会主义现实主义的创作原则。《黄昏》与李箕永的《故乡》都是朝鲜现代文学发展道路上具有里程碑意义的作品。

（2）历史小说创作与洪命熹的《林巨正》

正如前文所言，启蒙期出现了大量的传记体历史小说，大力宣扬了爱国主义思想，但是启蒙期的这些传记体历史小说在结构上并没有太大的革新。在20世纪最初的10年，传记体历史小说开始从个人生平传记的框架中摆脱出来，强化了性格塑造和细节描写。这意味着作家对历史小说进行了新的探究。到1920年代前期，历史小说的创作发生了更大的变化，这从李光洙的《许生传》（1923—1924）、《春香传》（1925—1926）以及朴钟和的《上吊的女人》（1923）等作品中均可看出。但李光洙在这一时期的历史小说宣扬民族虚无主义的同时又侧重趣味主义，因而无法获得很高的评价。

1920年代中期以后，历史小说正式登上现代朝鲜文坛的舞台。这是由于社会美学理想开始兴起，作家希望借助历史来提出现实问题，同时积累小说创作，尤其是现代长篇小说创作的经验。而且，当时日本帝国主义的统治愈加残酷，对文坛进行严酷的压制。在这种情况下，历史小说的创作当然也就成为实现社会美学理想的途径。

这一时期，历史小说的主要代表作品有李光洙的《麻衣太子》（1927）、《端宗哀史》（1929）、《李舜臣》（1932）、《异次类之死》（1935—1936），尹白南的《大盗传》（1930—1931）、《海鸟曲》、《黑头巾》（1934），金东仁的《年轻的他们》（1930）、《云岘宫之春》（1933），以及洪命熹的《林巨正》等。

李光洙的小说《麻衣太子》以新罗末期的王宫生活为题材。作者表明自己写小说的用意在于以麻衣太子的角色重现新罗亡国的郁愤，同时"宣扬民族精神"。小说通过反复呈现亡国的历史现场，反映了朝鲜面临的亡国现实，在一定程度上可以引起读者的共鸣。但是，作者在描写历史事件时，并没有着力宣扬民族精神，反而描写了许多男女关系，鼓吹民族虚无主义及低级趣味。例如，将弓裔刻画成英雄的形象，却又让他坐拥宫女上千；弓裔的妃子与将帅王建通情；新罗王室的魏弘笼络真圣女王及其母亲；王建的女儿乐浪公主（安贞淑仪公主）嫁给了敬顺王，却对敬顺王的儿子——麻衣太子生情等。总的来说，小说中的人物都是好色之徒，主人公麻衣太子也是一个软弱的失败者，没有勇敢地为国而战。作者没有将历史现实转换为艺术现实，而是歪曲历史，导致这部作品的社会价值低下。

小说《端宗哀史》是以世祖篡位事件为题材的历史小说。小说中，作者刻画了"死六臣"的忠诚，批判了世祖首阳大君的野心和阴谋。但是，小说为了吸引读者，过分描写了宫中的阴谋与矛盾，将"死六臣"的失败归咎于周围的众多背叛者，鼓吹了民族虚无主义。

小说《李舜臣》《异次类之死》等暴露了李光洙理想的缺失，也表现出其"民族改造论"的阴影。

李光洙的历史小说创作未能弘扬民族意识和爱国主义思想，暴露了他作为民族改良主义作家的诸多弱点。

尹白南的小说《大盗传》讲述了主人公——"大盗贼"将恭愍王杀死，为被杀害的族人报仇的故事；《海鸟曲》则讲述了信奉西洋学的海鸟集团的故事；《黑头巾》写的是李氏朝鲜中期出现的庶子反乱事件。尹白南的小说将所谓的"盗贼""反逆者"设定为主人公，肯定了他们的"义理"和"报仇行为"。但是，他的作品没有立足于清醒的历史意识，无法对相关的社会现象进行剖析。如果说李光洙的历史小说损毁了英雄的形象，那么尹白南的历史小说则是错把"盗贼"和"反逆者"塑造成了英雄形象。

1930 年，金东仁发表了历史小说《年轻的他们》，受到广泛关注。小说以大院君最后的执政时期及壬午军人暴动等历史为背景，描绘了大院君的彻底没落及壬午军人暴动的失败。小说将大院君刻画成正面人物，他的锁国政策也是为了抵抗外来侵略，他实际上是一个积极借鉴先进文明的人。小说中，一个失去父母的孩子遇上了道僧并向其学习武术，后与一位年轻女子结为夫妇。他为了大院君的复位而英勇作战，但最终因失败而自杀。

小说《云岘宫之春》描写了大院君的执政过程，揭露了安东金氏的专制政治及其丑态。同小说《年轻的他们》一样，作品对大院君持肯定态度。

金东仁的历史小说在一定程度上反映了作者对历史现象的认知，但他的小说并不是从历史中寻找艺术，而是偏离事实真相，追求艺术上的虚构，因而缺乏说服力。

在众多的历史小说中，洪命熹（1888—1968）的《林巨正》呈现了清醒的历史认知和现实意识，具有较高的艺术价值。洪命熹早期曾赴日本留学，1920 年代担任了新干会的主要组织者、领导者。他是一位爱国文人、学者，始终站在爱国主义的立场上开展文学活动和社会活动。

历史小说《林巨正》于 1928 年至 1939 年间连载于《朝鲜日报》，中途历经数次中断，最终因日本帝国主义的镇压而未能完结。之后，这部未完之作于 1940 年分 5 本出版成单行本，并于 1955 年分 6 本进行再版。1980 年代初，经作家洪锡中①对其进行部分修改之后，该书再次出版。

小说通过描写 16 世纪真实存在的农民武装队头领林巨正及其手下等人物形象，揭露了封建社会制度和统治阶级的罪恶。作家希望通过对民族历史的真实再现，鼓舞、推动朝鲜人民站起来反抗日本帝国主义统治下的不合理的社会制度。

未完结的《林巨正》分为《凤丹篇》《皮匠篇》《两班篇》《义兄弟篇》《火贼篇》五个部分。

《凤丹篇》《皮匠篇》《两班篇》大幅描写了林巨正所领导的武装队出现之前的社会现象，揭露了上层阶级的道德堕落、腐败与下层人民充满血泪的生活。

《义兄弟篇》描写了林巨正武装队的首领们为生活所迫，聚到青石沟之后组织武装队的过程。林巨正是凉州的平民；李峰鹤是两班贵族的庶子；朴有福是遗腹子，是两班家的长工之子；裴乭锡则是役卒出身；林巨正的小舅子黄天王童是逃至长白山的官奴婢之子；郭五柱是长工；徐林是小吏。作者如实描写了这些人聚到一起的背景，提示了其必然性，同时生动地塑造了符合各自身份和经历的人物性格。

《火贼篇》则描写了林巨正领导的武装队的活动，即打击地方官吏，在平山作乱以逼迫凤山郡守，在慈母山城准备跟意图剿灭武装队的讨伐军抗争等。但该小说是部未完之作，只写到他们和讨伐军抗争前的准备场面。作者在这一篇章中主要表现了农民武装队的勇猛和气势。

作者最初连载这部小说时，在《关于林巨正》（1929）一文中说过："林巨正不正是在旧封建社会中遭受着最残酷迫害的平民阶层吗？他心中燃起了熊熊的阶级愤怒之火，如果能够揭竿而起，那该是多么了不起的快举啊！

① 洪命熹之孙。

而且他熟知战法。这种时候不能一个人在前线单打独斗，要先把处于同一处境的百姓都联合起来。""林巨正在联合这些百姓之后痛快地站出来，带领他们做劫富济贫的义贼。所以，将这一人物再现，不正可以为人们所接受吗？"于是，作者用其清醒的历史认识刻画了一个正面人物形象，希望以此唤起现代人的时代觉醒。这一主张与同时期的《新兴阶级对旧阶级的社会变革文学》（1926）一文中所提出的社会美学观点有相同之处。小说《林巨正》的主题思想意义在于它真实地揭露了处于封建社会底层的人们饱受虐待的残酷处境和悲惨命运，揭示了他们从忍无可忍的处境中自发团结起来对抗统治阶级的历史必然性，以此宣扬人们对现实的抵抗意识。

但是，这部小说在主题思想的深化及形象塑造上具有一定的局限性。例如，在不少章节中，作者都把林巨正的武装队描写成"火贼群体"；林巨正的性格前后矛盾，即把死脑筋、脾气火暴的他描写成擅长歪门邪道的人物等。这不仅与1937年写《火贼篇》时的文坛形势变化①有关，还与作者对思想美学的追求发生了变化有关。作者在连载《火贼篇》前，被问及《林巨正》的创作动机时曾说道："……拟一些不为人们所认知的人物进行刻画，这样便不会引起争议。如果问我对这部作品持何想法，我想说，我希望能展现朝鲜的情调，哪怕只是凤毛麟角。"在这里，作者袒露了小说后半部分在主题深化和形象塑造方面存在缺陷的原因。在《火贼篇》中，比起主题深化、形象塑造的一贯性，作者更加侧重风俗描写，着力刻画了"朝鲜情调"。这揭示了作者美学意识的变化对小说创作的巨大影响。

虽然小说《林巨正》具有上述局限性，但它取得了巨大的思想艺术成就。

小说中的人物极具个性。例如，平民的儿子林巨正力气很大，且死脑筋、脾气火暴，绝不会向别人低头，是当之无愧的武装队首领；李峰鹤是两班

---

① 当时日本帝国主义加强了对朝鲜的统治，"卡普"文学陷入低潮。

庶子，聪明、有想法；朴有福是遗腹子，虽孝顺但是个死心眼；裴弖锡从小看继母的眼色长大，坚韧、好斗；黄天王童从小在长白山打猎，生龙活虎、身手敏捷；郭五柱耿直、力气大，有着长工特有的愚鲁，但是很单纯；林巨正的妻子云宠开朗、豁达，但不懂人情世故；徐林是小吏出身，狡猾，懂得审时度势，最终成了背叛者。作者注重描写人物的生活经历及成长环境，以此来凸显人物的个性。

小说较好地体现了民族形式，具体表现为对人物民族性格的探究，对民族、乡土生活状态的诸多描写，对民族固有词汇和句子的应用等。当时，日本帝国主义为扼杀朝鲜人民的民族性而实施疯狂的统治政策，在这一愈发令人担忧的情形下，对民族形式进行探究的行为无疑是值得高度评价的。

小说《林巨正》坚持现实主义的创作原则，真实反映了历史生活现实和民众精神，是一部广为流传的优秀作品，为解放前的现代文学的发展，尤其是历史小说的发展做出了巨大的贡献。

（3）农村题材的小说及李无影、沈熏的小说创作

1920 年代后期，特别是进入 1930 年代以后，随着农民生活成为一个重大社会问题，以农村生活为题材的农村小说大量涌现。

"卡普"的作家最早关注到了农民问题。1920 年代后期，"卡普"的作家李箕永、赵明熙等积极创作农村小说，关注农民的阶级觉醒。1930 年，"卡普"内部正式提出农民文学论，大大推动了农村小说的发展。无产阶级作家进行农村小说的创作，使得农村小说的发展呈现出全新面貌，李箕永的《故乡》、姜敬爱的《人间问题》等作品全面宣扬了农民的社会主义思想教育及工农联盟斗争。

以"卡普"为代表的无产阶级小说创作对农民问题的关注也给民族主义作家带来了不同程度的影响。如果说李光洙等作家是站在民族改良主义

的立场高喊农村启蒙并进行农村小说创作，以此抗衡无产阶级作家的农村小说的话，那么沈熏等作家则是本着进步的民族主义立场致力于农村小说创作。这里需要明确的是，即使同属农村小说，也会因作家立场的不同而体现出不同的倾向，它们大致可划分为无产阶级倾向、民族改良主义倾向、进步的民族主义倾向等。前文已言及具有无产阶级倾向的农村小说，这里主要分析另外两种倾向。

李光洙是借助农村小说鼓吹民族改良主义的代表人物。他于1932年4月至1933年7月在《东亚日报》上连载长篇小说《土地》，表明自己的民族改良主义立场。《土地》其实是呼应《东亚日报》组织的农村启蒙运动的产物。

小说主人公许松很早就到首尔求学，他从法律专业毕业后成为一名律师，并当上了贵族尹参判的女婿。但由于小时候的经历及韩民教老师的感化，他放弃了首尔的生活，回到农村开办学校并致力于农村启蒙事业。许松热衷于慈善和卫生事业，例如花钱聘请农民做零工，借钱给别人，买来臭虫药和苍蝇拍分发给农民，集中建设猪舍和牛棚等。他的所作所为并没有违反法律，却被捕入狱。

作者将主人公许松的农村启蒙事业与其复杂的爱情生活结合在一起，意图突出农村启蒙运动的正当性。许松的妻子尹晶申虽然曾经有过背叛他的行为，但最终她认识到了许松所做之事的意义所在，并与他一同投身于农村启蒙事业中。而在美国读博归来的李琪泳一开始耽于享乐，但最终受到许松的感化，也投入到了农村生活当中。小说致力于以艺术的方式凸显许松的农村启蒙志向的正当性。作者所主张的农民争取幸福生活的途径并非在于与现实做斗争，而在于对资产阶级的善心、文化、卫生意识进行启蒙。作品反映了作家在《民族改良论》中宣扬的民族虚无主义和以此为基础的民族改良主义意识。

李光洙的《土地》所含的美学理想与无产阶级作家农村小说的美学理

想形成了根本对立。为此，李箕永发表了《故乡》，在作品中描写了无产阶级知识分子金熙俊在农村的社会主义活动，主张农民的根本出路在于阶级意识的觉醒和斗争。《故乡》和《土地》体现出无产阶级作家和资产阶级改良主义作家的本质差异。《土地》站在改良主义的立场上对殖民地现实矛盾和民族命运的根本解决之道进行不切实际的想象，理所当然地受到了批判；而《故乡》则指出解决殖民地现实矛盾和民族命运的根本办法要靠工农联盟与斗争，因而受到了极高的评价。

　　站在进步的民族主义的立场上进行农村小说创作的作家主要有沈熏、李无影等。

　　1930 年代，李无影（1908—1960）以农村生活为题材，创作了短篇小说《思念土地》（1932）、《吴道令》（1933）、《万甫老人》（1935）、《第一课第一章》（1939）、《土地的奴隶》（1940），以及长篇小说《当东方泛白的时候》（1935）等。作者通过农村小说的创作，巧妙地表现了他对农村生活的热爱，以及对农民凄惨命运的同情。

　　小说《思念土地》中的"我"生活在首尔，照顾着从乡下来的父亲。但是，父亲无法适应城里的生活。他跑到郊外去呼吸泥土的气息，买了铁锹和镐头，一心要在花坛里种花和白菜，甚至还将邻居家的地拾掇了一番。最后，父亲因为思念土地回到农村，而"我"为了照顾父亲也想回去。小说通过"我"和父亲的形象，表达了作者对城市生活的厌恶及对农村生活的憧憬。小说还通过真实的细节描写，生动地呈现了农民意识的淳朴性。

　　小说《万甫老人》是一部真实反映农民悲惨命运的作品。小说的主人公万甫老人一直靠手推水车耕作，机械水碓的出现断了他的生路，致使他的债务年年上涨。他来到水车边想上吊自杀，却听到了机械水碓发出的嘈杂声。于是，他放火把它烧了。后来，因为反复受到打击，万甫老人精神失常了。小说表达了对纯朴农民悲惨命运的极大同情，批判了日本帝国主义的经济渗透和掠夺所造成的殖民地社会的罪恶。

长篇小说《当东方泛白的时候》描写了曾在城里当过印刷工人的青年到农村开展农村运动的过程。小说的主人公早期因为生活拮据而中途退学，之后一直做着印刷工的工作。在这期间，他开始检举左翼运动，为了继续朋友曾经从事的农村运动而来到了农村，以工人的身份参加农村运动。

小说虽然没有明确提出主人公的志向，但展示了进步青年组织农村运动时的形象。但是，这部作品并没有清楚地区分当时农村运动的两种倾向。

1930 年代后期，李无影创作了《第一课第一章》和《土地的奴隶》[①]，进一步确立了他作为农村小说作家的地位。

沈熏（1901—1936）在农村小说创作领域也备受关注。他在就读于京城第一高普时期曾参加过"三一"运动。从 1920 年开始，他在中国过了三年流亡生活，1923 年回国后加入"焰群社"。他曾活跃在"焰群社"的演剧部，后以发起人的身份加入"卡普"，翌年退出。

沈熏不仅是小说家，还是诗人。他的小说作品有长篇小说《东方的恋人》（1930）、《不死鸟》（1931）、《永远的微笑》（1933）、《织女星》（1934）、《常青树》（1935）等。

小说《东方的恋人》讲述了两个青年逃亡中国，参加抗日斗争的事件；《不死鸟》则描写了在国内社会主义思想的影响下发生的社会活动。由于日本帝国主义的审查，这两篇小说被迫中断发表。

小说《永远的微笑》描述了"三一"运动之后，朝鲜青年们所经历的生活苦楚及他们的思想世界。小说中的人物有徐柄植、金秀永、崔继淑等青年，他们都参加过"三一"运动。出狱之后，为了维持生计，徐柄植到报社当拣字工，金秀永到报社配送部送报纸，崔继淑则到百货商店当职员。徐柄植的妻子是封建女性，两人的家庭生活并不和谐，最终徐柄植爱上了崔继淑。但是，为了成全金秀永和崔继淑的爱情，他断绝

---

① 可以称之为《第一课第一章》的续篇。

了自己对崔继淑的爱，却因生活和爱情的双重苦闷而陷入了极度的绝望之中，最终留下祝愿金秀永和崔继淑的"永远的微笑"之后自杀。另外，在专科学校当教授的、地主的儿子赵京华想纳崔继淑为妾，崔继淑因为与金秀永相爱而断然拒绝。金秀永带崔继淑回到自己的故乡，希望能与她相亲相爱，一起寻找人生的新起点。

小说讲述了经过"三一"运动洗礼的青年男女所经历的生活苦难及他们的生活志向，从正面描写了他们在残酷的现实中寻找生活出路的坚定意志。但是，这部小说没有言及他们回到农村之后的具体活动。

小说《织女星》是以作者的生活经历为基础创作的作品，批判了封建家族制度及早婚等社会弊端。小说女主人公李仁淑在父母的强迫下，在 8 岁时与 6 岁的尹奉焕订婚。等到他们懂事的时候，夫妻之情开始萌芽，却又发生了许多事情动摇了他们的爱情。后来，尹奉焕喜欢上了别的女性，决定和李仁淑离婚。最后，李仁淑断了对尹奉焕的念想，来到农村一家幼儿园当保姆，开始了新的生活。

小说里的李仁淑和尹奉焕都是封建婚姻制度的牺牲品。李仁淑做出了很大的牺牲，而尹奉焕却想从封建束缚中逃脱出来。但是，他的逃离展示出消极的一面，无法得到大众的肯定。尽管如此，小说致力于批判封建道德和封建婚姻的诸多罪恶，因而具有积极意义。

小说《常青树》是沈熏的代表作，也是当时农村题材小说的代表作。这部小说是以作者归乡之后亲自投身农村启蒙运动的生活为题材创作的作品，在纪念《东亚日报》发行 15 周年有奖征集中获了奖。

在《常青树》中，男女主人公朴东赫和蔡英信在农村启蒙运动的报告会上相遇，两个人志同道合。毕业之后，蔡英信去了清石谷从事朝鲜语培训工作，朴东赫则去了闲谷里，在那里组织了以青年为主的农友会。小说讲述了主人公们在组织农村启蒙运动的过程中所经历的曲折，以及日本帝国主义及其走狗对他们实施的弹压政策。作者将关注点放在了知识青年的使命感及对殖民地现实的批判上。

小说的主人公朴东赫和蔡英信均对民族现实怀有不满，愿意为农村启蒙运动贡献自己的一切。蔡英信觉得培训所太小，她不顾日本帝国主义的阻碍，筹集捐款积极创办清石补习学校。但是，因为阑尾炎，她在学校的落成典礼上晕倒了。之后她去了日本，顺便调理身体。等到她回来之后，东赫已经被关到监狱。英信回到清石谷后又病倒了，最后连心爱的人都没有见到就去世了。

另一边，东赫在闲谷里建农友会馆，积极筹办共同耕作的事情。但是，高利贷商想把农友会馆转给振兴会馆，东赫在和他们的冲突中进了牢狱，甚至还遭受了与英信永别的沉重打击。他保证一定会将英信未完成的事业进行到底，并且还领悟到：不能只开展文化运动，还应该开展经济活动。小说的男女主人公是心甘情愿为农民的文明启蒙运动奉献自我、勇于面对现实的有良心的知识分子形象。通过这样的人物形象，作者向人们展现了1930年代朝鲜知识分子开展农村启蒙运动的历史现实。同时，小说把男女主人公开展农村启蒙运动和他们之间的爱情有机地结合起来，留给了读者深深的感动和深刻的思考。

沈熏的《常青树》与李光洙的《土地》形成了鲜明的对比。从对殖民地现实的批判、对知识分子奉献精神的赞美等来看，可以说前者体现了进步的倾向。

（4）通俗爱情小说

1920年代后期，尤其是临近1930年代之时，通俗爱情小说作为一种新的文学倾向开始兴起。通俗爱情小说的发展主要缘于日本帝国主义严格的审查制度及殖民地社会下文学日趋商品化的现实。这一时期，通俗爱情小说的特征主要是运用各种爱情题材，表达资产阶级、小资产阶级知识分子爱情的苦闷。通俗爱情小说的主要代表作家有崔独鹃、方仁根、李光洙、咸大勋、金末峰、朴启周、李泰俊和朴花城等。

方仁根（1898—1975）是 1930 年代前期通俗爱情小说的代表作家之一，因在《东亚日报》《每日新报》等报纸上连载《魔都的香火》（1933）、《流浪的歌者》（1933）、《青云白云》（1935）等通俗爱情小说而备受瞩目。

小说《流浪的歌者》通过大学教授及其弟子的爱情故事，探讨了爱情中的纯情和情欲问题。尹光禹是从美国留学归来的梨花女子大学声乐教授，他不顾及有妇之夫的身份，沉溺在女性们爱慕的目光中。即使妻子生病他也不去照顾，最后和被称为"狐狸精"的学生姜淑华陷入了爱河。为了争取到尹光禹，姜淑华挤掉了同班同学申玉熙，并拒绝了所有的追求者。尹光禹和姜淑华一起去了意大利，但之后姜淑华又陷入了意大利青年的诱惑之中，而且还与一个中国人有不正当关系。这导致了她后来被人杀害。而尹光禹想把前来意大利寻找他的女儿培养成杰出的钢琴演奏家，于是和女儿一同回了国。小说中，作者批判了姜淑华毫无节制的情欲，同时也十分同情尹光禹的不幸处境。

方仁根的小说以情欲为主，而李光洙的小说则以纯洁的爱情为主。李光洙的主要代表作品有《有情》（1933）、《情欲的彼岸》（1936）等。

小说《有情》中，作者高度赞美了主人公崔锡的纯情。崔锡是一位教育工作者，他抚养着自己朋友的女儿丁霖。丁霖长大成人后，崔锡爱上了她。他遭到了躺在病床上的妻子的谴责，也受到了社会的非难。无奈之下，崔锡在见了丁霖最后一面后，便去了遥远的西伯利亚流浪，守着对丁霖的纯情终其一生。

小说《情欲的彼岸》中，女主人公惠妍相继得到了老师、雇员、同学的爱慕，各种爱相互缠绕，关系错综复杂。老师在单恋她一段时间后认识到了自己的不当行为，最终自杀了；雇员则因杀了人被判处了严刑。惠妍为了在身边错综复杂的关系中保持自己的纯洁，最终也选择了自尽。

　　李光洙在小说《有情》和《情欲的彼岸》中都宣扬了纯洁的爱情。但他所描述的纯情十分抽象和虚伪，缺乏生活逻辑。这一时期，李光洙执着地宣扬纯真的爱，主要是为了回避文坛对于通俗爱情小说的批判。

　　此外，崔独鹃的《僧房悲曲》（1931），李泰俊的《第二次命运》（1933），朴花城的《山坡》（1933），金末峰的《密林》（1935）、《蔷薇花》（1937），咸大勋的《纯情海峡》（1936）等通俗爱情小说作品也都批判爱情中的情欲，鼓吹纯情的正当性。

　　这一时期出现的通俗爱情小说将爱情问题与社会问题相脱离，一味地追求通俗的趣味，致使其时代意义和历史意义大大降低。

（5）民族主义倾向的小说

　　在 1920 年代后期到 1930 年代前期的小说发展过程中出现了不少反映社会问题的民族主义倾向小说，代表作家作品有廉想涉的《三代》（1931）、《无花果》（1931—1932）、《白鸠》（1932—1933），以及金东仁的《红山》[①]（1932）等。

　　廉想涉的中篇小说《三代》是体现 1930 年代民族主义倾向的代表作品。在小说中，作家站在一个有良心的资产阶级的立场上描写了现实矛盾，并且为了找出解决这些矛盾的方法进行了许多探索。小说中的主要人物有爷爷曹议官、儿子曹尚勋、孙子曹德基，他们是一群有着不同生活理念和志向的人。

　　爷爷曹议官是一个拥有巨额财产的富豪，议官这个官衔也是花钱买来的。为了挤进两班家谱，他花巨款重新修改了大同家谱；为了再生一个儿子，他年过七旬却不惜纳妓为妾；他把守护家门和家产看得比什么都重要，因为儿子的堕落，他一气之下将祠堂和金库的钥匙都传给了孙子曹德基。

---

　　① 收录于《金东仁短篇集》（1939）。

由此可以看出，曹议官这一形象是封建家长的典型人物。

儿子曹尚勋早年开始参加爱国文化启蒙运动，在日韩合并后成了基督教教徒，后来升为长老。但是他凡俗之心未改，还会偷偷赌博、喝酒、玩女人。曹尚勋是一个向殖民地社会妥协了的人物形象。

而孙子曹德基则是一个有良心的资产阶级的人物形象，他集中体现了作家的美学理想。他能在一定程度上理解保守派的爷爷，又对不靠谱的父亲有一些同情。但与他们不同的是，他想做对社会有益的事。所以他对身为社会主义者的朋友金炳华、洪敬爱等人予以理解及物质支持，甘愿为他们当判事、律师，甚至是做金炳华的"看护人"。但他继承财产不到一个月，就因应付由财产引发的复杂矛盾和争斗而感到疲惫不堪。

该小说展示了一个封建家庭的没落，表明了价值取向与观念的扭曲源自当时的社会现实，进而对殖民地现实进行了抨击和批判。小说对曹德基的形象进行了正面描写，比较真实地展示了有良心的资产阶级的社会立场和态度。但在小说中，作家并不认为通过社会主义活动能够解决社会现实的矛盾，所以最后只能把小说主人公塑造成一个无力的存在。这也反映了作家一直以来的资产阶级世界观的局限。

同样受到关注的还有金东仁的小说《红山》，这也是一部体现当时资产阶级民族主义倾向的作品。

小说描写了在地主们残酷的剥削掠夺下农民们的悲惨生活，赞美了农民的反抗精神和他们对民族、对祖国的热爱。

小说中的郑毅浩是一个流浪者，别名"山猫"，村子里没人知道他家在何处，有何经历。村子里的人们因为他而整天惶恐不安，男人忙于保护自己的妻子和孩子，还不得不整晚守着鸡和猪。所以整个村子的人都害怕他，合议着将他赶走，但又没有一个人敢站出来。这个时候发生了一件事，村里的宋金知老人在干完那一年的农活后带着粮食去地主家要租佃钱，却被地主以粮食产量太少为由打得半死，不幸离世。全村人都十分愤慨，但还是没有一个人敢挺身而出。正在这时，被斥为村里"毒瘤"的"山猫"郑毅浩默默地去地主家为老人报仇，回来后想要了结自己的生命。他最后的遗言是希望看到"红山"和"白衣"，最后的愿望是听到"爱国歌"。

　　小说中的"山猫"因殖民地社会的悲惨现实而形成了畸形的性格，却在内心深处有着潜在的民族意识和爱国心。作家通过这样的人物形象，体现了在亡国奴的枷锁下，朝鲜人民悲惨的命运及对现实的反抗意识，深度刻画了他们对民族、祖国和故乡深深的思念。《红山》是金东仁反映殖民地现实情况的重要作品，同时也是展示他潜在的民族主义倾向的作品，这一点尤其值得关注。

3 诗歌创作

　　"卡普"时期，诗文学的发展呈现出多样化的局面。无产阶级诗文学可划分为"卡普"诗人的诗歌创作和抗日革命歌谣。"卡普"诗人的诗歌创作克服了新倾向派文学的局限性，阶级意识日渐明显，塑造了工人、农民等形象；抗日革命歌谣的创作结合抗日游击队的武装斗争，揭露和批判了日本侵略者及其走狗的罪恶，热情歌颂了抗日斗争精神。这一时期，以《诗文学》这一刊物为主要阵地的纯粹诗登上文坛。纯粹诗体现了诗人的内在情感与精神，追求优美的韵律和精练的语言。与此同时，民谣风的诗歌和时调创作也十分盛行，可以说这是对传统诗歌形式的继承与革新。

（1）"卡普"诗人的创作和抗日革命歌谣

　　"卡普"方向转换后，其诗歌创作也发生了巨大的变化。金石松、金起林、李相和等新倾向派诗人的作品中自发的反抗意识逐渐消失，以马克思主义世界观和阶级意识为基础的诗歌开始出现。金昌述、柳完熙的作品最早体现了无产阶级诗歌创作的变化。大量新晋"卡普"诗人崭露头角，如林和、朴世永、朴八阳、权焕、李璨、朴芽枝、金海刚、孙风山、李贞九、金炳昊和尹崑岗等。虽然这些诗人的创作才能和擅长的文体有所差异，但是他们的作品都以马克思主义世界观和阶级意识为基础。1931 年，《卡普诗人集》[①]出版，该诗集充分体现了"卡普"诗人的诗歌创作特征。

总体而言，"卡普"诗人的诗歌创作具有以下特点。

第一，"卡普"诗人的诗歌以被压迫和被剥削的工人、农民的生活为题材，旨在解放他们不幸的命运。例如，柳完熙的《女职工》《牺牲者》等作品形象地描写了在日本帝国主义殖民统治下的工人的悲惨生活及受到残酷剥削的农民的命运。林和的《哥哥的火炉》、朴世永的《夜袭》（1930）等作品表达了工人只有依靠阶级意识觉醒和斗争才能改变自身命运的主题。

第二，"卡普"诗人的诗歌始终贯穿着无产阶级革命思想，具有明显的宣传性和鼓动性。柳完熙的《民众的行列》（1927），金昌述的《开展》（1927）、《五月的暖风》（1927）等作品宣扬了民族革命斗争的正当性，体现出强烈的宣传性和鼓动性。

第三，在创作方法上，"卡普"诗人的诗歌带有社会主义现实主义色彩。虽然许多作品都暴露出陈述主观概念过于直白化的局限，但是它们明确了殖民地社会现实的根本矛盾，通过塑造正面形象宣传了革命理想。

"卡普"诗人的诗歌虽具有很多积极意义，但也暴露出主观概念陈述过于直白、过分宣传和鼓动等局限性。

诗人柳完熙创作了《女职工》（1926）、《牺牲者》（1926）、《街头的宣言》（1927）、《民众的行列》（1927）等诗歌，揭露了殖民地统治下的朝鲜人民，尤其是工人的悲惨命运，歌颂了他们的觉醒和斗争。

《女职工》表现了不幸的女工的痛苦生活。诗中的女职工还来不及给死去的丈夫举行葬礼，就得去工厂承受工作带来的折磨，甚至还成为工头

---

① 收录有林和、金昌述、权焕、安漠、朴世永的作品。

蹂躏的对象。诗人在诗中这样描写了女职工的哀叹："啊啊，祖先啊！我的丈夫啊！为什么你们就这样离开了这令人痛恨的世界？……这让妻子奔波，让孩子煎熬的世界……"同时，诗歌还描述了1920年代殖民地资本主义现实中女性的悲惨命运，并对此表达了愤怒。

诗歌《牺牲者》中，诗人对因为佃农纠纷而失去丈夫的农村妇女的不幸命运表示了同情，号召读者对黑暗的现实进行反抗。

诗人金昌述（1903—1950）的主要诗歌作品有《大道行》（1925）、《黎明》（1925）、《烛火》（1925）、《长夜天明》（1925）、《展开》（1927）、《五月的暖风》（1927）、《做纸型的人》（1927）、《掘墓者》（1927）、《火车向北》（1931）等。

金昌述通过自己的诗歌创作，揭露了殖民地现实中的诸多矛盾，歌颂了日渐兴起的无产阶级革命斗争的发展形势。

诗歌《长夜天明》中，诗人通过紧凑的节律，歌颂了勤劳人民的觉醒及其精神世界。诗歌反映了人们在苦痛和郁愤中生存的状态，并真挚地唤起他们新的觉醒。

……

但是新的斗争啊！

如暗香般黑暗的世界已现光明，
愚钝的百姓已睁开眼睛，
长夜已过，双目已明。

新的斗争啊，不要送走肮脏的幸福。
不如让这个国家燃起战火吧！
不要问对与错，

成为那为正义而战的百姓吧!

诗歌《展开》充分地体现了诗人的革命斗争思想及对新社会的向往。诗人认为社会变革的斗争即将到来,号召人们加入斗争的队伍。

展开!
同僚们,看吧! 这矛盾的展开,
光明照耀着我们前进的道路,
现在,无产阶级的光明即将到来,
装甲车的汽笛——嘟——嘟——呜

歌唱吧! 喜悦之歌,国际之歌!
三五成群的同僚们。

诗歌融入并歌颂了无产阶级革命思想斗争必胜的信念。

此外,金昌述的《五月的暖风》等诗歌还热烈地歌颂了领导民族解放和阶级解放斗争的革命先驱高尚的精神世界,以及他们开展斗争的正义性和威力。

综上所述,柳完熙、金昌述的诗歌集中体现了"卡普"方向转换前后时期的诗歌创作特征。尤为值得注意的是,他们的作品在新倾向派诗人的诗歌创作和"卡普"诗人的诗歌创作中起到了承上启下的作用。柳完熙的诗歌在1928 年后逐渐向感伤诗转型,而金昌述在进入1930 年代后中断了诗歌创作。他们的作品具有观念性、抽象性和宣传鼓动性,把握住了殖民地的现实矛盾,极力体现了"卡普"的时代精神,完成了"卡普"革命诗人的使命。

诗人林和(1908—1953),本名林仁植。他初期热衷于感伤主义,1926 年左右加入"卡普",成为"卡普"的代表诗人和批评家。特别是

1930 年初始在"卡普"布尔什维克化以后，他担任"卡普"的秘书长，一直活跃到"卡普"解体。"卡普"解散后，林和也依然展现出其作为诗人、批评家和文学史家的才能。

他初期的诗歌有着强烈的感伤主义色彩，如《寻找什么》《抒情小诗》等，加入"卡普"后，他发表了《十字路口的顺伊》（1929）、《哥哥的火炉》（1929）等，确立了他"卡普"诗人的地位。1930 年代，他发表了《袜子里的信》、《今晚父亲盖着蓝被子》（1933）等，1938 年出版了诗集《玄海滩》。

诗歌《哥哥的火炉》描写了开展工人运动的哥哥被捕入狱后，妹妹无比思念他，也决心投身于工人运动的故事。该诗通过妹妹这一形象，真实地体现了劳动人民的阶级觉醒。

在诗中，诗人用叙事手法反映了哥哥开展劳动运动后被逮捕的过程，并展现了妹妹立志要继续从事哥哥坚持的事业的决心。

……

不仅是我失去了心爱的哥哥，不仅是英男送别坚强的兄长啊！

我们并不伤心，也不孤单。

因为这世上，心爱的哥哥你有无数个伟大的朋友，而我们也还有很多珍贵的伙伴，他们也是像我们一样不能失去哥哥的弟弟妹妹们。

所以接下来，战斗将由背负着气愤和失落的同志们继续进行。

哥哥，如果今晚熬夜贴好两万张，三天以后新的棉衣就能温暖哥哥那颤抖的身体了。

就是这样，世上的弟弟妹妹们每天都在战斗中度过。

英男一直在沉睡，夜已深。

——妹妹敬上

诗人以独特的诗歌形式展现了抒情主人公——妹妹确认了哥哥所从事事业的正当性，并决心与众多兄弟姐妹和朋友们一起，为了哥哥的伟大事业而继续奋斗的心路历程。

金基镇在林和发表完这篇诗歌后立即对其做出了评价。他将此诗归于短篇叙事诗的范畴，认为在诗中引用事件的方式体现了诗歌的现实主义创作方法。从整体来看，这种评价是客观的。《哥哥的火炉》是现代诗歌文学中的第一篇抒情叙事诗，它克服了不少"卡普"诗人的诗歌中表述过于直白的缺陷，是极具艺术特色的作品。

如果说在《哥哥的火炉》里对工人运动的肯定还不够有力的话，那么从诗歌《袜子里的信》开始，诗人通过对斗争过程的具体描写，极具说服力地表达了自己对工人运动的肯定。该诗是以釜山码头工人的罢工为素材创作的作品。抒情主人公是一位参加罢工时被日本警察拘捕的工人，他回顾罢工斗争，高声呼吁同僚们鼓起勇气战斗到最后。

诗中的抒情主人公在禁闭室被严刑审问，但他没有忘记自己的初衷，还在为铁窗外的同僚们而担心。

> 暴风雪一整天都在敲打着北边的铁窗。
> 就像我们那天……在公司后门看到《棉布》的那晚一样，
> 它一次又一次侵袭着手臂、腿、鼻孔、手指。
> 但是比起那个疼痛，更让我难以抑制的是了解后来之事的欲望。

就这样，抒情主人公坚定了对罢工斗争的信心和勇气，顽强地继续斗争。

> 从东海岸吹过来的狂风，公司的抽水机，停泊的皮鞋，漫天的暴风雪——

我们在那样的环境里依然坚强挺过了 20 天。

……

忍耐吧！任那暴风雪肆虐，我也不会动摇。

万幸也！听闻 ×× 与 ×× 君依然安全无恙？

就是这样，向地底深深扎根，

来吧，无论何时，不管是谁，我们都岿然不动。

我也会像石菩萨一样，屹然坚持。

该诗真实地描写了工人们及其家人不惧资本家和日本警察的镇压而展开的斗争，同时也体现了他们坚定的革命意志。

林和的诗歌开创了现代诗中抒情叙事诗的新形式，将觉醒的工人阶级形象呈现在诗歌创作中。特别是他用抒情叙事诗的形式反映了 1930 年代工人、农民的生活和觉醒过程，这与他极具开拓性的探究与实践是分不开的。事实上，抒情叙事诗这一开拓性的成果正是林和在对"卡普"诗人作品中的形式化、概念化等问题的多次反省和批判中探索出来的。

诗人朴世永（1902—1989）从培材高等普通学校毕业后，到中国上海、天津等地留学，1923 年，以中国特派员的身份加入了"焰群社"。1924 年回国后，他加入了"卡普"，此后便作为"卡普"的主要诗人开展活动。1931 年，他在《卡普诗人集》上发表了自己的诗歌作品，1938 年还出版了个人诗集《山燕》。他在"卡普"时期的主要诗歌作品有《打场》（1928）、《夜袭》（1930）、《姐姐》（1931）、《山村里的工厂》（1932）等。此外，诗集《山燕》中还收录了《山燕》《午后的摩天岭》等优秀作品。

诗歌《打场》主要描绘了因殖民地掠夺而生活在水深火热之中的农民的惨象。诗中通过描写收获一年劳动果实时的打谷场的状况，生动地展现了因残酷掠夺导致农民面临破产的现实状况，进而表明了诗人对殖民地社会的反抗意识。诗人在诗中这样写道：

> 曾经取笑黑人的这些人，
>
> 不知何时与他们同流合污。
>
> 而此刻的田野上，这个稻穗笔直的田野，
>
> 在上演着精彩的人间露天剧。

诗人把地主在打谷场对农民进行的掠夺看作是"人间露天剧"，描写了他们把绿色瓢及长满荆棘的秫秸等全部抢走的景象。

紧接着他又写道：

> ……
>
> 将要肢解我们眼瞳的，
>
> 山啊，田野啊，
>
> 无名的花儿啊，还有野菊啊，
>
> 为了生存，我们都无暇驯服你们的野性啊。
>
> 就连开在前庭后院的花草，
>
> 看来今年要成野花了，野花啊，
>
> 不要奢望悲伤，
>
> 或许到了明天村里的狗就变成狼了。
>
> ……

诗中写道，这是野花都觉得悲惨的残酷现实，是连狗都要变成狼的凄凉现实，而生活在其中的农民的命运也就可想而知了。

诗人把在打谷场发生的状况通俗地融于诗中，表明了诗人对于现实的

反抗和对农民的同情。

诗歌《姐姐》是书信体形式的抒情叙事诗。诗歌表达了弟弟内心的呐喊,他恳切地希望能为与丈夫离别后处于无知觉状态的姐姐创造新的生活。

> 姐姐!
> ……
> 怀着新的想法出去吧,
> 哪怕是去另一个工厂。
> 是的,走在女工们的前列,
> 为了我们的利益而战斗下去吧。
> ……
> 姐姐!
> 那么,我会等你,
> 等待姐姐的礼炮声。

从诗中可以看出,诗人把弟弟对姐姐的爱及对受到现实冷遇的人类的同情结合了起来,并将它们与对日本帝国主义统治下的社会制度的憎恶联系在了一起。整篇诗歌都贯穿着试图将人类从黯淡的现实中解放出来的革命思想。

诗歌《夜袭》则歌颂了平壤橡胶工厂工人的总罢工,肯定了工人运动不败的威力及其胜利。

> 我们看不到阳光,
> 整天都在战场般的工厂里度过自己的青春。
> ……

但是我们也要生存，

于是向你们这些家伙发起了抗争。

你们惊讶于我们强大的力量，

被榨干了鲜血而羸弱的我们，

尽管是赤手空拳，

不也让你们如在寒风中般瑟瑟发抖吗。

……

诗中，参与总罢工的工人们在凄惨的工厂生活中遭受到非人的待遇。这样的生活唤醒了他们，使他们成了具有无穷力量的历史存在。在他们面前，剥削者、支配者都变得无力了。通过上述描写，诗人再次表明了工人运动的组织力量及其威力。

诗歌《山村里的工厂》也是一首控诉资本家们的剥削本质，高歌工人们团结起来参与罢工斗争的优秀诗篇。

诗歌还以"某女工的告白"为副标题。诗中的抒情主人公是一个在资本家的虐待和剥削下过着悲惨生活的山村毛皮厂的女工。她们最后终于觉醒了，并通过自己的团结斗争掀开了命运的新篇章。7 年间，资本家发给她们的工资只有 5 分钱，而且最终还把这 5 分钱也侵吞了。因此，女工们在"打开工厂大门"，靠自身的团结力量与资本家抗争时，得到了兄弟姐妹的支持，为此她们"流下了高兴的泪水"。诗歌通过塑造觉醒的女工的斗争形象，真实地再现了 1930 年代工人们阶级意识的觉醒过程和罢工斗争的现实。

在朴世永的诗歌中，《山燕》是极具思想艺术价值的代表作品。

诗歌《山燕》主要讲述了在日本帝国主义的法西斯暴力镇压下，被剥夺了自由和权利的朝鲜人民的惨象和内心的郁愤，同时还歌唱了他们对自由的渴望。

是从南国来？

或从北国来？

山顶的最高峰，

无人可及的地方。

栖息的燕子呀，

你们才是自由的化身。

谁人能将你捕捉？

谁人能对此干涉？

你们才是天空的主人，

大地的主人。

抒情主人公将像箭一样在天空自由飞翔的山燕当作自由的化身，表达了朝鲜人民在日本帝国主义的残酷暴力镇压下，各种权利和自由全都被剥夺的郁愤及渴望自由的心情。

诗歌以对朝鲜人民的悲惨生活的深切体验为基础，通过山燕的翱翔表达了对自由的渴望。

土地像龟背般裂开了，

飞吧，你们飞吧，

那就能为贫穷的农民，

聚集云彩了吧！

飞吧，盘旋纵横，向上飞升，

将云朵挂在你的燕尾吧。

山燕啊，飞吧，

　　　　如出弦的箭般飞翔吧，

　　　　划开白云，划开白雾。

　　全诗辛辣地控诉了黑暗的社会现实，表达了在昂扬的革命热情中对于自由的渴望。但这首诗也和朴世永之前的作品一样，没能直接表现出工人运动和阶级意识。这是因为在诗歌创作时期，日本帝国主义的法西斯统治逐渐深化，"卡普"的文学运动受到了巨大的挫折。尽管如此，该作品通过诗中的形象表现了作者的现实否定意识、革命理想和热情，因而具有重大的意义。

　　朴世永通过诗歌创作，从不同的角度唤醒了工人和农民的阶级意识，是一位始终坚持无产阶级立场的诗人。同时他的诗歌在内容与形式上克服了概念化的弊端，实现了诗歌在内容与形式上的统一。

　　诗人朴八阳（1905—1989）出生于京畿道水原市，在培材高等普通学校读书时就立志要从事文学。1920 年代后期开始以"卡普"诗人的身份活动，1930 年代加入了九人会。1936 年左右，他来到了中国东北，担任伪满洲国《满鲜日报》的记者，直至朝鲜解放。

　　朴八阳在诗歌创作初期就已经发表了《黎明以前》（1925）、《工厂》等诗歌，成为备受瞩目的新倾向派诗人。"卡普"方向转换后，他发表了《夜车》（1927）、《新的城市》（1929）、《金达莱》（1930）、《胜利的春天》（1936）等优秀诗篇，被称为"有才的'卡普'诗人"。

　　诗歌《夜车》是一篇真实反映朝鲜移民的生活惨象的作品。

　　在诗中，诗人描写了离开祖国，前往异国他乡的移民的生活面貌及其心情。

　　　　载着被流放的百姓的疲惫之魂，

　　　　夜车喘着粗气疾驰，

如同逃亡者拿着行李逃离田间小路般，
这个半夜逃窜在国境野上的怪物啊！

车窗外的天空就像我烦闷的心情般，
漆黑得让我窒息，让我断肠啊。
将头歪靠在流浪的行李上冥想，
哦，故乡那甜美的梦却在何方？

诗人并不只是描写朝鲜移民的惨象，还展现了他们的自我觉醒。

但是火车头冲破了长夜的黑暗，
呼喊着："前进！前进！"
啊，能否为人间大义尽上一丝绵薄之力，
可有何处能万死不辞地奉献生命？

在疲劳的百姓身上，
沉沉笼罩着的这长夜啊，
何时能现光明，何时能到尽头，
啊，何时才能从这痛苦中苏醒，奋起？

正如诗中所言，农民们虽然抛弃了深爱的祖国前往异国他乡，但他们不甘愿做命运的奴隶。他们认识到了现实的矛盾，为了克服这些矛盾，想要献身于"人间大义"，从而摆脱现实的痛苦。全诗包含着对农民命运的同情，同时也表现了作者希望能够唤醒农民阶级意识的进步。

诗歌《金达莱》是诗人的代表作。《金达莱》，又名《悲伤的事实》，主要歌颂了春的先驱者，即时代的先驱者。

是让我歌颂金达莱花吗，

让这个贫穷的诗人歌颂那寂寞而又孱弱的花。

在早春的山谷中静静地开放，

却因一夜风雨而无奈凋落的花，

我该用何措辞来歌颂她？

何以颂之？现实如此悲哀。

不能像紫薇一样开得嫣红嫣红，

不能像菊花一样开得长长久久，

与其歌颂，不如轻托着她，为她哭泣。

金达莱花是春的先驱者，

是最先传递春的消息的预言者，

是最先描绘春天模样的先驱者。

那在风雨中无奈垂落的柔弱花瓣，

是先驱者不幸的灾难。

为何这贫穷的诗人轻托着花哭得这般伤心，

因为我们先驱者受难的模样，

深深地印在了我的脑海里。

....

但是，金达莱花，

在心中描绘着即将到来的春天的模样，

在冷风肆虐的山腰上，

反而会微笑着大喊：

"真正的花，并非要长久地开放，

而是要最先感知春天的到来。"

诗人所歌颂的金达莱花实际上象征的是时代的先驱者，即革命斗士。对诗人而言，"因一夜风雨而无奈凋落""不能像紫薇一样开得嫣红嫣红""不能像菊花一样开得长长久久"的金达莱花实际上指的是民族解放斗争中牺牲的革命斗士。

因而，诗人怀着无比悲痛的心情歌颂了金达莱花，正如诗人在诗中热情歌颂的那样："真正的花，并非要长久地开放，而是要最先感知春天的到来。"诗人真挚地表达了他对于壮烈牺牲的革命斗士的悲痛之情及对革命伟业必将胜利的坚定信念。这就是该诗的基本主题。诗中没有煽情，而是用平淡的语气让诗人的情感表达更加强烈和深刻。当然，这与诗歌确切的比喻和象征手法，以及其陈述方式和有深度的内容也有很大的关系。

和朴世永一样，朴八阳积极地探索了诗歌的形象性，有目的地克服了诗歌的形式化、概念化，因此他的诗歌在"卡普"诗歌的发展中占据了重要地位。

抗日革命歌谣作品是无产阶级诗文学的宝贵财富。抗日革命歌谣围绕着朝鲜共产主义者领导的抗日武装斗争，用丰富的革命内容鼓舞和激励了朝鲜人民参与到民族解放和祖国独立的斗争中。抗日革命歌谣最主要的特征就是它具有人民的、大众的性质。这是因为歌谣文学的作者基本上都是抗日游击队伍的队员，而且吟唱的对象都是广大人民群众。抗日革命歌谣通过人民大众易于理解和喜爱的艺术形式，表达了抗日革命的思想内容。仅流传到现在的抗日革命歌谣就有几百首。

抗日革命歌谣的主题思想丰富多样。其中，以高歌英雄的抗日武装斗争及其胜利、控诉日本帝国主义者的罪恶并表现对敌人的仇视、歌颂抗日民族统一战线的思想，以及对新社会的憧憬等为主题的歌谣占据了绝大多数。歌谣《勇进歌》中，通过高歌抗日游击队员们为了祖国的自由和解放而抗争的英雄气概，表达了他们"要让汉阳城的自由钟叮当敲响，让三千里的独立旗迎风飘扬"的心愿和决心。

歌谣《反日战歌》控诉了日本帝国主义的蛮行，并呼吁大家积极加入抗日斗争中。

> 日本人的铁蹄声愈发嘈杂，
> 践踏了祖国的锦绣江山。
> 烧杀抢掠，无恶不作，
> 蹂躏着数千万同胞们。
> ……
> 站起来吧，团结起来吧，劳动人民们，
> 以坚定不移的决心战斗下去吧。
> 在鲜红的旗帜下推翻白色恐怖，
> 唱着胜利的凯歌，高呼万岁。

歌谣反映了朝鲜人民对于侵略敌军野蛮暴行的愤怒及他们积极参加反日斗争的英雄气概。

《祖国光复会十大纲领歌》以歌谣的形式呈现了依靠抗日民族统一战线建立人民主权、反帝反封建的革命任务及斗争方案等十大纲领的内容。

此外，《追悼歌》《决死战歌》《总动员歌》《游击队曲》等也是在人民群众中广为传唱的优秀歌曲。

抗日革命歌谣在当时的人民群众中广为传唱，如同斗争的火炬、杀敌的弹丸，即使在最艰难的斗争中也鼓舞、激励着大家朝着胜利前进。抗日革命歌谣在形式上继承了唱歌、义兵歌谣、独立军歌谣等的创作风格。

（2）时调复兴运动和时调创作的基本倾向

时调是朝鲜传统民族诗歌的主要形式，近代以来其创作也从未间断。从启蒙期开始，时调就一直被当作诗歌传诵，直到1928年崔南善编纂并出版了《时调类聚》之后才正式使用"时调"这一文学用语。崔南善在该书中主张"时调是朝鲜文学的精华，是朝鲜诗歌的源泉"。从此之后，作为文学种类的时调与作为曲调的时调歌得以区分，"时调诗人"一词风靡一时。

1920年代后期，时调复兴运动兴起，这与当时的文坛状况密不可分。当时"卡普"诗人针对诗文学提出了阶级性的主张。为与之抗衡，民族主义文人发起时调复兴运动。民族主义文人认为时调是民族文化的精髓，希望通过时调复兴运动反对在文学创作上体现阶级性。"卡普"的作家们则主张时调是封建社会的贵族文学，应该排斥和扬弃。

崔南善于1926年在《朝鲜文学》5号刊发表文章《朝鲜国民文学"时调"》，他在文中提出国民文学论，同时极力强调时调是进行国民文学创作的必要条件。他主张："只有时调方能称为朝鲜文学，只有时调才能体现'朝鲜心'和'朝鲜人'，只有复兴时调才能拯救民族精神。"崔南善还于1926年6月在《朝鲜文坛》上发表了《以朝鲜民性和民俗为基础的时调》并指出，时调凝聚着民族文化的传统。

崔南善所提倡的时调复兴提议得到资产阶级文人廉想涉、朱耀翰、梁柱东、孙振泰等人的大力支持，最终发展为诗歌运动。他们针对时调的内容和形式等问题进行了理论和实践方面的探索与争论，开启了时调创作的新局面。

时调复兴运动受到"卡普"文人的批判。宋影认为"时调本身就是封建的，其内容都极其颓废、保守和右翼，一无是处"，咸逸敦也主张"时调复兴毫无积极意义，只会让人心退化"。

从继承和发展民族文学的传统而言，时调复兴运动具有一定的意义，它和歌辞、汉诗等传统诗歌形式相比，具有更为明显的民族特征。但是一味高喊时调复兴运动，强调只有时调才能表达民族精神的做法极端片面。事实上，除时调以外，现代的文学形态和种类也充分体现着民族精神。没有认清这一事实正是时调复兴倡议者们的不足之处。

当然，"卡普"文人反对时调复兴运动的主张也具有一定的局限性：第一，传统形式并非都是保守的；第二，中世纪后期时调的创作者并非都是贵族文人，庶民阶层也积极参与创作并表现出了反封建的倾向。

这一时期时调创作的代表诗人及其作品有崔南善的《百八烦恼》（1939）、李殷相的《庐山时调集》（1933）、李秉岐的《嘉蓝时调集》（1939），以及安廓（1881—1946）、郑寅谱（1892—?）、韩龙云、金亿、权九玄（1902—1937）等人的作品。

崔南善的《百八烦恼》共有三部，第一部是《冬青之影》，第二部是《云过之处》，第三部是《飞鸟》，每部有 36 首，共 108 首。作品表现了诗人的怀古之情，通过对民族历史的礼赞，表达了诗人意图借此来减轻因民族沦陷而产生的苦闷。

第二部中收录的《檀君窟》内容如下：

（1）

您从遥远的某山身降此处，

思及我亦在某高枝上开放，

寻觅至此，岂会叹其高远。

（2）

开阔的大海延至地平线，

无数参差山峦屹立其中，

似趴伏看我，未曾抬头。

（3）

你的清风数次拂过下方，

无论何时府上青天明日，

企求光明，便需收起云层。

在时调《檀君窟》的第一首中，诗人认为自己作为檀君的后人，理应游览檀君降临之处；第二首表现了对玷污时调灵魂的人的蔑视；第三首祈祷时调灵魂的起源地永远散发光芒。该时调题目后面用括号标注檀君窟位于妙香山，由此可推测此时调是诗人游妙香山时所作。作品中始终贯穿着对檀君时调的礼赞。

此外，诗人分别在时调《白马江》和《石窟岩》中回顾了百济的灭亡及新罗灿烂的历史。

崔南善的时调过分注重在固定字数内填词，因此语言难免生硬。虽然他决心"将时调打造为承载严谨思想的载体，避免沦为文字游戏的命运"（《百八烦恼》序），但是这一远大抱负却未能实现，且其成果甚微。

李殷相（1903—1982）于1933年发表《庐山时调集》，其中收录了300首歌颂历史遗迹和优美山水的时调。

作者在时调《紫夏灯》中，记录了到达高丽首都松都时的心情。但由于缺乏历史意识，作者只是表达了对历史遗迹的直观感受。

仙人桥下的水依然如往常流淌，

中和堂的三韩已不知去往何方，

空余紫霞曲的余韵在秋风中回响。

在时调《夜宿成佛寺》中，作者通过在成佛寺的所见所感，描绘了深山寺庙清幽的夜色。

　　成佛寺深夜传来悠远的声音，

　　僧人已睡，客人独自聆听，

　　使其入梦，留我一人哭泣。

　　叮当叮当，焦急是否还会轻响，

　　声逝之时，待其复响。

　　听至天明，无法入眠。

李殷相的时调不受限于时调诗格，而是根据需求灵活变化，并且追求感性的表达方式，这是他所特有的创作风格。

李秉岐（1891—1968）于 1939 年发表了《嘉蓝时调集》。他和崔南善、李殷相等一同发起时调复兴运动，在创作上取得了一定的成果。

时调《朴渊瀑布》的内容如下：

　　进山之后开始对山心生喜爱，

　　上山下山之间忘却了痛苦，

　　自然成为山中人淋雨而归。

该作品看似以极其质朴的形式描写了登山之感，但完美体现了物我一体的诗歌境界。特别是忘却独行的孤独感，蕴含着丰富的象征意义，给读者留下了想象的空间。

在《问曙海》中，作者对崔曙海的逝世表达了哀悼之情。

在星光和清风尽头那黑黝黝的手，

放下锄头重新握起了毛笔，

案头的血痕和红焰在我心中燃烧不止。

作者仅以简单的几个句子就完全概括了崔曙海的人生和创作。这首极为优秀的作品反映了诗人的诗才与进步倾向。

在时调《乳汁》的第一首中，诗人表达了对亡母的思念。

最后一次枕着我膝盖的那天，

刺骨的痛苦又怎能说得出口，

只能解开衣带伏胸痛哭。

在第二首中，诗人描述了兄妹 8 人喝着母乳长大的情景。作品生动形象地歌颂了亡母的形象和伟大的母爱。

李秉岐的时调以现实生活为题材，表达自身的深刻体验，给读者带来了深刻的思考。

（3）诗文学派和金永郎、郑芝溶的诗歌世界

诗文学派，是由 1930 年杂志《诗文学》的同仁们组成的，包括金永郎、郑芝溶、朴龙喆、辛夕汀、李河润等人。诗文学派真挚地表现了诗人的深层意识，在传统诗歌韵律的基础上，追求其音乐性和语言的感觉性，开创了纯粹诗歌的新道路。因此，不少文学史家评价诗文学派的诗创作开启了现代诗的新境界。但是，诗文学派的纯粹诗没有反映社会现实的本质，因而他们的诗歌体现的是在殖民地社会现实下，对时代的发展丧失希望的小资产阶级知识分子的美学追求。

金永郎（1903—1950），本名金允植，出生在全罗南道康津郡，1920年初前往日本青山学院学习，从那时起，他就沉醉于文学。1930年，以《诗文学》的创刊为契机，金永郎正式开始了诗歌创作。他在《诗文学》杂志上发表了《山茶叶上闪亮的心》《躺在山坡上》《姐姐的心灵啊看着我吧》《除夜》《凄凉的坟前》《怨恨》等诗歌，也在《文学》杂志上发表过诗歌作品。《永郎诗集》涵盖了他在1930年代前期已经发表和未经发表的诗，这部诗集于1935年发行。之后，他还通过《诗林》《文章》等杂志继续发表诗歌作品。

《永郎诗集》中的诗没有题目，只用编号来标注，共有53号。也就是说，这本诗集是由53首诗组成的。金永郎的诗并不用诗歌来形象地体现历史与时代，而是用微妙的方式表现自己瞬间的情绪触动。组诗《诗选》中的诗歌《直到牡丹怒放》这样写道：

> 直到牡丹怒放，
> 我会一直等待我的春天。
> 待到牡丹花瓣纷纷飘落的那天，
> 我才会沉浸在春逝的伤悲之中。
> 五月的某一天，那个闷热的日子，
> 满地的落英也终归枯萎。
> 天地之间，牡丹花已无影无踪，
> 满心的期待也终成泡影。
> 牡丹花开花落，我的一年亦随之而逝，
> 三百六十天，我都在伤心流泪。
> 直到牡丹怒放，
> 我还将等待我那灿烂凄美的春天。

　　该诗使用了意味深长的循环结构，以牡丹花为媒介，将享受春天和等待春天的过程不断循环，即"我"的春天开始于牡丹花开，消失于牡丹花落。只要牡丹痕迹不失，"我"的期待就不会落空，牡丹花落，"我"会等待新的春天。牡丹是被歌颂的对象，当然有其象征意义。对诗人来说，它也许是唯一的希望和期待中的世界。所以诗人执着于牡丹花开那一瞬间的美丽世界，但那一瞬间的世界绝不是"将要消失的美丽世界"。诗人通过诗歌表现了对消逝的美——"灿烂凄美的春天"的悲哀。

　　在《诗选》第十一首诗中也可以看到诗人内心情绪的表露。

　　　　知我心者啊，

　　　　知我心如镜般的人啊，

　　　　如果你真的存在，

　　　　我会把心底凝结的尘埃，

　　　　和一滴一滴诚挚的泪水，

　　　　以及深夜里结下的露水般的精华，

　　　　如珍宝般珍藏，奉献给你。

　　　　啊，思念如影随形，

　　　　知我心如镜般的人啊，

　　　　为何只在梦中遇？

　　　　燃烧的清香玉石，

　　　　能点燃爱情之火，

　　　　但这颗火光中像烟雾般朦胧的心，

　　　　却不懂爱情，我这孤独的心。

该诗以象征性的手法和优美的语言，表达了诗人内心无人知晓的悲伤。另外，在《诗选》第七首诗中，诗人这样写道：

> 噙满泪水走过七十里山路，
> 回首望去，坟冢吹尽寒风。
> 首尔远在千里之外，
> 噙满泪水，一步，一步。
>
> 在小船中休息我那肿痛的双脚，
> 用月光晾干我的眼泪，
> 宁静的海上歌声浮起，
> 悲伤亦令人羞愧，那歌声，那歌声。

该诗也是歌唱悲伤的作品。作者排除了现实世界的体验，纯粹用诗歌表现了个体内在的情感。

由此可以看出，金永郎的诗歌表现的不是对处于历史现实中的人生的洞察，而是诗人纯粹的内在情感。可以说，他的诗是对带有唯美主义色彩的纯粹派文学的追求。但值得肯定的是，他的诗歌创作中体现了对诗歌象征性的积极探求，并以凝练的诗歌形式和优美的抒情语言体现了诗歌的音乐性。

金永郎的诗的特征在于"让读者体会到象征主义手法的精髓"。正如他诗中所写的"深夜里结下的露水般的精华""像烟雾般朦胧的心""回首望去，坟冢吹尽寒风"等，都具有丰富的象征意义。事实上，他在某种程度上推动了"魏尔伦的模糊诗论的发展"。

他的诗还用非常简练的形式来歌唱自己的内在情感。

围绕着，围绕着那残缺的石垣，

月色流淌，霞光流淌。

白色的影子，

将银线紧紧缠起，

梦境里，春天的心远去，远去，远去。

该诗表现了诗人在月夜中的心境，是一首呈现简练的诗歌形式和象征手法的优秀作品。

金永郎还通过多样的诗歌语言表现微妙的情绪波动，同时也体现了诗的音乐性。他巧妙地运用了南部方言，这些方言是意义模糊的诗歌语言，使作品有奇妙的语言和意境，更赋予诗歌以微妙的情绪波动。另外，他将诗歌语言进行了巧妙的排列整合，更好地表达了活泼优美的感情。"照射着石垣的阳光""燃烧的清香玉石""我的心在何方，就如看不见尽头的江水流动""用月光晾干我的眼泪"……在这些诗句中，他从感官上将描述对象具体化，极具乐感地表现了内在情感。特别是他为了完善诗歌的乐感，大胆地引用了散文的韵律，这一点可以在增长或缩短的节拍中看出来。从这个意义上来说，他"克服了金亿单调的七·五调和金素月对七·五调的变形"，在他们的基础上为诗歌音乐性的发展翻开了新的一页。

金永郎的诗歌创作在 1930 年代诗文学的发展中探索了崭新的诗歌形式和境界，因此得到了肯定的评价。但还要指出的是，他的诗歌没有反映殖民地的社会现实及处于水深火热中的人民的生活，这也可以说是其诗歌的局限性。

郑芝溶（1902—1950）出生在忠清北道沃川郡，1918 年就读于徽文高等普通学校。郑芝溶在上学时就立志从文，和朴八阳等人一起创办了杂志《摇篮》，发表了诗歌《风浪梦》和小说《三人》。1923 年 4 月到 1929年 3 月间，他在日本同志社大学英文系学习，正式开始了文学创作活动。

他在留学生杂志《学潮》上发表了诗歌，还在日本杂志《近代风景》上发表了日文诗《鸭川》《小石子》等，得到了日本作家北原白秋的高度评价。郑芝溶读初中和高中时就在美术和语言学方面有着独特的天赋。因此，他在进行诗歌创作的时候采用了愉悦感官的语言和绘画的形象手法，取得了很大的成果。

1930 年，刚回国的郑芝溶加入了"诗文学"同仁团体，在《诗文学》等杂志上发表了《早春的清晨》《大海》《笛子》《傍晚》等众多诗歌作品。之后，他加入九人会。郑芝溶先后发行了《郑芝溶诗集》（1935）、《白鹿潭》（1941）等诗集，以及《芝溶文学读本》（1948）、《散文》（1949）等散文集。

《郑芝溶诗集》共收录了 89 首诗歌，均是郑芝溶 1920 年代后期到 1930 年代前期所创作的诗歌作品。

郑芝溶在纯粹诗的创作中显示了自己的个性。他的诗歌并没有反映殖民地现实的诸多矛盾及时代的要求，而是极力表现自身的内心感受。

他的诗歌以细腻的描写、敏锐的角度、精练的语言构成为特征。这些特征在诗歌《大海》中有显著的体现。

大海想各自，
逃跑。

像蓝色的蜥蜴一样，
哧哧地拉开距离。

尾巴全都无法，
抓住。

　　　　　白色的脚趾甲上留下了，

　　　　　比珊瑚还红还青的划痕！

　　该诗歌用鲜明的视觉形象勾勒了大海的样态，把潮起潮落的海水比喻成"蓝色的蜥蜴"，以细腻的感觉描绘了鲜明的视觉形象。

　　诗歌《玻璃窗》则抒发了诗人内心的感受。

　　　　　玻璃窗上浮动着冰冷和悲伤，

　　　　　冷冷贴过去轻吹一口气，

　　　　　竟见你扑棱起冰冷的翅膀。

　　　　　擦了又看，擦了又看，

　　　　　仿佛沉重的黑夜退去，又涌来。

　　　　　浸满水的星星，闪烁，像镶嵌着的宝石，

　　　　　我独自擦拭玻璃，在这沉重的夜。

　　　　　揣着孤独又恍惚的心事，

　　　　　冻僵的肺血管已被撕裂。

　　　　　啊，你像山鸟一样，飞走了。

　　诗中，玻璃窗上的"冰冷和悲伤"是指霜花。霜花是一种象征物，象征了诗人，即抒情主体失去孩子的悲伤。诗人用高度含蓄的态度，控制了自己的主观情绪，转而用客观的事物来表达自己的内心世界。诗人并没有把失去孩子的悲伤表达为单纯的悲伤，而是通过"孤独又恍惚的心事"将情绪进一步深化。从这个意义上来讲，诗歌将感情表达与主旨态度紧密地联系在了一起。

　　郑芝溶诗歌作品中的感觉性形象还具有鲜明性和准确性。这从下列诗句中可以看出：

一串串细而泛白的水珠，

急急地，从指间滑过。

似已停止，却又重新升起的雨幕，

哗啦啦踩着红叶走过。

——《雨》

那个地方，

有长着斑纹的黄牛在日落的金光中懒洋洋地叫唤。

——《乡愁》

正如上述诗句所描述的，"一串串细而泛白的水珠""从指间滑过""哗啦啦踩着红叶走过"，以及"在日落的金光中懒洋洋地叫唤"等视觉形象都具有鲜明性和准确性。

郑芝溶创作的诗歌类型丰富，除了纯粹诗、主知主义诗歌之外，他对宗教诗等也有所涉猎。1930 年代前期，郑芝溶开创了纯粹诗、主知主义诗歌的新领域，在创作时运用了出色的语言修辞和感官描写，因此得到了诗坛的高度评价，被称为"现代诗的集大成者"。但同时，他的诗歌也存在着局限性，即未能在迫切的时代要求下找到自己的美学理想，同时也未能反映出殖民地现实中民族的呐喊与痛苦等。

4 戏剧文学

戏剧文学在 1920 年代后期实现全面发展，不仅主题丰富多样，形式也日趋成熟，与前一时期相比，作家和作品都大大增加。这一时期的戏剧创作大体可分为以下几种类型：以戏剧艺术研究会为阵地的戏剧作家们创作的实验剧、高等新派创作的通俗剧、"卡普"作家和抗日游击队创作的无产阶级戏剧，以及其他作家创作的作品。

1931 年 7 月，以海外文学派为中心的戏剧艺术研究会成立，主要戏剧作家有柳致真、朴胜喜、李房莱、金镇寿、咸世德等。戏剧艺术研究会旨在推进实验剧，同时也把翻译剧搬上了舞台。实验剧指的是在"实验舞台"上表演的戏剧。戏剧艺术研究会的翻译剧并没有得到世人的青睐，但是他们创作的戏剧或多或少反映了现实问题，因而在戏剧史上具有一定意义。

柳致真（1905—1974）是戏剧艺术研究会[①]的主要人物，他既是戏剧作家，也是戏剧演员。他先后发表了《土幕》（1931）、《柳树村的风光》（1933）、《贫民街》（1934）、《驴》（1935）、《姐妹》（1936）等戏剧作品。

剧本《土幕》发表在 1931 年 12 月和 1932 年 1 月的《文艺月刊》上，于 1933 年 2 月进行了公演。该作品以日本殖民统治下的农村现实为背景，揭露了社会的诸多矛盾，其主题具有积极性。作品中的主要人物是面临生存危机的父母、妹妹，此外还有丢下他们去参加解放运动的儿子明秀。明秀为了参加解放运动，抛下父母和妹妹去了日本。这期间，家里勉勉强强能够维持生计。住在村子里的人对现实没有充分的认知，有个叫具长的人认为"解放"就是像普天教那样的邪教。邻里们也对此一笑而过，没有正视令人心寒的现实。明秀的家人也一样，他们只是在苦苦地等待明秀归来，内心毫无任何想法，直到明秀的尸体被送回来，他们才知道他被判了死刑。于是，一家人开始觉醒。生病的父亲郁愤爆发，母亲包容了儿子的灵魂，妹妹则为哥哥伟大的牺牲感到自豪，决心要克服困难。剧本体现了对殖民地现实的批判精神，反映了下层人民的觉醒。

剧本《柳树村的风光》通过描写一个农民挖草药时从峭壁上摔下来不幸死亡的悲剧，揭示了殖民地农民的凄惨命运。剧本《牛》（1935）讲述

---

① 戏剧艺术研究会是剧团，也是研究团体。

了主人公在去卖牛的路上，牛被二地主抢夺的事件，揭露、批判了殖民地社会的农民所遭受的剥削。上述两部作品虽是诙谐剧，但也有悲剧的元素。剧本《贫民街》讲述了中国土地上的劳资纠纷。男主人公参加劳动运动时被警察逮捕，紧接着家里又破产。作品批判了殖民地社会的阶级矛盾，具有积极意义。1934 年 5 月，这部作品在日本进行了公演；1936 年以《兽》为标题，发表在杂志《三千里》上。

从上述作品中可以看出，柳致真的戏剧作品正如他自己所说的，刻画了"在压抑的现实中哭喊的我们的形象"。可惜的是，其中的剧本《牛》没有通过审查，柳致真因此被拘留。之后，他再也没有创作揭露现实矛盾的作品。1935 年以后创作的《驴》《姐妹》等作品的现实批判意识明显减弱，他甚至还创作了具有亲日思想倾向的作品。

此外，李光来（1908—1968）的《村先生》（1936）、《石榴树屋》（1937），金进洙（1909—1966）的《路》，金永寿（1911—1977）的《狂风》（1934）等作品因反映了殖民地现实的诸多矛盾和底层人民的生活悲剧而备受瞩目。

高等新派作家创作的通俗剧虽然与新派剧间存在继承关系，但克服了新派剧的局限性。它的创新之处在于即兴发挥的台词和突破了翻拍剧的局限等，但这类剧作也存在着没能正视殖民地的社会现实、未能尖锐批判社会矛盾等弊端。通俗剧并非为了对抗日本帝国主义的镇压而产生，而是为了消极应对现实而出现。通俗剧的主要代表作品有朴晋的《盗窃病患者》（1936）、李书九的《山茶花》（1931）、林仙圭的《母亲的力量》（1936）等。商业剧团"朝鲜演剧舍""演剧市场""新舞台""黄金座"曾演出过通俗剧作。通俗剧因剧本的通俗性与世俗的兴趣相融合，故而在舞台公演中赢得了不少观众的喜爱。

在这一时期戏剧文学的发展中，不容忽视的并不是剧团，而是投入戏剧创作的作家们的作品。这些戏剧作家往往也是小说作家。这类作品有李无影的《展开的翅膀》（1933）、《母亲和儿子》（1933）、《父亲和儿子》（1933），金松（1909—1988）的《地狱》（1932）、《国境的夜晚》（1935），俞镇午（1906—1987）的《披露宴》（1927）、《朴金知》（1932），蔡万植的《富村》（1932）、《导演的妻子》（1932）等。这些作品真实地描写了因日本帝国主义的掠夺而导致的农民破产（《母亲和儿子》）、被逆党围堵的底层人民的惨状（《国境的夜晚》）、农民的反抗斗争过程（《朴金知》）等社会现实。但由于这些作品的作者本身是小说家，剧情往往容易被忽视，因而暴露出作品小说化的弱点。

另外，"卡普"的戏剧文学及抗日游击队创作的抗日戏剧也占据着重要的位置。

1930年，"卡普"的戏剧运动正式兴起。1930年4月，"卡普"增设了演剧部，大邱的街头剧场（1930）、开城的大众剧场（1931）等纷纷涌现。1931年11月的"移动式小剧场"、1934年6月日本的东京留学生艺术团体等相继出现，极大地推动了戏剧文学的发展。但在日本帝国主义的残酷镇压下，这些演剧团体只能够在极其有限的条件下进行演出。

"卡普"作家创作的戏剧也发表在当时的文艺杂志上，其中的代表作品有宋影的《拒绝一切会面》（1930）、《护身术》（1932）、《新任理事长》（1934）、《黄金山》（1937），金永八的《折迭刀》（1929）、《三口之家》（1930），李箕永的《月姬》（1929）、《人身教主》（1933），韩雪野的《总工会》（1928）等。"卡普"的戏剧文学与其小说、诗歌一样，立足于先进的社会理想，揭露和控诉了殖民地社会现实，反映了工人、农民们的阶级觉醒和斗争意识，并在戏剧文学的艺术形式探究上取得了丰硕的成果。

宋影是"卡普"中具有代表性的戏剧文学作家。

宋影（1903—？）早前是初期无产阶级文学团体"焰群社"的成员，也是参与创建"卡普"的作家之一。他先后发表了《拒绝一切会面》（1930）、

《新任理事长》（1934）、《山上民》（1934）、《黄金山》（1937）、《金笠》（1938）、《尹氏一家》（1939）等作品。

戏剧《拒绝一切会面》是一部揭露并讽刺企图摆脱经济危机的资本家的真实面目，同时反映工人阶级抗争斗志的讽刺剧。

该戏剧以 1920 年代末期的朝鲜现实为历史背景，故事发生在大年三十的某市纺织公司的经理室里。戏剧中的纺织公司经理堕落为资本家的附庸及亲日派人物，是个具有讽刺性的人物形象。他为了打开经济危机造成的困难局面，卖掉自己公司生产的布匹从而获得巨大利益，导演了一场"鼓励国货"的把戏。为此他故作善良，给妓女们做丝绸衣服，甚至给她们交际费，给《汉拿山》杂志社的诗人宣传费用，甚至答应为某报社提供数额巨大的年会费用。但是应该发给工人的年终补贴却一毛钱都没有拿出来，所以工人们都冲进工厂的经理室抗议。在工人们的气势下，经理惊慌失措，吓得哇哇乱叫。该剧通过经理这一具有讽刺性的人物形象，揭露了在"鼓励国货"的美名下欺瞒劳动大众、为攫取利润而红了眼的剥削阶级的狡猾和伪善。

该剧还在一定程度上体现了工人阶级的斗争气势，反映了工人的阶级觉醒及其争取社会地位的行为的正当性。

此外，宋影还在戏剧《新任理事长》《黄金山》等作品中深刻地揭露了剥削者、侵略者的极端腐败性、丑恶性和道德低劣性。

由抗日游击队所创作和演出的革命戏剧是抗日革命文化的主要组成部分，同时它也在解放前的无产阶级文学中占据着重要的位置。革命戏剧有《血海之唱》《战斗的密林》《庆祝大会》《城隍堂》等，它们都被创作并演出于抗日武装斗争的过程中。这些戏剧有着共同的特征：第一，它们强烈地抨击、批判了日本帝国主义及与其狼狈为奸的反动地主的残酷压迫和剥削，表明只有依靠积极的抗日武装斗争才能迎来朝鲜人民的解放；第二，它们生动地刻画了在抗日武装斗争中得到锻炼的英雄斗士及在日本帝国主义的残酷镇压下逐渐得到革命觉醒的劳动人民的形象。朝鲜解放后，有许多抗日革命戏剧被改编成歌剧、小说、电影等，得到了广大朝鲜人民的喜爱。

5 文学批评

"卡普"时期，文学批评呈现出多样化的局面。这一时期的文学批评与无产阶级文学的发展有十分密切的关系。在此过程中，"卡普"内部的争论、"卡普"成员和"卡普"以外的作家的争论此起彼伏。这些争论使对文学理论的探讨更具深度，并强化了自身对文学发展的促进作用。

这一时期的文学批评可以划分为两大类：第一类是"卡普"作家的文学论，包括内容和形式、目的意识论、文艺的大众化、辩证法现实主义、社会主义现实主义等；第二类是"卡普"以外的作家的文学论，包括国民文学论、折中主义论、纯粹文学论等。

（1）"卡普"的文学批评

1920年代前期，无产阶级文学批评刚刚起步，探索了文学阶级性、文学与民众运动等问题。1925年"卡普"成立之后，无产阶级文学的发展在实践和理论上都对文学批评有了新的需求。带着发展无产阶级文学的使命感，"卡普"的作家们开展了丰富多样的文学批评，把握了无产阶级文学的发展方向。

① 内容和形式问题

内容和形式问题始于"卡普"主要成员朴英熙和金基镇的论战，它是"卡普"内部展开的第一次争论。朴英熙在1925年至1926年迎来小说创作的全盛期，先后发表了《前后》（1925）、《猎狗》（1925）、《地狱朝圣》（1926）等小说。朴英熙全盛期的作品忽略了小说结构的合理性，只是生硬地表现主题。1926 年 12 月，金基镇在《文艺时评》(《朝鲜之光》)一文中批判此类作品是"只有屋顶、没有栋梁和椽子的房子"。朴英熙对这一批判进行反驳，关于内容和形式的争论由此揭开了帷幕。

金基镇在文章中提出诸多见解。首先，他强调了小说形式的重要性，主张小说是把各种素材合理取舍并均衡建成的建筑。其次，他认为朴英熙的小说侧重于抽象地说明阶级意识和阶级斗争，并非真正意义上的小说。换句话说，他批判朴英熙的小说无视艺术形式，内容与形式缺乏统一性。

对此，朴英熙于 1927 年 1 月在《抗争时期文艺批评家的态度》(《朝鲜之光》)一文中提出反驳："如果说无产阶级专业化是一栋建筑，那么无产阶级艺术作为构成元素之一，可以发挥椽子、栋梁或红瓦的作用。如君之所言，将小说建成一栋完整的建筑对无产阶级文艺而言为时尚早。……我们要顺应真理，希望处于 ×××××[1] 抗争时期的文艺批评家一定要明确阶级态度。"

从这段话中我们可以看出，朴英熙认为当时的环境还不允许艺术性极强的文学出现，因而只要文学专业化为附属品，作家明确自身的阶级性就可以了。他实际上回避了金基镇关于内容与形式问题的论点，仅仅说明了附加条件。然而，不能因为"条件不允许"就无视小说的形式，阶级态度明确并不意味着一切艺术问题都能迎刃而解。金基镇质疑的是文学的本质，即什么才能称为文学，什么不能称为文学。但是朴英熙的反驳却回避这一主题，他只提及文学的功能、作家的世界观等。在同一文章中，他还主张"资产阶级文艺批评家关注的是作品结构，但是无产阶级文艺批评家应该对比作品体现的意识和社会 ×××[2]，挖掘无产阶级文学的价值"。他认为，只有资产阶级批评家才会关注结构。这实际上是从政治的角度反驳了金基镇的观点。

---

① 该部分原文缺失。

② 该部分原文缺失。

1927 年 2 月，金基镇在《无产阶级文艺作品和无产阶级文艺批评》（《朝鲜文坛》）一文中再次反驳了朴英熙的这一观点。他在文中指出："不管怎样，无产阶级文学都属于文学范畴，如果只是对读者进行抽象概念的抽象说明，就不算真正意义上的小说，这一原则同样适用于资产阶级文学和无产阶级文学。"他强调文学内容和形式的统一，认为这是文学可以称为文学的前提。朴英熙未对金基镇的论点进行直接反驳，而是集中批判俄国形式主义批评。同年 3 月，朴英熙在《文学批评的形式派与马克思主义》（《朝鲜文坛》）一文中将形式派的理论与马克思主义理论进行了对比："在朝鲜，从无产阶级文学的是非发展到形式派的美学观念与重视社会意义的马克思主义之间的争论在我们组织内部也时有争议。"这实际上是对金基镇等人的批判做出了回应。这也表露出他自己是站在马克思主义理论阵营的，且十分重视文学的外在要素。

朴英熙和金基镇的这场论战最终以金基镇急切的"谢罪"和失败告终。由于当时的"卡普"文人指责他们的这种争论导致了同盟内部分裂，所以金基镇终止了这场论战。

虽然关于内容和形式问题的争论并没有取得显著成效，但是它对朝鲜现代文学的发展起到了一定的作用。首先，这种争论使文坛开始集中探索文学的本质问题；其次，它具有纠正"卡普"文学，特别是新倾向派文学概念化的倾向；最后，这场争论虽然结束了，但是对日后产生的一系列文学争论起到了先导作用。特别是在经历目的意识论、大众化论、辩证法现实主义论等争论之后，文学批评发生了本质的变化。

但是，这次争论存在理论上的缺陷。虽然金基镇强调文学内容与形式的统一，但其论据却极为肤浅、抽象，无法有力说明形式的重要性。朴英熙的反论更是脱离争论焦点，导致争论无法发展为新的理论探索。

② 目的意识论

内容和形式的争论停止后，"卡普"内部正式提出了目的意识论①。随后，他们在 1927 年实现了"卡普"的方向转换。也就是说，他们开始有目的、有意识地让文学为无产阶级的阶级斗争服务。当时，主张目的意识论的评论家有朴英熙、尹基鼎等。目的意识论的提出受日本、苏联的影响较大。1925 年，日本无产阶级联盟在日本成立，吉野秀吉于 1926 年 9 月在《自然生长与目的意识》（《文艺战线》）一文中宣扬了带有目的意识性的无产阶级文学。这一理论对朴英熙等人的影响很大，而吉野秀吉的理论则源于卢那察尔斯基的"艺术作品是为了实现某种目的的特定结构"（《批评的本质》）这一命题。

"卡普"成立以后，需要对新倾向派文学的诸多局限，特别是对自然生长的阶级意识与斗争这一主题的表现进行反思。这一客观要求促进了"卡普"作家们的方向转换，同时使得目的意识论浮出水面。

最早提出目的意识论的作家是朴英熙。朴英熙分别于 1927 年 4 月和 7 月发表了《文艺运动的方向转换》（《朝鲜文坛》）及《文艺运动的目的意识论》（《朝鲜之光》）等文章，提倡目的意识论。此前，他还立足于目的意识论，通过《新倾向派文学和无产派文学》《无产文艺运动的集体意义》等号召开展"第二次文学运动斗争"，强调"卡普"的重组要以马克思主义为指导。他甚至还在《文艺运动的方向转换》中对自然生长的新倾向派文学进行了批评，同时还主张在经济斗争转变为政治斗争的形势下，无产文学也要随之转变为目的意识性文学。朴英熙在《文艺运动的目的意识论》一文中系统地介绍了他的目的意识论，主张"被束缚文艺的文艺应该成为全无产阶级××××②重要一翼的文艺运动"。

他批评了当时流行的"朝鲜主义"，认为文艺运动应该成为民族解放

---

① 也称为"方向转换论"。
② 该部分原文缺失。

运动的一部分，号召人们"冲向前线"。

朴英熙的目的意识论把文学运动看作是民族解放事业的一部分，具有先驱性和进步意义。但是，他只停留在宣言的层面上，并没有提出具体的实行方法。他认为，"政治斗争是大众的责任，并不是文学所要承担的。只不过文学 ×××××××××^①揭露了资产阶级的所有意识形态及斗争，承担了政治斗争的次要任务"，这与"文学应该成为民族解放运动的一翼"背道而驰。这是因为他将文学的本质理解为社会意识表现。文学虽然表现了社会意识，但这并不是全部，也不是目的。文学并不是宣传，它是社会和人类生活的形象化表现，可以为所有的社会变革做贡献。

这一点暴露了他在艺术观上的局限性，即无法正确把握文学的本质。当然，我们从中也可以看出，他试图更加灵活地解答文学和政治的关系。

朴英熙所提出的目的意识论在李北满、赵重滚等"卡普"东京支部主要成员的批评下变得更加具体。1927 年，李北满在《艺术运动的方向转换是真正的方向转换吗？》一文中提出，由于朴英熙的目的意识论不能从真正意义上实现方向转换，因而他主张改编文学组织。他认为，"我们艺术运动的大众组织是和工会、农民互助会，以及青年同盟一样的组织""我们的艺术同盟也必须依靠新干会的指导"。李北满的上述论点将文学运动视为民族解放运动的一部分，欲将两者进行结合，这和朴英熙的观点基本一致。

但是，李北满提出要把文艺运动组织改编成大众组织的形式，这与朴英熙在创作过程中注重意识表达的主张相异。从登载在《艺术运动》创刊号上的论纲——《无产阶级艺术运动》中可以看出，李北满等人的目的意识论在"卡普"内部占有较大优势。但是，李北满等人把文学看作是政治的从属物，这暴露了其局限性。他说："摆在我们面前的战线只有一个，

---

① 该部分原文缺失。

那便是全无产阶级的政治战线。其中没有所谓的文艺战线。"把文艺组织和大众政治组织等同视之，这存在较大的偏向问题。

李北满等人的主张受到了韩雪野等"卡普"中坚分子的批判。韩雪野在《文艺运动的实践根据》（1928）一文中指出了大众组织和文艺运动组织间的"异质性"，主张以它们的联合为前提进行组织改编。这可以说是从文学的特殊性出发，开展文学组织和运动的正确主张。这一主张克服了政治主义的偏向，因而具有重要意义。

同时，在提倡目的意识论的过程中，"卡普"于 1927 年 9 月实现了改编，正式开始了方向转换的进程。

目的意识论克服了早期无产阶级文学自然自发的"阶级倾向"的表现，使文学成为民族解放运动的组成部分，具有划时代意义。但是，不管是单纯地把文学创作当作思想意识斗争的武器或宣传物的观点，还是将文艺运动与社会政治运动等同视之的观点，都带有极大的局限性，这给"卡普"文学运动和作家的创作活动带来了很大的反作用。

③ 大众化论

随着目的意识论的提出和"卡普"方向转变的实现，1928 年末，"卡普"文学阵营提出了以金基镇为首的文艺大众化论。金基镇于 1928 年 11 月 3 日在《朝鲜日报》上发表了《文艺时代观断片——通俗小说小考》，1929 年 8 月又在《朝鲜文学》上发表了《大众小说论》，由此展开批评，林和、权焕等人参与争论。

当时，文艺大众化的提出，一方面与"卡普"文学想要实现与民众相结合的时代要求有关，另一方面则是与从 1928 年日本的"纳普"机关报《战旗》创刊号发行起就提出艺术大众化理论有关。

"卡普"内部关于文艺大众化的讨论始于金基镇。1928 年，金基镇在《文艺时代观断片——通俗小说小考》一文中，曾指出必须实现文艺大众化的迫切性目标："日本在扼杀我们斗争中的一切组织、集团活动的同时，也抹杀了我们的作品。那么，我们要丢弃所谓文艺之笔才是正确之举吗？……我们必须要深刻认识到自己的义务是将大众从敌人的意识同化下救援出来。出于这一用意，我们要开辟出通俗小说及其他通俗性一般作品的道路。"正如文中所言，作为抵抗日本帝国主义镇压政策的手段之一，他率先提出了文艺大众化问题。

因此，他批判了"卡普"方向转换后文学朝着非大众化方向发展的趋势，并强调了通俗小说创作的重要性。他将当时的小说区分为通俗小说和非通俗小说两种类型，前者面向老年人、青年人、农民大众，而后者面向觉醒的工人、进步青年、失业青年和具有斗争意识的知识分子。前者的特征主要是"具有暗示性，题材选择上以普通人的见闻和生活为主，表述浅显简洁"；后者的特征则是"超越普通人的生活范围，措辞有深度，具有主体性和专门性"。金基镇认为，在极度困难的客观局势下，应该选择前者，即通俗小说的道路。

1929年，金基镇在《大众小说论》一文中提出了更为系统、具体的文艺大众化论。他在文中用"大众小说"代替了"通俗小说"一词，并指出这样的大众小说是为工人、农民服务的小说，对于呼唤大众意识的觉醒有巨大的帮助。他还特别指出了"写什么""如何写"等论题，讨论了大众小说的题材和形式。

在"写什么"这一论题中，他提出了以下6种题材问题：第一，应取材于工人和农民的日常见闻；第二，应以物质生活的不公平和制度的不合理所造成的悲剧为重点，让大家清楚地认识其中的原因；第三，在刻画主人公因迷信、奴役精神和宿命论思想而遭遇现实打击的悲剧的同时，也要展现出充满希望和勇气、生气勃勃的人生姿态；第四，可以以男女、婆媳、父子间的新旧道德观甚至是人生观的冲突而引发的家庭风波为题材，但必须凸显新思想的胜利；第五，可以以贫富纠纷而引发的社会事件为题材，但最后要突出靠正义解决问题的中心思想；第六，男女间的恋爱关系也不失为一个好题材，但比起恋爱本身频繁的描写不如以此为中心辐射周围的事件。

因此，金基镇主张大众小说创作要取材于工人和农民的日常生活，然后通过这些题材来批判和控诉社会矛盾，并使之为宣传社会主义思想而服务。

"如何写"论题的内容如下：第一，文章要平易近人；第二，句子不宜过长或过短；第三，文章要有一定的押韵，行文流畅，朗朗上口；第四，句子要华丽；第五，描写和说明要简洁；第六，人物所处的状况比性格描写和心理描写更能突出事件的起伏；第七，整体的思想和表现手法要有客观、现实具体的辩证现实主义的态度，因为这是无产阶级的唯一态度。

此外，大众小说创作的具体方案需要以读者大众的接受程度为标准。金基镇认为，无产阶级小说和大众小说以同一目标和精神为指导，两者间有着密切的联系。只有贴近大众生活情趣的作品，才能被大众所接受。这一观点，总体而言是正确且符合时宜的。而且，他从内容和形式两个层面提出的大众化实现方案也具有一定的意义。

但在实现大众化的问题上，他始终没能深入讨论作家的世界观问题及大众生活中的渗透问题等，尤其是《极度困难的客观局势》一文中提出的只能进行通俗小说创作的见解更是暴露了他在某种程度上的现实妥协性。此外，他强调了大众无知的一面，认为只有适合这一特点的作品才能使他们觉醒。这样的大众观是失之偏颇的。

权焕也曾针对大众化论发表过深入的见解。他批判了金基镇的大众观及一味迎合大众口味的主张，认为这是"对马克思主义的否定"，不能将无产阶级艺术区分为大众的艺术和高级的艺术。他以大众化为原则，提出了"马克思主义的内容和大众的形式"的命题。但是他将内容问题与题材问题相分离，将形式问题狭隘地定义为技法的问题，从这个意义上来说具有一定的局限性。

随着争论的深入展开，金基镇以不能用千篇一律的政治理论规定艺术上的特殊问题为由，对林和、权焕等人的批判进行了反驳。

从现代批评史的角度来看，大众化论具有一定的意义。首先，它从与人民大众的关联中探求文学发展的出路，提出文学大众性探索的重要性；其次，它提出了较多有价值的观点，如应从大众生活中选取生活题材，应以大众生活感情的表达作为大众化的基础等。此外，大众化论对克服"卡普"文学中出现的缺陷具有一定的作用，如纠正了文学与政治宣传的关系中出现的政治附属性的问题。但同时，大众化论也暴露了其局限性，如偏重形式，将大众化视为回避日本镇压的方法，迎合大众的口味，把大众单纯看作是启蒙对象等。总而言之，它最大的局限性是不能从文艺的本质和原理的层面上深入探讨大众化的理论与实践问题。

④ 初期创作方法论

1920 年代末期到 1930 年代初期对创作方法的讨论是"卡普"文学发展的必然结果。对创作方法的讨论是从这一时期正式开始的。在对社会主义现实主义进行了第一阶段的探索后，"卡普"就开始大力推动无产阶级的文学创作。本时期的创作方法有金基镇的辩证现实主义、林和的社会现实主义、安漠的无产阶级知识分子现实主义，以及韩雪野的辩证法现实主义等。这些创作方法虽然各不相同，但都与社会主义现实主义创作方法的探索有关。

金基镇于 1929 年 2 月发表了题为《辩证现实主义》（《东亚日报》）的评论。作者指出，辩证现实主义是为了克服批判现实主义的局限性而提出的对策方案。他将金东仁的《土豆》和廉想涉的《轮转机》归入"小资产阶级现实主义"范畴，指出这两部作品是"非社会性的、不全面的、个人的、失之偏颇的观察"。

他将辩证现实主义的内容分成以下 7 点：用客观的眼光看待现实；从社会人际关系视角看待事件的开端和结局；用发展的、全面的观点描写事物；要以物质社会生活为中心；在描写民族资本家或小市民时要与工人和农民的生活形成对比；描写手法要客观、现实、真实、具体；持先进无产阶级知识分子的态度。如上所述，金基镇并没有满足于辩证现实主义对客观现实的把握，还提出必须将它看成是历史必然性的结果。他认为要描写一个事物，必须从它的整体、发展和不可分割的联系中去把握其实质。从他将哲学中的辩证法用于文学创作这一点可以看出，他受到了阿哥斯提（H.P.Agosti）辩证法现代主义的一定影响。阿哥斯提指出，过去的死板现实主义只单纯地看事物的表面，是片面的、缺乏灵魂的现实主义。为了克服这一缺陷，新的现实主义需要对现象进行辩证的把握。

金基镇的辩证现实主义受到了当时"卡普"年轻一派的理论家林和和属于民族主义阵营的廉想涉的反驳。1925 年 5 月，廉想涉在《"探究""批判"三题——无产文艺的形式问题及其他》（《东亚日报》）一文中反驳金基镇提出的论题并不是无产阶级知识分子文学特有的问题，而是文学的普遍问题。对于廉想涉的质疑，金基镇于 1925 年 6 月在《现实主义问题》（《朝鲜日报》）一文中再次阐明了自己的观点，并指出廉想涉是唯心主义的自然主义作家，是属于小市民阶级的作家。

在朝鲜现代文学批评史中，金基镇提出的辩证现实主义论首次将无产阶级知识分子文学和创作方法结合起来，认为现实主义创作方法不仅仅是单纯的描写技巧，同时也与作者的世界观有关联。他将自然主义和现实主义区分开来，认为要以发展的眼光对事物进行描写。这些观点接近了社会主义现实主义问题的核心。这与 1910 年代的文学批评及"创造"的同仁们提出的朴素现实主义观点相比，确实有了飞跃性的发展。

金基镇的辩证现实主义论是作为实现文艺大众化的方法而提出来的，因而在理论上难免有混乱性，即带有形式主义的偏向，容易使人将创作方法理解成表现手法。

林和的社会现实主义论始于对金基镇的辩证现实主义论的批判。他于

1929 年 8 月在《向着浊流》(《朝鲜之光》)一文中指出,金基镇的辩证现实主义论不仅不具备原则上的正当性,还拘泥于形式论,丧失了无产阶级文学的党派原则。他正是基于金基镇围绕大众小说论提出的辩证现实主义而得出了这一结论。

林和认为,社会现实主义"不是文学形式上的一个流派,而是同哲学上所说的资产阶级唯物论一样,从资产阶级现实主义中摄取其客观态度来表现社会性质"的一种方法,是"以无产阶级前卫的视角来准确客观地分析马克思哲学方法论所说的处于各历史阶段的阶级之间的关系及其具体特殊性"。

与金基镇的辩证现实主义论相比,林和的社会现实主义论有两点值得关注。第一,他认为创作方法不仅仅是形式问题,而且是内容与形式相统一的方法原理。他强调社会现实主义"不是内容和形式单纯的分离,即不是(与风格有关的)样式上的问题""而是作为我们艺术的一个发展阶段,是艺术本身的全面问题"。第二,"先进无产阶级的眼光"就是将世界观问题和创作方法联系起来,把确立无产阶级世界观作为社会现实主义的根本原则。金基镇也提出了"先进无产阶级的态度",但他只把它当作是辩证现实主义的内容,并没有将其上升到根本性原则的位置。而林和则把党派性放在了更加重要的位置上。

安漠的无产阶级现实主义是对林和社会现实主义论的继承和体系化。安漠在《无产阶级艺术的形式问题》(1930)中引用了林和对金基镇的批判,并提出了"无产阶级现实主义"这一概念。他指出:"无产阶级的现实主义是以无产阶级世界观的辩证唯物论为基础,它从唯物主义发展观出发,从整体上把握社会现象,并且站在无产阶级(也就是××)的立场上,借助形象来描述事物。"这样看来,在强调无产阶级世界观和用唯物的、发展的眼光来全面看待社会现象这一点上,他的观点与林和的观点没有很大的差异。除此之外,他还提出要强化形象性这一无产阶级现实主义的核心问题，即要"借助形象来描述事物"。依照安漠的观点，抽象、公式化的人物描写是过去的无产阶级文学的缺点，要克服这一点，就要实现意识形态和心理描写的统一。

安漠还提出，无产阶级现实主义的根源就是资产阶级现实主义和进步浪漫主义。他认为，无产阶级现实主义坚持着"客观描述事实的现实主义态度"，其前提就是对资产阶级现实主义的继承与发展。资产阶级现实主义用静止的、片面的眼光来看待世界，而无产阶级现实主义则克服了这些局限性，"用发展的眼光把握住现实的整体，将其中的本质和必然性在社会观点中进行艺术性的描述"。同时，他认为无产阶级现实主义是继承进步浪漫主义的优秀传统而形成的产物。他指出，无产阶级现实主义坚持唯物论观点，克服了进步浪漫主义的唯心主义性和主观性。安漠认为，无产阶级现实主义既有对资产阶级现实主义和进步浪漫主义的继承，又有创新性的发展。

安漠的无产阶级现实主义论不仅继承了金基镇、林和等人的创作方法论，而且对形象性的强调、无产阶级现实主义的历史根源，以及创新性等方面也提出了新的见解。

安漠的无产阶级现实主义论在强调形象性这一点上具有一定价值，但也暴露出把形象问题只归结于阶级意识形态和心理表现的缺点。究其原因，这与他过分倾向于社会学美学观，缺乏对文学本质的理解有关。

韩雪野也参与了初期创作方法论的讨论，于1931年5月在《东亚日报》上发表了《现实主义的批判》，1932年1月在《中央日报》上发表了《辩证法现实主义之路》等文章，提出了所谓的辩证法现实主义论。在这些文章中，他检讨了论战中的创作方法论，还提出了辩证法现实主义的具体实现途径。

韩雪野的辩证法现实主义的理论基础是将现实世界看作唯物辩证法的矛盾世界，即世界是矛盾的，任何事物都在运动中不断变化，人类只要认识到这些事物的矛盾中心，并有意识地促进这些矛盾的解决即可。他强调，作家是为了解决现实的矛盾而进行文学创作的，所以应当注重解决创作主体的作用问题。

在《现实主义的批判》一文中，虽然他所提出的是无产阶级现实主义，但实际上阐述的是他后来提出的辩证法现实主义的具体实践道路。他从以下四个方面对自己的辩证法现实主义观进行了说明："第一，要从对象的媒介性上来观察；第二，要观察对象的产生和运动过程；第三，要从对象的整体性来观察其具体的特殊性；第四，要观察对象的内外部矛盾。"上述论旨明确体现了用矛盾对立统一的观点来看待世界的唯物辩证法世界观。尤其是第一条和第二条，表现了韩雪野独特的见解。

韩雪野强调"要从媒介性这一点出发来观察对象"，认为只有"作家通过组织深入大众，与大众共同呼吸"，一起"生活"才能具备"先进无产阶级的眼光"。这强调了作家直接的生活体验，呼吁作家直接体验工人、农民的生活和情感，并将之融入自己的文学创作活动中。从整体上来看，这是正确的。韩雪野不仅这样说，还亲自加入了元山工人大罢工的队伍去践行这一点。

韩雪野还强调"观察对象的内外部矛盾"，同时"要从对象本身的性质，即内部必然性"上来看待对象。只有这样，在描写失败或成功的罢工时才不会陷入千篇一律的"悲观结局"或"美式完美结局"中。这一观点立足于安漠提出的"无产阶级的最终胜利"观点，进一步深化了对现实进行唯物、客观、现实主义的描写的原理。

韩雪野辩证法现实主义论与金基镇的辩证现实主义论有相似性，但也有进步的一面。因为它更强调主体体验，并且从现实矛盾及其解决方法中提炼出了创作方法论。同时，韩雪野接受了林和、安漠等人观点的合理之处，更深入探求了社会主义现实主义。韩雪野的辩证法现实主义虽然强调了作家——创作主体体验的重要性，但没有区分生活体验和艺术体验，所以未能进行充分的理论展开。

　　以上是对 1930 年前后"卡普"内部的创作方法论的概述。正如前文所说，这一时期，金基镇、林和、安漠、韩雪野等人探索出的创作方法论是无产阶级文学发展的必然结果，这为他们所追求的无产阶级文学的确立提供了宝贵的理论研究成果，尤其是对社会主义现实主义的理论探索和确立提供了宝贵的经验。第一，他们把作家的世界观和现实主义问题联系起来进行考察，促进了无产阶级世界观的确立；第二，他们用唯物辩证的世界观来看待现实生活，指出要在创作中把握历史的必然性；第三，他们阐明了现实主义的历史根源和继承关系，以及其优秀性，这对社会主义文学来说是必不可少的；第四，他们强调了形象性在克服文学形式化和抽象性等问题上的重要作用。但是，初期的创作方法论研究尚缺乏系统性和科学性，过分强调意识形态的灌输。这些局限性在以上批评家的理论中都或多或少地有所体现。而上述问题在社会主义现实主义论中再次被提出，并且得到了解决。

　　⑤ 社会主义现实主义论

　　1930 年前后，创作方法论问题被反复讨论，而到了 1933 年，理论的焦点渐渐集中到了对社会主义现实主义的讨论上。1933 年到 1937 年间，社会主义现实主义在苏联文艺界和"卡普"文艺批评的影响下不断发展。

　　社会主义现实主义于 1932 年 5 月在苏联被提出，1934 年被采纳为"全苏作家同盟"的规章。在朝鲜，社会主义现实主义首次被提及是在 1933 年 3 月白铁发表的《文艺时评》（《中央日报》）中。这明显是受到了苏联文艺界的影响。同年 11 月，安漠也发表了《为了创作方法的再议论》（《东亚日报》），对社会主义现实主义进行了讨论。这也是在苏联文艺界的影响下产生的。

　　前期在"卡普"内部反复被议论的创作方法，特别是辩证法现实主义有着一定的价值，但过度的政治偏重主义使其产生了许多弊端，这一点作家们都有所体会。特别是在 1931 年"卡普"的第一次检举事件之后，作家们无法再公开组织活动和进行实践斗争，其弊端更加显露无遗。在这样的新形势下，对社会主义现实主义的吸收和发展，也是"卡普"作家创作方法的选择。

苏联的社会主义现实主义是为了克服"拉普"（RAPE）组织和唯物辩证法创作方法的弊端而提出的，主创者有基尔波丁、格隆斯基、拉京等。基尔波丁在《关于社会主义现实主义》一文中明确指出了社会主义现实主义的性质："作家不要纠结于唯物辩证法，只要不偏离献身社会主义建设这一大原则，不论是何题材、手法或形式都可以由作家自主选择，社会主义现实主义具有这样的开放性。"当时的批评家们对社会主义现实主义的接受和发展有着不同的观点。安漠、李箕永、韩晓和白铁等人给予了比较积极的支持，安含光、林和、金南天、金斗镕等人虽没有反对，但他们认为社会主义现实主义和唯物辩证法现实主义没有区别。所以，他们之间围绕这一问题进行了反复的争论。这样的争论明晰了对社会主义现实主义的理论实践问题，即对典型性和个性等方面的理解。

安漠积极吸收了社会主义现实主义论，并努力使之适用于朝鲜的现实。他发表了《为了创作方法的再议论》一文，指出了前期唯物辩证法创作方法在理论上的不足，认为不应该把世界观和创作方法同等看待。他指出：辩证法现实主义的出发点是唯物辩证法，而非现实；评价作品的依据不是作品的真实性及其忠实于生活的程度，而是作家的主观态度及世界观是否与批评家的主观态度、世界观相一致；将作家的政治观点作为感情素材进行具体化，并将之视为创作的全部是一种不良的倾向。他积极吸收了基尔波丁的观点，对辩证法现实主义进行了反省，并具体展开了其关于社会主义现实主义理论的探究。

韩晓于 1934 年 7 月在《中央日报》上发表了《方法和世界观》一文，后又分别于 1935 年 1 月和 7 月发表了《1934 年度文化运动的诸动向》及

《文学上的诸问题》等文章，对辩证法现实主义进行了反省，并确认了社会主义现实主义的正当性。他认为，不能像辩证法现实主义一样被辩证法约束着，创作的基础并非在于对现实的准确把握，而在于现实中获得的体验（《1934 年度文化运动的诸动向》）。他还指出，朝鲜的现实虽然与进行社会主义革命的苏联不一样，但社会主义现实主义有其存在的基础，需以正当的方法进行确立。他又指出："……无论无产阶级的组织力如何微弱，只要无产阶级大众依然存在，其生活的过程仍在持续，社会阶级的诸多情况还未解决，那么文学就应当反映这些客观的现实，还原真实的情况。"（《文学上的诸问题》）他认为，若想达成这一目的，就要通过能够保证形式的多样性、作家个性的多样性、对现实想象力的飞跃等社会主义创作方法来实现。

由此可见，韩晓并未强调世界观的绝对地位，而是将世界观视为整体性的问题，强调了社会主义现实主义对于朝鲜社会的必要性。

与持积极态度的评论家不同，安含光、金南天、金斗镕、李箕永、林和等人虽然承认社会主义现实主义，但是没有认识到它与辩证法现实主义的本质区别。他们强调苏联国情与朝鲜国情的不一致，试图进一步完善辩证法现实主义。金斗镕于 1935 年 8 月在《创作方法的问题》（《东亚日报》）一文中指出社会主义现实主义和辩证法现实主义都基于承认现实历史内容的辩证法唯物论，所谓的社会主义现实主义只是苏联为了社会主义建设而在辩证法现实主义基础上强调的现实必要性，其中还包含革命的浪漫主义因素。

综合上述的不同观点，我们可以看出，持积极态度的评论家们承认社会主义现实主义和辩证法现实主义的不同，否认世界观和创作的绝对统一，并将社会主义现实和社会主义阶级斗争看作统一的整体；持消极态度的评论家们则把社会主义现实主义和辩证法现实主义等同看待，强调世界观和创作的统一，甚至主张世界观的优先地位，认为社会主义现实主义是社会主义现实的产物，其中强调了社会主义现实所需的因素。在论争中，他们统一了对于社会主义现实主义的追求，但是在世界观和创作方法的关系问题上却未能达成共识。朝鲜国内在接受苏联社会主义现实主义的过程中出现了一定的变异，这正体现了朝鲜现代文学史中社会主义现实主义论的具体特征。

在对社会主义现实主义论的批评与争论过程中，白铁和林和的观点具有重要意义。

白铁作为"卡普"的重要评论家，全方位地展开了农民文学论、唯物辩证法创作方法、心理主义、人文主义等文学评论，是第一个对社会主义现实主义做出反应的评论家。他在1933年先后发表了《文艺时评》（《中央日报》）、《人物刻画时代》（《朝鲜日报》）、《心理现实主义和社会现实主义》（《朝鲜日报》），因此引起了文坛的重视。他的文学批评的理论基础较为多元化，既宣扬唯物辩证法创作方法，又强调人物的形象化，既主张社会主义现实主义，同时还接受了心理主义的元素等。

他对社会主义现实主义做出了如下阐述："它（社会主义现实主义）在人物刻画上打破了个人主义的界限，但绝没有无视个性的行动和特征。它总是能体现出社会关系的本质和动向，意图依靠这样的创作方法刻画出现代人物之最完整的形象，从而实现真正意义上的人物刻画时代。"（《心理现实主义和社会现实主义》）由此可见，白铁认为，社会主义现实主义推动了人物刻画时代的到来，其刻画的人物形象具有典型性，能够表现社会关系的本质和动向。

他认为，社会主义现实主义文学中的典型人物刻画是最为优秀的，其典型性中带有时代性和历史性。"他们（莎士比亚、歌德、陀思妥耶夫斯基、果戈理）的作品中登场的所有优秀人物都不是漠然的人，而是带有时代性和历史性的人。更值得注意的是，对他们的描写是带有倾向性的。""无产阶级文学涵盖了完整意义上的最伟大的世界思想，只有它才能够发现及描写出现代及未来的真实人物形象。"（《人物刻画时代》）他认为，人物性格的时代性和历史性是典型性的核心，只有具备了这一条件才能表现出社会关系的本质和动向，真正的人物典型形象产生于无产阶级文学中。

白铁肯定了社会主义现实主义，但他将心理主义融到了社会主义现实主义中，因而表现出明显的复合性特征。

他把"人物刻画是文学的本质"作为前提，指出："现代资本主义文学中最有名的普鲁斯特和乔伊斯的文学、赫胥黎的主知主义文学，以及其他一般杂记及心理小说都反映了共同的特点：他们的文学焦点都集中在人类身上。"从整体来说，他们没有以真实的人为对象，而是从内部分析人类。因而克莱默说："从 1918 年开始的近 30 年是分析人本身的时代。"这揭示了资产阶级文学的现代特征。"心理主义分析方法的目的在于描述人类心理……现代文学的性质就体现在人类描写上，一方面它使用了名为社会主义现实主义的创作方法，另一方面又使用了名为心理主义现实主义的文学手法。"（《人物刻画时代》）他将心理主义视为刻画人物的正确手法，在探讨社会主义现实主义创作方法的过程中融入了现代派文学的合理性部分。从某种意义上来说，他为了克服无产阶级文学现有的局限性，将资产阶级文学的现代性和合理性融入了无产阶级文学中。

当时白铁的相关观点，特别是人物刻画论遭到了无产阶级文学阵营内部作家的反驳。例如，李东求嘲笑说"人物刻画是文学的常识"，洪晓民说"文学在于对社会的刻画"，咸大勋说"文学在于对集团的刻画"，林和指出"文学在于对阶级的刻画"，他们指责白铁的观点模糊了文学的阶级性质。只有决定退出"卡普"的朴英熙站出来发出了赞辞，指出白铁的《人物刻画时代》鼓励"将人类感情和复杂的情绪活动压下，在几乎窒息的时刻形成强烈的反弹，从而形成对人本身的刻画"（《最近文艺理论的新发展及其倾向》）。朴英熙认为白铁的"人物刻画论"是无产阶级文学转换为资产阶级文学的契机。

白铁的人物刻画论显露出其整合社会主义现实主义和心理主义的意

图。后来在"卡普"批评家的责难中，他放弃了心理现实主义，转而埋头于社会主义现实主义，但是他在《人类研究的道程》（《东亚日报》）中提出了对伦理问题的探索，表现了其内在的矛盾。

白铁在典型性研究中提出了新的观点，将心理主义融进社会主义现实主义的想法体现了其开放的思想。

在社会主义现实主义的相关研究中，林和的批评不可忽视。他于 1934 年 4 月在《朝鲜日报》上发表了《浪漫精神的现实结构》，1936 年 1 月在《东亚日报》上发表了《伟大的浪漫精神》等文章，将"浪漫主义"这一新的命题纳入社会主义现实主义中，主张现实主义与浪漫主义的统一。他在《浪漫精神的现实结构》中写道："……真正的浪漫精神是在历史主义立场上将人类社会引入更广阔未来的精神，如果它不存在，那么现实主义也不会存在，即主观和客观统一于真实，不要仅仅拘泥于现实中非本质的、日常的恶俗琐事，而是去除或打破它，把握住其中运动的本质及其诸多特征，这才是我们新的创作理论和文学理想。"在文中，林和将基尔波丁的形象论，即技法层面的浪漫主义表现提升到了方法层面上。所以林和的浪漫主义其实等同于世界观，这也反映了他将世界观与创作方法等同看待的主张。当时，白铁、宋海卿等人批判了林和的理论。1936 年 1 月，白铁在《是浪漫还是现实》）（《朝鲜日报》）一文中指出，林和对现实主义和浪漫主义的折中是绝对行不通的；宋海卿则在《现实主义的内容——浪漫精神是梦吗？》（《朝鲜日报》）一文中批判林和的主张抛弃了现实主义精神。1937 年 10 月，林和发表了《现实主义再认识》（《东亚日报》）一文，表明了自己的反省，重新回到了社会主义现实主义的道路上。

林和的批评理论与主张世界观是首位的辩证法创作方法理论不无关系，他对将社会主义现实主义和革命浪漫主义结合的创作方法进行了有益尝试。

（2）"卡普"以外的文学批评

在 1920 年代后期到 1930 年代中期的文学批评领域，"卡普"内部的文学批评占主导地位。但是，随着"卡普"以外的文学批评家相继提出民族主义文学论、纯粹文学论，"卡普"以外的文学批评家与"卡普"文学批评家之间也展开了论战。

① 国民文学论

国民文学论是民族主义文学论的分支，它是与无产阶级文学相对立的文学批评。关于国民文学论的定位，白铁于 1949 年在《朝鲜新文学新思潮》中指出"1920 年代后期的朝鲜文坛是民族主义国民文学论与无产阶级文学相对立的时代"，赵演铉则于 1982 年在《韩国现代文学史》中指出"国民文学论产生的根源是民族主义和纯粹文学"。

1925 年，无产阶级文学与民族主义文学以《开辟》为"战场"开展了一场论战，也就是所谓的"阶级文学是非论"。随着无产阶级文学日益发展壮大，民族主义阵营提出国民文学论与之抗衡，国民文学论代表人物有崔南善、梁柱东、廉想涉等。

国民文学论支持者将国民文学的目标设定为使用和研究朝鲜语，梁柱东于 1927 年在《文坛前景》（《朝鲜文坛》）中做了如下陈述："……我们认为对朝鲜语的研究、普及和统一运动必将建立新机轴，以现有的杂乱、贫乏的词汇根本无法完全创造国民文学。"他们认为民族语言的研究和普及是唤醒民族意识的途径。他们提出这种主张的动机显而易见，那就是牵制以阶级意识创造民族文学的"卡普"文学运动。

国民文学论的支持者认为，创作国民文学必须从巩固民族意识的时调复兴运动开始。崔南善认为时调是最能体现"朝鲜精神"的文学体裁，是寻找作为朝鲜人的"自我"的途径。他于 1926 年 5 月就在《朝鲜国民文化时调》（《朝鲜文坛》）一文中说过："时调是朝鲜人创造的一种诗歌形式，它借助音律体现了朝鲜国土和朝鲜人民的生生不息，是朝鲜人'我'在音波上的缩影。那么该如何以有节奏的语言表现真实的自我呢？朝鲜人民通过长久的思索和努力之后终于创造了这一形式，它以精练的表达方式表现了朝鲜之心的放射性和朝鲜语的结构性，是体现和评价朝鲜人民形象的唯一最佳标准。"如上文所述，崔南善将时调、朝鲜民族精神，以及艺术审美取向三者紧密联系起来，号召开展时调复兴运动。同年6月，他在《以朝鲜民性和民俗为基础的时调》（《朝鲜文坛》）一文中讨论了时调与民族性的关系。他主张世界上有两种人：一种是内敛型的人，另一种是外向型的人。前者以理性看待宇宙，后者以感性看待宇宙；前者具有哲学的、冥想的、辩证法的特点，后者则是宗教的、乐观的赞扬派；前者具有散文倾向，后者具有诗歌倾向，即使是创作同一类型的诗，前者偏爱创作令人陷入沉思的作品，后者则倾向于创作令人高声吟诵的诗歌。崔南善认为，朝鲜人属于后者，在民族性格中，音乐性比叙述性更为明显。他们并不深入地挖掘内心，而是通过高声呐喊表达心声。因此，朝鲜人喜欢唱歌，其诗歌并非以意义为中心，而是侧重于曲调。为促进时调复兴运动，崔南善展开了一系列的文化社会学考察和理论研究，借此否定阶级文学。在崔南善的积极倡导下，以李秉岐、赵云、梁柱东、李殷相为首的时调复兴运动拉开了帷幕。

1926年10月，廉想涉也发表了文章《论时调》（《朝鲜日报》），在响应时调复兴运动的同时批判了无产阶级文学。

崔南善等人提出的国民文学论受到"卡普"文学批评家的批判，金基镇认为国民文学论"毫无意义，是国粹主义的变形，是保守主义和反对主义的体现"。

崔南善等人的国民文学论将文学的普遍问题与民族问题相联系，这是其意义所在。此外，在李秉岐、李殷相、梁柱东等人的带领下，时调复兴运动在一定程度上实现了时调的革新。但这一运动并没有体现文学形态的现代性，而是具有国粹主义、复古主义的性质，因此无法成为与时代精神相符的文学运动。国民文学论和时调复兴运动只是资产阶级作家为抗衡"卡普"文学而提出的对策，其本质上存在着向现实妥协的启蒙意识。

②折中主义文学论

折中主义文学论是在国民文学论后紧接着出现的民族主义文学论。折中主义文学论的出现也以无产阶级文学和资产阶级文学间的论战及左右翼合作的氛围为背景。提倡者有廉想涉、梁柱东等，与之展开争论的是"卡普"阵营的批评家金基镇。

梁柱东是正式提出折中论的文学批评家。他早在 1926 年就在《彻底与中庸》一文中对李光洙的"'常'的文学论"进行了批判，1927 年又在《文艺批评家的态度及其他》一文中对内容与形式论战中林英熙的内容首位论和金基镇形式首位论进行了批判，并表明了二元论的态度；1928 年，他在《丁卯评论坛丛观》中批判了国民文学和无产阶级文学的弊端。后来，他在《文艺公论》一文中提出了折中主义文学论。他认为："受宗派主义的影响，一些人认为民族文学和社会文学水火不相容，并且相互排斥。但我们却认为这两者都符合现今局势，并且需要找到这两者的共同点，将其融合在一起。……现今形势下不可能出现超越民族的阶级精神，不可能出现游离于阶级之外的民族观念。"他的理论以民族主义为基础，倾向于形式主义，即他站在民族主义的立场上，企图对两者进行折中和统一。梁柱东的这一系列文章受到了金基镇的反驳，两者间展开了激烈的论战。

金基镇驳斥道："民族主义运动必须是彻头彻尾的无产阶级运动。"（《时评的数言》）接着，梁柱东反驳了他的理论，并指出："民族主义运动并不一定是无产阶级运动，从广义上来看，无产阶级运动应该是民族主义运动的一种。"（《问题的所在及异同点》）这些观点清楚地表明了梁柱东的折中论是以民族主义为基础的。

之后，梁柱东在《续问题所在及异同点——答金基镇关于形式问题和民族问题》（《中外日报》）一文中提出并讨论了自己和金基镇见解上的差异。梁柱东认为，在形式问题上，金基镇严格地区分了内容和形式，自己则没有先后，而且轻重点；在民族文学问题上，金基镇将阶级意识、阶级文学看作是现今朝鲜的全部，他自己则认为民族文学与阶级意识、阶级文学的并存或交叉是必然出现的现象。

此外，廉想涉也曾谋求无产阶级文学和资产阶级文学的统一，他认为两者都要接受对方的合理因素，相互合作。他于 1929 年 1 月在《反动传统文化的关系》（《朝鲜日报》）一文中提出了自己的见解：从精神文化上来看，民族主义是立足于本民族个性的文化；从指导国民文学创立的社会运动角度看，无产阶级文学有其存在的必要；从被压迫民族的实际行动来看，又需要两者的相互合作。如果说梁柱东只是以民族主义运动为中心，使民族主义运动和无产阶级运动相结合的话，那么廉想涉则是在承认这两者存在合理性和独立性的基础上，寻找两者的共同点，主张让两者相互交融。这一主张更具现实可行性。

梁柱东、廉想涉等人提出的折中文学论是以 1920 年代中后期新干会的成立及左右翼合作的氛围为背景的。如果说新干会的成立和左右翼的合作是值得肯定的，那么梁柱东等人主张的折中主义文学论就无可厚非，而且还反映了一定的时代要求，甚至可以说梁柱东等人的见解代表了当时新干会民族主义派的立场。折中主义文学论折中、统合了左右翼文学，但仅仅停留在提出理论的层面，尚未找到实现真正的民族文学发展的具体方案。由于这一局限性，折中主义文学论虽然在梁柱东的引导下持续到了 1930 年初，但最终没有得到较大的发展。

③ 纯粹文学论

1920 年代初期，现代朝鲜文学中的纯粹文学开始萌芽，这在《创造》《白潮》等文学杂志中均有体现。但直到海外文学派、诗文学派、九人会、诗人部落等团体登上文坛，纯粹文学论才得以展开。1930 年代，诗文学派在纯粹文学的理论与实践方面做出了初步的探索。而九人会、诗人部落等紧跟其后，在诗文学派开辟的道路上继续发展纯粹文学。这一时期，纯粹文学的产生与日本帝国主义对文学的镇压有关，也与民族主义文学和"卡普"文学暴露出一定的局限性有关。也就是说，在接连出现的左右翼文学的论争与文学运动曲折发展的过程中，小资产阶级知识分子开始具备了纯粹文学的倾向。

诗文学派主张的纯粹文学论有以下几个观点：

第一，对语言的觉悟。诗文学派在《诗文学》第1号上就曾指出："大韩民族的语言发达到一定程度之后，就不会只满足于国语的地位，而需要以文学的形态出现。文学的建设是完善民族语言的道路。"可见，他们并不满足于按照以往的方式去使用语言，还想成为语言的发现者、创造者，用语言去表现自我。这是希望通过语言来实现诗人自我发现的文学自觉，同时也是借助语言实现自我价值的尝试。也就是说，他们并不想通过文学的社会运动来发现自我，实现自身价值，而是希望在语言艺术的文学实践过程，尤其是发现、创造语言的过程中实现自我，创造新的文学形态。他们强烈地追求对语言的感觉，这与他们对语言的觉醒是分不开的。

第二，把文学从政治领域中分离出来，将其看作纯粹的艺术。诗文学派曾经提出："为什么我们喜欢文学？为什么我们以文学为生？……为什么不是写政治或科技论文，而是写文学？文学到底和社会的其他现象有何相通和分歧之处？我们必须抓住机会，不停地对此进行反思。"他们认为文学不属于政治、科学等社会领域，而是纯粹的艺术。

第三，倾向于"小众文学"，而不是"大众文学"。他们将"读者"和"文人"，"大众文学"和"小众文学"区分开来。根据他们的见解，这种区分主要依靠"方法精神"来实现。诗文学派强调创作上的艺术价值，相较于大众价值，更尊重艺术价值，这就是他们的纯粹文学倾向。

诗文学派的纯粹文学论未能在已经确立的理论体系中有深度、有广度地展开。但是，诗文学派诗人们的主张和纯粹文学倾向赋予了1930年代的文坛以新的特征。

第五章

1930 年代后期—1940 年代前期文学

1 文坛概况及文学发展特征

　　1930 年代中期以后，日本的殖民统治与军事法西斯化给朝鲜人民带来了更深重的灾难。1937 年日本发动全面侵华战争，将朝鲜作为侵略中国的后方基地，对朝鲜的产业结构进行军事化改编，集中生产军需用品。与此同时，朝鲜总督府制定了各种法令和制度加强日本的法西斯统治。

　　朝鲜总督府于 1937 年 7 月 27 日下达《战时体制令》；1938 年 5 月在殖民地朝鲜启用日本《国家总动员法》；1939 年 10 月颁布《国民征用令》，数以万计的朝鲜青壮年被强制去生产军需物资的工厂劳动。此外，朝鲜总督府全面开展以朝鲜人为对象的皇国臣民化运动，1938 年 7 月组建国民精神总动员朝鲜联盟，1939 年 11 月从法律上推行"创氏改名"政策。1941年太平洋战争后，日本颁布了服务于战时动员体制的法律，1943 年 10 月开始实施学徒兵制度，大批朝鲜青年被强行推上战场。日本还分别于 1936

年和 1941 年制定了《朝鲜思想犯保护观察令》《朝鲜思想犯预防拘禁令》，改定《治安维持法》，并于 1944 年建立政治犯预防拘禁所，严禁朝鲜进步人士的社会活动。

日本的军事法西斯化和政治思想压迫让朝鲜民众面临着巨大的危机。在日本帝国主义的黑暗统治下，朝鲜民众的解放斗争受到极大的挫折，但没有被彻底扼杀。朝鲜的工农运动，特别是工人的罢工斗争此起彼伏，社会主义者也秘密开展地下活动，民族解放运动一直持续到 1945 年朝鲜光复。

这一时期的朝鲜文坛与前一时期相比发生了显著的变化。随着"卡普"的解散，无产阶级文学运动无法公开推进，失去了在文坛的主导地位，"卡普"作家受到极大的限制。同时，日本帝国主义出台的各种法令导致众多报纸、杂志废刊，文坛状况极为惨淡。在日本的高压政策下，御用文人团体建立，这是朝鲜文坛无法抹除的耻辱。

这一时期日本的法西斯统治达到顶峰，民族文坛萎靡不振，文学在发展过程中出现了一些有别于前一时期的显著特征。

第一，无产阶级文学在严重的危机面前寻找新的出路。因为无法公开在作品中体现社会主义创作方法，"卡普"的作家们只能寻求更加委婉的途径，李箕永、韩雪野、严兴燮、朴世永等就是典型例子。这些人无法像前期的创作一样在作品中表达对社会主义理想的追求，也无法塑造革命者的典型形象，但是这并不意味着他们放弃了创作，相反，他们始终坚持客观反映现实的原则，暗示自己的社会美学理想。从这一层面来看，可以说旧"卡普"作家们的文学创作是"卡普"时代文学的延续。

第二，良心主义的新晋作家们给民族文学带来了新希望，主要有李根荣、玄德、金裕贞、玄卿骏等小说家和李陆史、尹东柱、李庸岳、吴章焕、白石等诗人。他们的作品虽然不具备无产阶级文学的倾向，但真实反映、解决了民族现实的矛盾，不仅具有现实主义倾向，还体现出多样化的个性，使这一时期的文学更为丰富多彩。

第三，在日本的极端法西斯统治下，殖民地资本主义极速发展。在此背景下，现代派文学及纯粹文学全面发展。李箱、金起林、金光钧、朴泰远等文人的现代文学和徐廷柱、柳致环、金东仁等人的纯粹文学表现了日本帝国主义殖民统治末期人心的冷漠和生存的欲望。上述文学虽然未能深刻反映殖民统治末期的时代要求和处于水深火热之中的民众生活及其苦难，但在一定程度上挽救了日益惨淡的民族文学文化危机。

这一时期的文学虽然取得了一定的成果，显现出新的特点，但其未能贯穿日本帝国主义殖民统治末期的始终。进入 1940 年代，在日本帝国主义的镇压下，文人在文坛的活动几乎中断。不少作家放弃了创作，还有部分作家则沦为日本帝国主义的御用文人，开始创作亲日文学。1945 年朝鲜解放后，面临巨大挫折和危机的民族文学终于起死回生。

2 小说创作

（1）旧"卡普"所属作家的小说创作

1935 年"卡普"解散后，旧"卡普"所属作家的文学活动遭到了强烈的压制，他们不再像先前一样在自己的文学作品中提出先进的社会理想，也无法直接反映工人与农民们的斗争。即便如此，旧"卡普"所属作家仍不放弃自己的理想，积极地摸索严酷的社会现实中文学的使命和出路。他们还通过对社会主义现实主义和批判现实主义的讨论，对现实主义有了进一步的理解，借此对先前的"卡普"文学进行了反思。同时，他们还拓宽了素材领域，寻找新的创作素材，追求人物性格塑造的真实性，展现出小说创作的多样性。旧"卡普"所属作家通过曲折的方式表现他们自己的先进的社会理想，从这个意义上可以说，这一时期的小说是"卡普"小说的延续。这一时期具有代表性的旧"卡普"所属作家有韩雪野、李箕永、严兴燮、金南天等。

1936 年，韩雪野发表了长篇小说《黄昏》。但该小说创作于狱中，并不能够反映 1935 年以后文坛发生变化的新特征。这一时期，他发表了反映农村生活的短篇小说《洪水》（1936）、《赋役》（1937）、《山村》（1938），这三部小说也合称"浊流三部曲"，还有反映知识分子生活的短篇小说《林擒》（1936）、《铁路交叉点》（1936）、《泥泞》（1939）和中篇小说《归乡》（1939）等。此外，他还发表了《青春期》（1937）、《草乡》（1938）、《塔》第一部（1941）等长篇小说。

长篇小说《青春期》以 1930 年代中期愈发残酷的日本法西斯统治下的朝鲜现实状况为背景，塑造了许多生活在其中的知识分子的人物形象，并展现了他们各自不同的生活追求。作品通过对哲洙、泰浩和恩熙等主人公形象的刻画，描述了进步青年正直的生活态度和不向黑暗的现实妥协的精神面貌。

小说中的泰浩是一位有良心的知识分子。他深受革命活动家哲洙的影响，从东京大学毕业后，回到了首尔，辜负了父母希望他衣锦还乡的期待，不断进出图书馆以谋求生活的出路。他在报社工作后不久，与热情聪慧、真挚迷人的恩熙坠入爱河。但遭到了试图以妹妹恩熙为诱饵来满足自身世俗欲望的朴墉的阻碍。在朴墉的阴谋下，泰浩最终被赶出了报社。泰浩虽然感到十分彷徨，但他想到革命家哲洙，逐渐认识到了现实的出路和使命。在恩熙的大力支持下，泰浩与海外归来的哲洙一起投入到地下工作中。

小说中的恩熙是一个聪慧、真挚的女子。她不仅具有纯洁的爱情观，还有对人类自由和社会平等的朦胧追求。因而，她断然拒绝了有名声且德高望重的医学博士洪明学的追求，并且十分排斥想把自己当作诱饵以满足私利的哥哥朴墉的诡计。她选择了虽然成了失业者，但仍保留着人类良知的泰浩，和他一起面对命运。后来，她与泰浩、哲洙一起真诚地追求人生的真理。

作家通过泰浩和恩熙这两个人物形象，真实地展现了先进知识分子即使在黑暗的现实下也仍不屈服、坚持追求生活的真理和真正理想的崇高志向。

小说中的朴墉早先是一位社会运动家，后来他抛弃了初衷，成了一个俗人。洪明学也因为不能够正视社会的诸多矛盾，最终变成了一个卑鄙之人。作家通过塑造这两个人物形象，批判了一部分知识分子向殖民地现实妥协、苟活于世的行为。

1930 年代末期，面对日本的法西斯统治，知识分子的选择变得更为复杂。《青春期》通过各种人物形象，在反映复杂的社会现实的同时，也提出了知识分子一定要追求进步的社会理想和生活志向的希望。

长篇小说《草乡》通过描写主人公草乡的不幸命运和逐渐觉醒的过程，反映了 1930 年代朝鲜社会的现实特征。

草乡自幼失去双亲，受尽了非人的对待，后又以妓女为业谋生，命运十分坎坷。她四周围绕着一些代表资本主义的势利人物，如享植、专务尚吴、暴发户朴志琥和他的养子朴龙柱等，他们都想要诱惑她、笼络她。但草乡用她的纯洁和智慧摆脱了所有诱惑，最后与地下工作者天明确定了恋爱关系，并在这个过程中发现了自身存在的价值，逐渐懂得了时代的使命感。尽管她没有充分地了解天明所从事的事业，但当她得知天明是哥哥尚期的战友后，便对天明所从事的事业产生了共鸣，努力为他提供隐身之所，并积极筹措活动资金。在天明的影响下，她结束了妓女的生活，欣然地同天明一起斗争。就这样，草乡依靠进步人士找到了真爱，并致力于帮助那些和自己相同命运的人们。草乡的形象真实地再现了 1930 年代殖民地社会现实下，在困境中获得新生并觉醒的朝鲜女性的生活命运。

作者表达了对草乡及与草乡有着相同命运的人物的极大同情，同时也毫不吝惜笔墨地对那些妥协于殖民地现实、生活在自己的利益世界的势利人物进行了辛辣的讽刺和批判，由此展现了作者对于未来社会的美好追求。

长篇小说《塔》第一部以 1904 年到 1905 年间的日俄战争开始，到 1919 年为止的社会历史现实为背景，通过描写封建家庭朴进士一家发生的故事，批判了倒行逆施的封建陋习和封建思想，赞美了新社会、新人类的成长。

小说中的朴进士一家虽身处近代启蒙期，但仍然顽固地沿袭着封建陋习和封建思想。这些特点集中体现在朴进士及其母亲（即又吉的奶奶）身上。

朴进士是一位落后于时代的保守的封建世家的代表人物。他勾结观察使，在获得科举初试候选人的身份后又将其转让换钱。在义兵斗争时期，他当过郡守，后因害怕义兵而逃至首尔，与小妾一起生活。朴进士继承了祖先的家业，为了让一家老小生活滋润，他尝试过操持铁矿及开辟其他事业，但最终都以失败收场。为了挽救日渐衰落的家门，他将女儿嫁给银行老板宋炳教，但也没能改变贫穷寒酸的局面。作者通过朴进士的形象，批判和讽刺了与时代潮流背道而驰的封建世家的落伍行为。

小说中值得关注的是朴进士的母亲，即又吉的奶奶这一形象。她是一位固执的封建女性，很疼爱自己的儿子、孙子，但对孙女却毫不关心；看见穿西服的人就会惊慌地避开；看不惯孙子剪头发，会不停地唠叨，让他用褓褓裹着头或是念叨着头发快快长长。她专注于各种鬼神行径，在桂蟾怀孕后精神错乱时，她将此归咎于鬼怪，还请人来跳大神；在桂蟾因不忍受辱而与金致云在碓房点火时，她不问任何缘由，只说是鬼神的造化。由此可见，又吉奶奶固执地坚守封建的道德与伦理，无视时代的新潮流。又吉奶奶的形象展现了启蒙期的近代社会思潮来袭时，封建思想仍然顽固地支配着人们意识的现象。

但作者想要表达的并不只停留在封建世家落后于时代的层面，他还通过朴进士儿子——又吉的形象，展现了其打破陈腐、顽固的封建家庭秩序，大胆否定自我并重获新生的时代本质。又吉虽然出生于封建家庭，但并不想按照封建世家的陈腐要求而生活，他追赶着时代潮流，选择了新的生活道路。因此，他十分同情家中受到非人待遇的奴仆——桂蟾，还非常欣赏桂蟾天真烂漫的性格。这体现了他憎恶喜善、不愿顺从封建家庭秩序的性格特点。

又吉虽然没有明确的革命志向，但在与父亲、奶奶以及新兴资本家宋炳教的接触中，他发现了他们的非正义性，并在与他们的冲突中坚持守护正义。

又吉在目睹家庭秩序的诸多不合理及日本殖民地黑暗统治的过程中，逐渐成长为反对现实中一切不义的人。他虽然只是一个中学生，但毅然地与将封建意识强加于自己的父亲断绝关系，并离家出走，即便是参加"三一"运动被捕也不曾改变自己的意志。由于《塔》的第二部并未面世，因此很难看出又吉的性格发展变化。但通过又吉的形象，我们可以窥见1920年代积极献身于民族解放运动的斗士形象，同时也不难推测在近代社会浪潮中，封建家庭的后裔们最终走向否定自己的道路的历史必然性。

《塔》第一部大篇幅地描写了20世纪初叶至1910年代的社会现实，表现出旧社会必然会灭亡和日益成长的新生力量必定会胜利的信念。

与"卡普"时代的小说创作相比较，这一时期韩雪野的小说创作具有一系列不同的特征。他虽然依据社会主义现实主义的方法进行创作，但由于日本帝国主义严格的检阅制度及疯狂镇压，作家无法全面展现社会主义革命家的形象，无法全面展现劳动者、农民们团结一致的斗争。因此，韩雪野采用了暗示先进社会思想的方法。此外，他还通过对人间世态及过去生活题材的描写，或是新旧世代矛盾的刻画去实现对殖民地现实的批判。

同韩雪野一样，李箕永在1930年代后期的创作亦不能够从正面实现社会主义现实主义创作原则。但他仍然坚持揭露、批判殖民地现实的自我立场，辛辣地批判、讽刺了殖民地现实中的各种不合理现象，尤其是旧意识的存在，而且还表现出对胜利的新事物的积极态度。这一时期体现李箕永创作特征的主要作品有长篇小说《人间修业》（1936）、《新开地》（1938）、《春》等。

小说《人间修业》以批判、讽刺小资产阶级知识分子的"过大妄想症"为主题。作品的主人公是毕业于大学哲学专业并自称是"人间修业者"的贤浩，他虽是富豪的独生子，却没有物欲和私心，反而对贫穷不幸的人充满同情。他对社会上的绝大多数现象和社会的发展趋势毫不知情，在大白天也穿戴着纱帽冠带，以一副脱离现实的装扮逛街。在看到失业者时，他依据自己的哲学理念指责他们说，人类的不幸源于浪费时间，要工作才能够实现精神和肉体的和谐。所以他小丑般的言辞和行为使其所到之处都会发生骚动，引发众人大笑。作者通过塑造贤浩这样具有讽刺性的性格，批判了资产阶级哲学家们脱离现实的空乏理论和虚伪宣传。

作者并没有把主人公贤浩塑造成永远遭受讽刺的对象，而是指出了一条让其改正自己固有的哲学观念，从而成长为新人类的道路。贤浩在现实矛盾中，通过劳动实践从自我观念的束缚中脱离出来，并开始反省自己以前的荒诞行为。因而，他与自己的家庭诀别，从唯心主义的世界回到了现实世界，重新领悟了创造性劳动的意义。贤浩为了实现真正的人间修业，积极参与消除精神劳动和体力劳动对立的活动。贤浩在觉悟后曾这样说道："我和从前一样，内心没有一点伪善。我现在才真正地看清现实，而且我找到了我要走的道路……朴君！我知道了世界上真的有两种现实，即丑恶的现实和善良的现实。"作者通过贤浩的形象，辛辣地批判、讽刺了资产阶级知识分子唯心论的思维和堂吉诃德式的行为，并提出了他们反省、觉醒的必要性。

小说在塑造人物性格时，善于将讽刺和诙谐有机地结合，巧妙地展现了现实和行动的矛盾、意图与结果的不一致性，从中鲜明地体现出作者明确的善恶观。

小说《春》以 19 世纪末至 1910 年日韩合并前的朝鲜社会为背景，通过描写贵族家庭柳善达一家的故事，真实地展现了封建社会的灭亡和资本主义社会发展的必然性。小说中的柳善达是一个半吊子开化贵族，具有双重性格。他是一个武将，性格豪爽，喜欢喝酒和结交朋友。他虽是大地主安昌龄家的二地主，但一直企望能有个一官半职，因此他来到了首尔生活，直到经历了甲午农民战争才开始跟随开化派。他进入了武官学校，但在妻子死后又再次回到了乡下。然而有时他还会利用贵族的权威将赵仪廷家的看山人宋金知叫过来打板子，甚至一边被胥吏打小腿一边还训斥着不爱学习的弟弟。他不顾身份差异以及别人的非难，将南述毅的妻子娶作自己的夫人，但他又坚决反对儿子石林与出身低贱的人家的子女混在一起，并强迫儿子早婚。他虽然和邑里的进步人士申参威一起开办学校，但这并不意味着他意识的觉醒，实际上他只不过是追赶潮流而已。在学校运营困难，而自己又捐赠了巨额财产之后，柳善达的家族开始走上了没落之路。他虽然一直反对挖金矿的人进入村子，但在破产之后，他又毫不犹豫地着手挖金矿。柳善达虽然属于贵族阶级内部出现的开化派，但也只是一个没有彻底实现封建贵族自我否定的半吊子开化派人物。他作为大韩协会会员，却未能深入时代潮流的中心，常常摇摆不定。实际上，他只是一个因为自己所属阶级灭亡而无奈追赶时代潮流的开化贵族。柳善达这一形象的意义在于他展现了在开化运动时期徘徊于守旧派和开化派间的贵族阶级性格的复杂性，真实地反映了过渡时期的时代特征。

小说中，柳善达的儿子石林作为宣告新时代的到来和反对封建陋习的人物，率先剪掉了自己的发髻，并对尚明的女儿菊实产生了单纯的爱恋。好胜心和好奇心极强的他还拆开了钟表，找到了齿轮转动的秘诀。石林感觉到封建贵族们像鬼魂一样的生活，在日渐崩溃的封建社会的束缚中逐渐萌生了自我否定意识，朦胧地对近代社会产生了憧憬。但他仍未从理性的世界中成长为充分认识近代社会崭新性的人物，这一点可以从他把原是日本老师的邮局局长视为真正近代人的错误认识上得以验证。尽管如此，石林的形象依然真实地展现了新旧交替时期新一代的精神实质。

小说运用宏大的生活画幅揭示了老朽的封建势力和社会秩序必然灭亡，近代社会的"春天"一定会到来的必然性。

长篇小说《新开地》主要展现了新开地的形成和以新开地为支点的殖民地资本的成长，同时也描绘了农村的荒废和封建贵族地主的没落过程。小说通过对顺应殖民地资本主义后成为富人而作威作福的许监役家庭和消极应对时势最终没落的刘耕俊家庭的现实主义描写展现了上述主题。

这一时期，李箕永还发表了《麦秋》（1937）、《归农》（1939）、《少妇》（1939）等数十篇短篇小说，揭露和批判了殖民地社会诸多的现实矛盾。

总体而言，相较于前一时期，李箕永这一时期的小说创作素材范围有所拓展，更深入地追求了人物形象的真实性，并在不放弃社会主义创作方法的前提下，积极地采用了迂回曲折的方法进行创作。

严兴燮（1906—？ ）通过小说《流逝的村子》（1929）确立了自己在"卡普"作家中的地位后，1930 年代前期又创作了反映殖民地民众不幸命运的《出帆前后》（1930）、《破产宣告》（1930）、《温情主义者》（1932）等短篇小说。1930 年代后期，他发表了《苛责》（1936）、《父亲的消息》（1938）、《黎明》（1939）等短篇小说以及《情热记》（1938）等中篇小说。

短篇小说《苛责》中的"我"是一名献身于朝鲜人民子女教育的女老师，后来为了躲避日本警察的监视而消失在了大众的视线中。作品通过这样的人物形象，肯定了在日本殖民地社会下，为了民众事业而积极献身于社会运动的进步知识分子的志向。

短篇小说《父亲的消息》的主人公是一名投身于反对日本帝国主义的组织活动却最终被捕牺牲的普通教员。小说中，英宰的父亲，以及英宰父亲的朋友——班主任都是反对日本殖民地教育、实行真正民族教育的人物。与上述作品相同，这部小说也歌颂了知识分子的斗争及其家庭坚定不变的生活信念。

严兴燮的中篇小说《情热记》也是讲述殖民地社会下的教育问题的小说，它是由1936年的《情热记》和1938年的《明暗谱》合并而成的作品。

小说中的金荣世由于"与拥有危险思想的人在一起"而被公立普通学校开除，随后来到茂山学院任职。与该校完全不关心真正的教育的姜老师、孙老师、朴院长等人不同，为了使茂山学院的学生能够接受真正的教育，他倾注了自己全部的热情。他唤醒了为寻找生路而准备离开故乡的夜校生；为了找回村子往日的活力，他又召开了运动会，甚至与只顾赚钱而将民族教育抛在脑后的学院创立者——朴院长起了冲突，最后病倒在床。围绕着学校的扩展问题，他与朴院长的矛盾日益尖锐。朴院长想要拉拢洪哲镇进而扩展学校，使学校升级为指定学校，其目的是向学生多收取每月的学费和既有的会费。为此，金荣世联合另一位有良知的文老师反对此事，因而受到了朴院长的报复。朴院长唆使洪哲镇纳女教师彩英为妾，而当时彩英已与金世荣确立了恋爱关系。之后，金荣世和文老师离开了学院。小说中，作者通过描写金荣世等正面人物曲折坎坷的生活，指出了殖民地统治下民族教育发展的曲折复杂性，同时也肯定了进步知识分子积极投身于教育事业、维护民众利益的精神面貌。当然，小说中的金荣世和文老师最终也没能完全实现他们的愿望。这表明，在殖民地社会末期的现实情况下，人们无法实现自己的理想。

小说中的朴院长、洪哲镇等人无视民众利益，一味追求私利，是骗子教育者，受到作者的辛辣批判。而只关注自己的生活待遇，不顾学生生活和学习的姜老师、孙老师等人则是缺乏良心和理智的知识分子形象，作者以此真实地揭露了殖民地时期知识分子复杂的精神世界。

小说真实、生动地刻画了知识分子各自不同的内心世界，深刻地指出了殖民地社会下实现民族教育的曲折性。

严兴燮的教育问题小说不仅反映了殖民地社会下学校教育问题的各

个层面,而且还深入地反映了教育者们的内心世界,展现出作者的个性。在这一时期,严兴燮还创作了《水平线》《幸福》《人生沙漠》《烽火》等长篇小说。这些小说虽然以有良心的知识分子的爱情为主题,但大部分采用了通俗小说的形式,从而不能真实、深刻地反映时代精神。

金南天在"卡普"时代曾发表过《厂报》等作品,是"卡普"的主要评论家、作家。1931 年 10 月,他受朝鲜共产主义协议会事件的牵连,被关入监狱两年,1933 年出狱后发表小说《水》。之后,他中止了创作,直至 1937 年才恢复创作,发表了《兄妹》《少年》等短篇小说以及长篇小说《大河》(1939)。

长篇小说《大河》没有在报纸连载,而是以单行本刊行。小说以 20世纪初平安道的农村为背景,描写了封建社会的崩溃和资本主义的发展,通过朴利均家族的没落和朴盛权家族的兴盛表达了小说的主题。

朴利均家族刚开始还嘲笑、辱骂朴盛权家族不是贵族家庭,但后来朴盛权赚足银子,过上了两班的生活,而朴利均却只能向他借钱以苟全性命。朴利均家族的没落真实地体现了封建贵族阶级最终会被近代社会浪潮湮没的命运。

朴盛权花钱在村子里买了个士绅的身份,甚至被称为"朴参奉",后来还通过大量捐款当上了地位仅次于郡守的运动会副委员长。他用高利贷业支配着村子的商业链,旅馆(朴利均向朴盛权借钱开办的)运营者和杂货商七星全都受他掌控。朴盛权并未把经营权交给儿子朴亨俊、朴亨善以及小妾的儿子朴亨杰,说明了其城府之深。朴盛权因极快地适应了近代思潮而成了富豪,是一名代表着初期资产阶级、展现近代过渡时期人们发财致富的过程的人物形象。

此外,小说还塑造了各种符合社会的发展趋势的人物形象,如朴盛权正妻所生之子亨俊、亨善,志向于改变现实、果断剪短头发的庶子亨杰,以及支持开化运动的崔宽述等。小说还有较多的风俗描写,如亨善结婚、七星的自行车引起的社会风波、日本杂货商陈列的商品、基督教的传播、运动会的开展等，这些都充分地体现了时代的发展变化。

小说还描写了文先生的初期启蒙运动、日本杂货商（中书）等日本商业资本投入朝鲜等现象，通过斗七的形象反映了近代初期工人阶级在社会崭露头角的过程，借此反映了近代初期的社会现实。这与其他小说中常见的概念式的社会理解、过多的世态描写及通俗小说的倾向不同，金南天的小说充分地体现了现实主义小说的特征。

（2）批判现实主义小说创作

1930 年代后期正式出现的批判现实主义文学批评为小说创作提供了新的契机。谴责文学论、讽刺文学论、长篇小说论等对批判现实主义的理论和实践问题进行了深入的阐释，有力地推动了小说的创作。这一时期的批判现实主义小说主要分为讽刺小说、历史小说和现实题材小说等，深刻地剖析、批判了日本帝国主义殖民统治末期的社会矛盾。

日本帝国主义殖民统治末期，讽刺小说开始兴起。这是因为当时的人们无法直接对抗日本帝国主义的高压政治，只好采用迂回的方法进行抵抗。另一方面，日本帝国主义的暴力统治必定导致各种人间丑态的出现，因此"讽刺"也成为必然。讽刺文学论之所以会成为批判现实主义文学批评的主要内容之一，与文学发展的趋势密切相关。这一时期，在讽刺小说的创作领域取得突出成果的作家有蔡万植、李箕永、李孝石等。其中，代表作品有蔡万植的《天下太平春》。

蔡万植出生在全罗北道沃沟郡（今群山市），1922 年毕业于中央高等普通学校，随后赴日本留学，后因关东大地震回国。回国后，他担任了《东亚日报》《朝鲜日报》《开辟》等报纸和杂志的记者，并于 1936 年辞掉工作，开始专心从事文学创作。1924 年，蔡万植在《朝鲜文坛》上发表短篇小说《通往三条路》，从此登上文坛。后来又发表了《正在消失的影子》（1931）、《一

人生》（1934）等。1930 年代后期，他发表了短篇小说《明日》（1936）、
《舂米》（1936）、《痴叔》（1938）、《小妄》（1938）以及长篇小说《浊
流》（1938）、《天下太平春》（1939）等。1940 年，在日本帝国主义的
法西斯统治达到顶峰后，蔡万植创作了带有亲日倾向的小说《美丽的清晨》
（1942）和《女人传记》（1945）等。

蔡万植的讽刺小说代表作有短篇小说《痴叔》《小妄》以及长篇小说
《天下太平春》。

短篇小说《痴叔》采用第一人称的手法，以身为小资产阶级知识分子
的主人公"我"对自己堂叔的"愚蠢"进行了批判，同时作者也对"我"
的亲日行为进行了辛辣的批判。小说中的叔叔大学毕业之后参加了社会主
义运动，因而遭遇了五年多的牢狱之灾，最后在狱中染病，生命垂危。多
亏婶婶一边干着保姆之类的苦活一边照看他，叔叔的身子才有所好转。然
而恢复之后，他竟还说要去参加社会主义运动。"我"批评了叔叔的行为，
认为他愚蠢至极。那么，"我"又是怎样一个人物呢？"我"是日本商店
的一名店员，娶了日本妻子，姓名和衣食住都逐渐日本化，还给儿子起了
个日本名字，送其去殖民地的日本学校念书。"我"还希望"不说朝鲜话，
只用日语"进行交流，并且像日本人那样挣钱。"我"对叔叔要继续斗争
这件事感到遗憾，劝他迎合日本人的喜好，和他们好好相处。原本应该受
到"教训"和"批评"的"我"，反而"教训"和"批评"了别人，这就
带有了讽刺的意味。作家通过"我"的形象，揭露、批判了那些反民族的、
自私自利的人们精神道德的低劣性，并对此报以轻蔑的态度。

短篇小说《小妄》描写了"我"向姐姐倾诉丈夫精神失常的故事。小
说中的丈夫是一个有怪癖的人物，他在炎热的夏天要添衣服，把屋里的门
关得严严实实的，一边流汗一边忍受着暑热。末伏天他竟然还穿着黑色冬
装，系着领带，穿着皮鞋跑去钟路又回来。但他并不是一个完全精神失常
的人，他蔑视那些对现实妥协、屈从的人们，对他们有一种抵抗心理。他"和

暑热的对抗"就源于这种心理。作品的主人公虽然对现实有着抵抗心理，但无法将其变为积极的行动。作家虽对小说的主人公进行了轻微的讽刺，但这嘲笑却是"噙着泪水"的——即使清楚地知道这残酷的现实，也无法将其改变。这也是作者对自身的嘲笑。这便是这部作品的积极意义之所在。

长篇小说《天下太平春》是最能体现作者讽刺才能的作品。小说写了丁丑年（1937年）9月10日晚开始到第二天早上的一天之内，百万富翁尹长义家发生的故事。

小说通过主人公尹长义和其他人物形象，揭露了亲日反动阶级的丑恶嘴脸，预示了该阶级灭亡的必然性。尹长义是大地主，同时也是高利贷商。这一人物形象既有着殖民地反封建社会地主的性格特质，又有着城市富豪的性格特征，同时也带有亲日走狗的反动性。

尹长义是个逆时代潮流的反动人物。他的父亲尹龙圭曾向官府告发自家的佃户是农民军的内应，并持刀向有道义的农民军行凶，最终被他们惩治而丧命。他对社会主义者恨得咬牙切齿，称其是"土匪"。面对日本帝国主义侵略者，尹长义不惜搭上性命，毫不犹豫地成了亲日反动分子。他对勤劳的百姓进行残酷的剥削，但把日本帝国主义的统治社会赞美为极乐世界，这鲜明地体现了他的亲日面貌。当他听到去日本学习法律的孙子宗学因为参加社会主义运动被日本警察逮捕的消息之后暴跳如雷，嚷嚷着"在这太平天下"，自己那搞社会主义的孙子"死不足惜"，还要给警察署写信，让警察判其百年徒刑，并叫嚣着要把分给孙子的财产全拿去捐给逮捕社会主义分子的警察署。他对日本帝国主义的殖民统治感恩戴德，说："要多派遣警察来我们朝鲜，以扫清那些凶恶的'土匪'。这样的话良民不就能舒坦地过日子了吗？而且还能阻止那些可恶的家伙们搞社会主义，哪里还有这么让人值得感激的事呢？真是厉害，了不起啊！"他极力赞扬日本帝国主义的统治社会，对日本帝国的感情到了无法抑制的地步。

也正因如此，他从未对救助灾民的事业掏过一分钱，反倒是心甘情愿地拿出巨资捐赠警察行政之类的事务。由此可见，尹长义确实是日本帝国主义的忠实走狗。

尹长义既是一个残酷的剥削者，又是一个吝啬鬼。由于发生水灾，农田颗粒未收，水田也遭到了破坏，然而在这种情况下，他还一心一意地算计着怎样才能"让佃户老老实实的，一分不差地收到佃租"。虽然他是百万富翁，却极其吝啬。他带着15岁出头的妓生春心去看名唱大会，却拒绝了她乘汽车去的提议，拉着她搭了公车。当时他明明带着零钱，却用出示一整张10元钱币的方法免费乘车。他还让春心跟在剧场的哥哥说一声，这样不用买票也能观看表演，春心不肯，他便给了春心20分钱让她去买炒栗子吃，顺便劝她免费进去。他自己则花50分钱买了一张下等座席，却强行坐上了1元50分钱价值的上等座席。回家的时候，1元钱的人力车费他也只给了20分钱。种种行为都暴露了他的吝啬。

不仅如此，他的道德还极其败坏。他想笼络曾孙觊觎的春心，于是便谎报自己的年纪，称春心成熟，费尽心思和曾孙周旋，梦想着"老少同乐"。这些都赤裸裸地揭露了其在道德上的堕落。

此外，尹长义还为光耀家门露出了百般丑态，荡尽巨额钱财。

作者通过尹长义的形象，深刻地揭示了日本帝国主义殖民统治末期卖国叛族分子的本质，并证实了这些人正是民族不共戴天的仇人，以尖锐、辛辣的讽刺预示了尹长义凄惨的结局。

除了尹长义以外，作者还讽刺了尹长义的儿子尹昌植、连续三年在中学考试中落榜的孙子尹宗秀、傻瓜庶子泰植等放浪之徒。同时，作者还描写了其第二个孙子尹宗学投身于社会主义运动的事件，预示了以尹长义为首的卖国叛族者及其家族的必然灭亡，宣告了新一代的成长。

小说展示了高超的讽刺技巧，通过艺术性的夸张手法和诙谐的描写展示了其尖锐、辛辣的特点。小说在词汇和表达、句子和文体方面都极具个人特色，运用了大量的固有词和俗语，注重句子和修辞上的列举法和音韵，采取了故事体的形式。这些特点使得这部小说在现代小说文学中成为一部有价值的讽刺小说作品。

蔡万植通过自己的讽刺小说创作，为读者创造了一个讽刺的世界，为因日本帝国主义的疯狂统治和镇压而萎靡不振的文坛赋予了新的生机，开辟了批判现实主义文学的新领域。

在这一时期的批判现实主义小说中，新入文坛的一批年轻作家的小说创作也不容忽视。他们通过对现实的真实描写，揭露了殖民地社会的矛盾。他们注重人物的典型化与细节描写，克服了形象塑造的公式化和类型性，确保了真实性和生动性。

在小说创作方面取得成果的新晋作家有李根荣、玄德、金裕贞、玄卿俊等。

李根荣（1910—？）于1935年发表小说《金犊》，开始登上文坛，并先后发表了《农牛》（1936）、《堂山祭》（1939）、《故乡的人们》、《少年》、《理发师》、《崔固执先生》、《说话的哑巴》等作品。李根荣通过自己的小说创作，真实地反映了在日本帝国主义法西斯暴力统治达到最顶峰的时期，社会各阶层人民的悲惨生活，赞美了民众不屈的尊严。

短篇小说《农牛》是李根荣的代表作品，也是这一时期以农村生活为题材的优秀作品之一。

小说的主人公徐生员非常爱惜他在摔跤场上骑的役牛，人们甚至因此给他起了个外号叫"牛生员"。但面长尹进士以徐生员无法还清自己的债务为由，趁他不在的时候强抢了他的牛。徐生员很是愤怒，跑到面长家，推倒年老的尹进士，找回了自己的牛。

　　火冒三丈的面长和面长父亲勾结驻在所 ①，聚集邻近的旧两班贵族，要去打徐生员的板子。就在这危急时刻，村子里的农民跑过来制止了一切，尹进士等人的阴谋化为泡影。

　　小说的结尾，徐生员从村民的支持中得到了力量，他猛地抬起头，紧紧地握住了自己的拳头。小说揭露、批判了依靠日本帝国主义向农民动武的地主阶级的暴行，赞美了农民维护自身尊严的高尚精神。

　　玄德（1912—?　）在 1938 年以短篇小说《金龟子》登上文坛，之后发表了《惊蛰》《群盲》等作品，较好地表现了农村佃农和城市贫民的悲欢心境。小说《金龟子》描写了老马一家在失去土地后来到城市发生的悲剧；《群盲》则描绘了首尔城市贫民的痛苦生活。上述作品都对殖民地社会的矛盾进行了冷静而透彻的观察，对在苦难中营生的城市贫民抱有极大的同情。

　　小说《惊蛰》呈现了殖民地社会地主和农民之间的冲突，真实地描绘了农民在这一矛盾中产生的心理变化，是一部颇有意义的作品。

　　小说中，老马的父亲得病，无法再租种地主家的地。佃农洪瑞和景春都觊觎那块地，景春跑去给地主家扫院子，并事先在老马家的水田里施了肥；而洪瑞媳妇儿则老拿着鸡蛋往地主家送，洪瑞后来也在那块地上施了肥，最后跑到地主家求得了那块地。但是，比起喜悦，洪瑞更觉得寂寞空虚。该小说并不像传统小说那样直接表现地主和农民之间的矛盾，而是揭示了在尖锐的阶级冲突所引起的社会矛盾下，农民的矛盾心理以及佃户们相互之间的不信赖感，以全新的视角对社会进行了剖析。

　　金裕贞（1908—1937）通过具有反讽意义的事件来反映农村的贫困现实，作品有《山沟游子》、《采金的大豆地》（1935）、《万无妨》（1935）、《春天·春天》（1935）、《山茶花》（1936）等。

---

　　① 日本殖民统治时期巡警驻地。

　　《万无妨①》的主人公应七原本是个诚实的农民，但因为干农活欠下的债越来越多，只好丢下家当连夜逃走，后来干脆成了流氓。他摘松茸充饥，干着一些赌博、偷盗的勾当。村子里的人羡慕应七，不少人也像他那样进出赌博场所，把卖老婆、卖粮食的钱当作赌资。小说通过具有反讽意味的事实，揭示了只靠耕种反而无法生存的殖民地现实。

　　此外，小说《山沟游子》讲述了妻子出卖贞操为丈夫看病的悲惨现实；《采金的大豆地》则描写了在农活中感到危机的农民为开采金矿反而将自己的农田毁掉的故事。

　　金裕贞小说的特征是通过农民的复杂心理和行为来批判殖民地社会的矛盾。

　　玄卿俊（1910—1951）出生在咸镜北道明川郡，1930 年代生活在中国东北的图们②等地。1934 年，他在《朝鲜日报》上发表了长篇小说《心中的太阳》，开始登上文坛。之后，他还发表了短篇小说《星》（1937）、《五马里》（1939）等优秀作品。

　　小说《五马里》描写了负责鱼食的五马里船员们悲惨的生活处境，生动地刻画了他们的温暖人性。

　　小说《星》塑造了在殖民地现实中守护教育者良心的进步知识分子形象。小说的主人公崔明友在师范学校勤工俭学，毕业之后去小学当了一名教师。他时刻铭记自己少年时期的艰难，并没有把教师这一职业当作单纯维持生计的手段，而是想守护自己作为教育者的良心，履行高尚的使命。他把教育者的使命比喻成照亮黑暗的太阳、火把和星星，以"就算不能成为太阳，也要成为黑夜中的星星"的抱负，全心全力地教育孩子们。

　　但是，现实却跟他的想法截然相反。他为了给贫困的孩子们预缴学费费尽了心思，但因凑不齐学费而缺课和退学的学生还是越来越多，留在教

---

　　① "万无妨"是指那些没有廉耻或随随便便活着的人。
　　② 今图们市，吉林省延边朝鲜族自治州下辖市。

室里的都是家里有钱有势的愣孩子。他陷入了苦恼，并且和只围着有钱孩子转的校长以及首席训导员发生了冲突。然而，他碰到的问题不止这些。"勤勉的人为何生活得如此艰难？"这个问题即使去问村子里的青年也得不到答案，而他却觉得这是自己的责任，也因此备受折磨。不过，崔明友并没有向现实妥协，而是选择去探求新生活的真理。"想要成为在黑夜中闪烁的星星，就要认识到黑就是黑，白就是白。不！不仅如此！还要往前再迈一步，一定要找出黑为什么是黑、白为什么是白的理由。"他就是靠着这样的信念，开始了自己的新起点。崔明友还是个进步的知识分子。他在殖民地社会末期投身于民族的教育事业，以自己的良心为教育事业做出了贡献。作者通过主人公的形象，巧妙地反映了殖民地社会背景下的民族教育状况，揭示了民族教育的迫切性。

1937 年日本发动的全面侵华战争使日本在朝鲜的法西斯统治达到顶峰。当时，为了抵抗法西斯主义，人文主义思潮应运而生。人文主义的产生在小说创作中也有所体现，李泰俊、朴泰远等人以冷静的目光看待资本主义社会的非人道主义现实。他们真实地描写了资本主义社会的现实，对备受现实折磨的人们的命运抱有同情之心。他们的小说创作表现出强烈的人文主义倾向，在创作手法上体现了对批判现实主义的拓展。

李泰俊（1904—1956），号尚虚，出生于江原道铁原郡。1924 年由于组织罢课而被徽文高等普通学校退学。之后赴日本留学，于 1927 年回国。回国后，他以记者的身份活跃在各报纸、杂志，1933 年成为九人会的成员，并在日本帝国主义殖民统治末期担任《文章》杂志的编辑。

1925 年，李泰俊凭借短篇小说《五梦女》登上文坛。1930 年代发表了《故乡》（1931）、《无事》（1931）、《不遇先生》（1932）等短篇小说，在日本帝国主义殖民统治末期发表了《福德房》（1937）、《浿江冷》（1938）、《宁越老翁》（1938）、《农军》（1938）、《兔子的故事》（1941）、《石桥》（1943）等作品。此外，他还发表了短篇集《月夜》

（1934）、《乌鸦》（1937）、《石桥》（1943）等。

　　李泰俊的短篇小说生动地描写了在日本帝国主义的统治下"那群不幸的人"的命运。他把自己的小说称作"人间事典"。李泰俊善于塑造在殖民地现实中遭受不幸的人物形象，并对这些人物怀有同情和怜悯。他所塑造的人物大部分都无法适应殖民地资本主义现实。

　　小说《福德房》描写了福德房①里徐参尉、朴熙完、安初始三个老人落后于时代的生活。徐参尉在旧韩末②时期毕业于武官学校，当上了参尉，日韩合并之后做着房屋中介、寄宿服务的活儿，凑凑合合地过日子。但他时常想着过去的生活，很是伤心。朴熙完说要搞代笔活动，日夜都带着一本《速修国语读本》，实际上却无事可干。安初始经常去打花图，想着哪天能走一次大运，但奇迹从未发生过。安初始的女儿是非常有名的女舞蹈家，她以为父亲着想为借口买了生命保险，但连一套棉衣都不舍得买给父亲；在父亲受诈骗信息所欺，劝她投机土地的时候，她则让爱人来处理，不让父亲碰一分钱。土地投机是骗局的事实被揭发之后，安初始承受不住女儿的训斥和追究，最终自杀。同样，福德房的另外两个老人也都是完全无法融入殖民地现实的悲剧人物。作家通过这三个人物形象，批判了殖民地的资本主义现实，但对这些人物的同情和怜悯也反映了作家的思想局限性。

　　小说中的女儿看重自己的利益胜过父女感情，作者通过女儿这一形象，批判了资本主义社会的利己主义。

　　小说《月夜》中的黄守建是城北洞的补助配送员，他一直以来的愿望就是能够成为正式的邮递员，而不只是一个补助配送员。黄守建是个不计世俗利害、淳朴、单纯的人物。虽然在别人眼里是个呆子，他却能感到自我满足。在他负责派送的地区被独立分离出来后，黄守建相信自己一定能

---

　　① 房地产交易所。
　　② 指1897—1910年的大韩帝国时期。

够成为一名正式的邮递员，但这个职位却被有心眼的人抢走，他连原先补助配送员的工作都丢了。在那之后，黄守建做起了香瓜买卖，赔光了家底，妻子也出走了，但黄守建还是按原来的样子过活。在小说中，作者始终对主人公抱有同情和怜悯，他通过小说中的人物否定了人的价值观念被扭曲的现实，流露了民族情绪。

《福德房》《月夜》等作品都带有融合民族情绪和怀古主义情绪的人文主义倾向。小说《浿江冷》《兔子的故事》等则摆脱了怀古主义情绪，表露出对现实的批判意识。

小说《浿江冷》描写了有良心的知识分子的苦闷心情。小说中，玄时隔十年再次来到平壤，然而耳闻目睹的却是殖民地的矛盾现实。平壤街上充斥着用红砖盖起来的警察署，并且因为飞机场的原因，连名胜古迹都不能参观。实业家金劝玄改变方向，让玄充实生活，而玄却把酒杯丢给金后走出了门外。踏着寒霜，玄顿时醒了酒。"整好衣角，把这寒冷铭记在心。想抽烟却连一根火柴也没有。"这是主人公玄的感受。最终玄并没有向现实妥协。作者通过这个有良心的知识分子形象来批判殖民地的现实矛盾。小说《兔子的故事》同样描写了在殖民地社会背景下知识分子的悲剧生活。主人公玄为了生存，辞去工作养起了兔子。但是由于买不起饲料，只能选择把兔子杀掉。不过玄却不忍心亲自下手，最后只能由他那位曾经背诵浪漫诗歌、梦想成为诗人的妻子来动手。作者通过这样的故事，深刻地批判了现实的龌龊，表露了对生活的绝望。

正如上文所见，李泰俊的作品具有浓重的人文主义倾向，而根据情况的不同，这种人文主义倾向有时候与怀古主义情绪相结合，有时又与民族主义情绪相结合。但无论怎样，现实主义的描写都贯穿于其作品的始终。

朴泰远（1909—1986），号丘甫，出生在首尔的一个中人[①]家庭。他

---

① 朝鲜王朝时期，两班和平民中间的阶级。

于 1929 年赴日本留学，就读于东京法律大学，同时也对英文学很感兴趣。1930 年发表了小说《寂灭》，并以此登上文坛。他于 1933 年加入文学团体九人会，正式开始创作活动，发表了小说《落照》（1933）、《小说家丘甫氏的一天》（1934）、《悲惨的人们》（1934）等。上述小说主要描写了知识分子的生活状况及其复杂的心理活动。

特别是小说《小说家丘甫氏的一天》（1934）刻画了在殖民地资本主义社会中知识分子的冷落感，因而受到很大的关注。

1930 年代中期以后，朴泰远发行了长篇小说《川边风景》（1938），短篇集《小说家丘甫氏的一天》（1938）、《朴泰远短篇集》（1939）。《川边风景》于 1936 年在《朝光》杂志 8 月刊至 10 月刊上连载，1938 年出版单行本。小说以 1930 年代首尔清溪川边为中心，呈现了在殖民地资本主义社会背景下人们的不同命运，巧妙地反映了殖民地近代化的潮流。

清溪川边的村子急速城市化，而这里生存着两大类不同的人。一类是在殖民地资本主义现实中找到新职业并逐渐积蓄财富的人；另一类则是韩药房掌柜、做司法书士①的闵主事、布匹店老板、洋药房掌柜崔进国等人。后者既不同于封建时期积攒了财富的阶层，也不同于依靠殖民地资本主义的支配层积攒巨额财富的地主、资本家。他们可以安稳地在殖民地资本主义社会中挣钱、生活，对社会的变动并无兴趣。他们想赚钱、提升社会地位，还想成名。这从闵主事 50 岁还出任副议员一职、布匹店老板凭副议员妹夫而得势等现实中都可以看出。他们还是用金钱追求放荡生活的人。闵主事的生活清楚地揭示了这一点：他花钱纳了个 20 岁出头的姜室，沉迷麻将，看到喜欢的新妓女就毫不犹豫地弄到手；他的姜安城氏又从他那儿拿钱去跟大学生玩乐。

作家通过刻画闵主事等在殖民地资本主义社会中快速积攒财富的人物

---

① 法务士的旧称。

形象，真实地反映了金钱支配现实的腐朽与堕落。

在这部小说中登场的另一阶层则是在城市富裕阶层之下的贫民。男人们经营着那份勉强能够维持生计的城市职业，如理发师老金头和载奉、做冰棒生意的占龙、在台球场干活的琴顺弟弟、韩药房的昌秀等。而女人中上了年纪的就去当女佣，像耳石妈和敏石妈就在韩药房干活，七圣妈则在闵主事家做事，必元家里的人以及琴顺就去照顾妓生们的生活起居，像花子和君子这样年轻的就去酒家干活。这些人过一天是一天，没有什么计划，也不期盼着能过上什么好日子。他们的命运日益陷入绝境。

作者通过这些底层人们的形象，真实地反映了资本主义社会中城市贫民的形成以及他们凄惨的命运，表达了对他们不幸命运的同情，并将其同殖民地的近代化联系了起来。

小说《川边风景》的特点是通过描写世态生活来呈现殖民地资本主义社会的急速变化。小说没有主人公，也没有前后情节发展，而是通过真实、生动的世态描写体现作品的艺术魅力。

（3）现代派小说和纯粹主义小说

1930 年代后期，小说创作出现了一个新的倾向——现代派小说。这一时期现代派小说的产生与日本帝国主义法西斯统治的加强、大众运动的消减等有一定的关系。也就是说，日本帝国主义的法西斯统治加速了主体的分裂和异化，而大众运动的消减则加大了人们对现实的绝望感。因而现代派小说成为表现主体的分裂、人的异化及绝望感的途径之一。现代派小说的主要作家有李箱、崔明翊等。

李箱（1910—1937），本名金海卿。他于 1936 年发表了小说《翅膀》《逢别记》《蜘蛛会豕》，1937 年逝世前留下了小说《终生记》。李箱将小说创作与个人经验紧密联系起来，他的小说几乎可以称之为"自我分析的手记"，展现了因对生命的欲求和倦怠之间的矛盾而感到极度敏感疲劳的自我意识世界。其中，小说《翅膀》是描写殖民地资本主义社会中知识分子的主体分裂和异化的代表性作品。

《翅膀》的主人公"我"是依靠老婆卖淫来维持生计的无能之人，所以就算他的老婆和别的男人在隔壁房间打闹他也毫无感觉。在妻子把男人带回家时，他就盖着被子一动不动地躺着。他不知道为什么妻子会给自己钱，也不知道为什么男人们走之前会给妻子钱。他"只是喜欢从握钱在手到将钱投入存钱罐的这段时间里那微不足道的短暂触感"。他觉得把硬币放进存钱罐是件麻烦事，所以连存钱罐都被他扔进了厕所。主人公的这种心理和行为就是金钱所带来的主体分裂和性格异化，作品体现的是对金钱的否定意识，这其实是对以金钱为基础的殖民地资本主义现实的否定与批判。

但是主人公"我"又为给妻子钱在她房间睡觉、半夜外出花光钱的行为而感到后悔，甚至渴望"纸币像雨一样"洒下来。但他的渴望在现实中绝对不可能实现。最终主人公"我"爬上高楼喊着"飞吧，飞吧，再飞一次吧"，呼唤着背上长出翅膀。小说通过被异化的知识分子形象，展现了殖民地资本主义社会末期知识分子的失落感。

崔明翊（1903—? ）在平壤高等普通学校就读时就参加了"三一"运动，1921 年东渡日本留学，1928 年在平壤刊行了文艺同人志《白雉》，由此开始了他的文学活动。1936 年 5 月，他在杂志《朝光》上发表了小说《雨路》，之后正式登上文坛。后来他又陆续发表了《心纹》（1939）、《张三李四》（1941）等小说。这些小说都展现了主人公的主体分裂，所以均应归类为现代派小说。

小说《雨路》是展现主人公秉日主体分裂和性格异化的作品。秉日生活在城外的贫民窟，在城外工厂当司书，给别人跑腿，每天来往于家和工厂之间。他不与任何人来往，只把人们当作一个物体。与秉日打交道的人只有一个，那就是在屋檐下避雨时认识的照相馆主人李七星。李七星是一个平凡小市民，他期盼着照相馆生意兴隆，好与家人过上好日子。秉日虽然轻视李七星，认为其生活庸俗不堪，但其实内心也憧憬着这样的生活。后来他甚至把李七星视为令人烦心的存在，对他的死亡也冷漠相对。由此可以看出，秉日是一个自我意识分裂的人，他拒绝认清现实，是一个孤独的非社会性的人。作家通过秉日这一形象，展现了日本帝国主义殖民统治末期知识分子的性格异化。

小说《张三李四》以"我"的视角来观察发生在火车上的一系列事件。火车上一个农村青年不小心把一口痰吐在了绅士的皮鞋上，绅士用干净的纸巾擦去脏污。从其言语和行动中可以得知，这位绅士是来抓一个逃走的卖淫女的。女人去洗手间很久都没有回来，"我"甚至怀疑她已经自杀，结果她毫发无损地回来了，这令"我"不禁想笑。乘客们对发生的事都毫不关心，只是继续自己的旅行。小说并未揭示"我"的旅行目的，作者通过刻画一个与现实完全脱节的场景，展现出殖民地社会中人们的主体分裂与性格异化。

崔明翊的小说用独特的艺术形式表现了殖民地资本主义社会的人的异化，具有一定的意义。

1930 年前后，纯粹诗文学开始产生，直到 1930 年代后期还在持续发展。在小说创作中也出现了纯粹文学的倾向，其中金东里的小说具有代表意义。金东里致力于纯粹小说的创作，主张"纯粹才是真实的新晋作家们所获得的世界，是与当时的作家们的'所有非文学的野心和政治'主义对立的精神，也是对它的挑战精神"。他的小说否定了资本主义近代化，展现了传统的萨满教的意识。

金东里（1913—1995）先后发表了《花郎的后裔》（1935）、《山火》（1936）、《岩石》（1936）、《巫女图》（1936）、《黄土记》（1939）、《蔷薇花》（1939）、《昏衢》（1940）等小说。

小说《花郎的后裔》用充满同情的眼光讲述了没落两班黄进士被时势

蒙蔽了双眼，最终被当成骗子抓走的故事。自命为花郎后裔的黄进士为了混口饭吃，做起了狗皮膏药的生意，结果被当成骗子抓了起来。他的意识是落后于时代的，是表里不一的。为填饱肚子，他去叔叔家要饭吃，却遭到羞辱，叔叔让他要么卖了贵重的书换饭吃，要么行个大礼；因为贫穷他一直没能娶上老婆，心里很着急，当听说可以娶寡妇时，他高兴地跳了起来。作者通过黄进士的形象表达了对在时代洪流中没落之人的怜悯和同情。

《巫女图》以框形结构小说的形式描写了主人公探寻自己手中的一幅神秘画作的来历的过程。少女阿娘画了一幅巫女做神祭的画。她的母亲模花曾是个巫女，但模花在成为巫女之前生的儿子阿旭却成为基督教徒，这与模花产生了冲突，阿娘因此想与阿旭断绝关系。最终模花用刀刺死了阿旭，自己也在祭祀中自杀了。小说描写了萨满教与基督教之间的冲突。具体来说，作品表现了拒绝近代理性、以萨满之神秘主义来追求纯粹文学的特征。

3 诗歌创作

1930年代中期以后，诗文学的发展在日本帝国主义的法西斯强压政治下受到了重创，但是诗人们的创作活动并没有完全被镇压。在主客观条件十分恶劣的环境下，诗文学创作仍旧有了新的探索。这一时期出现了许多有才华的诗人，多部诗集得以发表，而创作倾向也表现出多元化的特点，这与前期诗人为应对时代现实而不断探索的努力和热血是分不开的。

第一，这一时期由于"卡普"的解散，"卡普"诗人作品中的社会指向性不再明显，而是以一种内敛的形式体现出来。但这一时期的诗歌明显克服了前期诗歌的公式化和概念性局限，展现了多样化的诗歌意象以及对它的感悟。这一点在林和、朴世永、李灿等人的诗歌里得到了充分的体现。

第二，这一时期的新晋诗人从现实主义的角度出发进行创作，反映了民族的现实。他们没有展现出明确的社会理想，但深刻批判、抨击了时代和社会的诸多矛盾。李庸岳、吴章焕、白石等人的诗歌创作为 1930 年代后期的现实主义诗歌注入了新的血液。

第三，这一时期的诗歌创作中不能忽视的还有现代派和生命派的诗歌创作。金起林、李箱、金光均等人通过自己的诗歌创作展现了现代派诗歌的面貌，表现了对日本帝国主义法西斯统治的绝望，以及在这样的现实中的人格异化。徐廷柱、柳致环、吴章焕、咸亨洙等生命派诗人则表达了人存在的本质和原始冲动等。但无论是现代派诗歌，还是生命派诗歌，他们独特的诗歌表达和追求都为当时的诗坛带来了巨大的震撼。

同时，在这一时期的诗歌创作中，不可忽视的还有抵抗诗的出现。它以对民族解放坚定的信念和纯洁的灵魂，对现实进行抵抗。李陆史、尹东柱等人的诗歌创作将民族的现实要求反映到诗歌当中，因而值得高度评价。他们的创作为最黑暗的 1940 年代诗歌的发展带来了巨大的贡献，可以说，他们是坚强的民族诗人。

（1）原"卡普"诗人的诗创作

"卡普"解散后，原属"卡普"的诗人的诗歌创作发生了重大的变化。与"卡普"时代不同，他们的诗歌无法直接体现先进的社会趋势，而不少诗人也放弃了诗歌创作。这一时期原"卡普"诗人的诗歌创作虽然经历了严峻的考验，但仍有许多诗人通过诗歌创作探索应对现实的方法，因而他们的诗歌表现出情绪表达内敛化的倾向。这一时期，"卡普"所属诗人们克服了前期诗歌创作的公式化、抽象化局限，体现了诗歌的形象性。

体现这一时期"卡普"所属诗人的主要创作成果的诗集有朴世永的《山燕》（1938），林和的《玄海滩》（1938），朴八阳的《丽水诗抄》（1940），李瓒的《待望》（1937）、《焚香》（1938），权焕的《自画像》（1943）、

《伦理》（1944）等。权焕的诗歌以绝望和叹息为主调，与前期的诗歌创作相比明显退步。朴八阳的《丽水诗抄》则以对爱情的歌颂和对自然神秘性的追求为主。这一时期，"卡普"诗人的创作成就主要体现在林和、李瓒的诗歌创作上。

林和的诗集《玄海滩》不再追求短篇叙事诗的形式，而是积极探索了抒情的形象化方法，即象征和暗示等手法。诗集《玄海滩》汇集了众多诗篇，主要表现了青年一代不畏玄海滩的巨浪、努力抵达目的地的坚定意志和信念。不过在这本诗集中，由现实的失落而产生的诗人自身的悲叹和怀旧的感情也频频出现。这个特点在其中收录的诗篇中得以体现。

诗歌《玄海滩》十分清晰地展示了诗集的基本主题。诗中的玄海滩象征着朝鲜经受的磨难，而诗人形象地刻画了青年们顽强抵抗狂浪前进的精神面貌。

> 这片海上的波涛，
> 自古就汹涌澎湃。
> 但是我们的青年，
> 以勇气战胜了内心的恐惧，
> 就像山火将小鹿，
> 驱赶到崎岖的原野一样。

对于"我们的青年"为什么要毫不犹豫地越过现实的骇浪这一问题，诗人通过为了躲避"山火"而向原野逃跑的"小鹿"这一比喻进行了回答。同时，诗人也在认真地反省那个并不顺坦的过程：

> 我记得在这片海洋里，
> 如花瓣散落的，

几个可怜人的名字。

他们有的人在渡海的途中牺牲，

有的人刚回来就逝去，

有的人茫茫不知生死，

有的人为了沉痛的失败而哭泣。

——如果说那其中有可恨地出卖了希望、义理和自豪的人，

那些名字我已不愿意再记起。

诗人在怀念那些在磨难中牺牲的同志的同时，也犀利地批判了那些抛弃初衷的人。接着，诗人歌颂了暗含青年们的希望、决心和自豪的玄海滩——大海。

在席卷大陆的朔风中，

我想要歌颂所有一直拥有大丈夫气概的，

青年的名誉，

还有这片大海……

当所有的一切成为过去，

在废墟里那高高耸立的碑石上，

他们的名字被晨星照亮的时候，

玄海滩的波浪，

就像我们小时候，

抓鱼的河川，

他们的生平事迹，

会如美丽的传说流传于世。

然而我们现在仍然还在，

　　这片大海的高浪里。

　　诗人确信自己和盟友们走过来的路是最具意义的，同时也真心地期待着这些能够成为未来的美好回忆。"他们的名字被晨星照亮的时候"实际上指的是胜利以后的未来。这里展现了诗人进取的社会理想和浪漫情怀。

　　诗歌《玄海滩》描绘了青年们带着玄海滩的希望决意乘风破浪再度归来的精神面貌，这其实也暗示了包括诗人在内的进步知识分子的形象。诗歌展现了进步知识分子对殖民地现实进行变革的进取精神，因而这首诗歌可认为是无产阶级诗歌形式的一种延伸。

　　诗歌熟练地使用了象征和暗示的表现手法，诗中的玄海滩既有充满挫折和死亡的现实状况，也是实现希望和梦想的途径。这样的象征性表达使诗歌的思想变得更为丰富和深刻。这一点恰好反映出该诗已经克服了诗歌公式化、观念化等局限，增强了诗歌的形象性。

　　此外，诗人还在诗歌《大海的赞歌》中，歌颂了不屈服于现实的坚定意志和决心。

　　　大海啊，
　　　在你广阔的胸怀里，
　　　是否孕育着思想？
　　　强有力的反抗又具有何等意义？
　　　比起仰望苍穹所带有的意味，
　　　我更爱你那张扬肆意的身躯。

　　　当诗人的嘴边，
　　　不再有麦克风，
　　　而是被套上了镳嘴的时候；

当歌颂的热情，

在静默之中，

说出临终的托付那一刻。

大海啊，

请为挣扎着的，

那些身躯的旋律伴奏吧。

诗中的大海其实也是磨难和曲折、希望和理想相互纠缠的时代现实本身。诗人运用象征和暗示的手法，歌颂了战胜残酷现实的“强有力的反抗”“张扬肆意的身躯”。诗歌充分地反映了诗人，也就是抒情主人公进步的生活理想和坚定不变的意志。

林和的诗歌歌颂了诗人不屈服于日本帝国主义殖民统治末期惨淡现实的进步的社会理想，而且还巧妙熟练地运用了象征、暗示等手法，因而受到了诗坛的高度的评价。同时，他的诗歌也为“卡普”解散后无产阶级诗歌的发展做出了重大的贡献。

诗人李瓒（1910—1974）出生于咸镜南道北青郡，1920 年代后期曾前往日本留学。在留学日本早稻田大学时，他曾参与过无产文艺运动，并专注于无产阶级诗歌的创作。1932 年末，他被迫入狱，在经受两年的牢狱之苦后被释放，转而回到家乡，继续专注于诗歌创作。1930 年代后期，他发行了《待望》（1937）、《焚香》（1938）、《茫洋》（1940）等诗集。这些诗集中既有展现现实悲哀和现代派倾向的作品，也有歌颂人们不幸处境和抗日武装斗争的作品。如诗集《待望》中收录的《待望》《出帆》《等待》等作品属于前者，《宝成雪夜》《边境之夜》《结冰期》等则属于后者。

诗人在诗歌《结冰期》中展现了鸭绿江边地区的紧迫形势，并间接地反映了抗日武装斗争。

12 月下旬，
在似停非停的纷纷白雪中，
八百里鸭绿江结成厚冰，
人马的通行也被施以禁令。

滔滔的流水声，
与悠远绵长的船歌声同时消失无踪。
在大陆阴郁的天空下，江边一片静寂，
只是偶尔北满洲那铿锵的傩戏如怒吼般，如唬人般，在天空盘旋。
啊，那静寂的江岸上整齐排列的炮台，
是谁，愚蠢地掰着手指头意图将它数清。

明天的数量跟今天的不会相同，
实际上在各个关口，日益增多的铁丝网，
还有一溜儿的警卫队，戒备森严。

延边星星点点的农家草屋里，
妇女们愁容满面，嘀咕声愈发高昂。
在几个小城中，
来往的行人难见身影。

徒余富商们急剧增多的搬家行李，
和远道而来的援队刺耳的脚步声。

不知不觉太阳西沉，
越过连绵的山峰和太白山脉的崇山峻岭，黑暗开始降临。

在没有星星的大地上，警卫灯如长蛇般蔓延。

听不到胡弓声的孤独的旅窗边，

传来的几声枪响让人胆战心惊，

呜呼，就像即将迎来阵痛的产妇的心情一样，

八百里鸭绿江成了不宁之地。

诗中所描述的紧迫形势暗示了抗日游击队出现之前的情况，"明天的数量跟今天的不会相同"则暗示了抗日游击斗争队伍的不断壮大、成长。诗歌形象地再现了在日本帝国主义残酷的法西斯统治下的抗日游击斗争，具有一定的历史意义。

在诗歌《国境之夜》《宝成雪夜》中，诗人描绘了国境边境的风景，热情歌颂了抗日游击斗争精神。

（2）新晋诗人的诗歌创作和殖民地现实批判

在 1930 年代后期的诗歌创作中，李庸岳、吴章焕、白石等新晋诗人体现出和原"卡普"诗人、现代派诗人以及生命派诗人不同的创作倾向。他们坚持批判现实主义，志在批判、揭露日本帝国主义殖民统治末期的黑暗社会现实。

诗人李庸岳（1914—1971）出生在咸镜北道镜城郡，毕业于首尔高等普通学校，1934 年赴日本留学。1935 年，李庸岳在《诗人文学》上发表了《失败者的心愿》，从此登上诗坛。他先后发表了诗集《分水岭》（1937）、《旧屋》（1938）等，在当时与徐廷柱、吴章焕并称"诗坛三才"。

诗人在诗集《分水岭》中将自己的个人体验和民族的现实体验结合起来，表现出对现实的批判精神。这一点在《像燕子一样的少女啊》《天地之江啊》等诗歌中得到了充分的体现。

诗集《旧屋》描写了东北移民的悲惨命运，用诗歌的形式反映了民族的现实。这部诗集中的代表作品《旧屋》通过大胡子一家的生活，非常巧妙地展现了 1930 年代后期的民族现实。诗中的"旧屋"是"蜘蛛遍布的屋子"。诗人在诗中写道："牛马棚里还隐隐散发着酸臭味，没有人知道大胡子去了哪。"通过这样的诗句，反映大胡子家里凄惨的生活状况。大胡子家里生了一个儿子，然而村子里的妇女们却说生个儿子还不如得一个小牛犊，从这里可以充分看出他家里的窘迫。大胡子一家七口"一路向北，只把脚印留在雪地上"，不知消失在何处。可以说，诗中大胡子的"旧屋"象征了时代的现实，同时他的家族命运也正是失去国家的民族命运的缩影。诗人表达了自己对"旧屋"的哀楚心情。

……

现已无人居住的屋子，

被村里人忌讳是凶宅的旧屋，

一到季节就满挂着馋人的杏果儿。

让人眼红不已的杏树，

而今也只剩下了枝干。

花开的季节来了又去，

后院里却再也不会飞来一只蜜蜂。

诗歌中，"旧屋"的命运无论在现在还是未来，都没有改变的可能，这种极大的悲剧性使得作品对殖民地社会现实的批判更具深度。

诗人的这种情感在《堇菜①花》《全罗道女孩》等作品中也有所体现。

诗歌《堇菜花》内容如下：

---

① 在韩语中，"堇菜"和"夷狄"同音。

顾不上女人与首领就匆匆逃跑，

丢下漩流泉和老房子，被驱赶到江的对岸。

在高丽将军的勇猛进攻下，

夷狄如同枯叶般被席卷而去。

云卷云舒，

一个又一个百年流逝。

你没有沾染任何一滴夷狄的血，

堇菜花，

你只是连石轿和毛鞋都不知为何物的堇菜花。

用双手为你挡住阳光，

哭吧，放声哭吧，堇菜花。

诗中的堇菜花象征了民族的处境，由于日本帝国主义的残酷镇压，朝鲜民族的处境与夷狄的下场并无不同。诗人通过对堇菜花的怜悯和同情表现了民族沦为奴隶的悲哀情感。诗歌借助深刻的比喻和象征，以具体的事物为依托表露了民族的情感和意志。

李庸岳的诗《全罗道女孩》通过诗人"我"和全罗道女孩情绪上的共鸣，确认了民族悲剧现实的普遍性。从全罗道一直向北行商的全罗道女孩的经历集中体现了整个民族的悲剧命运，而"我"对她的同情绝不只是个人的情绪，而应该视为整个民族的情绪。

这一时期，李庸岳的诗歌创作真实地再现了 1930 年代朝鲜的殖民地社会现实，通过象征和比喻的手法，出色地创造了众多诗歌形象，从而赢得了诗坛的高度评价。

诗人吴章焕（1918—1951）出生在忠清北道报恩郡，曾就读于徽文高等普通学校，但中途退学，之后赴日本留学，就读于明治大学。1933 年，他在《朝鲜文学》上发表了作品《沐浴间》，并以此为契机登上诗坛，以诗人部落同仁的身份活跃在诗歌的舞台上。他和徐廷柱、李庸岳并称为1930年代的"诗坛三才"。这一时期，他还发表了《城壁》（1937）、《献词》等诗集。

吴章焕早期的很多诗歌都展现了现代派的特征，但是与其他现代派诗人不同，他在作品中表现出了强烈的现实批判倾向。这一倾向主要体现在对封建意识的否定，以及对殖民地资本主义社会现实的讽刺上，而这正源于他对社会底层贫民的同情。

诗歌《温泉地》辛辣地讽刺、批判了资本主义社会有产阶级的堕落性。

温泉地里一天会有许多银色汽车进进出出，像装食物一样载着老人、年轻人、稳重的绅士或者美貌的姑娘来到这里。老商人们常在晚餐桌上吵吵嚷嚷，说最喜欢年轻女子像青蛙一样浮在浴池里；绅士们则觉得公共池里聚集了各种肮脏的皮肤癣患者和出汗多的人，嘟囔着要预约家庭用池。

诗歌借用温泉地这一特定场所，反映了殖民地资本主义社会的真实情况。通过"老商人"和他们的玩物——"年轻女子"的对比，披露了生活在殖民地资本主义社会的人们精神与道德的缺失。

此外，吴章焕在《慕村》《北方的路》等作品中也真实地展现了由于殖民地社会的搜刮，农民面临破产和没落、过着流浪生活的悲惨现实。

诗歌《北方的路》内容如下：

> 被雪覆盖的铁路变得愈发冰凉，
> 沼边一角坐着的农民身上散发着牛犊的气味，
> 他无力地微笑着，说只要能上车就要北上。
> 孩子哭了，像金钱蛙叫唤一般，
> 车窗将故乡抹去，
> 孩子挠着玻璃窗哭泣。

　　"无力地微笑着"坐上北行列车离开的农民、整天劳作致使身上沾染了"牛犊的气味"的农民，他们的"北上"——流浪生活并不是他们自己的意愿和选择。诗歌如实地反映了农民失去故乡和祖国的悲惨命运。

　　白石（1912—1996），本名白夔行，出生于平安北道定州郡（今定州市），从五山中学毕业后赴日本留学，在青山学院攻读英文学专业。1935 年，他在《朝鲜日报》上发表了题为《定州城》的作品，正式开始了诗歌创作活动。1936 年发行诗集《鹿》。1939 年来到中国沈阳，一直居住到朝鲜光复，之后回到故乡。

　　白石的代表作有《喀自①屋》《焚火》《女僧》《八院》等。其中，《女僧》和《八院》等作品如实地再现了日本帝国主义殖民统治下的残酷现实。

　　诗歌《女僧》内容如下：

　　　　女僧合掌行礼，
　　　　身上散发着茄子草的香气。
　　　　冷清的脸庞一如既往，
　　　　我变得像佛经一样悲伤。

　　　　平安道深山的某个金矿中，
　　　　我向一个瘦削的女人买了玉米。
　　　　女人边拍打着年少的女儿边哭泣，就像秋夜一样悲凉。
　　　　等待着像工蜂一样离开的孩子他爸，晃眼已是十年。
　　　　孩子他爸并没有回来，
　　　　而年幼的女儿喜欢桔梗花，也到了石冢。

---

　　① 山岭名字，在韩语中还有"奄奄一息"的意思。

　　山雉也曾委屈得伤心哭泣，

　　山寺院子的一角，女人的头发曾和泪滴一起，

　　纷纷落下。

　　诗歌描写了一个因生活所迫而流浪生活的女性形象。诗歌中的女性为了寻找"像工蜂一样离开的孩子他爸"，带着女儿跑到金矿开始了流浪生活，然而这个女性不仅没有找到丈夫，还失去了自己的女儿，最后成为一名女僧。作品通过女僧的坎坷境遇，反映了殖民地社会底层人民的生活悲剧。诗歌意象深刻，情感真切，体现了抒情与叙事的有机结合。

（3）现代派诗的文学世界

　　1945 年以前的现代文学史中，现代派的诗歌被认为是从 1920 年代开始出现，但由于当时资本主义社会历史环境尚欠发展，因而未能形成一个具体的创作倾向。直到进入了 1930 年代后期，现代派诗歌创作才逐渐发展成为一个文坛趋势。殖民地资本主义的发展、日本帝国主义法西斯统治的强化等给知识分子带来了绝望与焦虑。而这种绝望与焦虑使现代派文学开始发展，这一点与西方现代主义的形成相似。尽管殖民地资本主义有所发展，但朝鲜社会仍处于半封建社会，这一事实证明了现代派文学存在基础的薄弱性。这也导致了朝鲜现代派文学创作与西方的现代主义文学有所区别：第一，对资本主义文明的批判不够深刻；第二，过于追求语言和技巧，回避现实；第三，精神主义倾向比重较大。但其对于人类的绝望和焦虑的表达、对于都市文明的主观感觉的表达、对于语言和技巧的关注等，都展现了现代派诗歌的特质。

　　这一时期现代派的主要诗人有金起林、郑芝溶、李箱、金光均等。

　　金起林（1908—？）在从普成高等普通学校毕业后，前往日本留学，并在日本留学期间对现代主义文学产生了极大的兴趣。回国后，他担任了

《朝鲜日报》的记者，正式开始向大众介绍主知主义诗论，推动了现代主义诗歌运动的发展。他于 1933 年 12 月发表了《1933 年诗坛的回顾》（《朝鲜日报》），1939 年 10 月发表了《现代主义的历史位置》（《人文评论》创刊号）等文章，专注于现代派诗歌的创作。他的诗集有《气象图》（1936）、《太阳的风俗》等。

《气象图》是一首 424 行的长诗，共分为 7 部。第一部是《世界的早晨》、第二部是《市民行列》、第三部是《台风的起寝时间》、第四部是《齐衰》、第五部是《生病的风景》、第六部是《猫头鹰的诅咒》、第七部是《铁轮之歌》，7 部诗均以台风为媒介，描写了刮台风前的场面（第一至三部）、台风来时的场面（第四至六部）以及台风过后的场面（第七部）。

诗人试图通过展现这些场景中世界的整体面貌，借以讽刺现代文明的危机和法西斯主义的兴起。但与诗人的主观目的不同，全诗仅停留在罗列新鲜、感性形象的层面。

从第一部《世界的早晨》中可以看到，不同地域的人类搭载轮船、火车、飞机等不同的交通工具去旅行，但是旅行也只是强调了他们漫无目的的旅行事实。

> 鳞片
> 突起的
> 海峡，
> 就像蛇的脊梁一样
> 留存，
> 如同披上花花绿绿的"阿拉伯"衣服般的年轻山脉。

可以说，此处诗的特征就在于对海峡和山脉的感性描写。

第二部《市民行列》仅仅是把毫无关联的 12 个事件收录在一起，给人一种观看博物馆陈列窗的感觉。

系着领带的白皮肤食人种，

称赞黑人的料理比火鸡更美味。

让咸鱼变白的黑鱼的威力，

是医生罗伯特的处方。

戴着头盔的避暑游客，

热衷于乱七八糟的战争竞技。

裁判那如同悲伤的独唱家般的叫喊声，

太过于激动。

只穿着内衣的法西斯主义者，

但是在意大利，

止泻药是绝对的禁品。

学会了怎么穿西装的宋美龄女士，

因美国的女人们都去了海水浴场，

所以与在空房子里唱望乡歌的黑人，

和小家鼠成了相依为命的伙伴。

第三部《台风的起寝时间》描写了台风本身。

第四部《齐衰》将台风刮至陆地后发生的 13 个场面联系在一起，描写了汽车、电车、建筑、下水道、纤细的胳膊等驳杂的场面，但这些描写与现实差距甚远。

第五部《生病的风景》通过描写海岸风景，预示了资本主义文明的破产，但这些描写也是极其表面、肤浅的。

第六部《猫头鹰的诅咒》通过描写台风过境后的风景，也试图预示资本主义文明的破产，但结果与前文并无二致。

第七部《铁轮之歌》是《气象图》的大团圆部分，虽然提出了充满希望的未来约定，但没有充分的可行性。

> 如果平坦的大路如同希望一般，
> 在远远的地平线那端延伸，
> 我们也将把明天装入四轮车，
> 伴着那嘹亮的马蹄声，
> 沿着那条首次出现的新路前行。
> 在黑夜中愈发心急地奔往，
> 那遥远的太阳的故乡。

长诗《气象图》展现了对于现实的极大关心，但无法与现实接轨。诗歌想要借用天气预报的形式批判资本主义文明，但与其本意不同的是，诗歌仅罗列了庞杂的现象，且太过拘泥于主观感觉的表达，因而无法表现来自现实本身的真实感觉。

金起林的诗集《太阳的风俗》侧重于追求明亮、新颖的感觉和情绪，暴露了他对殖民地现实的认识局限。这一点在其将殖民地现实描写为好奇的对象（《咸镜线 500 公里旅行风景》）等方面得到了清晰的体现。

金起林虽然是现代派诗歌的领军人物，但他自己的创作严重偏离了现代派诗歌。1940 年前后，他开始反思自己的现代派诗歌创作，探索新的创作道路。

诗人李箱（1910—1937）出生于首尔，曾就读于宝成高等普通学校，毕业于京城工业专科学校。他通过发表《朝鲜和建筑》《天主教少年》等文章，开始了他的创作活动，但他正式开始诗歌创作却始于其 1934 年在《中央日报》上发表的《鸟瞰图》。之后，他加入了九人会，成了九人会后期的同仁，并发表了现代派诗歌以及小说《翅膀》等作品。

李箱的主要诗歌作品有《鸟瞰图》《镜子》《花木》《绝壁》等。

李箱诗歌作品的最大特征在于表现出对"拒绝一切既有的文学形态"的否定态度和其自身的异化感。

诗歌《鸟瞰图》形象地描写了自己孤立、封闭的内心世界。《鸟瞰图》中第15首的部分内容如下：

（1）

我在没有镜子的房间里，

镜中的我仍然出门在外。

我被此刻镜中的那个自己吓得簌簌发抖，

镜中的我是不是正在算计着到某地加害于我呢？

（2）

我偷偷进入到有镜子的房间里，

我想将我从镜中解放，

但是镜中的我阴沉着脸，如影随形。

镜中的我对我表达了歉意，

我因为他而陷入囹圄，

而他也因为我而身陷囹圄，颤抖不已。

（3）

从模型心脏中流出了红色的墨水，

在我迟到了的梦中我正在受着极刑。

支配我的梦的人不是我，

有一个罪恶封锁了连相互握手都实现不了的两人。

诗中的镜子实际上表达了诗人自身的异化感。正如诗歌所言，镜子里的我与镜子以外的我被分裂出来，而这分裂几乎是不可抗拒的。诗人最终只能哀叹因此而"身陷囹圄"、遭受"极刑"的自己，并陷入了极度的绝望中。诗中揭露了殖民地资本主义现实中产生的异化感及它的必然产物——意识分裂。《鸟瞰图》在形式上也体现出了极其独特之处，如没有任何隔写的同义反复，与自然科学论文相同的数字、符号、图形等的使用，这些使得封闭、孤立的自我意识得到了更好的表达。

诗歌《镜子》也表现了主体分裂的自我意识。诗歌《花木》则通过孤独的花木形象表现了诗人自身的异化感。此外，诗歌《绝壁》通过描写"我坐在看不见的模型中"，表露了绝望中的自我意识。

李箱的诗歌主要展现了殖民地社会中的人的异化感和由其产生的自我分裂意识。虽然他的诗歌没有体现出对殖民地现实的积极抵抗精神，但他展现了他对于殖民地现实的苦恼，因而，这些苦恼衬托了诗人感情的敏感性。

1926 年，诗人金光均（1914—1993）通过发表诗歌《逝去的姐姐》开始在诗坛崭露头角。1939 年，他通过发表诗集《瓦斯灯》成为现代派诗人，受到了众人的瞩目。他的代表作品有《外人村》《北青附近的风景》《向日葵的感想》等。金光均诗歌的主要特征是把对都市文明的感性表达与哀伤的情绪结合在一起。

诗歌《外人村》通过感性的意象表达了死亡和救援的主题。诗人对外人墓这样的异国风景曾这样描述：

在灰白的暮色中，
山谷小村孤独的画面里，

挂着绿色驿灯的一台马车渐渐沉没。

通往大海的山脊小路上，
呆呆伫立着的电线杆上，
飘过的一朵白云浸在通红的晚霞中。

……
在外人墓那阴森的树丛之后，
微弱的月光整夜照耀。

在空白天空下村子的世界里，
瘦削的指针指向了十点。
如同塔尖般在山坡上耸立的，
褪色的教堂屋顶上，
沉重的钟声如喷泉般四散。

从诗中我们可以看出，诗人对于流逝事物的哀伤情绪以及对于现实文明的独特理解都糅合在感性的表达中。"孤独的画面""呆呆伫立着的电线杆""阴森的树丛""如喷泉般四散的钟声"等都是十分典型的主观感觉表达。

诗歌《北青附近的风景》主要表达了诗人对于新旧事物的感性情绪。诗歌开头一联的内容如下：

火车如同驴叫般响起了悲痛的鸣笛声，
被落叶覆盖的车站屋顶上，
一只乌鸦以悲切的表情，

啄着灰霾的天空。

在诗中，火车、车站、灰霾的天空等属于现代文明的产物，而驴、落叶、乌鸦等则是象征过去存在的事物。诗人通过巧妙地连接相反的事物，充分地表现了对于新旧事物的不同感觉。而且将新事物的感觉和旧事物的感觉联系在一起，更能给人带来亲切感。

诗歌《向日葵的感想》内容如下：

在向日葵的白色花瓣中，
有一个褪色的小村子。
村路边上的老屋里，老婆婆在转动着纺车。

黄昏席卷了紫色的田间小路，
在溪边排列成行的芦苇，
低垂着头躺下。

为了将父亲坟地上的灯点亮，
我
每晚拉着失明的姐姐的手腕，
越过映着青色月光的山路。

作品通过色彩感觉表达了对故乡和亲人无限思念的哀伤情绪。金光均在创作现代派诗歌时摈弃了语言表达的生硬之感，运用自然亲近的表现手法表达了新颖的感觉，因而取得了与众不同的成就。

（4）生命派诗人的诗歌创作

1930 年代初出现的诗文学派致力于诗歌的音乐性和语言探究，开拓了纯粹抒情的世界，取得了一定的成果。现代派诗歌比诗文学派出现得稍晚一些，现代派的诗歌创作以出众的感觉表现了独特的诗歌意象，展现了其独具特色的诗歌探究。但是，纯粹派诗对于技巧的偏重、空洞的内容，以及现代派诗的精神主义倾向、过重的人为技巧等引起了很多作家的反感。

1936 年，曾以诗人部落为活动重心的诗人徐廷柱、吴章焕、咸亨洙和柳致环等人组成了生命派（或称"人生派"）。他们反对诗文学派忽视内容的做法，重视内容的价值，认为内容可以表达生命甚至发现人生。与现代派诗人病态的异化感不同，他们倾向于表现人类存在的本质以及生命的原始冲动。当然，很多情况下，他们把生命的本质从具体的社会历史空间中分离了出来，具有一定的局限性。但是，他们的诗歌重视内容，旨在将内在意识自然地表露出来，因而又具有一定的价值。

诗人徐廷柱(1915—2000)出生在全罗北道高敞郡，小时候学过汉文学，还曾在中央佛教专门经学院修学。他一度过着流浪生活，积累了不少生活体验。1936 年，他以诗人部落同仁的身份活跃在文坛，发表了《麻风病人》《花蛇》等作品，备受瞩目。1941 年，发行诗集《花蛇集》。徐廷柱的诗歌创作十分丰富，其中在表现生命的原始冲动方面颇具特色。

诗歌《麻风病人》中，诗人描写了吃小孩的麻风病人"彻夜哭得像花一样通红"，意图借此发掘人类存在的本质，即作者想揭示善与恶、美与丑的矛盾是人类存在的本质。

诗歌《花蛇》内容如下：

> 散发着麝香与薄荷气息的小路上，
> 美丽的蛇……

究竟出生于多大的悲伤之中，

才会有那样令人发怵的皮囊？

像一丛珍珠兰，

你的祖父用三寸不烂之舌诱惑了夏娃，

你无言地伸着火红的舌头向着蓝天，

撕咬，怨恨地撕咬。

快逃啊！可恨的脑袋！

扔着，扔着石子儿，在充满麝香的芳草路上，

追赶那可恶的背影，

并不是因为我祖父的妻子是夏娃，

就像吃了石油一样……像是吃了石油……费劲地呼吸。

她或许在穿针走线……比珍珠兰更美丽的光……

喝着克娄巴特拉 [①] 的鲜血，

燃烧般火红的唇……出击吧，蛇！

我们二十岁的新媳妇，

猫一样美丽的唇……出击吧，蛇！

　　这首诗的结构矛盾且复杂，既结合了花和蛇相反的特质，又融入了失乐园的神话以及克娄巴特拉的故事，使得诗歌的意义难以把握。但是，这

---

① 公元前51—公元前30年的埃及女王。

首诗把人类生命的原始欲望、性的冲动，以及由此引起的罪恶意识之间的矛盾与冲突进行了形象的刻画，同时还反映了诗人的意识世界：希望把握本质欲望和道德之间的矛盾、美和丑共存的人类本质。

徐廷柱的诗歌受波德莱尔和尼采的影响较大，他所接受的佛教思想也成为他诗歌创作的想象力。他的诗歌通过出众的语言感觉表现了生命的原始意识。

诗人柳致环（1908—1967）出生在庆尚南道统营市，毕业于延禧专门学校的文科专业。1931 年，他在《文艺月刊》上发表诗歌《静寂》，正式开始了诗歌创作活动。1939 年发行诗集《青马诗抄》。

柳致环的诗把虚无和孤独定义为人类存在的条件，并形象地表达了人们克服虚无、孤单的痛苦过程。他的诗歌还展现了男性的刚强和力量，体现了诗歌结构的宏伟性。他的代表诗作有《日月》《乌鸦之歌》《仇敌》等。

诗歌《日月》展现了克服生活的孤独和虚无、确立主体的生命本体的强烈意识。

> 我去的地方，
> 哪里都没有白昼。
> 与远处那愚昧的遗风，
> 和星辰一起入睡。
>
> 同风雨一起忧愁，
> 我热爱我的生命，
> 以及属于生命的一切。
> 谨记不要陷入爱怜，
>
> ——它是耻辱。

要对我的敌人，

以及敌人的走狗，

致以最强烈的厌恶。

最后仰望的太阳，

如向日葵般映在瞳孔里，

像猛兽一样击碎我的某种不义。

噢，我在世上这神圣的光阴里，

还留下了什么悔恨。

　　正如诗歌表达的那样，诗人认为充满孤独和虚无的生活是耻辱的，对此他非常抗拒。但是，这种否定意识也是憎恶意识的一种，即升华成对敌人的厌恶，而与不义的正面对抗也确立了生命的本体。毫无疑问，他的这种否定意识、憎恶意识是以对生命的热爱为基础的。

　　此外，诗人在诗歌《乌鸦之歌》中吟咏了主体的意志。

　　……

我像生病的禽兽一样，

仿佛独自从寒冷的十二月的草原走来，

没有去处，独自悲伤、愤怒，

也不想向任何人诉说我的心事。

　　……

心生憎恶却难以表露，

就连天气也叱咤般寒冷和阴沉，

再也不想回到那条街。

我把帽子压低，像寒鸦那样，

在这荒凉的原野边缘，衣衫褴褛，就要被冻僵。

诗歌表现出为了永远告别这如同受诅咒般充满耻辱的生活，无论什么考验都会坚持下去的强烈意志。这种意志当然也和诗人对殖民地现实的诅咒和愤怒有一定的联系。

诗歌《仇敌》写道，只有在敌人"怀里藏刀的罪恶面前，我才会一直正确而强大"，表现了诗人不妥协的精神。诗歌《旗帜》高歌了抛弃无法实现理想的现实，在遥远的大自然中发掘生命的志向。

柳致环的诗歌作品将克服现实的意志、仇恨敌人的精神同原始意识的扩充结合在了一起。但是，他的不少诗歌中的"现实"都是不明确的，对"仇敌"也没有进行明示，这是由于他对生命的本体进行了绝对的抽象化。

（5）日本帝国主义统治黑暗时期的民族诗人——李陆史和尹东柱

1930 年代末，日本帝国主义的高压统治日渐强化，于 1938 年废止了朝鲜语教育，强制使用日本语；到 1940 年代强制实行"创氏改名"，除了《每日申报》之外，严禁所有日报使用朝鲜语。换句话说，就是意图抹杀朝鲜民族意识，将朝鲜人民视为侵略战争的工具。

同时，日本帝国主义也为了将文学作为强化法西斯体制的手段而无所不用其极，因此出现了朝鲜文艺会（1937）、朝鲜文人协会（1939）、朝鲜文人保国会（1943）等日本帝国主义御用文学团体，不少作家都打着"文笔保国"的招牌宣扬日本帝国主义的侵略战争，甚至组建了亲日文学派。

但是这一时期的文学并没有完全与民族文学的传统断节，一部分有良心的作家以绝笔表示抗议；李陆史、尹东柱等民族诗人则通过自己的诗歌创作来表达对民族解放的渴望和对日本帝国主义的抵抗意识，通过自我反省表达了反对日本强权的意识，由此延续了民族文学的命脉。他们的诗歌创作在日本帝国主义殖民统治末期也依然坚持着自己的品格与信念，表现了与民族共命运的知识分子的志向和风骨。

诗人李陆史（1904—1944）出生于庆尚北道安东市，是退溪李滉的第 14 代孙，他从小就接受儒家教育，在 1920 年才开始接触新文学。1925 年，他去往日本，六个月后转而去了北京。从那时起他就与义烈团等抗日运动团体保持着密切的联系。1933 年 9 月，李陆史回国。1934 年，他进入《新朝鲜》杂志社工作。1943 年 6 月，李陆史被东大门警察局特高科警察逮捕并押送至北京，1944 年因病重出狱，不久便在北京逝世。

李陆史的诗歌创作活动开始于 1935 年，在杂志《新朝鲜》上发表了诗歌《黄昏》，之后陆续发表了《青葡萄》（1939）、《绝顶》（1940）等 30 余篇诗歌。1946 年，《陆史诗集》刊行。

李陆史的初期作品或多或少流露出精神的彷徨，但他绝大多数的诗篇体现的都是抗日志士的理念和气节，并且怀着对民族解放的真挚渴望。

诗歌《青葡萄》是歌唱民族解放愿望的作品。

我家的七月，
是青葡萄成熟的季节。
累累地挂满了这个村子的传说，
颗颗饱满的葡萄梦想着远处天空。

大海在天空下敞开了胸怀，
白色的帆船悠悠飘来。
我期待的客人拖着疲惫之身，
穿着青袍远道而来。

若是为了迎接他而摘的葡萄，

就算双手浸湿也不足惜。
孩子啊快在餐桌的银盘上，
备上白色的芝麻手绢。

诗人歌唱了在葡萄成熟季节的故乡体验的充满希望的生活。诗的深层
包蕴着生活根基被剥夺的悲痛感情。清新的诗歌情感和生动的比喻是本诗
的特征。

诗歌《顶峰》是表现李陆史志士精神风貌的代表作品。

被寒冷的季节所鞭笞，
最终被卷到了北方。

那让天空也累极的高原，
站立在那冰峰的刀刃上。

该把膝盖跪向何方？
甚至都没有挪一步的空间。

只能闭目沉思，
冬天是钢铁炼成的彩虹。

本诗用象征和暗示的手法描写了日本帝国主义统治黑暗时期残酷的现
实，并歌颂了迎面克服这些困难的斗志和希望。诗中"被寒冷的季节所
鞭笞""冰峰的刀刃上"等象征着残酷的现实，而"冬天是钢铁炼成的彩
虹"则象征着对未来的美好希望。

诗的前三联描绘了极度紧迫的状况，在最后一联又用跳跃的手法展现

出克服这种状况的意志。本诗的卓越成就在于在极度的绝望中还能够继续探求希望。

在诗歌《旷野》中，诗人也展现了对民族的过去、现在、未来的思索，歌唱民族精神，追求充满希望的未来。诗的最后两联内容如下：

> ……
> 现在大雪纷飞，
> 梅花香气孤寂而悠远，
> 我在这里撒下贫穷的诗歌之种。
>
> 又一个千古之后，
> 会有超人骑白马而来，
> 在这旷野上放声歌唱。

诗人为了发扬民族精神，洒下了"贫穷的诗歌之种"，渴望重现千年前的民族历史盛况。诗歌表现了民族志士的热情和节操，明确体现了对民族历史透彻的认识以及对未来的肯定和展望。

诗人尹东柱（1917—1945）出生于中国东北的龙井。他从明东学校毕业后，于 1932 年进入龙井恩真中学学习，在 1935 年第三学年下学期转学至平壤的崇实学校，1936 年 4 月再度转学至龙井光明中学，并于 1938 年 2 月毕业；同年进入延禧专门学校学习文科，1941 年毕业。1942 年尹东柱东渡日本留学，先后进入立教大学英文系、同志社大学英文系学习。1943 年夏，他被日本警察逮捕并判处有期徒刑两年，于 1945 年 2 月在福冈监狱逝世。

尹东柱的诗歌创作开始于 1934 年，他在《天主教少年》等杂志上发表了《小鸡》（1936）、《靠什么活》（1937）、《山鸣》（1939）等儿童诗作。1941年，他想将自己的诗作编成慈善诗集《天空，星星，风和诗》出版，但没能实现。在他逝世后，正音社于1948年1月出版了这部诗集，其中收录了《序诗》《在街上》《黄昏》《清晨》《雪》《辣椒地》《自画像》《轻松写出的诗》等30余篇诗歌。

尹东柱诗歌的主要内容是对自己在殖民地现实处境中进行的自我反省。诗中时常能看到的"羞愧"就是自我反省的产物。这一点通过《自画像》和《序诗》等作品就能看出来。

尹东柱在诗歌《自画像》中写道：

……
还有一个男人，
不知何故令人生厌，我转身离开。

回去之后，那个男人又让人心生怜悯。
踱回井边，他竟还在井底张望。

我再次觉得他令人生厌，转身离开。
回去之后，我却思念他。

诗歌展现了既想放弃又想得到的矛盾心理，并试图对"令人羞愧的"自己进行自我反省。诗人的自我反省在诗《序诗》中最终转化为对自己尊严的选择，即"直到死去的那天，仰望天空，心中无一丝羞愧"。

仰望天空，
直到死去的那天，仰望天空，
心中无一丝羞愧。

在轻抚树叶的微风中，
我亦会感到心痛伤悲。

要以歌颂繁星的心情，
爱惜一切行将就木的生命，
还要沿着我自己的路，
前行。

今夜风儿依旧轻抚着繁星。

　　诗中表现出对"无一丝羞愧"的渴望，这种思想绝不是世俗、伦理层面上的，而是有良心的知识分子挺身直面殖民地现实的宣言，同时也是对当为之事的献身。可以说他充满良心的生活宣言与宗教性的爱是联系在一起的，特别是"爱惜一切行将就木的生命"这一心灵的呼唤可以证明这一点。
　　尹东柱为了实现"没有羞愧的"生活信念，已经为自我牺牲做好了准备。所以他在诗歌《十字架》中写道：

听不到钟声，
只好吹着口哨徘徊。

痛苦的青年，
如果能像耶稣救世主一样，
拥有十字架的话。

垂下脖子，
如花一般绽放的鲜血，

在渐渐阴沉的天空之下，

静静地流淌。

诗中十字架象征着基督教的自我牺牲和献身精神。他的自我牺牲和献身就是在殖民地现实中不被唾弃的生活和纯净的灵魂，那是在民族命运中找寻自我价值的良心呼唤。所以他的自我牺牲和献身超越了单纯的修辞学上的呼吁。诗歌表现出了基督教家庭出身的诗人独有的诗歌探索和对生活的追求。

除此之外，尹东柱在《轻松写出的诗》《另一个故乡》《数星星的夜晚》等诗歌中抒发了在自我反省中的羞愧和苦闷，歌颂了没有愧疚的生活。

诗人尹东柱和李陆史不同，他虽不是志士诗人，但用自己纯净的灵魂和良心拒绝向日本帝国主义妥协，表现出他柔弱而又坚忍的意志。在日本帝国主义的镇压下，不少文人都放弃了自己的信念和良心，在当时的文坛，尹东柱这样的诗人的出现实在难能可贵，甚至可以将他评价为"黎明前黑暗中的一颗明星"。他的诗歌在日本帝国主义殖民统治末期的诗歌文学发展史中取得了丰硕成果，应对此予以高度评价。

4 文学批评

（1）批判现实主义文学批评

批判现实主义文学批评始于 1910 年代，但当时批评家们对它的理解是非常片面的。到了 1920 年代前期，批判现实主义文学批评展现了新的面貌，但与自然主义并没有明确的区分。当时廉想涉、玄镇健等人的文学批评充分体现了这一点。尽管 1920 年代的批判现实主义文学批评有着一定的局限，但其对现实的批判和抨击、对生活的细节描写和人物的性格塑造等仍备受关注。1920 年代前期的批判现实主义文学批评在 1920 年代后期和 1930 年代前期逐步向社会主义现实主义文学批评的方向发展。

1930 年代中期以后，随着"卡普"文学的衰落，批判现实主义文学批评再次盛行，并出现了多样化、深层次的发展势头。

这一时期批判现实主义文学批评得以发展有许多因素。第一，与"卡普"文学的衰落有关。"卡普"由于日本帝国主义的弹压和"卡普"组织内部的矛盾而解体，社会主义现实主义文学失去了继续发展的可能，所以为批判现实主义提供了存在的空间。第二，批判现实主义文学批评再次盛行也可以说是得益于对当时社会主义现实主义文学弱点的反省。也就是说当时的社会主义现实主义文学虽有着一系列的积极意义，但它自身是存在缺陷的，特别是它未能彻底克服概念性说教和公式化的局限，而且关于社会主义现实主义的争论未能得到明确的结论。这些条件为批判现实主义的再次兴起打下了基础。同时，批判现实主义也是文学发展的直接要求。

为了抵抗日本帝国主义的法西斯统治，无产阶级文学和民族主义文学的折中成了现实的需求，而将之实现的途径唯有批判现实主义。

1930 年代中期开展批判现实主义文学批评的主要有金南天、崔载瑞、安含光、林和等人，他们以告发文学论、讽刺文学论、长篇小说论为题，对批判现实主义文学批评进行了深入的探讨，在此过程中他们相互间也展开了激烈的争论。

金南天是主张告发文学论的主要作家，他提出告发文学论是批判现实主义的重要内容。他先后发表了《告发精神和作家》（1937）、《自我分裂的追求》（1938）、《创作方法的新局面》（1937）、《观察文学小论》（1940）等 10 余篇批评文章，从多角度阐述了告发文学论的观点，并将其归纳为批判现实主义的主要内容。

他指出告发文学论源于否定之否定理论。在林和指责其告发文学论是只看现实的黑暗面而不看积极方面之后，金南天立即回应道："这样的辩证法到底有多么优秀，我到现在还是不明白。有人说要有积极方面，又要有消极方面，艺术是不能只偏于其中某一面的，那是片面的，这种平等理论、公平主义我可没有雅量称之为辩证法。对我而言，否定之否定就是肯定，要理解扬弃之上的肯定，对此应有正确的理解。"（《自我分裂的追求》）他解释了对现实的否定所具有的深刻意义，并批判了只追求现实的积极方面的片面性。

他还批评了作家主观分析现实的态度，主张作家的主观意识要始终符合客观现实，这样才能克服创作方法和世界观的矛盾，创造出典型的形象。他认为："告发文学论是立足于始终如一的摹写认识上的，与现代唯物论有一定的联系，可以说是本土的现实主义文学。""……现实主义者彻底的摹写反映最终会成为告发。通过选择典型的状况和人物来深刻破解时代的云雾，并且期待将其彻底地摹写反映出来，这样的文学最终只能是严厉告发时代云雾本身的文学。"（《创作方法的新局面》）在这里作者阐明了真实的现实反映与告发文学之间的关系、典型化与告发文学之间的关系等，认为要实现典型化，就要实现典型的环境和典型人物的有机统一。

此外，金南天还强调了世态的描写，认为细节的真实性也是批判现实主义的主要内容。"典型的局势描写源于对生活的细致观察，所谓'细节的真实性'也是对事实进行清楚地描写，但同时又要有对事实的超越的认识，这样才有可能实现。"（《世态与风俗》）

金南天告发文学论的理论基础源于恩格斯的《给哈克尼斯的信》一文中指出的批判现实主义理论。恩格斯的文章于 1933 年传入朝鲜文坛，金南天接受了其中的观点。但金南天在自己的文学批评中却刻意回避社会主义，这反证了他对批判现实主义的认知与追求。金南天的告发文学论深入发展了典型化理论，在当时日本帝国主义的强权统治下能做到如此深入的探讨实属不易，因而告发文学论具有积极的意义。

在批判现实主义文学批评中又值得关注的一点是把讽刺文学作为批判

现实主义的一个构成要素而提出来。当时，开展讽刺文学论的批评家主要有崔载瑞、安含光、韩晓等。

首先，他们认为在身处令人自我分裂的现实中，讽刺文学有必要成为现实批判的重要实践。同时，他们还指出了讽刺文学的特质。崔载瑞认为，虽然讽刺不能直接酿成罪恶，不能建设人生和社会，但可以为扫清旧世代的新的人生做好准备工作。他还强调，讽刺的力量并不是从正面，而是从侧面或者内部攻击所处时代的罪恶，"即使没有令人吃惊的痛快滋味，也有让人窒息的辛辣和深刻"（《讽刺文学论》），正如文中所见，作者正确地把握了讽刺文学的美学特征。

其次，他们把讽刺文学视为批判现实主义文学的一个领域。韩植认为："众所周知，作为 19 世纪文学的基本潮流，现实主义的特征既是尖锐的合理主义，也是毫不含糊的批判主义。讽刺文学中也包含了这种性格，因而真正的讽刺只有通过真正的现实主义才有可能实现。……果戈理的笑也是如此，他把真相揭示在纸上，再也没有比这更恳切的讽刺现实主义的表现形式了。"（《关于讽刺文学》）韩植认为批判现实主义是 19 世纪文学的基本潮流，主张批判现实主义通过讽刺文学取得了丰硕的成果。

再次，他们深入揭示了讽刺的属性。韩植提出，讽刺的手法主要有比喻、暗示、讥稽、嘲笑等，其属性就是间接地刺痛敌人的心脏。"它（讽刺）并没有正面攻击厌恶的对象，它虽然带着毒针，却隐藏起来，伺机从侧面、背后或者内部进行攻击，即讽刺全都是间接行为，不发出喊声，笑着扑过去。"（《关于讽刺文学》）韩植认为，讽刺的笑是讥笑般的笑杀，它具有以下几个条件：第一，为了让笑容带有行动力，笑者必须确信自己比被笑者更优越；第二，要让被嘲笑者觉得自己受到了屈辱；第三，唤起旁观者对讽刺的同感。

此外，他还对讽刺的威力以及功能提出了确切的见解，认为真实的讽刺的笑发挥了"让被讽刺者意识到矛盾的存在，通过隐藏在坚定信念中的利针，用致命的一击使被讽刺者产生自我反省或是彻底克服的念头"的功能。

除此之外，李云谷在《讽刺文学的道路》（1937）一文中把讽刺和进步的世界观联系起来，提出培育讽刺的土壤并不是单纯的感情批判和发牢骚，而是作家坚定的进步世界观。

上述分析认为，讽刺文学论是实现批判现实主义的具体手段，是文学在黑暗时期所要坚持的主要方向。讽刺文学论从不同的角度提出问题并深入探讨，从而确保了一定的理论深度。

1930 年代后期的批判现实主义文学批评不仅是对批判现实主义文学理论的新探究和诠释，还推动当时的文学正确地解决时代的课题。

尤其是这一时期涌现了大量的讽刺小说和长篇小说，这与批判现实主义文学批评的深化息息相关。

（2）现代主义文学批评

在 1930 年代中期以后的文学批评中，现代主义文学批评也不容忽视。从广义上讲，朝鲜现代文学中的现代主义文学始于 1920 年代，其中 1920 年代的唯美主义文学、象征主义文学，1930 年代初期的纯粹派文学等都属于现代主义文学。但在 1930 年代中期以后，它才作为一种思潮崭露头角并正式开始理论探索。特别是 1930 年代后期，日本帝国主义的镇压导致的主体分裂和性格异化为现代主义文学的正式兴起提供了历史环境。

众所周知，现代主义作为一种为反传统文学而提出的新的文学思潮，其相互矛盾、不同性质的要素都在"现代"这一特质下得到了统一。基于这一意义，现代主义也可以说是对现代艺术某一特征的模糊名称。

现代主义文学并不是预言者的设想，它以达到特定的效果为目的，将有意创作的对象捕捉为艺术对象，并不断地进行使美学价值独立于其他价值之外的尝试。尽管有人指出，现代主义文学使艺术绕开了历史性的思维，是对于心理主义观点的复辟，但它坚持主张语言的自我意识和语言的客观独立性，相较于历史想象力的可能性，它更注重个人想象力的可能性。

总而言之，现代主义文学不仅以拒绝和断绝传统为指向，而且还具有前卫的、实验性的特征。现代主义文学包含了唯美主义、象征主义、精神分析、未来派、立体派等，它诞生于资产阶级社会总体危机的背景下，开始于 1890 年代。

1933 年，随着崔载瑞的《英美当今文坛纵观——英国篇》《英国现代小说的方向》的发表，朝鲜的现代主义文学开始崭露头角。接着，金起林、朴龙喆、郑芝溶等人也开展了现代主义文学批评。

这一时期的现代主义文学批评主要以主知主义的诗歌批评为主要内容。

主知主义是尊重文学中知性作用的流派，与哲学上的理解并不相同。所谓主观的作品，与其说其表达的内容是知性的世界，不如说其想表达的态度是知性的事物，其设想是将文学的对象处理为物理的、形态的事物。因此，主知主义诗歌的特征就是意象主义（imagism），是与先行时期文学相区分的现代主义。

1930 年代主知主义诗歌批评的主要特征之一就是拒绝自发的抒情诗，主张创作表现主观感觉的诗歌。金起林在《诗魂的主知主义态度》（1938）一文中指出"自然抒发的诗歌是一种存在，与之相反，主观的诗歌是当为的世界"，并认为"诗人应该作为有意识的价值创造者参与到文学的全面发展过程中"。金起林认为诗人不应止于单纯地吐露感情，而应致力于创造有意识的价值。

为了创造有意识的价值，他主张应该"察觉到诗歌是虚伪的语言艺术""用新颖的感觉抓住文明投射的印象""要意识到话语作为音的价值、视觉的映像、意义的价值，以及各种价值的相互作用产生的整体效果，在一种建筑学的设计下写诗"，由此指出了现代主义的主知主义诗歌的特征。金起林认为创作中的主知主义的态度在于致力于有意识的价值创造，正是由于这种态度，相较于诗歌的情感表现，他更加重视感觉的表现。

这一观点在李嶔河评价郑芝溶诗歌的评论中也有所体现。他于1935年12月在《朝鲜日报》上发表了文章，称郑芝溶为"感觉的触手"，并指出："那应该是具备敏锐、急性、令人惋惜的个性触手。……这个触手所触及的地方就会有火花，就会出现剧变。"（《期盼已久的芝溶诗集》）综上所述，他们认为主知主义诗歌的基本特质在于对感觉的表现。

主知主义诗歌批评的第二大特征则在于对诗歌的空间性和绘画性的追求。

金起林认为"我们诗坛的诗——抒情诗的观念已经成为一个常识，但这是一个变态的现象"，并指出以"感情的表达"为目标的诗已经"灭绝于写象派时代"。（《诗的绘画性》）因此，他追求诗歌的时间性而不是空间性，追求绘画性而不是音乐性。"因而，绘画的写象派才能在休姆理论的温床中苏醒。音乐的东西实际上是正在消失的、不安的、动摇的东西。绘画性的东西才是永续的、固定的东西。"（《三十年代赴美的诗坛动态》）正如文中所说，他认为现代的诗歌特征在于追求基于空间性的绘画性。

上述内容中，我们以金起林为中心对主知主义诗论进行了初步的考察。

对新颖感觉的表达、通过绘画性来实现形象的塑造……对这些方面的积极宣传，可以说在1930年代诗歌创作中为现代主义诗歌的出现起了先导作用。但是主知主义诗论仍存在诗歌的韵律功能和形象功能混淆的一面，如它强调诗歌的形象功能，并用其代替韵律功能。

虽然它存在着一定的局限性，但主知主义诗论克服了前期诗歌中存在的内容公式化和形式单一性的缺点，而且在现代诗新领域的开拓上也具有积极的意义。

这一时期，心理主义文学批评作为现代主义文学批评的一个领域而出现，但它未能结出充分的理论果实，仅仅起到了促使心理主义小说诞生的催化作用。

附 录

南北文学的选择：从光复到分裂

1 概况

（1）解放初期的社会现实和文坛概况

1945 年 8 月 15 日，朝鲜半岛结束了 30 余年的日本帝国主义殖民统治，迎来了光复的曙光。朝鲜人民沉浸在无比的喜悦与幸福之中，憧憬着民族的独立和自由。但是"八一五"光复并不是完全由朝鲜人自己的力量实现的，这给朝鲜半岛的未来及民族的生存埋下了重大的悲剧性隐患。被同盟国军队解放的朝鲜半岛，随着苏联军队和美国军队的进驻，形成了社会主义阵营和资本主义阵营的并立，两者之间存在着尖锐的矛盾和冲突。

以金日成为首的朝鲜劳动党 [①]，在加紧组建军事力量的同时，大力推进建国事业。其建国目标是建立以无产阶级专政为基础的人民政权。1946年 11 月，朝鲜劳动党全党开展建国思想总动员，并从 1947 年起在北半部地区实施民主改革。

---

① 朝鲜劳动党创建于1945年10月10日。

同一时期，在朝鲜南半部出现了数十个民族主义政党和团体。在探索建国方略的过程中，他们之间发生了尖锐的政见矛盾。最后于1948年8月15日，以李承晚为首的共和党通过单独选举，建立了大韩民国。紧随其后，同年9月9日，以金日成为首的朝鲜劳动党建立了朝鲜民主主义人民共和国。至此，以"三八线"为界，朝鲜半岛出现了意识形态完全不同的两个政权。

从"八一五"光复到南北政权的建立，再到1950年6月25日朝鲜战争爆发，朝鲜半岛的政治、文化、经济都处于极度混乱的状态之中。在政治方面，共产主义思想和民族主义思想的矛盾和冲突最终导致了民族分裂的悲剧。在文化方面，尽管对日本殖民地文化进行了清算，但由于文化人的理念各不相同，民族文化的重建没能找到一个明确一致的方向。在经济建设上，北半部的民主改革得以顺利推进，南半部却依旧保留着旧的经济体制。尤其是南北分裂，使所有具有良知的知识分子和爱国民众陷入了新的困惑，并致使他们不得不做出痛苦的抉择。这是他们生存的悲剧，同时也是无法回避的选择。

解放初期的文学是在理念和体制处于混乱状态的社会文化背景中形成和发展起来的。这个时期可称之为分裂文学的形成期。

这一时期的文坛，同样呈现出左翼与右翼的对立局面。

1945年8月16日，左翼阵营中被称为"卡普解消派"的林和、李泰俊、金南天、李源朝[1]等人成立了朝鲜文学建设本部。8月18日又由朝鲜文学建设本部发起，联合朝鲜音乐建设本部、朝鲜美术建设本部、朝鲜电影建设本部等团体组建朝鲜文化建设中央协议会，并发行《文化建设》杂志，林和任秘书长。

1945年9月17日，左翼阵营中被称为"卡普非解消派"的作家李箕永、

---

① 金在勇：《卡普解消、非解消派的对立与解放后文学运动》，《历史批评2》，1988年9月。

韩晓、宋影、尹基鼎等与朴世永、李东珪、洪九、洪晓民等共同组建了朝鲜无产阶级文学同盟，并创办机关刊物《艺术运动》。当时朝鲜文化建设中央协议会与朝鲜无产阶级文学同盟就民族文学建设方向的问题展开了内部论争。由于这一论战不利于统一战线的建构，两个团体于 12 月 13 日合并为朝鲜文学联盟。当时主要的组织者是金台俊、权焕、李源朝、韩晓、朴世永、李泰俊、林和、金南天、安怀南、金起林、金永健、朴赞谟等人。1946 年 2 月 8 日，朝鲜文学联盟在首尔的钟路基督教堂召开了朝鲜文学家大会，把朝鲜文学联盟改为朝鲜文学家同盟，并将洪命熹推举为委员长，李秉岐、李泰俊为副委员长，金南天为秘书长。

与此同时，曾是朝鲜无产阶级文学同盟成员的韩雪野、李箕永等人，坚持自己的社会主义信仰，离开首尔，前往平壤。他们在朝鲜劳动党的直接指导下，于 1946 年 3 月 25 日成立北朝鲜艺术总联盟，同年 10 月在总联盟全体会议上更名为北朝鲜文学艺术总同盟，下设文学、电影、戏剧同盟，并在海洲、元山、咸兴、清津等地成立了地区委员会。1946 年 7 月，创刊机关报《文化战线》。

北朝鲜文学艺术总同盟成立之后，它与首尔的朝鲜文学家同盟之间的联系事实上是中断的，之后，南半部的左翼阵营的作家们陆续北上加入北朝鲜文学艺术总同盟。1947 年，李东珪、韩晓、洪九、尹基鼎、朴芽枝、林和、李泰俊、金南天、李源朝、吴章焕、朴世永等人北上；1948 年，洪命熹、安怀南、朴八阳、宋影、严兴燮、李庸岳、朴泰远、玄德等人北上。至此，朝鲜文学家同盟的主要成员几乎全部北上，团体濒于解体。

如上所述，左翼文坛经历了朝鲜文学建设本部—朝鲜文化建设中央协议会—朝鲜无产阶级文学同盟—朝鲜文学联盟—朝鲜文学家同盟—北朝鲜艺术总联盟—北朝鲜文学艺术总同盟的沿革，巩固了作为社会主义文学团体的自身地位。在解放初期，尤其是政府成立之前，左翼文学占据了文坛的优势和主导地位，掌控着《文学》《文学战线》《新文学》《艺术报》《象牙塔》《民声》《新天地》《新时代》《我们文学》《赤诚》《人民》《文化战线》等刊物作为自己的文学阵地。

随着左翼文学全面开展活动，持不同政见的右翼民主主义文人卞荣鲁、吴相淳、朴钟和、金永郎、异河润、金珖燮、李轩求等人于1946年9月18日成立了中央文化协会。1946年3月，朴钟和、梁柱东、李秉岐、郑寅普、金东仁、吴相淳、卞荣鲁、李轩求等人成立了全朝鲜文笔家协会，郑寅普任会长，朴钟和任副会长。

与此同时，主张纯文学的金东里、郑泰榕、赵演铉、徐廷柱、赵芝薰、郭夏信、崔泰应、郭钟元、金光洲等人，于1946年4月成立了朝鲜青年文学家协会，朴钟和任名誉会长，金东里任会长，柳致真、金达镇等任副会长。右翼文人的主要舞台是《民众日报》《东亚日报》《京乡日报》《白民》《海东公论》《艺术朝鲜》《文化》等刊物。

左翼作家们大批北上之后的1949年12月7日，南半部的作家们成立了韩国文学家协会。至此，右翼文坛才得以确立自身的位置。

（2）左翼、右翼文坛的文学主张

解放初期，朝鲜文坛上主要的文学主张大都与民族文学的建设有关。由于当时对日本帝国主义殖民统治的文化残余进行了清算，建设新的民族文学决定着文学的发展方向，因此成为文坛争论的焦点。

左翼文坛中不同的文学团体提出的有关民族文学的主张存在着一定的差异，但其总体方针相同，即以社会主义思想为基础，建设新的民族文学。

朝鲜文学建设本部和朝鲜无产阶级文学同盟提出的主张当中，如何对民族文学定性[1]成为争论的焦点。朝鲜文学建设本部主张当务之急应该是清除殖民地文化残余，建设新的、具有人民性的民族文化。[2]其中，1945

[1] 权宁珉：《韩国现代文学史》，［韩国］民音社，1993年。
[2] 朝鲜文化建设中央协议会：《文化活动的基本一般方针》，《文化建设》，1945年11月。

年 11 月林和在《当前的局势与文化运动的当务之急》（《文化建设》）一文中指出，目前文化运动的当务之急是清算日本殖民地文化及封建文化的残余。他着重强调当前的文化建设应着眼于创造为人民服务的文化，即为工人、农民及广大劳动者服务的文化。基于此，他还强调新的文化建设应该以人民的现实生活及其阶级意识为基础。换言之，所谓的民族文学无非就是人民的文学。

朝鲜无产阶级文学同盟的主张与朝鲜文学建设本部的主张略有不同。前者主张民族文学的建设方向应该是"以阶级为基础的无产阶级文学"。1945 年 12 月，韩晓在《艺术运动的当务之急》（《中央新闻》）一文中指出："在现阶段，发展民族文学就是实现无产阶级文学之路。换言之，发展和壮大民族文学即当前的前进方向，这一方向与无产阶级文学的基本方向相一致。"他认为无产阶级文学就是民族文学。

如上所述，朝鲜文学建设本部和朝鲜无产阶级文学同盟之间在民族文学的问题上存在一定的观点差异。但是随着朝鲜文学家同盟的成立，民族文学的建设方向也逐渐趋于统一。朝鲜文学家同盟坚持以阶级主义路线为基础的文化建设路线，通过了以下纲领：第一，清算日本帝国主义的余毒；第二，清算封建主义的余毒；第三，批判国粹主义；第四，建设进步的民族文学；第五，朝鲜文学与国际文学的相互借鉴。

1947 年，林和在《关于朝鲜民族文学建设的基本课题的一般报告》[①]一文中对上述进步的民族文学给予了进一步明确的分析："它就是近代意义的民族文学。只有这样的民族文学，才能成为我们的文学朝着更高的层次发展的基础。这就是我们的文学建设需要完成的任务。而这一文学任务又与朝鲜民族的社会、国家建设之当前任务相一致。文学建设运动成为朝鲜社会的近代改革运动及朝鲜的民主主义国家建设事业之一环的义务和权

---

① 朝鲜文学家同盟中央执行委员会书记局：《建设时期的朝鲜文学》，1947年。

利就正源于此。因此他号召："应该进一步发扬和掌握作为民族文学理念的劳动阶级理念。"[①]同时他还指出，民族文学虽然以工人阶级的理念为基础，但决不应该是像无产阶级文学那样的阶级文学，而应该是民族的文学。

此外，对朝鲜文学家同盟的民族文学论发表看法的评论家还有金永锡。他在《民族文学论》中的观点与林和基本一致。

北朝鲜文学艺术总同盟的成立与朝鲜劳动党的政治、文化路线紧密相关。他们的民族文学主张可以说是在劳动党的政治、文化路线和文艺方针指导下展开的。具有代表性的文章有安含光的《民族文化论》、安漠的《朝鲜文学与艺术的基本任务》等。

安含光在文章中主张目前需要建设的民族文学"应以现阶段特征为前提，继承无产阶级文化运动的理念"，文学必须切实地为进步的民主主义国家做出贡献。他所倡导的民族文化来自金日成的主张，金日成曾提出"我们要建设的文化是旨在新社会的、真正的民主主义民族文学"。

1947 年 2 月，安含光也发表了题为《再论民族文学》的文章，进一步阐明了民族文学和阶级文学的关系。他提出："我们的民族文学不应忽略阶级意识，也不要在封闭的状态中狭隘地分析阶级意识。相反，对民族文学的思考应基于社会历史发展的本质，以文学的方式实现民族意识与阶级意识的统一。而且，我们应该充分认识到其具有的可行性。"[②]他进而明确指出，民族文学与阶级文学并不矛盾，民族文学是"劳动人民大众以及进步的民主力量所领导的反日反封建的文学。以民族的形式表现进步民主主义的文学……等同于阶级文学。同时，民族文学当前的方向和目的并不在于实现无产阶级专制政治，而是在于建立进步的民主主义国家"[③]。

---

① 林和：《为民族文学的理念与文学运动的思想统一而作》，《文学》，1947年3月。
② 安含光：《民族文学与文学》，［平壤］文化战线社，1947年。
③ 安含光：《民族文学与文学》，［平壤］文化战线社，1947年。

　　如上所述，由北朝鲜文学艺术总同盟提出的民族文学论趋向于阶级意识与民族意识的统一、阶级文学与民族文学的统一，主张革新性地继承无产阶级文学运动，同时倡导为进步民主主义国家的建立服务的文学。

　　左翼文坛对民族文学的主张是进步的，而且包含了多方面的内容。相较之下，右翼文坛对民族文学的主张却"事实上并没有切实地提出文学实践的策略或理念"①。但这并不是说右翼文坛全然没有提出有关民族文学的主张。左翼文人全面开展各种活动，成为文坛的主流，右翼文人也随即组织了自己的文坛，继而相应地提出有关民族文学的主张。尤其是由少壮派文人组成的朝鲜青年文学家协会制定了自己的文学纲领，并发表了关于民族文学的见解。他们的文学纲领包括：第一，以文化的方式为促进独立自主做出贡献；第二，立志完成民族文学的世界性使命；第三，反对一切的公式化、奴隶化倾向，拥护真正的文学精神。

　　总之，右翼文坛的民族文学主张与左翼文坛是明显对立的。他们强调文学的自律性，反对文学参与政治运动，划分出独立自主的文学领域，同时他们还强调文学的纯粹性，警惕民族文学的理念偏向，"立足于表现论观点，重视文学的审美属性"②。

　　右翼文坛的民族文学主张最终演变为纯粹文学论。这在金东里、赵芝薰、赵演铉等人的一系列观点中得到验证。

　　1949年9月，金东里在《纯文学的真谛》（《汉城新闻》）一文中指出："文学精神的本质特征当然在于对人性的拥护。之所以需要拥护人性，是因为现在是以享受个性为前提的人性解放意识在不断增强的时期，纯文学的本质始终要以人道主义为基调。……不言而喻，纯文学以人道主义为基本内容，民族文学以民族精神为主旨，就其本质而言，两者是无法分割的。正如我们为之奋斗的民族文学是世界文学的一部分，我们的民族精神也应

---

　　① 权宁珉：《韩国现代文学史》，［韩］民音社，1993年。
　　② 权宁珉：《韩国现代文学史》，［韩］民音社，1993年。

该是以民族为单位的世界人道主义的一环。当今纯文学的文学精神应该是从世界的角度包容以民族为单位的人道主义。"由此可见，金东里认为纯文学即民族文学。暂且不论他的主张在揭示文学的本质问题上是否有效，但是可以肯定，金东里的主张超出了时代现实和历史实际。因此，他的主张无法为民族文学的建设指明正确的方向。金东里的纯文学论受到金秉奎、金东锡等左翼文人的批判①。金东里也对此进行了辩驳。实际上，将纯文学等同于民族文学的主张并不具备充分的说服力。金东里等右翼文人的纯文学主张彻底回避意识形态问题，同符合历史发展和现实需求的民族文学相去甚远。

综上所述，解放初期在左、右翼文坛各自推出的民族文学论虽然没有具备充分的理论说服力，但还是给民族文学带来了不少启示。尤其是对民族文学与阶级文学、现实世界与理念世界之间的关系做出的阐释，是民族文学在其建设过程中无法回避的问题。同时，强调文学的自律性，有利于正确理解文学的本质。因此，左翼文学与右翼文学之间的民族文学论争，事实上是解放前无产阶级文学与资产阶级文学之间论争的延续。

（3）文学发展的基本特征

解放初期的文学发生和发展于"八一五"光复带来的喜悦、感动和南北分裂带来的苦恼、悲愤等交织在一起的复杂的历史现实之中。因此它体现着那个时代复杂多变的社会状况和尖锐的意识形态冲突以及民众的生活现状。从文学发展现状来看，这一时期是左翼文坛和右翼文坛的形成期，双方尚可以进行一定的接触，而且继承和发展了解放前的文学。其特征是探索共同的主题，出现新的文学形式。

首先，这一时期左翼文坛和右翼文坛仍存在一定的交流。如前所述，左翼文坛从首尔逐渐向北转移，右翼文坛也巩固了其在南半部的地位。在

---

① 金秉逵的《纯文学与人道主义》、金东锡的《纯粹的本质》两篇文章都批判了金东里的纯文学论。

这样的历史过程中，文人们身不由己地卷入理念的旋涡之中，南北的流动则由个人的选择而定。左翼作家大举北上和右翼作家纷纷南下的过程既是左右文坛的分离过程，同时又给双方的文学交流与接触提供了机会。如李泰俊、金起林、郑芝溶等作家在与左翼作家的接触过程中产生了思想的转向，具常、姜鸿运等人则因受到左翼作家的排斥而南下。《解放纪念诗集》①（1945）和《白民》（1947）等在首尔出版的图书和刊物刊登的作品中兼有左右两派的作品，左右两翼作家的作品中也不乏表达同一主题的作品。这说明双方存在交流，也具有相互交流的渠道与平台。同时读者也有机会读到左右两派作家的作品。这大抵是解放初期特殊的历史现象在文学上的体现。

其次，这一时期的文学体现出对解放前文学的继承和发展。例如，左翼文坛在其发展过程中始终与解放前无产阶级文学保持着密切的关系。宏观上来看，左翼文坛追求以无产阶级理念为基础的社会主义现实主义文学。但尽管如此，左翼内部的论战也从未间断。围绕着民族文学的建设，以林和、金南天等人为核心的"卡普解消派"与以安含光等人为核心的"卡普非解消派"之间的论战值得关注。而右翼文坛以金东里等作家为核心的纯文学阵营则延续了解放前的纯文学；廉想涉、朴钟和等作家则以民族主义为出发点，坚定不移地倡导批判现实主义文学。

左翼文坛和右翼文坛的对立和论争，尽管是围绕着解放后民族文学的建设问题展开的，但究其根源还在于双方不同的政治理念和社会美学理想。因而可以将其理解为是解放前无产阶级文学与民族主义文学之间对立和论争的延续。在民族解放和近代社会改革因主体力量的脆弱而无法得以实现的朝鲜近代史进程中，上述文学现象是必然的结果。

再次，这一时期的文学特征还有左翼文坛和右翼文坛对相同主题的探

---

① 此诗集中既有左翼作家的作品，又有右翼作家的作品。

索，以及全新文学形式的出现。

表现"八一五"光复带来的欣喜之情，批判、反省在日本殖民地统治下的生活境遇，描写解放初期失乡民众的归乡路，以及对国土分裂的认识等构成了这一时期文学创作共同的主题。《解放纪念诗集》（1945）、《火炬——解放纪念十三人集》（1946）、《年刊朝鲜诗集》（1947）等诗集和吴章焕、金起林、金尚勋、赵基天、李庸岳等人的诗歌作品虽然呈现出诗人在意识形态上的某些差异，但是这些作品共有的特征是抒发诗人对光复的欣喜之情。还有不少作品对自己在日本帝国主义殖民统治末期的生活经历、境遇和其他方面进行了反思和自我批判。金东仁的《亡国人记》（1947）、《叛徒》（1948），李泰俊的《解放前后》（1946），蔡万植的《民族的罪人》（1948）等作品描写了这一时期的生活经历，并进行了不同程度的自我反省和自我批判。然而其深刻程度却因作家的立场和视角不同而存在一定差距。这一时期的作品中值得关注的还有表现解放后流亡国外的人们返回祖国的作品。代表作桂镕默的《数星星》（1946）、《风声依旧》（1947），金东里的《穴居部落》（1947），许俊的《残灯》（1946），郑飞石的《归乡》（1946），崔泰应的《故乡》（1948），韩雪野的《凯旋》（1948），严兴燮的《无家可归的人》（1947），金万善的《归国者》，金承久的《我的故乡》（1949）等。这些作品描述了解放后流散在中国和日本等地的朝鲜人返回祖国的过程，表现了他们对新生活的期待。此外，还有描写左右对立和南北分裂给民族带来的痛苦以及表现对民族统一的期待等内容的作品。主要作品有金东里的小说《兄弟》（1949），廉想涉的小说《初期》、《离合》、《再会》（1948），金松的《哭吧，仁庆！》（1946），崔泰应的《越境者》（1948），康承翰的叙事诗《汉拿山》（1948），赵基天的组诗《抗争的丽水》（1949），李东珪的《前夜》，金永锡的《激浪》（1948），金史良的《南半部来信》（1948），朴泰民的小说《第二战区》，南宫满的戏剧《荷衣岛》，宋影的戏剧《锦绣江山》（1949）等。

这一时期还有以现实主义手法反映解放初期社会现实的作品，主要作品有李箕永的《土地》（1947），千世风的《大地的序曲》（1948）、《虎老头》（1949），李无影的《"了不起"小传》（1946）、《方先生》（1946），蔡万植的《孟巡察》（1946）等。这些作品的意义在于再现了解放给朝鲜社会带来的巨大变化以及当时人们的生活面貌。

　　上述作品都表现了相同的主题，不过，由于作家意识形态的差异，作品的思想倾向也存在着一定的差异。但是其共同点是，这些作品都在文学的层面上真实地再现了当时的社会现实。

　　旧有的文学体裁在诸多方面取得新的发展也是解放初文学的特征之一。如长篇叙事诗、电影文学、戏剧文学、颂歌文学等体裁的文学作品都有了新的发展。

　　总而言之，解放初期的文学发展具有鲜明的时代特征，并取得了令人瞩目的成就，但也存在一些不足——没有表现出新颖的、成熟的思想艺术风貌。形成和发展于1930年代的现代主义文学不但没有得到发展，反而退步和萎缩了。出现这种现象与当时的社会现实有着密切的关联。由于解放初期左右对立极为尖锐，作家们身在其中不得不做出选择和表态。同时，这一时期尚没有明确民族文学的建设方向，也是原因之一。

2　解放初期的小说创作（一）

　　本节主要探讨的是解放初期左翼作家的小说创作。由于作家的南北流动从解放初期一直到南、北政权建立的几年间一直颇为频繁，所以很难以南北为界限划分当时的作家。因此，本节为梳理北半部小说的脉络，以左翼作家的小说作为叙述的重点，对诗歌、戏剧同样采用了以左翼作家、右翼作家分开探讨的方式。

　　左翼作家的小说创作按主题可以划分为下列几种：反映土地改革的作

品，有李箕永的《开天辟地》（1945）、《土地》第一部（1948），千世风的《暴风雨》（1948）、《大地的序曲》（1948）、《五月》（1949）、《虎老头》（1949），崔明翊的《空等浦》（1948），尹世重的《内沟洞》（1948）、《鲜花里》（1949）、《母亲》（1949），尹时哲的《插秧》（1949）等；反映工人阶级劳动生活的作品，有李北鸣的《电流》（1945）、《工人家庭》（1947）、《爱国者》（1948），黄健的《炭脉》（1948），金史良的《七弦琴》等；反映解放后回归祖国的过程的作品，有许俊的《残灯》（1946），严兴燮的《无家可归的人》（1947），韩雪野的《凯旋》（1948）等；批判分裂的社会与现实、向往祖国统一的作品，有李东珪的《前夜》（1948），金史良的《南半部来信》（1948），金永锡的《激浪》（1948），朴泰民的《第二战区》（1949）等；反省殖民地统治时期的生活体验的作品，有李泰俊的《解放前后》（1946），蔡万植的《民族的罪人》（1948）等。

左翼作家的小说创作表现出以无产阶级思想为基础的社会主义志向，其主流倾向是以社会主义现实主义创作方法为基础，创造出正面主人公的形象。

（1）以土地改革为内容的小说创作和李箕永的《土地》

在朝鲜北半部，金日成于1946年2月8日成立北朝鲜临时人民委员会，从1946年3月开始正式推行土地改革。"由于土地改革的实施，封建土地所有制的历史残骸被彻底清算，给农民开辟了一条创造新生活的康庄大道。农民成为土地的主人，生产热情空前高涨。这一点在声势浩大的增产运动中彰显无余。"[①]土地改革促发农村社会变革，赋予农村题材的小说创作以新的特征：解放前的农村题材小说以揭示农民生活的苦难为主，土地改革后同一题材的小说则更多地肯定现实。

---

① 《朝鲜文学史》，［朝鲜］社会科学出版社，1994年。

千世凤（1913—?）的小说创作着重反映土地改革后农民在思想认识上的变化，以生动的笔触描绘了农民成为土地的主人后在农业增产斗争中的忘我投入。小说《虎老头》通过虎老头的形象，生动地再现了土地改革给农村带来的巨大变革，以及农民为开创新生活而进行的奋斗。作品突出地刻画虎老头幽默诙谐、不甘人后的性格特征。他自觉地意识到作为国家的主人应尽的公民义务和责任，率先缴纳爱国米和税金，处处体现了一个普通农民的爱国献身精神。

崔明翊的小说《空等浦》描绘了清川江下游小岛——空等浦的农民们通过土地改革逐渐成长为土地的主人、农村的主人的故事。小说运用回叙、概括、跳跃的手法，生动地描绘了经历了土地改革的空等浦从昔日芦苇丛生的荒地逐渐形成祥和的村落的过程。

尹世重的小说《鲜花里》《内沟洞》《母亲》、尹时哲的《插秧》等作品，生动地描绘了农民们分得土地的喜悦及其在劳动中所表现出的爱国热情和创造积极性。

李箕永作为农村题材小说创作的中坚作家，活跃于解放后的北半部文坛。[1]他的作品善于描写农村的民俗民风，作品中散发着浓郁的乡土气息。

"八一五"光复给在痛苦煎熬中度过黑暗年代的作家以无尽的喜悦和激动，激发了作家的创作热情。李箕永的农村题材小说集中体现了作家的情感世界和创作理想。这一时期他创作的短篇小说有《开天辟地》（1946）、《春》（1947），长篇小说有《阵痛期》（1946）、《土地》（1948—1949）等。

短篇小说《开天辟地》是最早反映土地改革的作品，再现了北半部农民走向转变的第一步。主人公袁老汉开始没有认识到土地改革的优越性，

---

[1] 李箕永在解放后的40多年一直担任朝鲜文化艺术总同盟委员长、作家同盟委员长等要职。

对它持怀疑态度，从而将自己的弱点暴露无遗。但是当他理解了一切之后，便穿着新衣，边走边跳地奔向了农村委员会。这一幕象征性地表现出获得土地的农民摆脱一切旧时代的束缚，奔向新生活的光明之路。作品不足之处是感情抒发过多，影响了作品的生动性。

长篇小说《土地》是解放后李箕永的代表作，同时也被认为是北半部文学史上第一部以庞大的画卷反映土地改革的作品。该小说分为《开垦篇》和《收获篇》两个部分。

《土地》第一部是以土地改革刚刚开始的时期为历史背景。小说以土地改革为主线，描绘出郭巴威等农民与地主高炳祥之间的尖锐对峙，引出农民的思想意识变化以及为增产丰收而付出的艰辛劳动。作品通过郭巴威等以往饱受压迫和剥削的农民逐渐成长为新农村的主人和新生活创造者的过程，肯定和明确了新人民的诞生和土地改革的全面胜利及其历史意义。

小说的主题思想主要通过郭巴威的典型形象来体现。郭巴威是解放后成为国家的主人，创造新生活的农民的典型形象。他淳朴勤劳、憨厚坚强且浑身是劲儿，但是在旧社会他却遭到非人的待遇。他早年失去了父亲，14岁给地主当长工。本想在5年内还清债务然后回家，但事与愿违，他的妹妹以300元钱的价格被卖到纱厂，母亲也一病不起。郭巴威因反抗日本农业技师的侮辱而被捕入狱。6年后当他回到家时，母亲和妹妹都已离开人世。此后，他四处流浪，迫于生计到地主高炳祥家做长工，半辈子都在屈辱中度过。作者有意识地在小说的前半部分着重描写主人公催人泪下的悲惨生活，展示了在不合理的社会制度下农民的悲惨境地，同时也表现出农民特有的勤劳淳朴的品德和坚强的意志。

在旧社会命运凄惨的郭巴威迎来土地改革，并成长为土地的主人和新生活的创造者。他的性格特点通过其在创造性劳动中的献身精神和组织性突出地表现出来。他因分得土地而满怀感激，并当选为农村委员会委员。

在分配土地和劳动生活中，他始终站在最前沿，奉献出自己的智慧和精力。小说正是通过主人公命运的转变，展示了在土地改革中广大群众转变成国家主人的过程，热情地讴歌了北半部的民主改革。

小说中郭巴威不仅在政治上脱胎换骨，而且在生活上也获得新生。郭巴威的前半生孤苦伶仃，翻身做主人后得以与贤惠善良的农民姑娘全顺玉喜结连理。通过这一情节，作者对农民的新生活给予了充分的肯定。

小说通过党的干部姜均的形象表明党的领导在土地改革中的正当性，又成功地塑造了朴老汉、高成道、成达浩、全顺玉、东洙、东源、顺姬、今淑等老一辈和新一代的人物形象。同时，小说也塑造了地主高炳祥、周太老、高汉祥、尹尚烈等反面的人物形象。

小说《土地》取得了很高的艺术成就。首先，小说塑造了丰富而真实的人物形象和性格。一个个各具特色的人物形象在现实矛盾中被真实地描绘出来，而没有公式化。这使得小说中的人物命运的发展符合生活的逻辑。其次，小说生动地描绘出农村生活的乡土气息和纯朴情感。此外，小说的文体平易朴素，同时也充满了浓郁的民族气息。

长篇小说《土地》作为第一部以广阔的艺术画卷再现北半部土地改革中的农村现实的作品和解放后的第一部长篇小说，在文学史上具有特殊的地位。

（2）反映工人阶级劳动斗争的小说

朝鲜北半部在实施土地改革的同时，也进行了以产业国有化为主的工商业改革，促进了劳动阶级为实现人民经济计划而进行的劳动斗争。

李北鸣（1908—？）解放前就开始注意塑造工人阶级的形象，解放后他更是深入到兴南一带的工人之中，和工人共同劳动，体验生活，以此为基础创作出大量反映工人们劳动斗争的作品。

短篇小说《电流》（1945）讲述了解放之初工人们成功粉碎日本帝国

主义的破坏阴谋,最终保住长津江水力发电厂的故事。

日本投降后,以电力技师金昌华为首的工人们制定出保护发电厂设备的具体计划,并按计划组织人员保护发电厂。同时,夜校教师洪永三指挥发电厂所在村的30名青年组成自卫队与发电厂工人聚集到发电厂,严密保护着发电厂。在他们周密的计划和积极保护下,发电厂得以完整保存下来。小说描绘了成为国家主人的工人们逐渐觉醒的过程,并热情讴歌了他们的爱国献身精神。

短篇小说《工人家庭》(1947)是反映劳动者的阶级意识和现实生活的代表作之一。

小说再现了1947年北半部为完成国家提出的人民经济计划而进行的工人阶级的增产运动。小说主要描述了兴南肥料厂工人们为改造合成车间生产设备而无私奉献的斗争过程。

小说以工人金镇九和李达浩制作压缩机活塞的故事为主要内容。他们在工作中既相互竞争又相互帮助。小说通过主人公金镇九的形象生动地表现出成为国家主人的工人阶级的觉悟以及在劳动中形成的集体主义精神。他在增产运动中是革新者,在家庭中是一个优秀的丈夫和父亲。他严格要求妻子在居民组、儿子在学校都要争当先进、模范。这体现了新型的、美好的家庭伦理关系。小说中又一主要人物李达浩起初未能正确理解他与金镇九的竞争关系,后来逐渐改正自己的错误认识。小说通过李达浩的形象刻画出工人阶级思想转变的过程,同时反衬出金镇九的思想高度。

短篇小说《爱国者》可以说是《工人家庭》的姊妹篇,同样以兴南肥料厂的工人生活为题材。《工人家庭》着重描写工人们为完成1947年人民经济计划而付出的努力,《爱国者》则展现1947年人民经济计划胜利完成所取得的丰硕成果。通过这两篇小说所取得的成就,李北鸣在文学史上的地位得到了进一步巩固。

黄健(1918—1991)也是反映工人阶级生活的代表作家之一,作品有短篇小说《山谷》（1947）、《畜牧记》（1947）、《炭脉》（1947）等。

　　小说《炭脉》是以北半部某一煤矿工人在 1948 年完成人民经济计划时发生的真实故事为基础创作的作品。小说通过煤矿工人南日、太植等人物形象着重刻画了新时代工人阶级的性格形成过程。

　　主人公南日是在劳动中发挥着革命性、创造性以及献身精神的青年劳动者的典型形象。为了研究新式采煤法——120 米墙壁式采煤法，他全身心投入到技术创新工作中。他不顾矿井危险，克服种种困难，和工人们朝夕相处搞技术革新，终于成功地研发出 120 米墙壁式采煤法。他在采煤劳动中综合运用采矿机，实现了采煤工作的机械化和自动化，提高了劳动效率，以实际行动为 1948 年实现人民经济计划做出了贡献。作品通过对主人公南日在解放前的悲惨境遇的描写，说明其阶级觉悟和革命献身精神的生活基础。同时，通过他一边在矿上工作，一边又精心照料解放前在煤矿事故中受伤而半身不遂的爷爷等故事情节，表现出主人公纯洁的精神世界和朴素的人性之美。

　　此外，小说较成功地塑造了爷爷、总工程师、千老汉、蔡云等一系列人物形象。

　　这部小说因成功地塑造了具有典型性格的人物形象，真实地反映了当时工人的革新精神，成为解放后北半部小说中的代表作。

　　此外，金史良[①]的短篇小说《七弦琴》通过描写作家 S 深入到工人们的生活中，将一个伤残青年尹南周培养成作家的故事，肯定和歌颂了新社会的优越性。金北原的《水泥厂》（1949）、卞熙根的《钢材》（1949）等短篇小说也是反映工人阶级劳动生活的优秀作品。

　　这些反映劳动阶级力争上游的作品真实地体现出工人阶级共同的社会

---

　　① 金史良（1914—1950）：解放后担任北朝鲜艺术总联盟执行委员兼国际文化局局长、平安南道艺术联盟委员长等职务。主要作品有小说《七弦琴》《光亮中》《土城郭》《南半部来信》（1948），戏曲《雷声》《地热》，合唱诗《无罪的军乐》，散文《少年鼓手》，长篇游记《驽马万里》（1945）等。

志向，塑造出劳动阶级的典型形象。这对此后同一主题小说的发展提供了良好的基础。

（3）反映南半部国民统一愿望的小说

"八一五"光复意味着朝鲜人民摆脱了日本帝国主义的殖民统治，获得解放。但它同时包含着民族分裂和国土分割的巨大悲剧。意识形态的对立催生出南北不同的社会形态。随之，具有良知的知识分子和国民们开始了深刻的生命体验。面对分裂的祖国，作家们将自己对祖国统一的深深企盼表现在创作之中。北半部作家从社会主义理念出发，将分裂的根源归于美国抢占朝鲜和以李承晚为首的"民族主义者"的反民族阴谋。因此，他们通过小说反映了南半部国民们的反美反政府斗争和对统一的向往。李东珪的短篇小说《前夜》（1948），金永锡的短篇小说《激浪》（1948），朴泰民的短篇小说《第二战区》（1949），金史良的短篇小说《南半部来信》（1948）等都是反映这一内容的代表作品。这些作品以南半部人民的反美反政府斗争为主要内容，表现出驱逐美国、打倒李承晚政府、实现祖国统一的主题。

李东珪[1]解放前作为"卡普"作家活跃于文坛，发表过《冰雹》（1932）、《夏季》（1936）、《一位老人之死》（1936）等反映社会底层人民坎坷命运的小说。解放后，他除了创作反映民主改革的作品外，还发表了不少反映南半部国民的斗争生活的作品。短篇小说《前夜》是批判李承晚"5·10"单独选举以及反映南半部工人阶级为阻止单独选举而进行的斗争的作品。

小说讲述了南半部某工厂工人们的反分裂斗争。工厂的老板申太和为了在"5·10"单独选举中取胜而不择手段。但是厂里的工人们却展开了轰轰烈烈的反选举活动。对此申太和暴跳如雷，指使厂长崔吉龙等心腹走狗

---

① 李东珪（1911—1952）：1946年来到北半部。解放初期的主要作品有小说《金金知》（1947）、《前夜》（1948）。

予以镇压，把那些有可能投反对票的工人关押到仓库里毒打。就在选举前一天，以永浦为首的工人们袭击工厂仓库，救出被关押的文植等十几位工人，并处决了崔吉龙。正是在这一夜，周围的山上燃起了一簇簇反对单独选举的烽火。接着，永浦等人袭击了选举事务所和警察派出所，将申太和拖到药水洞山上处决。选举在工人斗争的熊熊烈火中遭到失败。小说的主题思想是揭露南半部单独选举的不正当性并肯定工人反对单独选举的抗争及其正当性。

小说中的主人公永浦是个有觉悟的工人，作者通过这一形象反映了南半部工人为反对单独选举而进行的英勇斗争。同时通过老板申太和、厂长崔吉龙的形象揭露了单独选举的非法性和虚伪性。

朴泰民[①]的短篇小说《第二战区》取材于智异山游击队的斗争。围绕"5·10"单独选举，南半部各地的国民开展了反抗斗争。特别是以1948年10月的丽水事件为契机，南半部反美反政府斗争中出现了智异山游击队。小说以智异山游击队第二战区第二中队在单沟邑进行的袭击战为主线，讴歌了游击队员们英勇斗争的精神。主人公京洙是游击队政治委员，他与队员们一起机智地完成了切断邑警署和市警署之间通讯联络的任务，顽强地克服了白色恐怖下严峻的生活环境带来的重重困难。同时，他与游击队员英子建立了革命恋情。小说通过这一人物反映了南半部的反美反政府游击斗争以及反对"5·10"单独选举的斗争，歌颂了站在斗争前列的游击队员们不屈不挠的斗争精神。这部小说对此后的同类作品产生了极大的影响。

金永锡[②]的小说《激浪》连载于《中央日报》，是以作家在南半部的生活体验为基础反映"2·7"斗争的作品。南半部的"2·7"斗争，起因是

---

① 朴泰民的文学创作始于解放前，以诗歌创作为主。解放后发表《第二战区》，开始了小说创作。

② 金永锡于1930年代步入文坛，在第一届全国文学者大会当选书记。解放后的主要作品有《金钱问题》（1946）、《激浪》、《年轻勇士们》（1954）、《暴风的历史》（1960）等。

1948年1月8日联合国临时朝鲜委员团来到朝鲜后庇护李承晚的单独选举。先是首尔的各工厂工人、各公司职员罢工，后来波及全国。斗争持续了三个月之久。小说以东洋印刷厂为背景，描绘了以李运英为首的工会分会成员得知大韩劳动总联盟要解雇参与"2·7"斗争的工人的消息后与之展开的斗争。

小说的主人公李运英解放后投身于正义的事业，曾三次被捕入狱。他不顾当局的血腥镇压，站在斗争的最前列，甚至在组织上解除其职务并要求不得参加斗争之后也坚持自己的立场。"要斗争！现在是最危急的时刻，但是再危急，也会有殊死一搏的余地！我们身后有着强大的北半部民主力量。"主人公的这一心声表达了南半部工人阶级一心向往北半部社会制度的心愿。

小说在表现南半部国民们的"2·7"斗争的同时，在其深层也包含着以社会主义理念实现祖国统一的愿望。

此外，金史良的短篇小说《南半部来信》（1948）以1948年4月在平壤召开的南北朝鲜政党、社会团体代表者联席会议为题材，反映了祖国统一的志向。

综上所述，北半部左翼作家的小说创作，从正面描写了南半部革命者和国民们的正义斗争，批判了美国对南半部的统治、李承晚的单独选举等，并将其联系到对祖国统一的渴望。

（4）其他主题的小说创作

左翼作家的小说创作除了上述主题倾向外，还有诸如批判和反省日本殖民统治下的生活、描写解放后回归祖国的经历、歌颂金日成的丰功伟绩等多种主题倾向。

批判和反省日本帝国主义殖民统治时期生活的作品，主要有李泰俊[①]的《解放前后》（1946）、池河连的《道程》（1946）等。

《解放前后》的主人公贤是一位小说家。解放前，他虽在日本帝国主义的威逼下加入过其御用文人团体文人报国会，但实际上他已停笔多年。他因无法在首尔生活而回到乡下老家，但乡村生活也并非风平浪静。在乡下，他与一直固守儒学传统节操的旧时代儒生尹直元结识和交往。解放后，贤有意回到首尔加入左翼文艺团体并从事文学创作。尹直元则竭力劝阻贤的这一决定。但是贤早已立志摒弃乱世求安的消极的人生态度，他没有听从尹直元的挽留，毅然离开了朋友。

这部作品可以说是对解放后转变成左翼作家的作者自身生活的真实写照。与当时不少作家在批判、反省他们在殖民统治下的生活的同时或多或少地为自己辩解相比，这部作品以真诚的态度做出了深刻的自我反省。当时左翼作家评论这部作品时认为，它"典型化地表现出现代朝鲜爱国心的真伪"[②]。可以说，作者"试图在一部作品中兼容批判与扬弃两种不同的逻辑"[③]。主人公贤作为一个年轻的文人，解放后勇敢地面对自己灰暗的历史并果断地与之决裂，与时俱进地接受新的理念，从而站在了文学运动的最前沿。这一形象真实地表现出当时的知识分子面对新旧时代时的抉择。他固守旧时代的思维方式和价值观，最终只能被新时代所抛弃。可以说，这是一部比较深入地剖析朝鲜知识分子殖民地生活经历的小说，其文学史的价值也在于此。

左翼作家的小说中值得关注的作品还有描写解放后归国旅程的小说。

---

① 李泰俊（1904—?）：解放初期加入朝鲜文学联盟，1947年来到北半部。著有小说集《思想的月夜》（1946）、《解放前后》（1947）、《农土》（1948）。

② 金允植、金宇钟等：《韩国现代文学史》，［韩国］现代文学社，1994年。

③ 权宁珉：《韩国现代文学史》，［韩国］民音社，1993年。

具有代表性的作品有许俊^①的《残灯》（1946），严兴燮的《无家可归的人》（1947）、《归乡日记》（1946）等。

严兴燮的《无家可归的人》讲述的是归国同胞在回国后的艰难处境。《归乡日记》描述了被迫充当苦工或慰安妇的朝鲜男女在解放后踏上归国轮船之前所遭受的苦难与煎熬。

许俊的小说《残灯》发表在1946年1月的《大潮》上。这部作品以第一人称的视角叙述了在日本殖民统治时期被强制征集到伪满洲国的"我"，解放后从中国的长春出发，途经会宁、清津等地回国途中的经历。小说通过"我"的所见所闻，描述了归途的艰难，同时也表达了人间真情的宝贵。

作品按行程顺序描述了"我"在归途中的种种见闻与体验——与同行者方氏的友谊、给路人提供住处的好心人、混乱的交通状况、战败国国民日本人的命运、军威凛凛的苏联军队、人潮涌动的火车站、不知何去何从的日本女人、与方氏的分别与邂逅、清津汤饭馆奶奶的慈祥面容等等。作品生动地再现了解放初期真实的生活场景。

小说的主题集中反映在"我"与同行者方氏、清津汤饭馆奶奶之间真挚的相见与惜别之情的叙述中。小说中的方氏和我既是命运的同路人，也是亲密的朋友。小说描写二人的关系如下："他善交际，我喜孤独；他外向，我内向；他喜循序渐进，我爱立竿见影；他行动激进，我力求稳妥。也许正是这种阴阳和谐使我们拥有比较顺利的行程。"他们的性格截然不同，但作为命运的同路人，却克服了天气的寒冷、物资的匮乏等种种艰难，结伴而行在归国途中。作者在描写人们在归国途中经历的艰难困苦的同时，也展现了蕴涵在他们身上的人间真情。

尤其值得瞩目的形象是汤饭馆奶奶。作品将她描写成"照亮生命中的

---

① 许俊（1910—？）：解放后加入朝鲜文学家同盟，1947年来到北半部。作品有小说集《残灯》（1946）等。

黑暗与荒凉的灯光，是爱的象征"①。她每天都不辞辛劳，将小汤饭馆开到深夜，只为迎接旅途中疲惫的人们。奶奶命运坎坷，30岁时就失去了丈夫，在工厂劳动的儿子也被日本警察抓去，冤死在狱中。老奶奶虽然命运多舛，但宽厚仁慈地对待每位归途中的人。奶奶甚至对日本人也表示出怜悯和同情。"我正是在这位老奶奶身上看到了超越恩仇的人间大爱，也从老奶奶的身上看到了真正的母爱所具有的深刻蕴含。她从儿子的死亡中悟出的人间至理，那就是将思念融入对人间的温情之中。……这一切使我置身于博大而宽容的惆怅之中。"一位不幸的老奶奶被塑造成能够给予不幸者以友谊和温情的爱的化身。小说的结尾处，"我"在离开清津时感受到老奶奶就像是荒凉的废墟中"远处若隐若现的一束光"。作者通过老奶奶的形象，歌颂了在艰难的命运征程中蕴藏在人间的真爱，同时也暗示着不灭的人生真谛就在于此。可以说，老奶奶代表的是人间真爱的永恒性。

小说虽然以回乡民的归途为题材，但是并没有将叙述的焦点放在由解放带来的激动和喜悦、对未来的向往和期待上，而是将叙述的焦点集中在人们在艰难归途中所经历的不幸以及与之相抗衡的人们的内心世界上。作品的价值也因此得到了升华。这篇小说因其深刻的主题、独特的艺术技巧被认为是这一时期的文学所取得的最高成就之一。

这一时期也有不少歌颂金日成丰功伟绩的作品。主要作品有韩雪野的《凯旋》（1948）、姜勋的《迎接将军的日子》（1948）、千青松的《游击队》（1948）等。这些作品的出现为解放后的北半部非常盛行的颂歌文学打下了基础。此类作品主要表现了人民对党和领袖的无比信赖和崇拜的意识。

短篇小说《凯旋》是以1945年10月14日金日成将军在平壤市群众欢迎仪式中发表凯旋演讲的历史事实为基础创作的。小说着重描述了金日成将军发表凯旋演讲的音容笑貌、群众沸腾的欢迎场面、金日成与叔母激动

---

① 李在铣：《现代韩国小说史》，［韩国］民音社，1991年。

人心的重逢，以及演讲结束后金日成和叔母一起走向家乡万景台的过程等。小说通过这些描写表明了金日成将军是举世无双的爱国者和伟大的领导者。

《迎接将军的日子》是一篇儿童小说，描写了少年小勇得知金日成将军凯旋的消息后无比激动的心情。

小说《游击队》生动形象地再现了生活在中国东北地区的朝鲜青年响应金日成将军的抗日武装斗争号召，组织游击队，与日本人英勇斗争的故事。作品热情歌颂了金日成将军的英明领导和游击队员的英勇无畏的战斗精神。

小说中，间岛[①]花莲里的游击队在金日成派遣的崔队长的指挥下袭击日本护路军，并消灭了龙井领事馆、局子街领事馆派出的增援部队。取得胜利的游击队员们唱着游击队进行曲继续前进。小说描写了两组相对立的人物：一组是姜浩、李哲、郑道等革命青年；另一组是局子街领事馆反动警察及走狗等反面人物。这两组人物势不两立，进行着殊死搏斗。年轻的游击队员们在战斗中清醒地认识到只有通过武装斗争才能赢得胜利。这篇小说第一次形象地反映了1930年代初期生活在中国东北地区的朝鲜青年的抗日革命斗争，在文学史上具有重要意义。

③ 解放初期的小说创作（二）

如果说解放初期左翼作家小说创作的主流倾向是以阶级意识为基础的社会主义现实主义文学，右翼作家的小说创作则"通过对文学和人生的观照，探索人的生存现状和存在意义"[②]。右翼作家的小说创作方法具有批判现实主义倾向和纯文学倾向。他们的创作主题非常广泛，主要有反省日

---

① 间岛是日本占据中国东三省时期，伪满洲国在日本帝国主义的扶植下建立的傀儡地方政权，于1934年12月1日设立，省公署设在延吉县局子街。在日本占领中国东三省后，这里曾是朝鲜移民聚居区。
② 权宁珉：《韩国现代文学史》，［韩国］民音社，1993年。

本殖民统治下的生活，真实反映解放初期的现实状况，倾诉国土分裂带来的悲剧和痛苦，探求生命的本质和追求纯文学的美学思想等，表现出与左翼作家截然不同的审美取向。

（1）对日本殖民地统治时期生活经历的反省

"八一五"光复使所有经历过日本殖民统治的作家身不由己地进行了自我反省。这是因为，只有清算自己曾经自觉的或不自觉的亲日行为，才能确认自己的民族身份。尤其是右翼作家，他们对殖民地政策下的政治文化状况的妥协，普遍甚于左翼作家。在这种状况下，他们"不得不对过去一个时代自己扭曲的人生进行彻底的道德清算和净化"①。因此在右翼作家的创作中普遍表现出基于左翼意识对殖民地生活进行的反省。主要作品有金东仁的《叛徒》（1946）、《亡国人记》（1947），蔡万植的《民族的罪人》（1948—1949）、《续〈民族的罪人〉》（1949）等。

金东仁的小说《叛徒》描写了主人公吴怡培从爱国者堕落为叛徒的过程。很明显，吴怡培这一形象是以作家李光洙为原型创作的。首先，"吴怡培"这一名字与李光洙的笔名"孤舟"的朝鲜语读音相似。其次，金东仁于 1949 年 8 月在《文坛的三十年足迹》（《新天地》）一文中对李光洙所作的评论与小说《叛徒》的逻辑如出一辙。主人公吴怡培出身于平安道的一个书香世家，曾留学日本。回国后，他积极从事朝鲜民族的文化启蒙运动。日本吞并朝鲜后，他对祖国的未来充满忧虑。然而到了 1930 年代，随着日本逐渐扩大对中国的侵略并挑起太平洋战争，他渐渐确信日本的统治是大势所趋，自己应识时务地为日本效力。日本战败后，他成了一个"叛徒"。在小说的结尾部分，当主人公从广播中听到日本天皇宣布无条件投降的声音时流下了苦涩的眼泪。这篇小说比较完整地刻画了一个作家由于

---

① 权宁珉：《韩国现代文学史》，［韩国］民音社，1993年。

缺乏对民族历史和现实的主体意识而沦为叛徒的过程。但是作品并没有深刻地批判和反省文人们在殖民地社会中的生活体验。事实上，金东仁也曾为日本帝国主义效力，却没能做出深刻的反省，反而将他人作为替罪羊来唾弃和嘲谑。这无疑是违背作家道德原则的作为。

小说《亡国人记》是作者为表露自身生活经历而创作的自传性作品。解放初期，首尔的住房非常紧张，但是军政厅的某高官因为过去非常欣赏"我"的文学创作，就为"我"安排了一处住房。为此"我"切实地感受到自己属于"找回祖国的民族"。作品中作者丝毫没有做出对自己过去的亲日行为的反省和批判，反而大肆渲染自己作为文学家的自我肯定和受到的拥戴，并流露出浓厚的自我补偿意识。小说中的"我"并不是叙事的、虚构的自我，而是一个实际的、切实的自我。表明作家拒绝将此作品视作"小说"，这分明就是"一篇自我辩护书，这无意中呈现了小说自身的彻底失败"①。金东仁的上述作品，如果从反省和批判的视角进行评价，远不及李泰俊、蔡万植等作家的小说。

蔡万植的小说《民族的罪人》也带有一定程度的自我辩解，但还是更多地表现出自我反省意识。小说讲述了在日本殖民统治时期的三位知识分子——"我"、金君、尹君各自不同的生活态度，以及解放后对待过去和现实所持有的彼此不同的思考。作品中的"我"是作家的代言人。解放前他弃笔归田，经历过一段农村生活。后来在日本警察的欺压下，被迫参加了亲日文化团体文人报国会，参与过一些亲日文学活动。而金君则因生活困难，也参与了亲日文学活动，当过为日本效力的记者。解放后，他准备经营出版社。尹君则在解放前干脆辞去报社工作后归乡，没有参与亲日活动。解放后，三人再次相遇，对各自日本殖民统治时期的经历和行为进行反思、批判以及自我辩解。作品中的"我"和金君把自己御用文人的经历

---

① 李在铣：《现代韩国小说史》，［韩国］民音社，1991年。

和行为看作是迫于生计不得已而为之的过失。相反，尹君则强调不妥协精神的绝对性，表现出坚决的批判态度。其实，小说提出的是判定亲日行为的标准问题。针对"我"和金君的辩解，尹君主张无条件惩罚论，金君则反唇相讥说尹君的清白是一种"偶得的横财"。小说通过不同人物的生活处境及抉择，将知识分子对过去生活的反思、批判以及辩解交织在一起，形象地表现出他们的内心世界。可见，与金东仁不同，蔡万植作为现实主义作家始终没有放弃"忏悔和反省的基本态度"[1]。

（2）解放初期现实的描写

解放意味着重获民族的独立和自由，然而摆在人们眼前的现实却终归与他们的欣喜与期望相去甚远。日本殖民地时代政治文化的残余时常死灰复燃于历史的现场，清除它们并非易事。回到祖国的人们不仅要面对生存困境，还要承受民族分裂带来的巨大痛楚。因此，揭露和批判社会现实，成为这一时期小说创作的主要倾向之一。主要作品有蔡万植的《孟巡查》（1946）、《方先生》（1946），李无影的《"了不起"小传》（1946），桂镕默的《数星星》（1946）、《风声依旧》（1947），金东里的《穴居部落》（1947）、《兄弟》（1949），黄顺元的《酒的故事》（1947），廉想涉的《第一步》（1946）、《三八线》（1948）等。

蔡万植从自身的负罪感出发，对自己殖民地时代的生活体验做出了反省和批判。解放后，他冷静地谛视混沌的现实，并以小说的形式将其表现出来。他尤其善于运用讽刺手法，表现出鲜明的批判现实主义倾向。小说《孟巡查》运用白描和反讽的手法，讽刺和批判了直到解放后也未能彻底清除的殖民地时代警察制度的余毒。主人公孟巡查是一个执迷不悟且不断为自己的过去辩解的人物。他在日本殖民统治时期当过巡查——职位最低的警察，解放后只

---

[1]　曹南铉：《解放50年的韩国小说》，柳宗镐等：《韩国现代文学50年》，［韩国］民音社，1995年。

好主动辞职。但是迫于生计以及妻子的纠缠，他经过申请又重新当上了警察。回到警察局之后，他发现解放前的流氓、恶棍、杀人犯、强盗、无期徒刑者都堂而皇之地当上了警察。于是他放弃了做警察的念头。他的这种念头是虚伪的，是从个人打算出发的。政权变了，牌匾和警服变了，人却依旧，一言以蔽之就是换汤不换药。作品对此做出了辛辣的讽刺："这年头，咱老百姓连警察都信不得。""说的也是，以前的警察和土匪强盗没什么两样！奸淫掳掠，滥杀无辜，无恶不作！"作品揭示出解放初期的警察制度只不过是日本殖民时代的翻版，所谓的警察其实和强盗没什么两样。小说利用人物的言行相悖、表里不一造成强烈的讽刺效果。

小说《方先生》辛辣地讽刺和批判了解放初期弱国小民的心态。主人公方三福是乡下草鞋匠的儿子。他由于难以忍受长工生活而流浪到日本、中国上海等地，后来在联合国军俘收容所工作过一段时间。解放后，他回国做修鞋生意维持生计。美军进驻朝鲜之后，他凭借在流浪途中学到的几句英语当上美军上校的翻译，从而一步登天成为有权有势的人。小说的另一个人物白主司则和方三福的命运相反。解放前他的权势很大，把儿子安排到警察局做经济系主任。解放后他被判定为亲日派，地位一落千丈。于是他请求方三福惩治那些将自己打成亲日派的村民们。方三福虽然满口答应下来，却因为一次失误——不小心把漱口水喷到美军上校的脸上——而丢了饭碗。小说通过夸张的故事情节讽刺了庸俗卑琐的灰色人生，同时批判了美军军事政府的恣意妄为。

李无影的《"了不起"小传》也是一部讽刺小说，批判了那些见风使舵的所谓"识时务者"们的卑劣人性。作品中的"了不起"处处喜欢夸耀自己，喜欢听人们说她"了不起"。"了不起"这一外号也因此而得来。解放前，她盖起了与自己身份不符的"了不起"的大房子，花"了不起"的大钱去巴结日本人。然而刚一解放，她又最先喊出"朝鲜独立万岁"的口号。她还想方设法结交临时政府的政要，对人民委员会的年轻人也抱有好感。

　　小说通过"了不起"这一人物形象，对那些在解放初期的社会动荡中见风使舵、狐假虎威的机会主义者们给予了犀利的讽刺和批判。

　　桂镕默的小说《数星星》《风声依旧》等作品描述了失去家园的归国同胞们痛苦的生活状况，揭露和批判了是非颠倒的社会现实。

　　小说《数星星》比较深刻地描写了毫无生活保障的归国同胞们的生存处境，反映了南北分裂的痛苦现实。小说主人公在"八一五"光复后，结束了在中国东北的生活，怀抱着父亲的遗骨，与母亲一起回到祖国。但是由于苏联在北半部驻军，他们不能回到家乡，只好定居在首尔。然而，在首尔他们连一间可栖身的房屋也弄不到。面对生活的困窘，他们束手无策，于是决定回到故乡去。但是在首尔车站他们从难民那里得知北半部也同样困难，两人便久久地伫立在候车室里，心里充满了无家可归的绝望。他们成了无法在现实世界里生存的"失乡民"。作品"没有过多地描述失乡民对故乡的渴望，而更多地描述南北分裂造成的又一次'失乡'，以及缺乏栖身之所等解放后的生存窘状"①。小说象征性地描写了无家可归的归国同胞面对渺茫的生活前景只能无奈地数天上的星星的场景，以此增强了作品的艺术感染力。找到祖国却找不到故乡，得到解放却得不到基本的生活保障，这一切无疑是对解放后的社会现实做出的无情批判和尖锐剖析。

　　小说《风声依旧》使人痛感到，解放并未给毫无着落的人们带来新的生存希望，现实仍然是寒风依旧的荒原。小说中的母亲日夜盼望日本殖民统治时期被强征入伍的儿子金镇洙能够早日平安归来，但是儿子却迟迟未归。逼迫儿子当兵的日本走狗朴永世不但没有受到应有的严惩，反而步步高升。作品在揭示生离死别的悲剧的同时，对黑白颠倒的现实世界给予了犀利的批判。

　　桂镕默在当时是公认的技巧性作家②，其作品通过反讽手法真实地再

① 李在铣：《现代韩国小说史》，［韩］民音社，1991年。
② 白铁：《创作小说点评》，《白民》，1947年11月。

现了解放后的社会现实，在韩国当代文学史上留下了浓重的一笔。

金东里的小说《穴居部落》也通过描写归国同胞的悲惨生活，批判了现实的痼疾。小说中的人物顺女怀抱着丈夫的遗骨从中国东北返回祖国。因为无法实现丈夫的遗愿把遗骨埋在故土，她苦闷地生活着。她没有房子，住在防空洞里，却谢绝了黄成元的母亲要娶她做儿媳的好意，因为她不忍背弃丈夫的遗愿。小说中有这样一段对白，可以窥见主人公的复杂心理。

"在偌大的首尔，我们相遇相知是一种缘分，何况彼此又如此了解，这多不容易啊！"

顺女无奈地说道："这我又怎能不明白？可是，死去的人是那么渴望魂归故里……"

作品通过顺女的形象揭示了归国同胞的艰难生活及其归乡意识的纯洁性和悲剧性。这部小说是金东里 1930 年代末期创作的小说《野蔷薇》的续篇。《野蔷薇》主人公顺女为了寻夫，背井离乡去了中国东北。《穴居部落》则主要叙述了主人公顺女在解放后回国的故事。另外，《穴居部落》中的归国同胞虽然聚居在防空洞这一特殊空间里过着艰难的生活，但是其中也交织着彼此的爱与恨。这一特殊的空间，不仅揭露了时代的矛盾，也反映出归国同胞的生活困境。作为时代与现实的缩影，作品可谓具有典型意义。

（3）对民族分裂的真实反映

一条"三八线"将一个民族置于南北对立的状态之中，给"八一五"光复后的朝鲜民族带来了新的悲剧。这一时期的右翼作家也敏感地开始关注民族分裂在生活领域引起的社会性变化，并将其反映在小说中。通过这些小说的创作倾向，能够了解分裂初期的社会现实和生活理想，全面认识当时作家对待分裂和统一的态度。

以民族分裂所导致的悲剧为题材的小说有廉想涉的《离合》、《再会》
（1948.8），田荣泽的《牛》（1950），金松的《故乡的故事》（1947），
桂镕默的《数星星》《被子》《行李》，崔贞熙的《村庄》，朴英熙的《三八
线》（1948），咸大勋的《青春报》（1947），朴鲁甲的《40年风雨》（1948）
等。这些小说大都在探讨民族分裂所导致的问题。其主要特征是尽量回避
南北不同的政治倾向问题，更多地反映分裂带来的悲剧和痛苦，呈现出不
同于北半部左翼作家同类作品的特点。

廉想涉在解放后左翼文坛与右翼文坛的论争中一直保持沉默，其创作
始终坚持现实主义立场。作品有《第一步》（1946）、《暖风》（1947）、
《三八线》（1948）、《离合》（1948）、《再会》（1948）、《两个破
产》（1949）、《临终》（1949）等。这些作品比较真实地反映了解放后
的现实社会。廉想涉赞同白铁所提出的"建设新伦理，创造新人"[1]的主张，
善于观察普通人的生活。他的作品《离合》及其续篇《再会》深刻揭示了
理念矛盾所引发的民族分裂。《离合》的内容非常简单。主人公张韩一家
解放后从中国东北回国，定居在朝鲜北半部。他的妻子积极参加妇女会等
团体活动，逐渐培养了社会主义信仰。夫妻之间为此产生了矛盾和冲突。
最后，主人公带着孩子来到南半部。在续篇《再会》中，妻子面对破碎的
家庭，逐渐悔改，与丈夫重归于好。小说通过一个家庭"离"与"合"的
过程，表达了决不能因为理念的不同使一个家庭乃至一个民族分裂的思想。

长篇小说《暖风》1948年连载于《自由新闻》。这部小说以1947年
年末为背景。这一时期正值美苏共同委员会解体，国际联合共同委员会即
将进驻朝鲜之际，朝鲜的分裂局势已经十分明显。作品真实地反映了上述
时代特征，"与解放初期民族现实的总体状况相契合"[2]。小说通过主人
公朴炳植和惠兰的形象，表现了作者既反对无产阶级专政又否定对民族问

---

[1] 权宁珉：《韩国现代文学史》，［韩国］民音社，1993年。
[2] 权宁珉：《韩国现代文学史》，［韩国］民音社，1993年。

题置若罔闻的资产阶级政治制度的思想。同时，小说还塑造了朴钟烈、李仁石等反面人物形象，深刻地批判了为谋取私利而勾结外部势力等不择手段的反民族意识。

《暖风》被认为是"解放后文学史上十分宝贵的成果。在整个现代文学史上也具有非常重要的意义"[①]。可以说，这个评价是非常中肯的。

田荣泽的小说《牛》讲述的是在某一村子里围绕着牛发生的故事。小说借此呈现了解放初期朝鲜半岛被一条"三八线"分割，逐渐走向对立关系的历史过程。小说中的洪老夫妇解放前为了谋生到处流浪，后来来到春川郡五浅滩村定居，边种地，边养牛、鸡、蜜蜂等。但是随着光复，位于"三八线"附近的五浅滩村与"三八线"以北居民的来往逐渐减少，两边的矛盾也随之增多。北部居民宰杀从南边跑过来的牛，南部的人以牙还牙。作者对这种状况及人们的心态进行了如下描述："刚好有人要宰杀从北边跑过来的牛。'那伙人也吃过咱们的牛！'长松气呼呼地说。年轻人都气呼呼地非要把牛宰了吃不可。'不行，不行，大家都是同胞！咱不能那样做，把牛送回去吧。大家实在想吃的话，就杀我家的牛吧！'"这部小说揭示了国土分裂给普通百姓的生活带来的情感对立。

金松的小说《故乡的故事》也是一部表现分裂初期的现实和向往统一的作品。以"三八线"为界，朝鲜南北各由两个大国军队掌握并形成对峙。在这种环境中，同乡人东植和老许通过密切的交往购买和交换着所需物品，他们都希望那条碍事的分界线尽早消失。小说的开头，作者以生动的笔触揭示了作品的主题：

> 过了一座破败不堪的村子，荒芜的田野便映入眼帘。吉普车飞速地从他们眼前驶过。

---

① 权宁珉：《韩国现代文学史》，［韩国］民音社，1993年。

大堤南侧建有美军的组合式营房，江对面依稀可见苏军的简易营房。持枪的士兵像守卫占领地似的，在铁桥上踱来踱去。

"嗯，就此道别吧。不想再回到故乡吗？"东植打破了沉默。

"当然想回来，……只要'三八线'被消除了，我一定马上回来。"许凄凉地答着，并指着蜿蜒流过田野中央的河流说："那就是'三八线'吗？"

"那边，能看见大堤上的标志吧，那就是'三八线'的境标。"

顺着东植所指的方向，许移动视线。那里用墨水写着'三八线'境标。

东植先伸出了手："天黑之前我得过河。"

"我没关系，我有故乡的人民证。"

"那么，再见吧！"两个人紧紧地握了握手。

仅从开篇就可以看出，"三八线"在解放后，特别是在南北正式分离之前，就已经在全民族心灵上播下了悲剧的种子，人们迫切希望这条分割线能够早日被消除。

（4）纯文学志向与其他主题的小说创作

左翼作家高举阶级理念，提倡社会主义现实主义。相反，民族主义文学阵营则坚持纯文学精神，以人道主义为本，追求人性的尊严。其代表作家和作品有金东里的《轮回说》（1946）、《月亮》（1947）、《驿马》（1948）、《为了狗》，黄顺元的《越岭村的狗》（1947），许允硕的《紫阳花的生理》（1947），崔泰应的《苹果》（1947）、《山的女人》（1947）、《血痰》（1948）等。这些作品的主要特征是"超越了对生活现实的客观认识"[1]，

---

① 权宁珉：《韩国现代文学史》，［韩国］民音社，1993年。

具体说就是"选择与时代无关的题材和主题""确信文学的普遍性和永恒性""追求不应是以变幻莫测的时代,而是以永恒不变的人性为基础的文学"①。因此,纯文学成为民族主义阵营中最具代表性的文学倾向。

金东里早在解放前就追求纯文学,发表了《巫女图》《黄土记》等。解放后,他依然坚持纯文学,致力于小说创作。小说《驿马》不仅是他个人的代表作,也是解放后纯文学的代表作。主人公性骐小时候被算出命里带"驿马"。为了破这"驿马命",性骐从 10 岁时就被送到寺庙里寄养,偶尔才回家。有一位卖筛子的老头将自己的女儿契妍暂时托付给性骐的母亲玉花。性骐与契妍相识,两人对彼此产生了好感。然而,玉花发现契妍是自己同父异母的妹妹。原来,玉花是其母亲年轻时与一位流动戏班子的戏子共度一夜后怀上的孩子。卖筛子的男子正是当年的那位戏子。最后,契妍被父亲接走,性骐宿命般地背井离乡。小说通过主人公的形象展现了朝鲜传统巫俗命理观——命运与人伦的不可抗拒性。小说在超时代的文化空间中展现一个个体的生存形态,从这个层面上讲,作品体现了金东里对纯文学的审美追求。

黄顺元的小说《越岭村的狗》也是一部具有纯文学倾向的作品。小说通过越岭村的一条名叫"神童"的狗,暗喻人类的本性问题。越岭村地处人们北去谋生的必经之路。一天,有一条被人遗弃而饥饿不堪的狗来到村子里。村民们认为这是条疯狗,决定打死它。但是这条狗却机灵地避开了人们的捕杀,不仅保全了自己,还生下了狗崽。于是,有一个老爷爷好心地把它留养在村子里。作品中,狗和狗可以和平相处,人与人却矛盾冲突不断,甚至自相残杀。作者正是通过狗的象征性形象反思人类的愚昧,暗示人类的本性应该植根于爱。

追求纯文学的小说创作,在保持文学自身的独立性和艺术性上有着一

---

① 金尚泰:《解放空间的小说》,金允植、金宇钟等:《韩国现代文学史》,[韩国]现代文学社,1994年。

定的意义。但它忽视了社会历史和现实，这无疑又是纯文学的明显缺陷。

4 解放初期的诗歌创作（一）

解放初期的文坛基本上是由左翼文人左右的，大部分诗人都加入了左翼文坛。当时属于朝鲜文学家同盟的诗委员会的主要诗人有朴世永、朴芽枝、朴八阳、权焕、吴章焕、金起林、金东锡、金尚午、闵丙均、朴豆丁、白仁俊、薛贞植、俞镇午、尹崑岗、李秉哲、李庸岳、李灿、李洽、林和、曹南岭、赵碧岩、曹云补等。北半部有赵基天等诗人。

解放后出版的左翼诗人的主要诗集有吴章焕的《患病的汉城》（1947），李庸岳的《紫花地丁》（1947），薛贞植的《钟》（1947）、《葡萄》（1948）、《诸神的愤怒》（1948），林和的《赞歌》（1947），林学洙的《匹夫之歌》（1948），朴芽枝的《心火》（1946），金起林的《大海与蝴蝶》（1946），金尚勋的《队列》（1947）、《家族》（1948）、《高原之曲》（1949）、《异端的诗》（1949），李灿的《花园》（1946）、《胜利的记录》（1947），金常民的《打开狱门的日子》（1948），金尚勋、俞镇午、李秉哲、朴山云的合集《前卫诗人集》，赵基天的《长白山》①（1947）、《生之歌》（1950）等。朝鲜文学家同盟出版的诗集有《火炬——解放纪念十三人集》（1946）、《3·1纪念诗集》（1946）、《年刊朝鲜诗集》（1947）等。此外《解放纪念诗集》（1945）也刊登了左翼诗人的作品。

左翼诗人将为政治服务作为诗歌的基本使命。当时担任朝鲜文学家同盟中央执行委员的金起林曾在全国文学家大会上发表过题为《我们诗歌的方向》的演说，他的观点具有一定的代表性：

---

① 原作品名为《白头山》。

在今天，政治已然成为我们用自己双手创造自己生活的设计者和组织者。在此政治阶段，比起将诗歌王国建设在象牙塔中，更能唤起诗人的创作热情的事业应该是一个新国家的建设……诗人应该成为维护自由和正义的同盟军的一翼。

显然，金起林主张诗与政治的结合。当诗歌创作以及诗人都成为革命力量的组成部分时，才能实现这一结合。因此左翼诗人们否定赵芝薰等右翼诗人的纯粹诗倾向。

解放初期左翼诗人的诗歌创作有以下几种主题倾向：抒发解放的欣喜之情；对党和领袖的歌颂；对民主改革的肯定和赞美；抗日革命传统的形象化；统一愿望的形象化。社会主义现实主义是其主要的创作方法。

（1）解放的喜悦与激情以及对党、祖国和领袖的歌颂

"八一五"光复给左翼诗人带来无限的喜悦与激情。他们以诗歌的方式歌颂党和祖国，歌颂领袖，从而表达解放带给人民的喜悦。因为诗人们深信，"八一五"光复是由党和领袖的英明领导取得的胜利，有了党和领袖，解放的祖国一定会繁荣昌盛。

"八一五"光复虽然没有产生一个统一的民族国家，但它毕竟标志着民族的再生，具有划时代的历史意义。于是，诗人们激越昂扬地歌唱着祖国的解放，具有代表性的作品有朴世永的《8·15》，金淳石的《山乡》，赵基天的《坐在白岩之上》《图们江》①，赵碧岩的《欢庆的日子》，金朝奎的《牡丹峰》等。

金朝奎（1914—?）在诗歌《牡丹峰》（1946）中，把牡丹峰视作民族历史的圣山，满怀豪情地歌唱着朝鲜民族在漫长的历史岁月中所表现出

---

① 原作品名为《豆满江》。

来的不屈不挠的民族精神和斗志，歌唱着朝鲜民族辉煌的未来。

> 很久很久以前，
>
> 你就头顶一片蓝天，
>
> 你与漫长的岁月一同生长。
>
> 无与伦比的历史的圣山，
>
> 巍巍的牡丹峰啊，
>
> 你与岁月共存。

> 你发出灿烂的光芒，
>
> 照耀东方古老的故事。
>
> 当国家的声威伸向四方，
>
> 你张开智慧的双手，
>
> 拥抱那无穷的力量。

> ……当倭寇玷污祖国历史的时候，
>
> 你将头颅高昂地抬起在乌云之上，
>
> 你咬紧牙关忍受痛苦。

> 当勤劳的人民被鬼子蹂躏的时候，
>
> 你俯瞰平壤城江南田野，
>
> 积蓄力量，表现出不屈的气概！
>
> ——鬼子们想要剥掉你绿色的衣裳，
>
> ——鬼子们想要把刀插进你的心脏。

> 但是你绿色的荫翳，

是年轻人秘密的集会地。

他们仰望白头灵岳的火炬，

在艰苦的斗争中，坚贞不屈。

……啊，牡丹峰！

现在要尽情伸展你的翅膀，

吐出你胸中有力的呼啸，

带领在你身边的智慧的人群，

朝着创建民主国家的康庄大道，

朝着广阔的历史目标，

迈开你巨人的步伐，大踏步前进吧！

诗歌表达了诗人对祖国解放的自豪和骄傲，对未来美好的希望。诗人运用独特的修辞手法，创造出人格化的牡丹峰形象。诗中"你发出灿烂的光芒""你张开智慧的双手""咬紧牙关忍受痛苦""现在要尽情伸展你的翅膀"等诗句，完好地保证了诗歌的形象性。

此外，赵基天①的《图们江》（1946）、《在乙密台上歌唱》（1946）、《大街》（1946）、《坐在白岩之上》（1947）等抒情诗，抒发了民族解放的欣喜之情。

在抒情诗《图们江》中，诗人通过波澜壮阔的历史长川——图们江的形象，吟咏了朝鲜人民昨日的悲哀、苦难和今天的喜悦以及未来的理想。

---

① 赵基天（1913—1951）：1945年8月随苏联军队回国，历任北朝鲜文学艺术总同盟常务委员、副委员长等职务。1951年7月31日在平壤遭炮击而死。主要作品有抒情诗《图们江》（1946）、《在燃烧的大街上》（1950）、《朝鲜的母亲》（1950），叙事诗《长白山》（1947）、《生之歌》（1950）等。

怨恨流成的江，鲜血流成的江，

这块土地上眼泪与痛苦的江！

直到今天你才能够，

呼啸着，

奔流不息，

奔向那托起蓝天的海洋！

赵基天的另一首诗《坐在白岩之上》也在抒发诗人对解放的喜悦之情和对生活的信念。

坐在白岩之上，

我与小溪畅谈。

翻过岩石，越过田野，

跳跃着奔跑着追赶着，

如云朵般飘过的小溪，

是什么故事让你如此地快乐？

越过山谷，穿过岩石，

日夜奔过来。

前方虽然是千万里艰苦征程，

我却要始终喧笑着，

怀抱坚定不移的信念，

执着地流下去。

清澈的水花哟，

我也要像你一样激昂。

如果在斗争的道路上遇到悬崖，

如果一定要跃下，

我将毫不犹豫跃下，

我将奋不顾身跃下。

即使摔得粉身碎骨，

我要像你一样，

为人民付出终生，

清澈地、响亮地、蓬勃地活着。

坐在白岩之上，

我与小溪畅谈。

诗歌构思巧妙，表现手法多样，以"我"与溪水真挚的对话贯穿全篇，并根据诗人情绪的变化，精心地组织诗行，构成韵律，表现出诗人卓越的才思。

左翼诗人诗歌创作的另一个重要内容是对党、祖国和领袖的歌颂，即颂歌。颂歌，其特征是将党、祖国、领袖视为彼此不能分离的三位一体而歌颂。主要作品有朴世永的《在阳光下生活》《去委员会的路》《爱国歌》，白仁俊的《我们将您奉为太阳》《党是我的生命》，金春姬的《就像向日葵追随太阳》《公民证》，李灿的《流吧，如歌如画的普通江》《祖国啊》，赵灵出的《向北朝鲜》，金友哲的《我的祖国》，郑文乡的《大议员出马》《胜利的宣言》，金尚午的《党员证》，金正坤的《在伟大的怀抱里》，李麦的《人民伟大的太阳》《山乡新日子》，林和的《新国家颂》《寄给人民工厂的歌》等。

郑文乡 [①] 的《胜利的宣言》（1946）表现了诗人在劳动党代表大会上

---

① 郑文乡（1919—？）：1940年代步入文坛，主要诗集有《新一代之歌》（1970）、《随着岁月的流逝》（1978）、《风雪》、《在胜利的道路上》等。

的所感所想，诗人把党的决定作为胜利的宣言，热情讴歌了忘我投身于爱国劳动斗争中的党员和劳动者的精神世界。

在祖国的前哨，磨炼坚强的意志，

再一次向着伟大的明天迈进。

我们的名字，

勤劳的先锋——劳动党！

……就在今天，在深深的矿井，

我们的同志们侧耳倾听，

炭层的声音。

那红色地毯铺成的讲台前，

又一个胜利的宣言，

党的伟大的决定……

这首诗通过工人们把耳朵贴在炭层上等待党的决定的情景，表现了工人阶级对党的信赖和忠诚。

李灿①的抒情诗《流吧，如歌如画的普通江》（1948）也是一首对党的颂歌。诗歌通过普通江的变化，歌唱了党的英明。普通江——这条"曾流向屈辱的西京某个角落的愤怒的江"，正因为有了"三千万的智慧和光明的朝鲜劳动党"，才在解放后展现了"美好的愿景"。诗人借助焕然一新的普通江的形象，歌唱了在党的领导下的祖国美丽的山野。

……

————————————

① 李灿于1920年代登上文坛，主要诗集有《焚香》（1938）、《望乡》（1940）、《太阳之歌》（1982）等。

流吧，普通江！

激荡吧，普通江！

在千里江边滋养五谷，

在湛蓝无垠的天空，

响彻新朝鲜的凯歌。

像歌声、像云彩，

纵横奔驰在祖国的山野吧！

如同对党的歌颂，对祖国的歌颂也是这一时期重要的诗歌创作倾向。

朴世永的《爱国歌》是遵照 1946 年 9 月金日成的旨意而创作的歌词。在歌词第一节，诗人满怀对美丽祖国的骄傲和自豪，歌唱着民族的灿烂文化和悠久历史。

让晨曦照耀这江山，

一片资源丰富的江山，

美丽的三千里——我的祖国。

五千年悠久的历史，

孕育出灿烂的文化，

美丽的三千里——我的祖国。

五千年悠久的历史，

孕育出灿烂的文化，

这光芒属于智慧的人民。

让我们献出全部身与心，

敬奉朝鲜万年长。

在第二节，诗人表现出建设繁荣富强的新国家的坚定意志。

……

赋予勤劳的精神，

真理凝结成钢铁般的意志。

我们要站在世界的前列，

喷薄的力量卷起冲天巨浪。

人民的意志铸起的国家，

无比富强的朝鲜啊，

你将与日月同光！

诗歌通篇充满着炙热的祖国爱和民族爱，并始终将两者结合在一起，洋溢着对美好未来的坚定信念。

金友哲的《我的祖国》也在激情高昂地歌唱着祖国的新生。诗人以"洗涤洁白衣物的地方""五千年历史辉煌永在的地方""新朝鲜的光芒四射的地方""这就是我亲爱的祖国"等诗句，表达了要为新生的祖国而生活的坚定意志。

……

黑暗的日子遁去，

新朝鲜的太阳冉冉升起。

啊，敬仰你，我的太阳！

啊，照耀吧，我的祖国！

金日成颂歌的出现是左翼诗人的政治理念在创作中的体现，同时与金日成作为领袖确立其政治地位，以及他直接参与文化人的文化活动等事实也有着紧密关联。金日成同苏联红军一起进入朝鲜北半部，于1945年10月10日成立朝鲜共产党北朝鲜委员会，1946年2月成立北朝鲜人民委员会。而后随着建军、建国事业的全面展开，金日成在北半部逐步确立了自己的领导地位。他非常关注文艺事业的发展，发表了一系列演讲。在《文化人应该成为文化战线上的斗士》①、《关于爱国歌和人民军进行曲的创作》②、《目前的民主建设与文化人的任务》③等演讲中，金日成对文艺的发展发表了一系列自己的意见。这些意见被左翼作家奉为文学创作的指针。尤其是诗人，他们积极响应"文化人应该成为文化战线上的斗士"的号召，争做忠诚于党和领袖的诗人斗士。他们激情高昂地吟唱着忠诚于领袖的颂歌。这一时期出现的主要颂歌作品有朴世永的《在阳光下生活》、白仁俊的《我们将您奉为太阳》、李麦的《人民伟大的太阳》、金友哲的《三千万的太阳》、李灿的《金日成将军之歌》《金日成将军的赞歌》、金春姬的《就像向日葵追随太阳》等。在这类颂歌作品中，诗人们将金日成称颂为"民族的太阳""空前绝后的民族英雄"，表明要坚定不移地团结在领袖周围，努力成长为革命的斗士。

（2）对民主改革的肯定和赞美

以土地改革为核心的民主改革在北半部得到了工人、农民阶级的广泛支持和声援。成为土地和工厂主人的劳动者积极投身于祖国的建设。这一时期的诗歌文学普遍反映了民主改革的现实。

讴歌土地改革的诗歌作品一方面抒发了成为土地主人的农民的喜悦与感激之情，同时也表现了土地改革给农民的生活带来的时代性转变。金友

---

① 金日成于1946年5月24日在北朝鲜各道人民委员会、政党、社会团体宣传员、文化人、艺人大会中所作的演讲。

② 金日成于1946年9月27日和作家的谈话。

③ 金日成于1946年9月28日在第二届北朝鲜各道人民委员会、政党、社会团体宣传员、文化人、艺人大会中所作的演讲。

哲的《农村委员会的夜晚》（1946）、郑文乡的《走向绿色的田野》（1946）、安龙湾的《播种之歌》（1946）、李豪男的《地界石》（1946）、金珖燮的《土豆实物税》（1947）等诗歌都是正面歌颂土地改革胜利的作品。

金友哲的《农村委员会的夜晚》抒写了接到实行土地改革消息的农民们聚集在农村委员会，回忆着苦难的过去，畅想着美好的未来，彻夜都沉浸在喜悦和幸福之中的动人情景。诗的前半部分描述农民们昔日悲惨的生活境遇，以此深刻地阐明农民们喜悦之情的情感基础，诗的后半部分真实地再现了喜极而泣的农民们憧憬未来的情景。这首诗"不事雕琢，散发着乡土气息，生动地歌颂了农民们的纯朴的情感世界"[①]。

> ——今年春耕，
>
> 我要耕种自己的地准备娶亲钱。
>
> 小伙子石铁说话时一本正经，
>
> ——我给你找个村里的姑娘，
>
> 她朴实、能干。
>
> 朴老汉笑呵呵地说。
>
> 在一来二往的闲谈中，
>
> 喜悦像泉水流入心田。

这一节真实地展现了纯朴的农民们的喜悦与激动。它极力回避政治性的说教，通过塑造真实生动的诗歌形象，表现了时代和农民们意识的转变。

郑文乡的《走向绿色的田野》生动地表现了分得土地的农民们兴高采烈地走向绿色田野的情景。

---

① 《朝鲜文学史（10）》，［朝鲜］社会科学出版社，1994年。

......

闭上眼睛是绿色田野，

睁开眼睛依然是绿色田野，

越过千年岁月，

是您为我找回了思念的土地。

双手高举飘扬的旗帜，

沿着无垠的山坡，

我们走向那绿色的田野。

在这一片日思夜想的田地上，

我们将无忧无虑地生活。

......

我们走向那绿色的田野，

走向不再需要交租的绿色田野，

走向我自由耕种的土地，

走向那绿色的田野。

    诗中的抒情主人公是一个解放前被剥夺生存权的、走投无路的农民。解放后迎来土地改革，他分得绿色的田地——自己的土地，畅想着幸福的明天。诗中"不再需要交租的绿色田野""我自由耕种的土地"等诗句，都如实地表现出主人公无比激动的心情。

    李豪男的诗《地界石》通过地界石这个象征物在今天与昨天所承载的不同蕴含，深刻地揭示了诗歌抒情主人公的内心世界。标志着土地界限的地界石，解放前对于农民来说是一种仇恨的象征，对于地主来说则是权威

的化身。但是解放后它却变成了人民的地界石，是幸福的标志。于是抒情
主人公决心与地界石共创美好的新生活。

> ……
>
> 还要在宽敞的院落里，
>
> 挑出最好的五谷，
>
> 率先交付实物税——
>
> 支撑民主的躯干的实物税，
>
> 掩埋在一堆堆坚实的谷堆之下。
>
> 今天是欣喜的地界石。
>
> 为了美好而充实的生活，
>
> 我愿与这地界石，
>
> 在这片土地上耕种幸福。

诗人将诗歌的情致、思绪聚焦在地界石这个象征物上，造出展现时代
巨变的生动的诗歌形象。

这个时期的诗歌在歌颂土地改革的同时，随着产业国有化法令的实施，
也出现了不少歌颂解放后工人阶级面貌的作品。

李贞求的《劳动法令颂》（1946）、李灿的《那天早晨》（1946）、
安龙湾的《喜庆的日子临近了》（1947）等作品歌唱了劳动法令的历史意义，
劳动法令的实施带给工人们的喜悦，以及激发出的创造热情。李贞求的《清
水工厂》（1949）、金北原的《在熔炉前》（1949）等作品则刻画了翻身
做主人的工人为创造新生活，完成人民经济指标而不辞劳苦的献身精神。

表现劳动者的创造性劳动斗争的诗歌中具有代表性的作品有董承泰的

叙事诗《黎明中的大海》（1949）、赵基天的叙事诗《生之歌》（1950）等。

《黎明中的大海》由"出航""日出大海""探索""山脊般的鲸鱼""乘风破浪""灯塔"等六章组成。作品通过以主人公泰越为首的捕鱼工人勇敢面对大海、捕获鲸鱼的过程，形象地刻画出在新国家的建设中工人们所表现出的创造精神和浪漫情绪，不怕艰辛、排除万难的不屈不挠的意志，以及作为国家主人翁的使命感。这首诗"在美丽的大海图景中融入劳动阶级的浪漫情绪，从而增添了诗歌的抒情性"[①]。同时，此诗作为反映解放后工人阶级的生活面貌的叙事诗也具有重要的意义。

长篇叙事诗《生之歌》是以1949年夏天诗人在兴南电石厂20多天的生活体验为素材创作的作品。作品通过电炉车间工人的增产竞争过程，热情地讴歌了成为国家主人的工人阶级在劳动中表现出的爱国热情。诗中展示了主人公永洙、德宝、成三等工人的增产竞争运动，真实地刻画了他们的爱国热情、创造性的革新精神和高尚的品格，生动地描绘了工人们的精神风貌。

此外，左翼诗人创作了不少歌颂解放后在北半部实施的教育民主化的诗篇，主要有赵基天的《秋千》（1947）、李灿的《月亮、女儿和妈妈》（1947）、金朝奎的《学习之夜》（1947）、李贞求的《识字讲习会》（1947）、李豪男的《学习之歌》（1947）、马宇龙的《夜校》（1947）、朴世永的《我也要变成新人》（1946）等诗歌。上述诗篇如实表现了当时迎接教育民主化的时代热潮。

赵基天的诗《秋千》通过对姑娘们的民俗游戏——荡秋千的抒情描写，歌唱了解放后北半部朝鲜实施的新的教育制度以及和平的、充满希望的生活。

---

① 《朝鲜文学史（10）》，［朝鲜］社会科学出版社，1994年。

……

红润的双颊上飞出笑花，

姑娘好似要远望，

高高地飞向天边，

又好似要寻找什么，

眺望云彩的那一边。

……

平壤城里有金日成大学，

那里有亲爱的人在读书。

他是曾经以为，

一辈子都要打长工的，

本村小伙子。

此诗的意象真实且生动、具体，具有浓厚的民歌色彩。

（3）反映抗日革命传统的诗歌

在朝鲜北半部的诗歌创作中，有不少描述抗日革命斗争的作品。

抒情诗有李园友的《我们走向光辉之路》（1947），金朝奎的《队伍今晚渡江》（1950），蔡京淑的《我的自豪》（1949）、《光辉的革命传统在我们的心中》（1950），金永哲的《路》（1949）、《万景台之夜》（1949）等；叙事诗有韩明川的《北间岛》（1947），赵基天的《长白山》等。

韩明川的叙事诗《北间岛》由序诗、正文和尾声等九个章节组成，以1930年代生活在中国东北地区的朝鲜人的抗日革命斗争为主要素材。序诗描写了朝鲜民族在日本帝国主义的强压统治下被迫流落异国他乡的悲惨情景。这一部分主要叙述了主人公德宝加入抗日武装队伍的经过。主人公德宝在相继失去爷爷和父亲之后，带着对日寇的愤慨，投身到抗日斗争中。正文叙述了以主人公德宝为中心的顺伊、洪秀等青年经过阶级觉醒加入抗日游击队之后出色地完成各种革命任务的过程，歌颂了抗日革命斗争的正义性。诗歌在尾诗中激昂地歌颂了抗日革命斗争的胜利。叙事诗中的主人公德宝是一个被迫流落异国他乡的贫苦农民的儿子，在敌人残酷的奴役和虐待中，他的仇恨日趋强烈，最终认识到抗日斗争才是拯救民族的唯一正确的道路。因而他号召村民帮助游击队，自己也下决心要加入游击队。加入游击队后，德宝在黄岭沟战斗中向日本帝国主义射出了复仇的子弹，又在木材工厂袭击战中机智地完成侦察任务，确保了战斗的胜利。诗人通过德宝这一人物形象，表现出一个游击队指挥官的成长历程。此诗不仅以广阔的诗歌画面再现了在中国东北开展的抗日游击斗争的历史现实，而且成功地塑造了抗日英雄的人物形象。此诗在诗歌史上的意义也正在于此。

赵基天的长篇叙事诗《长白山》是表现抗日革命斗争的代表作。正文分为七个章节，有序诗和尾诗。诗人在序诗中吟诵道：

> 啊！祖先的土地呵！
> 你流淌五千年的血脉，
> 被日本帝国主义的刀斩断！
> 那零落的一段段血脉，
> 变成怨恨的鲜血洒落一地！
> 朝鲜的命运危在旦夕之际，
> ……
> 在这一片解放的土地上，
> 是谁为人民而战斗？
> 是谁站在了斗争的前列？

　　在此，诗人提出了是谁在日本帝国主义殖民统治的至暗时期点燃了抗日武装斗争的烽火，带给朝鲜人民以胜利的曙光；解放后，又是谁领导了祖国新的建设，使人民走向胜利的问题。诗歌生动且具有哲理地给出了解答——他就是金队长。

　　作品的第一章描写了在红山沟取得的歼灭战的胜利，展示了主人公金队长的英雄形象及其英明的战略战术。从第二章到第五章描写了由金队长组织领导的 H 市战斗从准备到胜利的全过程，从中生动地揭示出游击队与人民之间的深厚情感和游击队员们的斗争生活。第六章是作品的高潮，歌颂了 H 市战斗的胜利和金队长激动人心的讲话场面。第七章描述游击队为了新的胜利重新出发的场景和哲虎、石俊等英雄的壮烈牺牲。结尾歌颂了迎接解放的人民要在金队长的领导下建设新国家的决心。

　　作为主人公的金队长不仅是英勇无敌的民族英雄，而且还是具有杰出的战略战术的游击队长，也是为祖国和人民的解放付出一切的无产阶级革命家。以金日成为原型的金队长这一形象为歌颂金日成的抗日斗争事迹做了直接贡献。金队长这一人物形象是现代诗歌史中塑造的第一个领袖的典型形象。

　　作品中还成功地塑造了在抗日武装斗争中锻炼成长为优秀革命战士的哲虎以及在抗日武装斗争的影响下成长起来的爱国女青年花粉等艺术典型。作品通过上述形象表现了抗日游击队和国内人民之间的密切关系，并以此多角度地反映了 1930 年代朝鲜人民的抗日革命的斗争历史。

　　长篇叙事诗《长白山》取得了杰出的艺术成就。首先，诗歌脉络清晰，情节跌宕起伏。诗歌清楚地交代了事件的开端、发展和高潮，以曲折的情节增加了张力，确保了结构的统一性和立体性。诗歌还用普天堡战斗等典型事件来概括时代的本质，在以典型事件为基础的典型环境中塑造人物的性格。其次，诗歌将豪放而强烈的抒情效果完美地融于宏伟的叙事画面中。作者巧妙地将人物的语言、动作描写和作者的思想、情感等的主观抒情结合在一起，增强了诗歌的感染力。此外，诗歌语言平易、感情强烈、韵律性极强。尤其是反问、夸张、比喻、对比、象征等修辞手法的运用，不仅突出了诗歌中的人物形象，也丰富了诗歌的韵律。

长篇叙事诗《长白山》在文学史上具有重要意义。《长白山》是一首革命颂歌，也是现代英雄叙事诗。它是朝鲜当代文学史上首次出现的长篇叙事诗。作品成功地塑造了领袖形象，生动地再现了抗日革命斗争的光辉。此诗所取得的艺术成就为解放后叙事诗的创作树立了一个鲜活的榜样。

《长白山》发表后曾受到金日成的肯定，文坛上也表现出积极的反响。但是也有一些人对《长白山》提出了不同意见，像没有忠实于客观现实、没有处理好英雄化和典型化之间的关系等问题，并引起了一些争论。[1]

（4）表达祖国统一理想的诗歌

表达祖国统一理想的诗歌通常与反映南半部国民反美反政府的斗争等内容结合在一起，这与北半部普遍持有的政治观点有关。他们将美国在朝鲜南半部的驻军和李承晚政权认定为阻碍统一的拦路虎。朴世永的《住嘴，妖女》（1946）、白仁俊的《我憎恨敌人》（1948）、金尚午的《我们以轻蔑作为答复》（1948）等作品严正声讨李承晚政权勾结美国而促成的政治地盘。李贞求的《愤怒》（1947），安龙湾的《山茶花》（1948），康承翰的《汉拿山》（1948）、《在首阳山上》（1949），赵基天的《抗争的丽水》（1949）等描述了当时南半部的反美反政府斗争，表现了祖国统一的愿望。

安龙湾的《山茶花》借具体的生活场景热切地歌唱着对祖国统一的渴望。诗中的抒情主人公曾在日本殖民统治时期被强制征兵离开济州岛，解放后居住在北半部，却因南北分裂无法回到故乡。诗中将主人公对南部海

---

① 金在勇：《北韩文学的历史性理解》，［韩国］文学与知性社，1994年。

边故乡的思念之情融入对祖国统一的热切盼望之中，其情感真实感人。此外，诗歌还表达了对故乡人民展开正义斗争，加快南半部解放步伐的深切期待。诗中把故乡的姑娘比作山茶花，升华了作者的乡愁。

> 岛上姑娘的心是山茶花，
> 开得红艳艳，
> 花瓣插在乌黑的辫子上，
> 山茶花在海边拾着贝壳。

因为诗人是如此思念"山茶花"，所以相约在统一的那一天再次相逢。

> 倘若那一天来临——
> 随云飘过三千里。

> 乘风破浪千里路，
> 寻找思念的怀抱，
> 采下一簇簇山茶花。

《山茶花》立意深刻，构思新颖，形象清新，表现了诗人的殷殷真情。

康承翰的叙事诗《汉拿山》描述了济州岛游击队为反对南半部"5·10"单独选举而开展的斗争。诗中的主人公金先生、万甲、顺甲、仁九等英雄团结在一起开展反对"5·10"单独选举的斗争。他们处决了警察和选举执行者，又把自己的代表万甲派到朝鲜北半部。终于，"5·10"单独选举以失败告终。作品积极宣传反政府斗争的正当性，有意识地表现了南半部国民对北半部社会的憧憬，热切盼望着用北半部社会主义思想统一国家。作品具有结构严谨、善于制造戏剧性的情感冲突等特点。《汉拿山》作为全面反映南半部国民反美反政府斗争的叙事诗，有着开篇之作的意义。

赵基天的组诗《抗争的丽水》以 1948 年"三八线"以南丽水地区军人暴动为题材，由 5 首诗组成。每首诗既独立成篇，组合在一起又能构成丽水抗争的全景。

《即使夜深了》相当于组诗的序诗，描写了南半部军人们的反暴政斗争一触即发的情景。

> ……
>
> 这夜没有一点灯光，
>
> 街道仿佛沉浸在永恒的黑暗之中。
>
> 但是，倾听那街道的心跳吧！
>
> 那是怎样的跳动？
>
> 那是，
>
> 为祖国的自由而战的，
>
> 数万颗心脏。
>
> 那是，
>
> 为铲除一切卖国奴而战的，
>
> 千万颗心脏迸发出的强劲心跳声——
>
> 丽水沉入漆黑的夜，
>
> 但街头怀拥着港口的火把，
>
> 等待着反击的信号。

诗中，等待着反击信号的抗争队伍中有失去儿女的老人、读书的青年学生等各阶层的人们。他们的"充满义愤的凛然意志"，即使是监狱和绞刑架也无法摧毁。

继而，诗人在第二首《母亲》中通过描写在反政府斗争中失去母亲和哥哥的抒情主人公加入斗争的情景，讴歌了反政府斗争的正义性。第三首《他们是三个人》通过自卫队员父亲和哥哥在激烈的战斗中壮烈牺牲，弟弟接过父兄的遗志而战斗的英勇形象，反映了反政府斗争的激烈。第四首《黎明》通过年轻抗争英雄的光荣牺牲，表达了反政府斗争虽然要付出无数血的代价，但胜利总会来临的坚强信念。第五首《在海上》将反政府斗争中不屈不挠的斗争精神和必胜的信念比作海上汹涌的波涛，确认了革命力量的无往不胜。

> 啊，大海哟！
> 你也站起来了，
> 就像收到了民族的指令，
> 猛然挺起你巨大的胸膛，
> 扑向敌人。
> 爱国的、庄严的波涛哟，
> 怒吼吧！
> 横扫一切吧！

组诗《抗争的丽水》以诗歌的形式表现戏剧性事件，着力塑造战士们的英雄形象。诗中运用了很多激昂的音调和战斗性的词语以强化诗歌的情绪氛围。诗歌虽然带有悲剧色彩，但其根底里流淌的是革命乐观主义精神。

5 解放初期的诗歌创作（二）

上文曾经提到，解放初期右翼诗人的诗歌创作与左翼诗人相比存在不小的差距。《解放纪念诗集》等诗集虽是左翼诗人和右翼诗人的合集，但是其作品范围只限在赞歌。左翼诗人在诗坛上的主导地位使右翼诗人不得不探索自己的诗歌创作方向。他们只好暂时搁置殖民文化的清算等共同任务，将主要精力集中在纯文学创作上。因此，解放初期右翼诗人的诗歌创作主要表现出两个倾向：一是抒发解放后的欣喜之情；二是纯文学创作。其思潮和创作方法主要以现代主义和人道主义为主。

右翼诗人的主要作品有《解放纪念诗集》（1945），《年刊朝鲜诗集》（1946），《火炬——解放纪念十三人集》（1946）等综合性诗集；个人诗集有朴斗镇、朴木月、赵芝薰等人的合集《青鹿集》（1946），金相沃的《草笛》（1947），徐廷柱的《归蜀道》（1948），柳致环的《郁陵岛》（1948）、《青岭日记》（1949），朴斗镇的《太阳》（1949），金光均的《寄港地》（1947），金春洙的《云与玫瑰》（1948），申瞳集的《白昼》（1948），赵炳华的《想丢弃的遗产》（1948），尹崑岗的《笛子》（1948）、《活着》（1948），金璟麟、林虎权、朴寅焕、金洙暎、梁秉植的合集《新城市与市民的合唱》（1949）等。此外，《白民》《艺术部落》《新天地》《艺术朝鲜》《文艺》《文章》《京乡新闻》等报刊也刊登了不少诗作。

（1）解放的喜悦与诗歌创作

如上文所述，《解放纪念诗集》《年刊朝鲜诗集》《火炬——解放纪念十三人集》等诗集将左右两翼诗人的诗作编辑在一起，这些诗集"颇为戏剧性地将解放带来的喜悦、激动和诗人对其所表现出的热情融为一体"，由此"可以基本把握当时诗坛的面貌"①。这些诗集中，右翼诗人的主要作品有金珖燮的《束缚与解放》、李秉岐的《出来吧》、卢天命的《君披荆斩棘而来》、金容浩的《带着一支毛笔走路》、赵芝薰的《山上之歌》、朴斗镇的《太阳》等。

---

① 权宁珉：《解放后的民族文学运动研究》，［韩国］汉城大学出版社，1986年。

金珖燮（1905—1977）的诗《束缚与解放》（收录于《解放纪念诗集》）通过解放前和解放后的社会变化，热情地抒发了解放带来的欣喜之情和对祖国未来的希望。

在压迫蹂躏和牺牲中度过的三十六年，

我们流血，呻吟，

我们寻找自由，

期待解放。

我们是多么想跳进，

世纪的洪流之中。

……

无论走到哪里，都是没有国家的人，

无论走到哪里，都是没有名字的人。

罪与罚究竟何来，

朝鲜成为束缚与眼泪的土地，

大地被血和汗浸透，

失去了光芒。

我们不过是，

躺在废墟上，

衣衫褴褛的过客。

诗人痛心回首在日本帝国主义统治下的亡国奴生活。"没有国家的人""没有名字的人"就是朝鲜人，"躺在废墟上"的"衣衫褴褛的过客"就是朝鲜民族，而朝鲜是那"束缚与眼泪的土地"。

解放意味着从"束缚"中解脱，由"过客"转变为"主人"。如此巨大的变化，给所有的人以"欢喜"和"狂热"。

> 如今，
> 漫长而苦闷的时代已过去。
> 充满欢喜的时代，
> 张开激动的双唇，
> 呐喊着、行动着，
> 万物为之感动，
> 和我们一起欢笑、歌唱、跳舞。
>
> 啊，我们欢天喜地！
> 天空呵，
> 你将更高更大更蓝，
> 我们都陶醉在荣光里，
> 跳入你蓝色的怀抱，
> 劳动、学习、建设。
> 我们顶天而立，
> 自豪地站立在大地上。

诗歌全篇激昂地歌颂了解放所带来的激动、兴奋和希望，但是也存在着感情的抒发过于直白等不足。

与金珖燮的作品相比，卢天命（1912—1957）的诗《君披荆斩棘而来》（收录于《年刊朝鲜诗集》）更多地依靠细致的诗歌形象来表现解放的意义，而非依靠观念。

> 君将至，那是梦幻般的日子，

我会赤脚相迎——

我被莫名的哀愁笼罩，
整天在房中哭泣。
泪如雨下，
泪如雨下。

那绝非彩虹般消逝的梦——
君要披荆斩棘而来，
我只能将花席收起。

远处"夏娃"的后裔在捣衣，
我静静地将君归来的那一天，
描绘在银河边。

　　诗中揭示了解放带来的并不仅仅是激动与欢喜，还伴有伤痛和苦楚，
由此更加具体、深刻地阐释解放的含义。诗歌将祖国的解放比作爱人的回
归，其感情真切自然。通过回归与回顾的感怀将解放的意义加以升华。正
因为是流泪等待的爱人、赤脚相迎的爱人、"披荆斩棘"才能归来的爱人，
抒情主人公才更加真切地、静静地描绘"那一天"——"光复的那一天"。
作品不但实现了诗歌形象的象征化，在情绪的表现上也实现了"隐藏"与"表
露"的有机统一，这大大拓宽了作品的审美空间，也增强了作品的韵味。
　　金容浩（1912—1973）的《带着一支毛笔上路》（收录于《火炬——
解放纪念十三人集》）、赵芝薰（1920—1968）的《山上之歌》（收录于《解
放纪念诗集》）等诗歌也表现出诗人对解放的深刻思考。

黎明终于来临，
我的心情焕然一新。
即使没有珍藏的名贵珍珠，
我依然从更高的彩虹出发。

街上旗帜飘扬，
夜晚酝酿着歌声。
拂晓时分，
我要站在山岗上。
阳光托起环绕的山，
将今天带给田野和村庄。
山那一边遥远的大海上，
有着喜迎父亲的面容。

大山和村庄，
田野和大海，
还有那蔚蓝的天空，
行走在这富饶的道路上，
带着一支毛笔。

诗人通过沉积在内心深处的思索表达了解放带来的感动，而没有直抒胸臆，诗人的"超越意识"并非对现实的超越，而是表达方式的超越。抒情主人公用全身心体验感受着解放带来的喜悦。诗人"即使没有珍藏的名贵珍珠"，却依然憧憬着彩虹上美丽的出发。这是诗人在解放后对自己的生活做出的慎重选择，也是对未来的美好向往。诗人要"带着一支毛笔"走在"富饶的道路上"——解放后的生活之路。这表明诗人要一如既往地坚守民族的良知与灵魂，去歌唱祖国的山川和田野。诗歌意象朴素而优雅，情感纯真而又不失深度，充满艺术魅力。

　　赵芝薰的诗《山上的歌》也表现了与上述作品相同的志趣。

　　　　我在高高的山巅，
　　　　依靠老朽的枯木，
　　　　孤独的长夜，
　　　　我为何而哭泣？

　　　　啊！在这清晨，
　　　　殷殷的钟声，
　　　　穿过每一根衰老的血脉，
　　　　惊动我心深处的悲凉。

　　　　此刻，
　　　　即使闭上眼睛，
　　　　也能浮现如花美丽的天空。
　　　　闪烁在黑暗中的新星——我灵魂的烛光，
　　　　如今我不怕你的消逝，
　　　　我已经拥有了整个明亮的天空。

　　　　明亮的前额上，
　　　　升起的阳光，
　　　　就像十月天空上月亮的梦。

　　　　血脉重又流动在，

干枯的嘴唇，

追索早已忘怀的笛声。

鸟在云端愉快地歌唱，

小鹿和兔子分享一棵芬芳的胡枝子芽。

我独自一人，

站在这高高的山巅上，

迎着清风飘扬衣角，

我的歌声等待的又是什么？

诗人在讲述，解放的现实并非可以单纯地依靠兴奋和激动就能感受得到。这是因为诗人对这种兴奋与激动进行了深入的思考。他独自一人依靠在高山上的枯木沉思，发觉眼前每一样东西都不可以无心以对：从解放的钟声到如花的天空，从升起的阳光到笛子的曲调，从鸟儿的歌唱到采胡枝子芽的小鹿和兔子。诗人无法忘记解放的艰辛，所以眼前的一切显得尤为珍贵。正是因为有着如此深刻的思考，诗人不禁自问："我的歌声等待的又是什么？"解放带来的欢乐与激动通过诗人思考的过滤而得以升华。作品通过开头和结尾的疑问句相互照应，给读者留下绵长的余韵。

上述两篇诗歌深入地揭示了解放的内涵，超越了单纯的兴奋与感动的层面，在诗歌史上具有重要的意义。

此外，还有李秉岐的时调《出来吧》《解放以后》等也是歌颂解放的欢乐和激动的作品，在诗歌史上具有一定的意义。

（2）纯文学志向与诗歌创作

解放初期民族文学论争的开展使左翼诗人与右翼诗人的自我选择变得

更加残酷。从诗坛的状况来看，金起林在全国文学者大会中题为《我们诗的方向》的讲话被左翼诗人视为指针的同时，也引起右翼诗人的巨大反感。金光均、徐廷柱、赵芝薰等诗人毫不留情地批判了左翼诗人的观点。金光均指出，金起林的观点不过是一种抹杀人性的文学，并以此抗拒文学服务于时代和政治。[①] 赵芝薰是否认文学的政治性，主张纯粹诗文学的代表人物之一。赵芝薰在《纯粹诗的志向——为民族的诗歌而作》[②] 一文中正面批驳金起林等人的观点，从多个角度阐述了自己的纯粹诗理论。

　　如果每个诗人都能够充分把握源自个性的明确的世界，并将自己文学生命的全部热情倾注于新的人性的探索之上，那么无论是千万条道路中的哪一条，终将为民族文学开辟出发展道路。但是诗人在谈论民族诗歌之前先要弄懂何为诗。先有诗，才有民族诗和世界诗。因此，要想将尚未确立诗歌传统的朝鲜诗歌作为民族诗歌立于世界诗歌之林，必须先要开展纯粹诗运动。因为纯粹诗运动就是诗的本质启蒙运动。同时，其发展就是民族诗歌的树立。

从文章中可以看出，赵芝薰强调诗的自律性，并认为民族诗歌的确立应该以纯粹诗的确立为前提。因此他主张要开展纯粹诗运动。他断然否认诗自身的功利性，尤其是诗的政治理念化和说教性，继而提出具体的实现途径——只有通过国语的发达、国民意识的自觉、理智与激情的均衡等过程才能实现。为此他主张确立古典主义文学。

赵芝薰的纯粹诗理论与休谟的新古典主义有着一定的关联，他认为政治观念的直线性说教与休谟所指出的浪漫主义的湮没如出一辙。赵芝薰的纯粹诗理论将民族诗的确立限定在纯粹诗的范畴，从而忽视时代状况，有

---

① 金光均：《文学的危机——以诗歌为中心的一年》，《新天地》，1946年12月。
② 赵芝薰：《纯粹诗的志向——为民族的诗歌而作》，《白民》，1947年3月。

着明显的缺陷，但是他对诗歌自律性的强调，对民族语言的感性表现力的重视等都有助于对诗歌本质的探索。

纯粹诗理论在当时受到不少右翼诗人的拥护，使纯粹诗成了一种诗歌创作倾向。金珖燮、徐廷柱、柳致环、金光均、金容浩、朴斗镇、朴木月、赵芝薰、金润成、郑汉模、朴寅焕、金璟麟等诗人以自己的诗歌创作实现了纯粹诗理想。

论纯粹诗创作，首先要提到青鹿派的赵芝薰、朴斗镇、朴木月三位诗人。赵芝薰的主要诗歌作品有《玩花衫》《落花》《在草地上》等。

诗歌《落花》内容如下：

花儿的凋落，
岂能怪罪吹拂的风。

垂帘外的疏星，
一颗颗消逝。

杜鹃鸣唱的白云外，
远山一步步走近。

蜡烛要熄灭，
因为花儿在谢落。

花谢的影子，
映在庭院上。

白色的拉门，

隐约见红。

隐居人的美丽心思，
何人又能知晓。

花落的早晨，
我只想哭泣。

　　诗歌分为两个部分，通过花的凋零促发怜惜与悲伤之情，表现了对生命的敬畏之心以及生命之无常。花开花谢是一种自然规律，但是诗人却觉得那是生命的终止，因而感到凄婉和悲哀。此诗虽然是一首抒情诗，但由于情感词汇运用巧妙且精细，严格控制了感情的无节制释放。如"垂帘外的疏星，一颗颗消逝""远山一步步走近""白色的拉门，隐约见红"等，诗人巧妙地运用视觉和听觉感受，丰富了意象的内蕴。

　　朴斗镇（1916—1998）的代表作品有《太阳》（1946）、《青山》（1947）、《阳光炽热时》（1949）、《天空》、《在五月》、《山哟》等。

　　诗歌《太阳》通过对太阳的赞美讴歌了对光明与和平的向往。

太阳啊，升起来吧，
太阳啊，升起来吧，
洁净的脸庞，太阳啊，升起来吧，
越过一座座山，吞噬黑暗，
越过一座座山，终夜吞噬黑暗，
炽烈而稚嫩的美丽脸庞，太阳啊，升起来吧。

　　诗中以"太阳"这一具体事物象征解放带来的激动。太阳是一切生命的源泉，是造物主。它既是我们敬仰的对象，同时也令我们欢喜。诗中的"太阳"象征着吞噬黑暗的光明，"月夜"象征着从前的黑暗，"青山"象征着充满希望的未来，"鹿"和"虎"象征着弱者与强者。诗人通过上述意象表达了解放带来的喜悦以及对人与自然合一的向往。

尽管诗中含有不少叙述成分，但由于诗语新颖，加之鲜明的韵律感，并没有影响诗歌的艺术表现力。因此，赵演铉高度地赞扬称："朴斗镇的这首诗足以显示韩国抒情诗可以到达的顶峰。"①

此外，朴木月（1916—1978）的《旅人》（1946）、《闰四月》（1946）、《春雨》（1946）、《青鹿》等也是具有纯文学倾向的诗歌。

诗歌《旅人》通过真挚的乡土爱，间接地表现了国土沦丧给朝鲜人带来的悲哀。

走过河边的渡口，
走在麦田中的小径。

路途中的旅人，
就像穿行云间的月亮。

孤独的行程，
南道三百里。

每一个酿酒的村庄，
都有燃烧的晚霞。

---

① 金允植、金宇钟等：《韩国现代文学史》，［韩国］现代文学社，1994年。

　　　　路途中的旅人，

　　　　就像穿行云间的月亮。

　　诗中主人公像穿行云间的月亮，孤独地寻找故乡。诗歌生动地表现出朝鲜民族即便身处逆境也从不妥协、从不顺从，坚韧地与命运抗争的精神世界。

　　《青鹿》歌颂了美丽的故乡，是一篇极具神韵的佳作。

　　　　远山青云寺，

　　　　一间旧瓦房。

　　　　山是紫霞山，

　　　　春来雪融化。

　　　　榆树发新芽，

　　　　路是十八盘。

　　　　青鹿亮眸中，

　　　　白云轻轻浮。

　　诗中的"青鹿"象征着纯洁高贵的生命，它熬过了漫长的苦役般的"冬天"。诗人通过这一形象歌唱了美好的生命故乡。

　　诗歌运用"青鹿""青云寺""紫霞山"等具有视觉色彩的词汇，呈现出鲜明的意象，仿佛展现了一幅东洋画。诗歌灵活运用第二、三节音节的组合，节奏明快，并通过字词的减省达到情感的节制，实现了含蓄之美。

　　青鹿派的三位诗人使用感觉化的语言表现自然山水，并实现情感的高度节制，同时通过具体的象征物表现对国家和民族的真挚感情，达到极高的诗歌境界。

柳致环的诗《郁陵岛》《不再回来的飞机》等也是纯粹诗倾向的代表作品。《不再回来的飞机》表现了生命的孤独与虚无，《郁陵岛》抒发了对孤独的岛屿——郁陵岛的浪漫爱国情。

> 去往遥远的东方，
> 深海中的郁陵岛。
>
> 急流飞下的长白山脉，
> 分出一座孤寂的身影，
> 你是这悲惨国土的幼儿。
>
> 你不安地伫立于，
> 茫茫的海浪之上。
> 用东海蓝色的风，
> 始终吹洗着你，
> 思念的长发。
>
> 日日夜夜、年年岁岁，
> 你的心永远投向陆地。
> 不息的风浪中，
> 你仿佛漂向陆地。
>
> 每当传来，
> 祖国社稷垂危的消息时，

你因为无法献身，

而痛心疾首。

去往遥远的东方，

深海中的郁陵岛。

诗歌运用拟人的修辞手法，将郁陵岛指称为"祖国的幼儿"，是祖国江山的骨肉之一。诗的第一节和最后一节首尾相关，强调对郁陵岛的思念。第二节表明郁陵岛与本土的血缘关系，第三、四、五节形象地表现了郁陵岛对祖国的思念之情。诗歌通过"你不安地伫立于，茫茫的海浪之上""日日夜夜、年年岁岁，你的心永远投向陆地"等感性化的诗句，升华了爱国之情。"就像青马（柳致环）自己是这个国家国民中的一员，郁陵岛也是国土的一部分，这种个体生态学的移情作用构成这首诗的底蕴。"[1]柳致环的纯粹诗和诗人曾经以追求生命本原为特征的解放前的诗歌表现出不同的品格。

此外，尹崑岗的《笛子》、金润成的《树》等诗歌也是当时优秀的诗歌作品。与此同时，郑汉模、金璟麟、朴寅焕、金春洙、赵炳华、李炯基和全凤健等新一代诗人致力于将后现代主义等新理念与方法引入诗歌创作，带给诗坛新的风貌。

6　解放初期的戏剧文学

（1）戏剧文学概况

解放初期戏剧文学的发展情况与当时左翼剧作家和右翼剧作家的分裂

---

① 洪润基：《韩国现代诗理解与鉴赏》，［韩国］翰林出版社，1991年。

有着紧密的关系。与小说、诗歌一样，左翼戏剧在戏剧文坛上占据了绝对的主导地位。1945年8月18日成立的朝鲜文学建设本部下设朝鲜戏剧建设本部，主要成员有宋影、安英一、金兑镇、李曙乡、咸世德、朴英镐、金承久、罗雄、申孤颂、姜湖、金旭等。他们的活动目标和方针如下：第一，清除日本帝国主义野蛮的、欺骗性的文学政策的余毒，与反动文化进行坚决的斗争；第二，为了彻底地建立戏剧的人民性基础，清除一切封建残余思想而展开积极的斗争；第三，作为世界戏剧的一环，为了民族戏剧的发展，计划和安排一切必要的工作；第四，为了完成文化战线上的人民联合，组织强有力的文化统一战线。[①]也就是以清除日本帝国主义文化余毒，为建立戏剧的人民性基础清除封建残余，加强同世界戏剧文学的联系，组织文化统一战线为主要宗旨。

1946年9月28日，朝鲜无产阶级戏剧同盟成立。成员有从朝鲜戏剧建设本部脱离的罗雄、姜湖、金承久、申孤颂、金旭等作家。朝鲜无产阶级戏剧同盟的纲领政治理念性更为强烈。其纲领如下：第一，我们期望建设无产阶级戏剧，并完成其艺术目标；第二，我们与一切反动戏剧做斗争；第三，我们期望戏剧活动成为工人、农民的生活和斗争的动力。

当时左翼阵营的戏剧作品主要在首尔的青葡萄剧场、自由剧场、乐浪剧会、朝鲜艺术剧场、革命剧场、首尔艺术剧场、人民剧场、同志剧场等地上演。

1947年8月15日，左翼剧坛的活动因在准备第二次解放纪念演出时发生的逮捕事件而遭受严重的挫折。随后，左翼剧作家大举北上。他们在首尔的活动就此基本结束，其活动逐渐转移到平壤。北半部的左翼作家在北朝鲜文学艺术总同盟的指导下发展起来。

右翼剧作家的活动是从1945年10月以李光来为核心的民族艺术舞

---

① 安英一：《戏剧界》，《艺术鉴赏》，1947年。

台的成立开始的。随后陆续成立剧艺术院、剧艺术协会、新地剧社、全国戏剧艺术协会、韩国舞台艺术院等团体，右翼剧坛逐渐开始开展活动。以 1949 年 1 月全国剧艺术人大会的召开为契机，右翼戏剧也逐渐活跃起来。但是在左翼剧作家大举北上之前，右翼戏剧处于相当的劣势，也没有确立自己的发展方向。右翼阵营的主要剧作家有柳致真、李光来、金永寿、金镇寿、秦雨村、吴泳镇、李瑞求、金春光、咸光贤、李云芳等。

（2）左翼剧作家的戏剧创作

在政府建立以前，左翼戏剧的题材以批判日本帝国主义的罪恶或表现抗日活动为主。但是随着剧作家大举北上，戏剧创作的题材不断扩大，反映抗日革命传统、民主改革、祖国统一等内容的作品不断涌现。

反映抗日革命传统的主要作品有金史良的《雷声》（1946），金永根的《朝鲜游击队》（1946），朴灵宝的《等待太阳的人们》（1948）、《长白山脉》等。这些戏剧作品再现了抗日斗争的历史场面，以宣扬爱国主义、社会主义为目的，占据较大比重的内容是讴歌领袖人物的革命业绩。

戏剧《雷声》在 1946 年 8 月召开北朝鲜劳动党创立大会时被搬上舞台。《雷声》以金日成领导的普天堡战斗为题材，描写了金日成不怕日本帝国主义的大规模围剿而将斗争转移到国内的故事，讲述了抗日斗争走向胜利的事实，热情讴歌了领袖的革命业绩以及忠诚的革命战士，赞扬了抗日斗争的传统。

多幕剧《等待太阳的人们》描写了抗日斗争时期被派往茂山地区的地下工作者沈炳旭排除艰难险阻，将南相根、慧淑等人培养成革命者，组织各阶层群众成立光复会，使他们投入到革命斗争的过程。作品通过沈炳旭和在其影响下成长的南相根、慧淑等革命者的形象，肯定了抗日斗争的影响力，讴歌了抗日战士们的坚强意志和不屈的斗争精神。这部作品同样将金日成推崇为民族的太阳。

这一时期在左翼剧作家的戏剧作品中，有不少反映民主改革的作品，如南宫满的《桃花盛开时》（1946）、韩泰泉的《巴禹》（1946）、朴英镐的《飞龙里的农民们》（1947）等。反映献身于祖国建设的工人的作品有韩泰泉的《设计新日子》（1947），刘基弘的《原动力》（1948），朴太英的《我的家》（1949），宋影的《姊妹》（1949）、《并排的两家》（1948），南宫满的《土城廊风景》（1949）等。这些作品正面描写了民主改革，表现了成为新社会主人翁的工人、农民的意识变化。

刘基弘的《原动力》通过以主人公刘基弘为首的工人们在艰苦的条件下修复二号发电机并成功发电的故事，表现了劳动阶级的阶级觉醒和爱国献身精神。

宋影[①]的多幕剧《姊妹》以两个姐妹的不同命运为主线，表明为建设新祖国而付出创造性劳动才是真正的幸福之路。主人公徐贞玉与耿直的工人金河日结婚，并以主人翁的姿态投身于劳动创造当中，为祖国建设做出了贡献。在修复工厂的劳动中，她始终站在最前列。她热心参与成人学校工作，使女工们成为有文化的劳动者。她以这种方式享受着生活的幸福，但是她的姐姐徐京玉与生活奢华的任寿永结婚，并沉浸于奢靡的生活之中。终日无所事事的丈夫与破坏分子白大成勾结，盗卖工厂的贵重机械。被发现后任永寿为逃避罪责而逃往南半部。此时，京玉才意识到自己的生活选择是逆行于时代的错误选择，从此开始了新的生活。这部作品正面描写了解放初期北半部的社会现实，反映了工人们不同的生活和成长过程。

此外，戏剧《我的家》《土城郭风景》《并排的两家》等也是多角度反映工人阶级意识转变的作品。

---

① 宋影在这一时期曾担任北朝鲜戏剧同盟委员长，主要作品有《姊妹》《锦山郡守》《并排的两家》等。

南宫满①的《桃花盛开时》表现了土地革命的意义及其必然性。作品描写了以长工出身的叶童为核心的农民们与地主金主事之间的阶级对立和冲突。叶童在解放后投入土地改革运动中，积极开展斗争，成功地完成了土地分配工作。最后他与村子里的姑娘"老丫儿"结婚，住在金主事住过的房子里，过着幸福的生活。叶童这个形象较好地表现了土地改革后翻身做主人的农民形象。

戏剧《成长》通过以禹德三为代表的农民们在土地改革的烈火中成长为农村建设核心力量的过程，表现了土地改革的意义。戏剧《飞龙里的农民们》通过写土地改革后成为土地主人的农民们把 10 万平方米的雨水田改造成水利安全田的劳动过程，反映了他们的爱国热情和创造精神。

解放初期戏剧作品中有不少是以祖国统一为主题的作品。南宫满的《荷衣岛》（1949），宋影的独幕剧《金山郡守》（1949），刘基弘的《银波山》（1950）等都是重要的作品。

戏剧《荷衣岛》通过表现南海荷衣岛的农民因新韩公司的掠夺而遭受的不幸和痛苦及其暴动起义，批判了美国在朝鲜南半部的统治。

宋影的独幕剧《锦山郡守》是一部批判南半部李承晚政权腐败统治的讽刺剧。民主国民党推荐的白郡守和总统李承晚任命的李郡守在同一天出现在锦山郡，双方展开了权位争斗。白郡守解放前是日本帝国主义的走狗，解放后花费重金买了官职。李郡守则是个资本家的儿子，一心想要靠美国人"出人头地"。如果说前者是带有浓厚封建思想的人物，那么后者则是彻底的"崇美"人物。两人都有同样的野心，他们丑态百出，各自主张自己才是真正的郡守。但是当遭到游击队袭击的时候，他们又争相辩白说自己不是郡守。作品通过这两个讽刺性人物形象，将批判的焦点集中在对南

---

① 南宫满在当时担任朝鲜文学艺术总同盟的宣传部部长、北朝鲜戏剧同盟书记长。主要作品有《桃花盛开时》、《荷衣岛》（1949）、《洪景来》（1946）、《春雨》（1947）、《骤雨》（1949）等。

半部政治虚伪性的批判上。

解放初期北半部作家创作的以祖国统一为主题的戏剧作品以对南半部社会现实的批判和群众的反政府斗争等作为主要内容。

除上述题材以外,左翼剧作家还创作了历史题材的作品。如南宫满的《洪景来》(1946)、金泰泉的《李舜臣将军》(1948)等都是以宣扬爱国主义思想为目的的历史题材作品。

(3)右翼剧作家的戏剧创作

政府建立前后,右翼文坛上坚持戏剧创作的主要作家有柳致真、李光来、金永寿、吴泳镇、金东植、金春光、朴露儿、秦雨村等。右翼戏剧作品的主题倾向可分为再现殖民地现实、提倡历史意识、解剖和批判现实、强调民族意识等几个方面。创作方法基本上以现实主义为主。

反省和批判殖民地现实的主要作品有金东植的《流民歌》、金永寿的《血脉》、柳致真的《祖国》等。

金东植只发表了多幕剧《流民歌》这一部作品,但这部作品由于非常真实地反映了殖民地现实而备受瞩目。《流民歌》通过描写日本殖民统治时期朝鲜人在日本东京贫民窟经历的悲惨生活,批判殖民地现实,呼吁历史的觉醒。作品的主要人物李万寿是个朝鲜的自耕农。迫于生活压力,他来到东京寻找三个儿子。作品以他为中心,先后出现鸦片中毒者金老人、书记官徐万福等20多个人物。李万寿的长子以捡废铁为生,却以盗窃罪被抓入警察所。三儿子也离家出走。忧心忡忡的李万寿学金老人吸毒,甚至偷窃。金老人留下一封将女儿托付给李万寿二儿子的遗书,自绝身亡。但作品并没有以绝望告终。李万寿的二儿子和朋友决心参加独立斗争,李万寿自己也戒掉鸦片,给儿子以希望。

作品真实地描写了失去祖国的流民们在东京贫民窟经历的悲惨生活,批判了日本殖民统治的罪恶,深刻地揭示了即使在堕落与蒙昧之中也无法破灭的历史的觉醒。作品在人物塑造中坚持现实主义真实性，形成了独特的艺术特色。

柳致真的《祖国》以"三一"运动为题材，讲述了参加"三一"运动的寡妇和她的儿子投入到抗日运动洪流中的故事。寡妇的丈夫是独立斗士，被日本警察杀害。寡妇将所有的希望都寄托在儿子身上，但是儿子不顾母亲的阻拦，毅然投身于"三一"运动中。剧中出现的孙秉熙等33名民族代表中的几名现实人物和日本军司令官的人名，给人以真实感。作品的意义和价值在于在解放后复杂的现实中宣扬自主独立精神，主张民族团结。

提倡历史意识的主要作品有柳致真的《自鸣鼓》《星》《元述郎》等。戏剧《自鸣鼓》取材于《三国史记》中关于乐浪公主与王子好童围绕自鸣鼓展开的浪漫爱情故事。作品通过男女主人公的悲情故事，宣扬了排除外部势力、争取祖国统一的意志。这同时是民族意识和历史意识的表现。

此外，作品《星》讲述了权力造成的个人牺牲，《元述郎》宣扬了民族主体性和统一意志。

批判和讽刺解放后社会现实的主要作品有吴泳镇的《活着的李重生阁下》，金永寿的《血脉》等。

吴泳镇（1916—1974）的《活着的李重生阁下》是一部批判现实的社会剧，取材于岭南地方的人物传说方学中的故事 ①，尤其是剧中主人公的假死情节。剧中的李重生在日本殖民统治时期是个亲日分子，在解放后的混乱时期聚敛了巨额财富。他因欺骗、伪造公文书及偷税而被逮捕。为了防止财产被没收，他接受了法律顾问的主意，耍起了假死的诡计。但他交给女婿的财产虽然没有被没收，却被用在了社会公共事业上。陷于进退两难境地的李重生只能自尽。作品辛辣地批判了由于物欲和权力欲而背叛祖

---

① 赵东一：《人物传说的意义与功能》，［韩国］岭南大学校出版社，1979年。

国和民族的亲日派，揭示了亲日派才是随着解放应该消灭的鬼魂。剧作虽然在人物性格的塑造上取得了一定成果，但以死来结束主人公的末路，破坏了作品的逻辑性，导致了人物类型的模式化。

批判解放初期社会现实的作品还有金永寿的《血脉》。作品揭露出因殖民地后遗症而遭受痛苦的朝鲜百姓们的悲惨生活。作品讲述的是在城北洞边缘的防空洞内生活的社会最底层人群的故事。防空洞内居住的人中有房产中间人、小炉匠、烟贩子、舞女、脚夫、工人等成分复杂的人群。故事主要以小炉匠、小烟贩和房产中间人等三个家庭为中心展开。这些贫苦人在解放后不久被曾经是日本走狗的人们赶出赖以生存的防空洞，艰难度日。元八一家尤其艰难，他以卖烟为生，妻子患肺病而死，弟弟元哲又是一个因思想问题接受刑事监视的高等失业者。作品通过一群为争取生存权而苦苦挣扎的人，强调应该清除殖民时代的余毒，建立民族团结、自主独立的国家。

此外，解放初期优秀的戏剧作品还有李光来的《洪吉童和红桃》《白日红盛开的家》，金春光的《东方之路》，秦雨村的《最后的新郎》，金镇寿（1909—1966）的《帝国日本的末日》《大波斯菊》，朴露儿的《先驱者》（1949）等。上述作品深刻地剖析了殖民地现实的罪恶，在暴露解放初混乱期的社会矛盾和弊病的同时宣扬了民族意识和历史意识。